MI plan D

ANDREA SMITH

Primera edición en esta colección: enero de 2017
Segunda edición: febrero de 2017

© Andrea Herrero, 2017
© de la presente edición: Plataforma Editorial, 2017

Plataforma Editorial
c/ Muntaner, 269, entlo. 1ª – 08021 Barcelona
Tel.: (+34) 93 494 79 99 – Fax: (+34) 93 419 23 14
www.plataformaeditorial.com
info@plataformaeditorial.com

Depósito legal: B. 23.392-2016
ISBN: 978-84-16820-75-7
IBIC: YF

Printed in Spain – Impreso en España

Diseño de cubierta:
Ariadna Oliver

Realización de cubierta:
Lola Rodríguez

Fotocomposición:
Grafime

El papel que se ha utilizado para imprimir este libro proviene
de explotaciones forestales controladas, donde se respetan
los valores ecológicos y sociales y el desarrollo sostenible del bosque.

Impresión:
Liberdúplex
Sant Llorenç d'Hortons (Barcelona)

A mis lectores de Wattpad,

disteis vida a Kenzie.

Capítulo 1

Hay días que pueden ser descritos con una sola frase: «Ojalá no me hubiese despertado hoy». De hecho, a veces te sientes así durante semanas. Y da igual que seas un adulto, un adolescente o un niño. Todos hemos pasado por esos periodos inaguantables y eternos.

Hoy parecía uno de esos días. Suspiré profundamente cuando vi todos mis apuntes esparcidos por el suelo del pasillo. Después de que el profesor de historia decidiera alargar la última clase del último día de la semana quince minutos más no tuve reflejos suficientes para frenar la marea de folios y libretas que cayeron desde mi taquilla. Solo deseaba volver a casa tras la larga jornada y hundirme en un bol de palomitas frente al televisor. Además, tendría que volver andando, porque estaba segura de que Mason no me habría esperado.

Y no solo eso. Me había tocado madrugar más de lo normal para poder asistir a la última reunión semanal del club de periodismo escolar. Puede sonar muy bien, pero lo único que hacíamos era escribir artículos absurdos para la revista mensual del instituto. Ni siquiera eran artículos interesantes, a menos que quieras saber cómo pueden afectar los cigarrillos a tu rendimiento escolar o, peor, cuál será el tema del baile de fin de curso según las encuestas de los pasillos. Desgraciadamente, ese último me tocó a mí.

A veces ni siquiera entendía cómo me dejé enredar para participar en la revista del instituto. Supongo que fue cosa de Mason. Él estaba convencido de que necesitaba un *hobby* y como siempre me veía escribiendo en mi cuaderno decidió que la revista podía ser para mí. Claro que una cosa es escribir listas para organizarte, imprescindibles para sobrevivir el día a día, y otra, artículos aburridos.

Sin dejar de quejarme en voz baja me puse de cuclillas y empecé a amontonar los folios y los cuadernos lo mejor que pude. Llevaba el pelo suelto y cayó hacia delante, formando una cortina marrón entre mis cosas y yo. Lo aparté con un movimiento rápido mientras Jane Tyler soltaba una risita burlona en mi dirección, susurrando algo al oído de su amiga, que también me miraba y reía.

Idiotas.

No me gustaba la gente como Jane Tyler y su séquito de amigas, si es que se podían llamar así. Eran cotillas, malas y ruines. En una ocasión, consiguieron hacer llorar a una chica que se había presentado a las pruebas del equipo de animadoras, y todo porque tenía un poco de sobrepeso. Esa gente es odiosa, aunque también insultantemente guapa, y no podía evitar estar celosa por ello.

Recogí los papeles a toda prisa y los puse de nuevo dentro de mi taquilla. Algo en mi estómago se retorció con tristeza. Odiaba dejar mi taquilla desordenada, pero iba muy mal de tiempo y no me quedaba otra. Tomé mi cuaderno de listas en el último momento y lo guardé en mi mochila.

Mason nunca ha entendido el tema de las listas y la importancia que tienen para mí. Para él todo es muy fácil. Sus padres son una pareja cariñosa y tranquila. Solo entrar en su casa ya se nota el ambiente relajado. Para mí, es todo lo contrario. En mis listas apunto todo y de todo: qué comer cada día de la semana, qué ropa llevar a clase, cuándo hacer los deberes, qué programas ver y cuáles no... Incluso escribo los nombres de los chicos que me gustan o me han gustado en algún momento. En orden, por supuesto.

Escribí esta última lista hace poco, durante una de esas aburridas clases de historia, en un ataque de valentía y ficción, prometiéndome a mí misma que algún día la cumpliría... O al menos lo intentaría. Había pensado en cuatro tipos diferentes de chicos con los que podría salir, desde el imposible hasta el prohibido, alguien con quien jamás me entendería, solo como recordatorio para mantenerme alejada de él.

Estaba mirando mi teléfono en busca de algún mensaje de Mason cuando un chico se detuvo frente a mí. Levanté la mirada y me encontré con unos preciosos y perfectos ojos azul cielo. Derek Anderson. Mi plan A.

—Perdona, ¿podrías apartarte? Necesito abrir mi taquilla.

La respiración se detuvo en mi garganta y me dejó incapacitada. La falta de oxígeno no es nada buena para el cerebro y puede que esa fuese la justificación de mi penoso comportamiento, porque no me moví.

Derek Anderson estaba delante de mí. Me había hablado. Nos separaba una distancia de apenas un metro, y eso me permitía oler su colonia. Masculina, por supuesto.

—Oye, ¿hablas mi idioma?

11

Parpadeé y llevé mis pensamientos de regreso al presente. Derek me miraba con preocupación. Empezó a gesticular con los brazos y supe que había pasado demasiado tiempo admirando su belleza.

—Mi taquilla. Allí. Detrás de ti.

Articuló cada palabra señalando detrás de mí. Realmente pensaba que yo era una estudiante extranjera. La situación era muy vergonzosa.

—Yo… Perdón. No estaba… Adiós.

Mi lengua se trababa con cada palabra que decía y rápidamente me aparté de él, avanzaba tan rápido como mis piernas me permitían. Jane Tyler y su amiga volvieron a reír cuando pasé por su lado como una flecha. Ambas habían sido espectadoras de mi penosa actuación.

Esa era la razón por la que Derek Anderson era mi plan A. Me gustaba empezar las cosas con fuerza y solo para hablar con él era necesario reunir todo el valor que, esperaba, residía en mi interior. Derek era el chico perfecto; guapo y deportista. Tampoco le iba mal con las notas y según había oído había sido aceptado en varias universidades. Sin embargo, yo era tan invisible para él que ni siquiera había percibido mi presencia… ¡Y nuestras taquillas estaban al lado!

Ofuscada, empujé las puertas de cristal y salí al aparcamiento. El enfado desapareció en cuanto vi un coche azul aparcado en la fila delantera: al final Mason me había esperado.

—Solamente digo que, si te paras a pensarlo, no es una idea tan loca, ¿verdad? De hecho, sería genial. ¿Por qué no crees que es genial?

Subí el volumen de la música tratando de callar, en vano, la voz de Mason. Él apartó los ojos de la carretera para lanzarme una mirada desesperada y luego apagó la radio. Perfecto. Juguemos a la guerra de silencio.

—Venga, Kenzie... Ninguno de los dos tenemos pareja. Ir al baile juntos es como... ¡La mejor idea que he tenido!

Contuve la sonrisa. No quería caer en su juego, pero esa era una de las características de Mason: siempre acababa por conseguir lo que quería. Se notaba que era hijo único.

—Tú nunca tienes buenas ideas —repliqué, jugueteando con mis dedos.

—Mentira. Es que tú no sabes apreciarlas.

Apreté los labios y fijé la mirada en la carretera. Si lo ignoraba durante unos minutos más, llegaríamos a mi casa y sería libre.

Lo peor era que, en realidad, tenía razón. Sin novio a la vista, ni en el presente ni en el futuro, ir al baile con mi mejor amigo parecía una idea brillante. Para Mason, desde luego, lo era: si iba conmigo, no habría problema para combinar nuestros trajes, ya que ambos teníamos gustos parecidos. Y lo que era aún mejor, él podría bailar con otras chicas sin preocuparse de ofender a su pareja porque... bueno, solo soy su amiga.

He ahí el motivo por el que no quería ir con él.

Estaba enamorada de Mason desde los seis años, cuando el profesor nos sentó juntos el primer día de clase, al empezar la escuela primaria. Enseguida empezamos a hablar.

A ambos nos gustaban los mismos dibujos y nos encantaban los sándwiches de jamón con queso en lonchas. A medida que fuimos creciendo, crecían también nuestras afinidades, nos volvimos adictos a las *sitcoms* y acabamos participando en el periódico del instituto.

Lo observé disimuladamente mientras doblaba la esquina hacia mi calle. Era difícil no enamorarse de alguien como Mason Carter. Tal vez no tenía la altura ideal para un chico; era más bien bajo, aunque incluso así me sacaba unos buenos centímetros de diferencia. Aunque sus ojos eran simplemente castaños y su cabello color arena necesitaba un buen corte, no era feo en absoluto. De hecho, era muy guapo, con sus rasgos finos y su cara redonda. Tenía ese tipo de belleza que los chicos odian pero que a mí me encanta. ¿Cómo decirlo de otra manera? Mason Carter era *muy mono*.

—No tolero que me sigas mirando de esa forma si continúas rechazando mi oferta.

Me sobresalté en el asiento y aparté rápidamente la mirada de él, lo que le hizo reír. Cuando nos acercábamos a mi casa, redujo la velocidad del coche y aparcó frente al camino de entrada. Se volvió hacia mí antes de que pudiese desabrochar el cinturón.

—¿Has empezado a verte con un chico y no me lo has contado? —preguntó repentinamente, para mi sorpresa—. ¿Por eso no quieres ir conmigo?

Era una pregunta descabellada por múltiples razones. Para empezar, mi historial amoroso es de corto a nulo. Apenas he besado a un chico en toda mi vida, y fue en un campamento de verano. Por no hablar del hecho de que los únicos chicos que me interesan jamás sabrán cómo me siento. Antes de dejar que eso suceda, me fugo del país.

—¿Verme con un chico? —repetí, mientras me concentraba en elegir bien mis palabras—. ¿Es así como lo llamas ahora?

Esbocé una mueca divertida, pero él se limitó a achicar los ojos. No iba a ganármelo a base de bromas.

—¿Es Derek Anderson? —insistió a la desesperada.

—Por favor, Mase, no digas estupideces —lo interrumpí moviendo los ojos hacia arriba mientras conseguía desabrochar definitivamente el cinturón de seguridad—. Derek Anderson es... ¡Derek Anderson!

—¿Y...?

Mason alzó las cejas y puso cara de bobo. Estaba claro que los chicos no entendían para nada el dilema que supone todo el asunto de las citas. O, como mínimo, el hecho de que yo apenas era capaz de pronunciar dos sílabas seguidas sin trabarme delante de él.

—Y resulta que él es míster popularidad. Deportista, guapo, inteligente... ¡Todo el mundo quiere salir con Derek Anderson! Chicas, profesoras, gais, heteros...

Un gesto de asco desdibujó su rostro cuando lo comprendió. Se mordió la lengua con desagrado y arrugó la nariz. A pesar de todo, estaba guapísimo así...

—Yo no saldría con él —dijo finalmente mientras movía la cabeza de un lado a otro—. Y soy hetero.

Como si quisiera subrayar su afirmación, se pegó un puñetazo en el pecho al estilo rey de la selva.

—La cuestión es que podría tener a cualquiera. ¿Qué te hace pensar que podríamos «estar viéndonos»?

15

Sus ojos oscuros se clavaron en los míos durante largos segundos; me inspeccionaba con expresión seria. Noté mis mejillas cada vez más acaloradas ante la intensidad de su mirada. Cuando empezó a hablar, sentí cómo subía la temperatura dentro del coche.

—Eres preciosa, Kenzie, deberías empezar a valorarte más.

Durante lo que parecieron largos y tediosos segundos, ambos permanecimos en silencio, incapaces de apartar la mirada el uno del otro. Por este tipo de cosas me encantaba Mason, en todos los sentidos.

Mason fue el primero en romper el contacto visual. Subió el volumen de la música y se removió en su asiento. Luego volvió a hablar.

—Entonces, ¿vendrás conmigo al baile?

No pude evitarlo y me eché a reír. Mason tenía una habilidad especial para hacer desaparecer la incomodidad, otra de las múltiples razones que lo hacían tan especial. Negué con la cabeza, abrí la puerta del copiloto y saqué un pie fuera del coche.

—¡Es una pregunta seria! —gritó, inclinando su cuerpo hacia el asiento del copiloto—. Si dices que sí, prometo no volver a reírme cuando te vea escribiendo alguna de tus listas.

Negué con la cabeza sin dejar de reír. Mason siempre se metía conmigo por tener todo mi día organizado de acuerdo con mis listas y horarios. Para él, y para la mayoría de las personas que conocía, aquello era inconcebible.

Sin darse por vencido, se estiró un poco más y exclamó:

—¡Al menos prométeme que lo pensarás!

Ajustándome las correas de la mochila al hombro, le lancé una última mirada. Sabía que no me dejaría en paz hasta que le dijera algo.

—Está bien, lo pensaré. Y ahora… ¡Vete a casa, Mase!

Sonrió y sus ojos se arrugaron con felicidad. Traté de ignorar como pude cómo se encogió mi corazón. Me volví sobre mis talones y empecé a caminar hacia la puerta de casa. Justo antes de girar el pomo, escuché cómo Mason encendía el motor del coche y me gritaba:

—¡Mackenzie Sullivan, no te arrepentirás si me escoges! ¡Seremos el Harry y Ginny de la fiesta!

Incapaz de retener una última carcajada, me volví a tiempo para ver cómo me lanzaba un beso y volvía hacia su casa. Mason siempre sabía decir las palabras exactas para hacerme reír. Y esa era otra de las razones por las que lo amaba.

Capítulo 2

La compra de la mañana del sábado siempre ha sido una tradición en mi casa. Algunos niños veían los dibujos, otros salían a jugar y otros simplemente dormían. En mi caso, me despertaban terriblemente temprano para ir al supermercado. Sin embargo, cuando mis padres se divorciaron, hace dos años, todo se esfumó, igual que la presencia de mi padre en casa. Y como Leslie es demasiado perezosa para salir de debajo de las sábanas un sábado por la mañana, únicamente yo he querido mantener la tradición.

Claro que, cuando eres una adolescente sin coche, hacer la compra resulta mucho más pesado, así que cambié el supermercado por una pequeña tienda de comestibles que hay unas calles más abajo. Cada uno hace lo que puede, ¿no?

Fue así como empecé a fijarme en Eric Pullman. La tienda pertenece a sus padres, una bonita pareja formada por una mujer japonesa y un hombre inglés. Durante muchos años estuvieron viviendo en Londres, así que Eric es una perfecta combinación de caballero inglés, con su acento incluido, con rasgos suavizados por su genética japonesa. No era nada complicado que te gustara...

—Buenos días, Kenzie —me saludó con su sonrisa risueña y sus ojos oscuros ligeramente curvados hacia arriba—. Hoy has madrugado más que de costumbre.

Coloqué en la caja los pocos productos que había tomado de los estantes y le devolví el saludo.

—Tenía prisa por hacer la compra… Pero, ¡oye!, estoy segura de que tú has madrugado todavía más.

—Ahí me has pillado.

Aproveché el momento en el que buscaba el monedero para sacudir la cabeza y esconder mis ojos con el pelo. Eric no tenía que saber la verdadera razón de mi madrugón, ni por qué me negaba a hablar de ello con él.

Mamá había salido por la noche y, cuando regresó por la mañana, me despertó. Ya había salido el sol y ella continuaba bastante ebria. Tuve que salir corriendo de la cama antes de que despertara a Leslie y llevarla a su cuarto. Hacía mucho tiempo que eso no pasaba. Quiero decir, cuando ella y papá se separaron pasaba continuamente. Mamá salía de noche, regresaba tarde, bebía más de lo debido y descuidaba la casa. Pero con el paso del tiempo parecía que el problema se había solucionado, y pensé que no volvería a pasar… Hasta hoy.

Solo esperaba que no volviese a convertirse en una costumbre.

—Serán doce con ochenta —anunció Eric mientras colocaba la compra en dos bolsas de papel—. Oye, ¿estás segura de que vas a poder con todo esto?

Las dos botellas de zumo de naranja que mamá bebía durante la resaca pesaban bastante, pero no podía decirle eso. Sonreí forzadamente y le pagué.

19

—Claro, no soy ninguna blandengue, ¿sabes?

—Por supuesto que no, toro.

Me entregó el cambio y acomodó mejor el contenido en las bolsas antes de colocarlas sobre mis brazos. Había algunos clientes madrugadores como yo en la tienda, sobre todo ancianos que compraban leche desnatada y madres apuradas que se habían quedado sin galletas para el desayuno, pero Eric se tomó la molestia de abandonar la caja durante unos segundos para abrirme la puerta de salida.

Esa era la historia con Eric Pullman, un chico agradable. No demasiado guapo, no demasiado sobresaliente, pero con el que era fácil sentirte cómoda. Por eso es mi plan C. Él, y todos los chicos que me hicieran sentir así.

—Nos vemos el lunes en clase, Kenzie.

—Hasta entonces, Eric.

Mientras me alejaba de la tienda, los primeros cien metros se hicieron soportables; los siguientes diez, complicados, y los dos últimos, imposibles. Apenas había iniciado el camino de regreso y ya sentía los brazos doloridos por la tensión de los músculos. Los productos se habían movido dentro de las bolsas y un tarro de mermelada amenazaba con caer al suelo en cualquier instante.

—¿Eso que estoy viendo es una damisela en apuros?

Abrí los ojos con sorpresa y miré hacia la carretera.

—¡Mason! —Estaba siguiéndome con la ventanilla del coche bajada—. ¿Qué haces aquí?

Se encogió de hombros y paró para ayudarme con la compra.

—Oh, ya sabes, lo típico. Regresaba de casa de una de mis chicas de fin de semana.

Cerré la puerta trasera y elevé una ceja.

—Mase, tú no tienes chicas.

Su sonrisa hacía que se le marcaran unos pequeños hoyuelos en la mejilla. Él los odiaba, pero a mí me parecían encantadores.

—Tocado y hundido, Sullivan.

Negué con la cabeza para sofocar la risa. Luego bordeé el coche y me senté en el asiento del copiloto. En la radio sonaban, en volumen bajo, viejos éxitos pop de los ochenta. Eso era raro, Mason casi nunca escuchaba ese tipo de música.

Lo miré y entonces caí en que tenía el pelo revuelto, como si no se hubiese molestado en peinarse. Seguí estudiándolo y vi que llevaba su camiseta básica verde con el logo de una serie televisiva, la que usaba para dormir en los días más frescos, y los mismos pantalones del día anterior. Estaba segura de que si me inclinaba más, descubriría que iba con chanclas.

Por el rabillo del ojo Mason me pilló mirándolo.

—Abróchate el cinturón —me recordó, pulsando el intermitente y girando hacia mi calle. Era un viaje corto.

No me puse el cinturón. Era una frase banal, ya que prácticamente estábamos en mi casa. Yo lo sabía. Él lo sabía, como sabía que lo había descubierto, por eso lo dijo. Esperé a que aparcara el coche para protestar.

—¡Te acabas de levantar! ¿Por qué lo has hecho?

Meneó la cabeza y se rascó el cuello declarándose culpable. No me gustó eso, solo se estaba comportando como un buen amigo.

—Leslie me llamó —confesó finalmente mirándome a los ojos—. Me dijo que tu madre ha regresado tarde y que te has ido a hacer la compra sola.

No tenía idea de que mi hermana estuviese despierta. Debí de hacer más ruido del que pensaba.

—Gracias —suspiré, mientras pensaba si debía hablar o no con Leslie de lo sucedido.

—¿Estás bien?

Segundos de silencio espeso tras su pregunta. Afortunadamente, el tiempo había pasado, mi madre se había recuperado y la situación volvía a ser estable. Mason siempre estuvo a mi lado en los momentos duros. Sabía perfectamente por lo que habíamos pasado en casa y, como siempre, acababa preocupándose por mí.

—Claro —contesté de forma escueta.

Quizá fuese verdad, siempre y cuando se tratase de un caso aislado.

Sin saber muy bien qué decirle, salí del coche y recogí las bolsas de papel de los asientos traseros. Él continuaba con la ventanilla abierta y el motor encendido, y yo no podía irme sin al menos agradecérselo. Haciendo equilibrios con la compra me acerqué a su lado y me agaché para quedar cara a cara a través de la ventanilla.

—Eres un gran amigo, Mase. No sé qué puedo hacer para compensártelo.

—Fácil, ven al baile conmigo.

No pude evitar reírme. Tenía que aprovechar cada maldita ocasión, y sabía que no pararía hasta que le dijese que sí.

—Dios, eres un idiota —le solté, y me dirigí hacia la puerta de casa.

Antes de arrancar el coche e irse, me gritó una última frase:

—¿Paso de ser un gran amigo a ser un idiota? Me hieres, Sullivan…

Capítulo 3

Balanceé un pie de un lado a otro sobre el felpudo de la entrada de casa. Mi cuerpo temblaba de frío y trataba en vano de darme calor con los brazos alrededor de la cintura. Cualquiera podría aconsejarme que entrara en casa y me pusiera una chaqueta, pero esa no era una opción. Me había peleado con mi madre y me negaba a volver. Incluso dejé el desayuno a medias y no me molesté en despertar a Leslie. Seguro que con nuestros chillidos había bastado.

No es que discutiera a menudo con ella, al menos no creo que discutiera más que el resto de familias. Para ser sincera, esta vez la culpa había sido mía. Había perdido una lista y no la encontraba por ningún lado, por lo que tenía los nervios a flor de piel. Mi madre, que no sabía nada al respecto, había empezado bromeando conmigo, preguntándome si ya había hecho la lista de menús semanal. Cuando contesté con un gruñido, añadió que quizá debería organizar también mis estados de ánimo y no ser tan quisquillosa. De ahí pasamos a los gritos y mi madre acabó diciendo que era una exagerada porque lo magnificaba todo.

El caso era que no se trataba de una lista cualquiera, y por eso tenía derecho a magnificar lo que me diese la gana. Quiero decir que podría haber sido la lista de qué ropa iba a ponerme durante esa semana, la de los menús, la de las series de televisión que había que grabar… Pero no, tuve que perder LA lista, la de los cuatro chicos que me gustaban. Y, como todas y cada una de mis listas, estaba firmada con mi nombre.

Únicamente Dios sabe qué podía pasar si esa lista acababa en malas manos… Como, por ejemplo, las de Jane Tyler y sus amigas.

Había repasado mentalmente todos los lugares en los que podría haberla perdido y, desafortunadamente, el único que se me ocurría era el instituto, frente a mi taquilla, el viernes por la tarde. Solamente esperaba que Mason no tardase mucho en pasar a buscarme y pudiese llegar a clase antes de que cualquier alumno la encontrase y decidiese cotillear a ver qué era.

En la casa de al lado sonó un portazo. Apreté los párpados y crucé los dedos rogando. «Por favor, él no… Él no…»

—¡Señorita frígida! ¿Te han dejado plantada?

Mi mandíbula chirrió. Mierda. Me di la vuelta y puse mi mejor cara de simpatía. Por supuesto, era imposible ocultar la falsedad cuando se trataba de James Smith. Incluso mi sonrisa estaba envenenada.

—No es de tu incumbencia, Mr. Salido.

En realidad, yo había salido demasiado pronto y se suponía que Mason no pasaría por casa hasta pasados diez minutos, pero confiaba en el sentido de la prepuntualidad de mi amigo. Con suerte, estaría aquí en menos de cinco. Pero todo eso era información extra que no iba a darle a James.

Odiaba a James Smith por una sencilla razón: la broma. En cada clase hay un payaso, eso es un hecho. Algunos tienen al simpático y divertido; otros, al que solo quiere dar la nota, y nosotros teníamos a James. Sus bromas tenían poco de divertidas, y en cuanto a dar la nota... Digamos que no tenía de qué preocuparse si lo que quería era hacerse notar... Con sus ojos verdes, su rostro pálido y pecoso y su cabello pelirrojo, era difícil pasar inadvertido.

Lo que no soportaba de James eran sus bromas de mal gusto. Al principio, solía soltar frases graciosas en los momentos más oportunos. Debo admitir que tenía una gran facilidad de palabra y un ingenio enorme. Al pasar a secundaria, poco a poco pasó de ser gracioso a ser sarcástico, y le gustaba meterse con los demás. Eso me mosqueaba sobremanera. Además, a la larga, consiguió construir una estela de liderazgo. Los estudiantes empezaron a hablar de él y a reírle las gracias, incluso cuando no la tenían, y se le subió el éxito a la cabeza. Halagar a un prepotente era algo que no iba conmigo.

La broma ocurrió en el segundo año de instituto. A los quince, la mayoría de los chicos aún están en pleno descubrimiento sexual y se comportan como niños en las clases de educación sexual, y se dedican a inflar preservativos como si fueran globos. A James le pareció divertido pegar un condón en la espalda de algún inocente y pensó que su vecina sería la víctima ideal. Después de pasearme durante toda una mañana por los pasillos del instituto con el trozo de látex pegado a mi espalda, preguntándome por qué se reía cuando pasaba por su lado, finalmente di con Mason en el autobús. Fue el único que se dignó a contarme lo que pasaba.

Desde ese día, y gracias a mi «exagerada» reacción (que tampoco fue para tanto, simplemente aparecí en su casa con el preservativo en la mano para contárselo a sus padres y luego esparcí el rumor de que James había acudido al médico por un herpes genital), él me había apodado «señorita Frígida» y yo le llamaba a él «Mr. Salido». Ciertamente, los apodos no hacían justicia a ninguno de los dos, pero eso no nos importaba.

—Parece que tu novio tarda en pasar a recogerte —dijo James mientras se dirigía hacia su coche—. Te invitaría a venir conmigo, pero no puedo dejar que la gente nos vea juntos, ya me entiendes.

Esbocé una sonrisa envenenada.

—Por supuesto, sería horrible que los demás supieran que a veces interactúo con imbéciles como tú.

Lejos de molestarse, James soltó una carcajada y abrió la puerta de su automóvil. Fruncí el ceño. ¡Cómo odiaba que hiciera eso!

—Me alegra que nos entendamos tan bien, Sullivan.

No me molesté en contestar. Detestaba a James por múltiples razones, además de la broma. Nadie se toma tan bien los insultos. Pero, claro, él es James Smith, y la gente lo adora.

Afortunadamente, tal como había calculado, Mason no tardó más de cinco minutos en aparecer delante de mi casa. Entré en el coche mientras Mason me miraba con un gesto de asombro en su cara.

—¿Estoy soñando o la tardona Sullivan ha salido a tiempo de su casa? —Le golpeé en el brazo como respuesta, sin querer dar más explicaciones, y él rio—. Venga, abróchate el cinturón, que voy a arrancar.

—Lo que usted diga, señor Seguridad.

Me mantuve todo el camino observando el indicador de velocidad del coche. Circular por las calles peatonales a cincuenta kilómetros por hora me parecía muy lento, y cada vez que frenaba en una esquina mi estómago se retorcía. No iba a llegar a tiempo de encontrar mi lista.

—Eso sí que es entusiasmo por ir a clase —bromeó Mason cuando le pedí por tercera vez que acelerara—. ¿Hoy reparten caramelos gratis?

Hice caso omiso de su comentario. Contarle a mi mejor amigo lo de mi lista de chicos no entraba dentro de mis planes, principalmente porque su nombre estaba en ella.

Llegamos al aparcamiento diez minutos antes del inicio de las clases. Ya había coches aparcados y algunos alumnos caminaban somnolientos hacia las puertas del edificio. Salí rápidamente del coche con el motor aún en marcha y corrí hacia la entrada.

—¡Kenzie!

Mason me llamó, pero no le hice caso. Necesitaba revisar mi taquilla tan rápido como fuese posible. Puede que estuviera dentro, o en el suelo… Me colé detrás de un estudiante de primero y avancé a toda velocidad por los pasillos del instituto, sin fijarme en mi alrededor, desesperada por llegar a mi taquilla. Al doblar la esquina de la clase de álgebra, escuché lo que me pareció la voz de Eric Pullman, que me llamaba, pero debían de ser imaginaciones mías, porque en general solo hablaba con él en la tienda.

Cuando llegué al pasillo de las taquillas y me detuve a mirar a mi alrededor, me di cuenta. Allí estaba. Había encontrado mi lista. O mejor dicho, *mis listas*. Múltiples fotocopias pegadas en las paredes, tan juntas y en tanta cantidad como para no dejar ni un pequeño hueco libre.

Mi corazón se paró y me sentí caer por un acantilado lleno de zarzas y puntas afiladas. No podía ser cierto.

Pero lo era. Y mi nombre estaba allí, Mackenzie Sullivan, escrito en grande y subrayado, seguido del de Derek, Mason, Eric y James.

Mi mente se aceleró, desesperada por hacer desaparecer mi lista de la pared, pero sabía que nada funcionaría. Las fotocopias estaban por todas partes, en todas las paredes. Era mi peor pesadilla hecha realidad.

—¿Kenzie?

¡Oh, no!

Me di la vuelta lentamente, como si retrasando mis movimientos todo fuese a desaparecer y el miedo golpeara más flojo.

—Kenzie, ¿qué es esto?

Las lágrimas comenzaron a picar en mis ojos cuando la mirada de Mason se cruzó con la mía. En su mano sostenía un folio doblado y rasgado, pero totalmente reconocible: mi lista.

Di un paso hacia atrás; mi cuerpo por fin empezaba a reaccionar después del *shock*. No podía ser. No. Mason quiso decir algo, pero yo ya no le escuché. Me di la vuelta y salí corriendo en dirección a los lavabos, llorando y apartando a los curiosos a base de codazos.

Era un hecho: ese era el último día de mi vida.

Capítulo 4

¿Has tenido alguna vez la sensación de no estar viviendo tu propia vida? Cuando te ocurre directamente algo traumático y sientes que tú no participas en la trama, sino que eres un mero espectador que observa desde un lugar en lo alto. Bien, pues así fue como yo viví mi suceso traumático.

Sentí el dolor y la vergüenza, la forma en que las piezas de mi mundo se movían fuera de sus engranajes con un ruido tan profundo y molesto que resultaba aterrador, pero no fue hasta que llegué al servicio y me encerré dentro de un cubículo cuando la realidad me alcanzó.

No solo había perdido mi lista, sino que alguien la había encontrado, y esa persona se encargó de hacerla pública de una forma tan humillante y llamativa que ningún chico del instituto podría obviarlo jamás. Todos iban a leer los nombres de los cuatro chicos y me convertiría en el hazmerreír del lugar. ¿Cómo iba a recoger mis libros de la taquilla sin sufrir por si me encontraba a Derek Anderson en la suya? ¿Cómo iba a ir el sábado a la tienda de comestibles sabiendo que Eric Pullman estaría allí? ¿Cómo podría volver a insultar a James Smith si su nombre también estaba escrito?

¿Y Mason? Sollocé con más fuerza al recordar su expresión de sorpresa en el pasillo. Había leído la lista y quería pedirme explicaciones, probablemente rezando para que se tratase de una estúpida broma. Nunca le había dicho nada sobre mis sentimientos por miedo a perderlo. No sabría qué hacer sin mi mejor amigo. ¿Cómo iba a enfrentarme a eso ahora? Me pasé las dos primeras horas de clase encerrada en el servicio llorando un río, literalmente. Diría que era incluso un océano. De hecho, gasté todo el rollo de papel. ¿Podía una persona morir de deshidratación por llanto?

En un momento dado, empecé a pensar en quién había podido robar mi lista. ¿Quién podía odiarme tanto como para empapelar las paredes con mi lista? Yo no era ninguna celebridad, solo una estudiante normal, como la gran mayoría. ¿Podría haber sido Jane Tyler? Desgraciadamente, era un acto demasiado ruin incluso para ella. Si se reía, lo hacía a la cara.

Hacia el final de la tercera clase resonaron unos pasos dentro del servicio. Unos zapatos de tacón chocaron contra las baldosas y se pararon justo frente a mi cubículo. Apreté los labios y contuve la respiración en un fuerte intento por sofocar los sollozos.

Por supuesto, eso no funcionó.

—¿Mackenzie Sullivan? ¿Estás aquí?

Jadeé entre sorprendida y apabullada. ¿Qué hacía la profesora Gómez en el lavabo? Me había perdido su clase de dibujo a primera hora, pero no pensé que fuese a darle mayor importancia.

Tres golpes sonaron en la puerta, y me hicieron estremecer.

—Sé que estás aquí, Mackenzie. Vamos, sal. Quiero hablar contigo.

El sol habría podido explotar en aquel momento y quemar la Tierra que no me hubiera importado lo más mínimo. Ahora, además de tener mi lista adornando los pasillos del instituto, iba a ser amonestada por ello y por saltarme una clase. ¿Cómo quedaría eso en mi expediente para la universidad?

Con un suspiro de resignación, moví la manija y salí para enfrentarme a la profesora. Evité a toda costa los espejos para no tener que ver mi rostro hinchado y los ojos enrojecidos, tan segura como estaba de mi mal aspecto. Tampoco quería mirarla a ella. Mis zapatillas parecían la mejor opción, por el momento.

—¿Estás bien?

Me encogí de hombros. ¿Tenía una respuesta que no fuese un «no» rotundo y drástico? Lo dudaba.

—He oído algo sobre tu… incidente.

Incidente. ¡Qué bonita forma de decir que mi vida estaba arruinada! No me sorprendía que lo supiera. Los papeles cubrían todas las paredes, no podían pasar inadvertidos.

—¿Estoy castigada? —me atreví a preguntar tras un lapso de silencio.

—¿Castigada? —La profesora Gómez parecía asombrada—. Alguien acaba de gastarte una broma muy desagradable y de muy mal gusto, ¿y tú preguntas si estás castigada?

Tragué saliva y finalmente me atreví a elevar la mirada. Las suaves facciones acompañaban a sus ojos claros. Al menos no sería amonestada.

—¿Entonces por qué…?

—Vine porque quería asegurarme de que estás bien —contestó, dibujando una sonrisa condescendiente en los labios—. Tal vez quieras llamar a casa y que vengan a buscarte. Puedo hablar con el resto del claustro de profesores por ti.

No era tan tonta como para pasar por alto una oferta tan necesaria en aquellos momentos. Asentí y la seguí fuera del servicio. Los pasillos estaban desiertos a pocos minutos del final de la tercera clase. Si me daba prisa, no me cruzaría con ninguno de los chicos de mi lista ni con nadie.

Al doblar la esquina cerca de mi taquilla comprobé que el conserje estaba despegando los papeles de las paredes, aunque, a juzgar por los espacios en blanco, era posible que algunos estudiantes se hubieran llevado algunos... Simplemente genial.

—Señorita Gómez...

—Silvia. Llámame Silvia, por favor. Odio la forma educada de llamar a los profesores. Me hace sentir vieja.

La señorita Gómez debía de tener unos treinta años, pocas cosas la harían parecer vieja.

—Eh..., Silvia, entonces. ¿Cómo sabías que estaba en el baño?

Aceleré mis pasos para caminar a su lado. De hecho, la pregunta sería más bien cómo sabía que estaba en ese baño. El instituto no es grande, pero tampoco es minúsculo. Silvia me miró a través de las pestañas con los músculos faciales apretados, tratando de ocultar una sonrisa.

—Mason Carter vino a hablar conmigo. Me contó lo de la lista y me dijo que te habías ocultado en el baño. En serio, Mackenzie, ¿la opción B? No te lo tomes como nada personal, pero Derek Anderson cumple el mito de deportista idiota a veces…

Me quedé helada. ¿Mason había ido a hablar con ella? ¿Cómo se suponía que debía analizar esa información? ¿Significaba que él no estaba molesto? ¿O sería tal vez una forma de compensar lo mucho que iba a distanciarse de mí al saber que estaba enamorada de él? O al menos que alguna vez lo estuve…

Tres minutos antes del final de la tercera clase llegamos a la secretaría; no había nadie. En breve, la gente empezaría a deambular por los pasillos.

—Toma asiento mientras llamo a tu madre.

Hice caso omiso de Silvia y me apoyé contra una pared mientras acababa de secarme la cara con una manga. Hablar con Silvia me había ayudado a alejar mi mente del trauma de mi vida y a mantenerla ocupada. Tenía que aguantar así al menos hasta que llegase a mi casa, presumiblemente sana y salva.

Alguien abrió la puerta de la secretaría y entró:

—Vaya, ¡hola!

Me quedé blanca. Podría haber entrado el director, un profesor, un alumno cualquiera, un perro, un ladrón, un maníaco asesino en serie… ¿De todas esas personas tenía que ser precisamente él? No pensaba saludarlo, mejor hacerle el vacío y que se olvidara de mí.

—Hola, James.

Vale, no soy famosa por la fuerza de mis convicciones.

James cruzó los brazos sobre el pecho y se apoyó en la pared, a mi lado. Sin disimular, me moví para alejarme de él. No me gustó nada la forma en que sus ojos verdes me inspeccionaron. Tenía que hacer algo, cualquier cosa, así que saqué el teléfono del bolsillo, aunque no debería haberlo hecho.

Dieciséis llamadas perdidas de Mason más cuatro mensajes de texto.

—Lo siento, Mackenzie, no he podido contactar con tu madre, ¿no hay nadie más que pueda acercarte? —dijo Silvia, oportuna—. Oh, James, ¿qué ha sido esta vez?

—Uso indebido de la palabra en historia —contestó el chico sin dejar de mirarme—. Yo puedo llevarla a casa, no hay ningún problema.

Me di la vuelta hacia la profesora con los ojos abiertos en señal de negociación. Desafortunadamente, ella no me miraba a mí, sino a él.

—No sé si es buena idea, perderás una clase.

—En nada es el descanso. Puedo salir y estar de vuelta para mi siguiente clase.

—¿Y qué hay de tu amonestación?

—Es lo rutinario. Anótalo en mi ficha y esta tarde me pasaré por el aula de castigo.

Mi mirada iba de uno a otro. ¿A nadie más le parecía surrealista? Mi plan D, Nunca En La Vida, el chico al que odio a muerte, y viceversa, insistía en llevarme a casa. Eso solo podía significar malas noticias, tal vez alguna broma. Olvida el tal vez, seguro.

Finalmente, Silvia me miró, pero, por desgracia, cuando lo hizo la confusión había conseguido borrar mi expresión de horror.

—¿Qué opinas, Mackenzie? ¿Te parece bien?

Absolutamente no. ¿Estaba loca? Una rata de laboratorio gigante sería una opción mejor.

Justo en ese momento sonó el timbre que anunciaba el final de la tercera clase. El tiempo se me acababa.

—Gracias por llevarme, James.

Iba a ser un viaje interesante.

Salí de la secretaría. James iba justo detrás de mí. Los estudiantes empezaban a aparecer por el pasillo, llenando el ambiente con sus conversaciones vacías y despreocupadas. Cómo se notaba que ninguno de ellos acababa de morir socialmente.

Agaché la cabeza para intentar pasar desapercibida. Desgraciadamente, eso no funcionaba con James Smith.

—¿Sabes? En realidad tengo bastante curiosidad. ¿Tu opción D?

Arrugué la nariz. Tenía que deshacerme de él tan rápido como desapareciéramos del campo visual de Silvia. No había manera humanamente posible de que yo me subiera a un coche con semejante ser. Pero hoy era una excepción.

—No sé de qué te sorprendes.

James rio ante mi comentario. Ahora iba a resultar que en momentos límite yo era divertida. Leslie siempre me decía que soy la persona más aburrida del mundo.

Pasamos por la esquina de las taquillas y aceleramos el paso con la vista clavada en el suelo. Unos minutos más y podría salir de allí.

—Aun así estoy dentro de tu lista, Mackenzie. Eso quiere decir que significo algo para ti.

De verdad, no podía aguantar a semejante criatura del infierno. Me di la vuelta para estar cara a cara mientras continuaba caminando. Mi misión: salir del instituto sin ser vista. Cuándo: cuanto antes.

—Algo en el mal sentido, Mr. Sa…

Pero ¿quién me había mandado no mirar por dónde iba? Andaba tan acelerada que no pude evitar chocar contra un bloque que alguien había puesto allí aposta. Cuando me di la vuelta para pedir disculpas a mi interceptor, el alma se me cayó a los pies.

Derek Anderson.

Mi mandíbula se desencajó hacia abajo mientras mi lengua se enredaba tratando de formular una disculpa. Si ya de entrada me costaba hablar con él, en aquellos momentos no sabía ni cómo mirarlo. La situación era patética.

—Perdona, no te había visto —dijo él mientras se agachaba a recoger la libreta que le había tirado al suelo.

Mi mente seguía en blanco, desierta cual cartera a finales de mes. Desgraciadamente, eso no me impidió escuchar una risa al lado. Y no, no era de James.

—¿Así es como pretendes ligarte a tu plan A, Mackenzie Sullivan?

¿Acaso Jane Tyler era una especie de apéndice de Derek Anderson? Siempre que me tropezaba con ella era cerca de él, y nunca por algo positivo.

Los ojos azules de Derek se dirigieron primero a Jane y luego a mí. Derek me miraba confuso.

—¿Tú eres Mackenzie? —Y luego añadió, por si no estaba claro—: ¿La de la lista?

No solo era una estudiante extranjera para él, sino que ahora también era una *Sin Nombre*. Tendría que haberlo visto venir…

Una mano me agarró del brazo antes de poder contestar, me apartó de Derek y me alejó por el pasillo.

—La misma que viste y calza —informó James mirando al chico por encima de su hombro mientras tiraba de mí—. Lamentablemente, ahora está ocupada; otro día veré si te la presto.

No cuestioné los discutibles métodos de evasión de James. Acababa de salvarme de una situación no deseada. Sin embargo, antes de poder llegar al aparcamiento, alguien más nos abordó. En realidad, me abordó.

—¡Kenzie! ¡Espera!

Mis ojos casi se salieron de sus órbitas cuando vi que Eric Pullman venía corriendo hacia nosotros a través del ya abarrotado pasillo.

—¡Oh, mierda! —renegué, y James me apretó más el brazo.

Afortunadamente, de nuevo Mr. Salido se encargó de salvar la situación.

—Está ocupada, Pullman —le gritó a Eric, acelerando nuestro paso hacia el aparcamiento—. En otro momento será.

Alcancé a ver cómo un contrariado Eric se frenaba en medio del pasillo antes de que las puertas del instituto se cerrasen detrás de nosotros. Cuando llegamos al coche me soltó.

—¿Qué tienes para atraerlos a todos? Eres un maldito imán, nena.

Lo miré con desprecio.

—No me llames «nena». Nunca. Jamás. Bajo pena de muerte.

James puso los ojos en blanco.

—Qué miedo… Venga, sube al coche.

Bien, habíamos llegado al momento en el que por fin me libraba de él.

—No.

—¿No?

Se veía poco convencido.

—¿Acaso pensabas que iba a dejar que tú me llevases a casa? Gómez no me habría dejado salir si le hubiera dicho que me iría sola.

—Y andando.

—El ejercicio es bueno para la salud.

—Son al menos cinco kilómetros, Kenzie.

—Mucho ejercicio es bueno para la salud.

—Podría empezar a llover en cualquier momento.

—Someterse a temperaturas extremas es bueno para la salud.

James gruñó y se llevó las manos a la cabeza, tirándose del pelo.

—Esto es increíble. De todos modos, ni siquiera sé por qué me estoy ofreciendo…

Sonreí con socarronería. No recordaba que poner a James de los nervios fuese tan divertido.

—Hablar contigo es malo para la salud.

—Demonios. Que te den, Mackenzie. Que tengas un buen camino a casa.

Asentí. Por fin libre.

—Ahí es donde yo quería llegar. Adiós, Mr. Salido.

Empecé a alejarme, pero James me alcanzó rápidamente, sujetó mi muñeca entre sus dedos y tiró de mí hacia atrás.

—Ya está bien, Kenzie, sube al maldito coche.

Suspiré. ¿Es que no se iba a dar nunca por vencido?

—Déjame tranquila, James —chasqueé la lengua, harta—. Puedo ir a casa andando perfectamente, no estoy inválida.

—Irás sola y son todo carreteras. ¿Qué pasa si alguien te lleva?

—Pobre de quien tenga que escuchar mis lamentos, entonces. Déjame.

—No, tú vienes conmigo.

James comenzó a tirar de nuevo de mí hacia el coche mientras yo me resistía. Era una situación tan surrealista...

—Para. Suéltame.

—No.

—Sí.

—No.

—Sí.

—Sí.

—No... Espera, ¿qué?

Sus labios se estiraron revelando unos dientes blancos y perfectos, a excepción de la pequeña, aunque bonita, torcedura en sus paletas.

—Tú misma lo has dicho, vienes conmigo.

Parpadeé confusa. ¿Acababa de jugar conmigo? ¿Había conseguido engañarme? Era listo...

—En serio, déjame. Yo puedo...

Estaba volviendo a protestar cuando una sombra apareció a mi espalda y habló directamente hacia James.

—Ya la has oído, Smith. Suéltala. No quiere ir contigo.

Mi corazón se aceleró en un latido macabro. Mason.

Capítulo 5

James me miró detenidamente antes de dirigir su mirada hacia Mason, y lo que fuese que vio en mi rostro solo lo pudo traducir en una frase: mantenme lejos de él también.

—En realidad estoy bastante seguro de que ella quiere venir conmigo, Carter —remarcó su apellido con fuerza y me apretó el brazo, tirándome hacia él—. Justo ahora estaba por decir la palabra mágica: sí.

Incapaz de darme la vuelta para mirar a Mason, sentía cómo mi cuerpo hormigueaba solo con su presencia y dejé que James me llevara hasta el coche.

—Eso me gustaría escucharlo de ella.

Tragué saliva. Mi cuerpo quedó seriamente noqueado. Él estaba esperando mi respuesta y yo no podía dársela. Era pronto para enfrentarme a Mason. Demasiado pronto. No me importaba quedar como una gallina porque lo era, y aunque él era mi mejor amigo, el miedo y la angustia se apoderaron de mí.

James volvió a tomar el relevo.

—¿No crees que Kenzie ya me hubiese pegado una patada si de verdad no quisiera venir conmigo? Soy su plan D, ya sabes...

¿O no era a rescatarme, exactamente, a lo que había venido? Comencé a fulminarlo con la mirada cuando una mano se posó en mi brazo tirando de mí con la intención de darme la vuelta. Dejando de lado el hecho de que me sentía como una muñeca por la que dos niñas, en este caso chicos adolescentes, se estaban peleando, de ninguna manera podía mirar a Mason a la cara. Repito: era demasiado pronto.

Cuando mi cuerpo quedó frente al suyo, bajé la mirada hacia el suelo. Mi brazo ardía allí donde su piel estaba en contacto con la mía. Era increíble el cambio que se había producido entre nosotros en cuestión de minutos. Habíamos pasado de bromear sobre el baile a vivir la situación más incómoda de nuestra historia.

—Necesito hablar contigo, Kenzie.

Apreté los labios con tanta fuerza que la boca me sabía a hierro. Asqueroso.

—Mierda, Kenzie. Mírame, por favor.

—Déjala, Carter. ¿No te das cuenta de que no quiere hablar contigo ahora?

¿Por qué James tenía que ser tan directo? Ese chico necesitaba con urgencia un filtro para sus pensamientos. Pero eso me dio el impulso necesario para alzar mi rostro hacia Mason.

Sus ojos estaban clavados en los míos y juraría que, después de todo, él también se sorprendió de que me volviera hacia él. Me conocía tan malditamente bien…

Aguanté la mirada todo lo que pude. Me encantaba hundirme en sus ojos castaños y regocijarme en las arrugas que se formaban a su alrededor cada vez que sonreía, justo al compás de sus hoyuelos. Sin embargo, en aquel momento cada segundo que transcurría me mataba por dentro.

Mason fue el primero en apartar la mirada.

—Está bien, ve a casa con él. —Se dirigía exclusivamente a mí, como si James no estuviera parado justo detrás—. Pero tenemos que hablar, y lo sabes.

Me soltó el brazo y sentí frío en la piel descubierta. Vaciló antes de alejarse y volvió a clavar sus ojos en mí durante unos segundos. Aunque parecía tranquilo, seguía enfadado.

—Cuando estés dispuesta a hablar conmigo, ya sabes dónde encontrarme.

Finalmente se dio la vuelta y regresó al instituto, dando un portazo tan fuerte que algunos alumnos se asustaron.

—¿Ahora me dejarás que te lleve a casa?

Me volví hacia James. Había abierto la puerta del copiloto y estaba esperando mi respuesta. En aquellos momentos me parecía muy complicado escabullirme de él. La miniconversación con Mason me había dejado sin energías suficientes para ponerme a discutir.

—¿Tengo otra opción?

Con un suspiro dramático me deslicé dentro del coche y me abroché el cinturón de seguridad. Sentí una punzada en el estómago. Mason siempre me recordaba que tenía que ponerme el cinturón de seguridad.

James subió y arrancó el motor. Esperaba que iniciara una conversación, se burlase de mí o incluso bromease con dejarme tirada a mitad de camino. Cualquier cosa era posible. Sin embargo, nada de eso ocurrió. Rozando el límite de lo irreal, James condujo en silencio los cinco kilómetros que separaban el instituto de nuestro barrio. De hecho, no abrió la boca ni para respirar hasta que aparcamos delante de la puerta de mi casa.

—Tu madre no vuelve hasta la noche y tu hermana está en el colegio. ¿Estás segura de que quieres quedarte sola en casa?

Observé a James en silencio. Su cabello pelirrojo se curvaba en un gracioso bucle a la altura de las orejas que parecía pedir a gritos que lo recolocara.

—Deja de mirarme, Sullivan. No me gusta —me advirtió frunciendo el ceño al tiempo que se alejaba de mí y apoyaba el hombro contra el cristal de su ventanilla—. No volveré a ser amable contigo.

Puse los ojos en blanco. Mr. Salido volvía al ataque.

—Bien, no será un gran problema. Gracias por traerme de todos modos.

James se encogió de hombros y sus ojos verdes brillaron.

—No hay problema. Gracias a ti me he librado de pasarme todo el descanso hablando con Silvia sobre los supuestos problemas patológicos que me hacen ser tan irresponsable.

Eso tenía más sentido que lo de ayudarme desinteresadamente. Sonreí de medio lado, aunque era una sonrisa falsa. Desabroché el cinturón y salí del coche. James bajó la ventanilla y se inclinó sobre ella antes de que me alejase del todo.

—¿Seguro que estarás bien? ¿No necesitas helado o mierdas de esas que tomáis las chicas deprimidas?

¿Helado? No podría volver a comprar helado en la tienda de Eric. Volví a ponerme de mal humor.

—Eso es solo en las películas, idiota.

Me gané un gruñido como respuesta.

—Solo pretendía ser amable.

Esta vez sí que sonreí de verdad.

—Dijiste que no volverías a serlo conmigo.

Tocado y hundido. James abrió la boca para rebatirme, pero me alejé de él antes de que sus palabras pudiesen llegar a mis oídos. Corrí hacia la puerta de casa y me encerré dentro de las paredes de mi habitación tan rápido como pude. Tumbada boca abajo en la cama, mordiendo la almohada con fuerza y sacando toda la rabia que llevaba dentro, recordé los mensajes de mi teléfono.

Había cuatro, todos de Mason. Las lágrimas ya se habían secado y tenía que poner medidas sobre el asunto cuanto antes. Sabía que Mason estaba enfadado y, aunque de alguna manera sentía que ya lo había perdido, me negaba a darme por vencida. La esperanza es lo último que se pierde. Y ¡qué diablos! Tenía curiosidad por saber qué decía.

Me incorporé y me senté sobre la colcha; desbloqueé la pantalla del teléfono y, respirando profundamente, leí los mensajes de Mason.

MASON: ¡Contesta al teléfono! ¡Estoy preocupado, maldita sea!

MASON: Tenemos q hablar, Kenzie. Dime al menos q estás bien.

MASON: No t engañaré, la gente está hablando. Cosa q creo que tú y yo tenemos q hacer. De verdad, estoy preocupado.

MASON: No puedo creerme q esté preguntándote esto, pero... ¿estás enamorada de mí, Kenzie?

Y entonces me metí en un lío increíble. Hice algo impulsada por la adrenalina, el miedo, la histeria y… bueno, de perdidos al río. Agarré el teléfono con fuerza entre mis manos y escribí una respuesta. La «palabra mágica», como decía James.

KENZIE: Sí.

Nada más enviar el mensaje, quise borrarlo. Mis manos comenzaron a temblar y tiré el móvil hacia la otra esquina de la cama. El pánico comenzó a crecer dentro de mí.

¿Qué había hecho?

¡Demasiado pronto! Dios, ¿por qué lo había hecho? Tenía que plantearme qué demonios pasaba por mi cabeza…

Oí el sonido de mensaje recibido en el móvil y corrí a ver quién era.

MASON: Ahora sí tenemos q hablar.

SSD. Simple, sencillo y directo. No hacían falta más palabras ni explicaciones. Mason sabía lo que sentía y necesitaba hablar conmigo. Pasase lo que pasase, ya nada volvería a ser lo mismo entre nosotros.

Gemí lamentándome y hundí la cabeza en la almohada. En aquellos momentos, el hecho de que mi lista se hubiese hecho pública, que Derek Anderson, Eric Pullman, James Smith y el resto del instituto supiesen de su existencia, me era completamente indiferente. La mitad de los alumnos no sabía quién era yo, como mi plan A, que no resultó ser tan bueno como pensaba, después de todo… Podrían saber mi nombre por la lista, pero no conocían mi rostro.

No, lo que realmente me importaba era Mason y qué iba a hacer ahora. Podía activar el modo fantasiosa e imaginar que él también me amaba en secreto y que a partir de ahora todo sería un perfecto cuento de hadas, pero estaba más que segura de que eso no era así. Mase no es exactamente la clase de adolescente que se vuelve loco por una chica. A él le gusta salir, divertirse, leer libros y cómics, y ver los partidos de fútbol americano, aunque ni siquiera sepa lo que es un *touchdown*. Ha salido con alguna chica, pero nunca nada serio, excepto conmigo.

Desde que se convirtió en mi mejor amigo (y a la inversa), hemos hecho juntos la mayoría de las cosas. Lo he arrastrado de compras del mismo modo que él me ha obligado a ver vídeos tontos en internet. Nos disfrazamos de Harry y Hermione para ir al estreno de la última película de Harry Potter. En mi decimotercer cumpleaños robamos una botella de alcohol del armario de mi madre y nos servimos nuestros primeros chupitos. Luego, con la garganta ardiendo, corrimos juntos al baño a escupir. Supongo que el vodka fue mala elección para comenzar.

No me moví de la cama hasta que, horas más tarde, oí que la puerta de abajo se abría. Aturdida aún por todo lo sucedido, dejé el móvil descansando en la mesita y me obligué a salir de mi cuarto en busca de algo que comer.

Cuando llegué a la cocina, Leslie estaba rebuscando dentro de la nevera.

—¿Sabes si sobró lasaña de anoche? Algo me dice que no…

—Puedo preparar unos burritos si quieres —dije acercándome por detrás y cerrando la puerta del frigorífico—. No lo dejes abierto o se irá el frío.

—Sí, seño… —Leslie empezó a contestarme hasta que sus ojos azules me vieron—. ¿A qué fantasma has visto hoy?

Arrugué la nariz y la empujé hacia un lado para abrir de nuevo la nevera. Ella se recuperó, se acercó a mí y siguió inspeccionándome la cara. No pensaba que estuviese tan mal. Llevaba la misma ropa y el mismo peinado con los que había salido de casa por la mañana, solo que tal vez un poco más arrugada y revuelto.

—¿Has suspendido algún examen? ¿Se ha roto tu pantalón favorito? No me digas que es por lo de esta mañana con mamá.

Saqué un pimiento rojo y uno verde y los coloqué junto a la salsa de tomate.

—No, no es por mamá. Y no tengo ganas de hablar de ello, Les.

—Mentira, tú siempre tienes ganas de hablar. Venga, dime…

Suspiré y volví a mirar dentro de la nevera y… Maldición, no había pollo. Y la única tienda a algunos metros a la redonda era la de Eric Pullman. De ninguna manera iba a volver allí.

—No puedo hacer burritos, no hay pollo.

Por supuesto, mi hermana tenía una respuesta muy lógica.

—Ve a comprarlo.

—Ve tú —contraataqué, más borde de lo que debería haber sido.

—Tengo once años, Kenzie. No sé dónde guarda mamá el dinero.

La cabeza me dolía como si me hubiese estallado una granada dentro y los sesos ensangrentados se estuviesen escurriendo por mis oídos. Una imagen mental encantadora.

—Si te doy el dinero, ¿vas tú a comprar el pollo?

Leslie cruzó los brazos sobre el pecho e inclinó la cabeza hacia la derecha.

—Solo si me dejas comprarme esas chocolatinas rellenas de caramelo.

Gruñí, no tenía ganas de discutir.

—Está bien.

Subí de nuevo a mi cuarto y saqué dos billetes de mi cartera. Guardé el teléfono en el bolsillo de mis pantalones antes de volver junto a Leslie. Al menos ya no haría preguntas. Quería mucho a mi hermana, pero no me apetecía contarle los detalles traumáticos y morbosos de mi vida. Tenía la esperanza de que su adolescencia fuera más tranquila.

Cuando Leslie salió de casa eché un vistazo a mi teléfono. Tenía dos llamadas perdidas y un nuevo mensaje. Aunque ya imaginaba de quién se trataba, no pude evitar que mi corazón se encogiese al ver el nombre del destinatario brillando en la pantalla.

MASON: Voy ahora para tu casa.

En ese momento sonó el timbre.

Tragué saliva y me deslicé descalza desde el pasillo hasta la puerta de entrada. Frené con los talones antes de abrir. ¿Qué estaba haciendo? Había ido prácticamente corriendo hasta la puerta, cuando enfrentarme a Mason era una de las cosas que más me aterraban.

Aunque, pensándolo bien, tal vez una parte de mí tenía ganas de pasar ya ese mal trago y saber qué iba a ocurrir. No soy una persona paciente, así que eso tenía sentido.

Me atusé el pelo como pude, cerré los ojos, tomé aire y abrí la puerta.

—¿Qué tal se encuentra la que me puso en último lugar?

—¿Qué haces aquí?

James y yo hablamos al mismo tiempo. Sacudí la cabeza despeinándome de nuevo y parpadeé. Me aclaré la garganta antes de repetir mi pregunta.

—Te traigo los deberes de matemáticas. Silvia me interceptó camino al aula de castigo y me envió a por ti. Es la segunda vez en lo que va de día que me salvas de un rato de aburrimiento, Sullivan. Y todo ello a pesar de ser tu plan D.

Resoplé y tomé los dos folios impresos que sostenía en sus manos. Luego, miré por encima de su hombro en busca del coche de Mason. Iba a llegar en cualquier momento.

—¿Esperas a alguien? —se interesó James, dándose la vuelta y observando la carretera—. Cuando iba hacia el coche pasé al lado de Mason Carter. Estaba discutiendo con Eric Pullman. Parecía bastante interesado en poder salir de allí.

Me mordí el labio inferior mirando a James. Había dado en el clavo, aunque estaba segura de que eso ya lo sabía. Pero lo que más me llamó la atención era el hecho de que Mason estuviese hablando con Eric. Intuía que el asunto de mi lista tenía algo que ver.

—¿Puedo preguntarte algo?

Me balanceé colocando todo mi peso sobre el pie derecho. Llevaba demasiadas conversaciones con James Smith en un día.

—¿No lo estás haciendo ya?

—Qué graciosa… —James arrugó la nariz en un gesto de burla un tanto divertido, provocando que las pecas de su rostro se juntaran más—. ¿Puedo?

—Adelante.

Iniciar una discusión solo retrasaría más aún su marcha. Si le seguía la corriente, se iría antes. Con suerte no tendría que aguantarlo por mucho tiempo. Con James Smith nunca sabías a qué atenerte. Sus estados de humor podían variar a una velocidad alarmantemente vertiginosa.

Levanté las cejas cuando él apoyó una mano sobre el marco de la puerta y se recostó acercándose a mí. Quería retroceder un paso, pero me contuve. Nunca debes mostrar miedo ante el león.

—¿Por qué me pusiste como tu plan D?

Si no fuera porque ya había hecho bastante el ridículo durante un día, me hubiese pegado una torta en la cara. No habría manera de que James Smith olvidara el asunto con facilidad.

—Porque jamás saldría con alguien como tú. Necesitaba ponerlo en la lista para poder recordarlo. ¿Contento?

A mi modo de ver, no era tan difícil de comprender. De acuerdo, quizá James Smith me pareciese físicamente guapo, pero su actitud dejaba mucho que desear. Escribir su nombre en la lista fue, en parte, una forma de darle a mi mente un pequeño respiro y admitir que una parte de mí podía verse atraída por él. Pero era una parte puramente física, nada que me hiciese perder la cabeza por él.

—Para nada. —Se inclinó más, acercándose a mí, presuntuoso, y esta vez sí retrocedí—. Lo que yo quería saber era… ¿Por qué no saldrías conmigo? ¿Qué tienes en mi contra, Mackenzie?

Era como si hubiese leído mi mente. Tampoco iba a admitir en su cara toda la verdad, así que opté por continuar con mi barrera mental invisible. Sacudí la cabeza y parpadeé repetidas veces.

—Más bien qué no tengo contra ti, Mr. Salido. Todavía no he olvidado la broma del preservativo en mi espalda.

Sus cejas se juntaron en una fina línea de incomprensión.

—¿Qué bro…? Oh, esa broma.

Por supuesto, no lo recordaba. Otra razón más que añadir a mi lista mental de razones por las que James Smith estaba completamente fuera de juego.

—Sí, esa broma. ¿Tu infantilismo afecta a tu memoria?

Quise pegarle justo cuando puso un gesto de enfado que dejó a la vista sus dientes blancos. No pude evitar fijarme de nuevo en la pequeña torcedura de sus paletas. No había derecho a que le hiciera parecer adorable.

—Ya había olvidado por qué te llamaba señorita Frígida.

Resoplé y lo empujé fuera del marco de la puerta. James perdió el equilibrio y se tambaleó hasta que finalmente se recuperó unos metros más atrás. Ojalá se hubiera comido el suelo.

—¿De verdad necesitas saber ahora por qué eres mi plan D, James? Jamás saldría con alguien como tú.

Que la sonrisa volviese a aparecer en sus labios no me gustó nada.

—¿Es eso un reto, señorita Frígida?

¡Oh, no!

—Yo no… —dije, pero James, dirigiéndose ágilmente hacia mí, me interrumpió.

Volvió a colocarse en el marco de la puerta, esta vez apoyando su hombro en él e inclinando su rostro hacia el mío. Mi cerebro le pedía a mi cuerpo que se moviera, pero este hizo caso omiso. Me quedé paralizada ante él. Podía contar las pecas de su nariz y eso me desconcentraba. Un chico con pecas en la nariz no podía ser guapo. Ni con las paletas torcidas. Ni con el cabello pelirrojo a lo salvaje.

Solo que él lo era.

Sus ojos verdes me taladraron desde la nula distancia que nos separaba y su sonrisa socarrona se burló de mí.

—Reto aceptado, Mackenzie Sullivan. Antes de que te des cuenta, me habré convertido en tu nuevo plan A.

Y justo entonces se acercó aún más y me dejó un beso vacilante sobre la mejilla. Sufrí un cortocircuito interno y no pude hacer nada más aparte de mirarlo mientras se alejaba hacia su casa. Cuando desapareció dentro del porche, mi alarma interior volvió a sonar. Había caído en su juego, y quedaba claro que mi barrera mental no era tan firme.

—¡No era un reto, idiota! ¡Eres un imbécil!

—Espero que ese insulto no vaya dirigido a mí…

Me di la vuelta siguiendo la voz de Mason, exasperada.

—No, claro que no…

Me callé antes de poder acabar la frase.

Mason. Aquí. Frente a mí. La lista.

De repente, olvidé toda la conversación con James como si hubiera borrado un archivo del ordenador y hubiera ido a parar a la carpeta de reciclaje del ordenador: en cualquier momento podría recuperarla, pero ahora no me interesaba.

Me sonrió incómodo y ajustó los botones de su chaqueta, solo por hacer algo. Sus ojos marrones no dejaron de mirarme.

—Entonces, vas a invitarme a entrar?

Asentí como una autómata y me eché contra la puerta para dejarle paso. Mi piel se erizó cuando Mason pasó a mi lado y su brazo casi rozó el mío.

Iba a ser una charla un tanto intensa.

Mason se sentó en un taburete de la cocina. Sus codos estaban apoyados sobre la mesa y la barbilla descansaba en sus manos. Era imposible poder concentrarse en cortar la cebolla así, pero Leslie había llegado con el pollo poco después de que él apareciese y exigía su cena con ansia.

—¿Necesitas ayuda? —se ofreció él por decimoquinta vez.

—No, estoy bien —decliné la oferta por decimoquinta vez.

Silencio incómodo.

Más silencio incómodo.

Demasiado silencio incómodo.

Uno de los dos tenía que decir algo.

—En realidad, podrías ir picando el pimiento.

—Entonces, ¿es cierto?

O también podíamos hablar los dos al mismo tiempo.

Nerviosa, me mordí el labio inferior, una costumbre que tenía que ir eliminando de mi lista de hábitos letales. Sí, también tenía una lista sobre ello. Comer chocolate la encabezaba. Y, sinceramente, parecía que no iba a eliminar nunca ese punto.

—Claro, no hay problema —declaró Mason sacudiendo la cabeza.

Se levantó del taburete y tomó un cuchillo del cajón. Contuve el aliento cuando se puso a mi lado para empezar a cortar el pimiento. No había caído en la cuenta de que teníamos que usar la misma tabla de cortar, y que mis ojos estuviesen en lágrima viva por la cebolla no ayudaba en nada en aquellos momentos.

Transcurrieron largos segundos de silencio incómodo hasta que él habló. O más bien repitió.

—Entonces, ¿es cierto? ¿Tú estás…?

Su voz fue bajando hasta convertirse en un susurro. Era incapaz de terminar la pregunta. Tragué saliva y me centré con los ojos llorosos en la cebolla y en no cortarme un dedo con el cuchillo.

¡Fuerza, Kenzie!

Fácil pensarlo, difícil decirlo. Escribir dos simples letras en un mensaje de texto no requería tanto esfuerzo. Contestar con ese mismo monosílabo en voz alta, estando en la misma habitación y con un cuchillo en la mano, ya era poner un poco más de presión sobre el asunto. Pero tenía que hacerlo. Yo era quien nos había metido en este lío y yo era quien iba a sacarnos de él. Tragué saliva antes de contestar y…

—¿No huele a quemado?

Miré a Mason sin comprender. No olía a… Espera, sí que olía a quemado. Pero ¿qué…?

—¡El aceite!

Me aparté de la cebolla soltando el cuchillo con tan poca gracia que terminó rodando en círculos sobre la tabla hasta caer al suelo, rebotando y saliendo disparado en mi dirección. Pegué un chillido, di un salto y lo esquivé por los pelos. De nuevo me concentré en la sartén, que echaba humo. Había tanto que me extrañaba no ver llamas azules y naranjas saliendo de ella y quemando mi cocina.

—Pero ¡apártala! —gritó Mason a mi lado.

Tan torpe como era y al borde de un ataque de pánico, atrapé el mango de la sartén para apartarla del fuego. Ya, debí de hacerlo demasiado rápido, porque el aceite hirviendo salió disparado. La parte positiva es que fue a parar al mármol que rodeaba la vitrocerámica y, además, en poca cantidad. Mason se acercó y me quitó la sartén para ponerla en el fregadero.

Leslie entró corriendo a la cocina atraída por el espectáculo que habíamos montado. Nos miró y luego miró la comida. Finalmente suspiró.

—Supongo que habrá que pedir una *pizza*.

Negó con la cabeza y regresó a la sala a ver la televisión.

Miré a Mason y de pronto rompimos a reír a carcajadas.

—Tiene razón, por mucho que te empeñes, siempre fuiste y serás una horrible cocinera.

—Habló. ¿Recuerdas aquel huevo frito?

—¿Y yo por qué tenía que saber que los huevos se fríen sin cáscara?

Me reí tanto que me dolían las mejillas.

—Fue el año pasado, Mase.

—¡Oh, cállate!

Pasaron varios segundos hasta que finalmente mi respiración se ralentizó. Para entonces estaba tirada en el suelo de azulejos de la cocina, con la espalda apoyada contra el lavava-jillas. Mason se había sentado justo frente a mí, con nuestros pies chocando. Él fue el primero en serenarse y regresar a la conversación inicial.

—Si te sentías así, ¿por qué nunca me has dicho nada?

Mi sonrisa desapareció con rapidez. Me revolví incómo-da. De repente notaba el suelo frío y duro contra mi trasero.

—No rehúyas mi mirada, Kenzie…

Mi mirada, que se había apartado de él instintivamen-te, regresó forzada a encontrarse con la suya. Abrí la boca para contestar, pero no pude decir nada. Finalmente opté por encogerme de hombros y morderme el labio, otra vez. Estúpido hábito.

Mason inclinó su cuerpo hacia delante, cruzó las piernas y apoyó los codos sobre las rodillas.

—No sé, Kenz, es extraño. Jamás me imaginé que tú… Eres la única chica que me ha visto con unos calzoncillos de dibujos animados.

Torcí los labios en un amago de sonrisa. Eso había ocu-rrido años atrás.

Mason estaba hablando mucho, intentando hacer las co-sas menos incómodas para mí. Para nosotros. Debía poner algo de mi parte y ser valiente, tanto como mi cobardía cerebro me permitiera.

—Tenía miedo de que las cosas se pusieran raras entre nosotros, justo como ha pasado, y te alejaras de mí.

Una arruga apareció entre sus cejas.

—¿Alejarme de ti? ¿Acaso tengo que volver a repetírte-lo? Eres la única chica que me ha visto con calzoncillos de dibujos animados. Alguien no se aparta tan fácilmente de una persona que lo conoce tan bien.

Volví a morderme el labio. No quería perderlo. Era una parte demasiado importante de mi vida. De pronto, Mason se puso de pie de un salto y me tendió la mano para ayudarme a levantarme. Acepté gustosamente y mis dedos hormiguearon allá donde sentí su contacto.

—De todos modos, esto nos lleva a un nuevo episodio de SuperKenzie y BatMason.

Me reí. SuperKenzie y BatMason eran dos superhéroes que inventamos de pequeños. Creábamos cada día un nuevo capítulo con diferentes aventuras extrañas que vivir. Un día incluso llegamos a rescatar al gato de una anciana, que se había subido a un árbol y no podía bajar. Y cuando digo llegamos me refiero a que Mason lo hizo. Claro, luego se cayó de la rama y se torció el tobillo. Sus padres lo castigaron durante una semana.

—No pongas esa cara, Kenzie. Tenemos una nueva misión de la que no podemos escabullirnos.

—¿Y cuál es esa misión?

—Encontrar al cruel villano que robó la lista sagrada de SuperKenzie. De esta nos hacen película, ya verás.

Esta vez sonreí de verdad. Eso era suficiente para entender que seguiríamos siendo amigos, que no iba a alejarse de mí y que nada cambiaría por culpa de la lista. Aunque, por dentro, no estaba tan feliz. Aunque volviésemos a la normalidad, o al menos lo intentásemos, había algo que Mason no había dicho, pero de lo que, inevitablemente, me di cuenta: él no sentía lo mismo por mí.

Capítulo 6

Al día siguiente, agazapada en el asiento del coche, con las rodillas dobladas contra el pecho, observaba con algo de pánico (bueno, realmente mucho pánico) la entrada del instituto. Los alumnos se acercaban hacia el edificio dispuestos a vivir otro día cotidiano de clases. Para mí no era así.

—¿Cuál es el plan, comandante?

Miré hacia mi derecha y elevé una ceja.

—Fundirse con la pared y pasar lo más desapercibida posible, capitán.

Mason apretó los labios con desaprobación.

—Me estás degradando, Kenzie —se quejó, mirándome con fingida seriedad—. Pensé que estábamos a la misma altura.

Ahora me estaba perdiendo. ¿Continuábamos en la misma conversación?

—¿Qué narices estás...? —comencé a preguntar, pero él me interrumpió levantando una mano del volante y extendiéndola frente a mí.

—Comandante es un rango superior al de capitán. Estoy a tus órdenes. No es que me moleste, pero me niego a estar en inferioridad. Ambos somos iguales.

Me estaba exasperando. La discusión era totalmente absurda. Si Mason pretendía que así saliera finalmente del coche, lo estaba consiguiendo.

—Mason, ¡solo te estaba siguiendo el juego! ¿Qué más dará...?

Y, de nuevo, volvió a interrumpirme. Esta vez usó su voz.

—¿Cuál es el plan, comandante?

Resoplé, cerré los ojos unos segundos para calmarme y finalmente me digné a contestarle.

—Fundirse con la pared y pasar lo más desapercibida posible —repetí, manteniendo un silencio dramático para mi siguiente golpe—, idiota.

Era imposible pelear contra Mason cuando activaba el modo cabezota, así que tomé aire, me llevé la mochila al hombro, me dispuse a abrir la puerta y...

Me paralicé nada más tocarla.

No podía hacerlo. Simplemente era incapaz de volver al instituto. Todos se reirían de mí, o al menos lo harían los que me conocían. Jane Tyler, por ejemplo. Además, ¿y si volvía a encontrarme mi lista empapelando las paredes? Sería mucho trabajo para el artista, pero siempre era una posibilidad.

Cerré los ojos con fuerza, apretando los párpados de forma que al volver a abrirlos no veía nada. Mis dientes jugaban con mi labio inferior, signo inequívoco de lo nerviosa que estaba. Sin embargo, por mucho que quisiera, no podía quedarme en el coche para siempre. Tenía que llegar a clase antes de que sonase la campana, porque llegar tarde y ser el centro de todas las miradas no entraba dentro de mi lista de cosas por hacer el día después de ser humillada públicamente. De acuerdo, esa lista no existía, pero debería escribirla.

Respiré profundamente por última vez y luego solté el aire de mis pulmones. Mis labios vibraron como los de un niño pequeño haciendo pedorretas. Hora de hacer frente a la realidad.

—¿Vamos? —pregunté mirando a Mason.

Mason no contestó. Me estaba mirando, pero parecía absorto en otra cosa. ¿Había dicho algo que no tocaba? ¿Había olvidado sus deberes de geografía? ¿Tenía manchas del desayuno en la cara? Ese último pensamiento me horrorizó y rápidamente me pasé la mano por la cara tratando de borrar los restos de comida inexistentes.

En ese momento, Mason reaccionó, sacudió la cabeza y después me miró.

—¿Vamos?

—Eso mismo dije yo hace unos segundos.

—¿Qué?

Entonces fui yo quien sacudió la cabeza.

—Venga, vamos a clase.

Era necesaria una gran dosis de autocontrol para pasar por los abarrotados pasillos del instituto sin salir corriendo. Y aunque en las paredes no había rastro de mi lista ni nadie me miraba ni me señalaba con el dedo, evité a toda costa mi taquilla.

Llegué sana y salva a mi primera clase y, lo mejor de todo, sobreviví a ella del mismo modo. Nadie hizo ningún comentario. Quizás alguna mirada impertinente, pero nada grave. Tal vez había sido demasiado melodramática. O quizás es que tenía que dejar de ver tantas series de televisión. En el fondo no parecía que la gente fuera tan malvada, después de todo.

O, lo que era más probable, quizás estaba inmersa en mi propio mundo y no prestaba demasiada atención a lo que sucedía a mi alrededor. Eso explicaría por qué cuando, al salir de la clase de música, me tropecé con una chica y se me quedó mirando antes de contener la risa y salir pitando.

Para mi más sincera alegría, Mason me estaba esperando fuera del aula durante el cambio de clase. Se llevó mi mochila al hombro sin dejarme protestar y me acompañó hasta la taquilla. Una vez allí la dejó en el suelo mientras yo marcaba la combinación.

—En serio, ¿qué llevas aquí? ¿Los diez mandamientos grabados en la piedra original?

Me llevé la mano a la boca fingiendo decepción.

—¡Me has pillado! Y yo que pretendía revenderla en eBay...

—Así podrías pagar nuestras entradas al baile.

La sangre se heló dentro de mis venas. No, más bien diría que se petrificó y se negó a seguir su camino hacia el cerebro, que se quedó incapacitado durante unos largos segundos, sin poder dar las órdenes adecuadas a mi cuerpo. Al menos esa es la única explicación racional que encontré al hecho de que fuera mi brazo izquierdo el que se moviera en lugar del derecho, pegando así un manotazo a la puerta de hierro de la taquilla y haciendo que esta impactase de pleno contra mi cara.

Sí, tengo la habilidad de golpearme como si fuese un imán, pero que en vez de atraer el hierro atrajese dolor. ¿Fui masoquista en otra vida? Sé que en realidad suena gracioso, pero lo cierto es que me había hecho daño, tanto que no pude evitar gritar e incluso perdí el equilibrio.

¿Cómo podía ocasionar tanto daño una simple puerta de taquilla?

Mason me atrapó a tiempo, aunque en realidad creo que no habría llegado a caerme. Me agarró del brazo y me llevó hacia él, usando su pecho de pared.

—¿Estás bien?

Parpadeé aturdida hacia la voz, grave y atractiva, que hablaba delante de mí. Sí, he dicho delante y no detrás, porque no era la voz de Mason. Cuando conseguí enfocar a la persona que me hablaba, la sangre volvió a correr por mis venas. Esta vez con demasiada rapidez, tanto que enseguida me puse roja. ¿Quién había encendido la calefacción?

—¿Mackenzie? ¿Eres Mackenzie, verdad? ¿Estás bien?

¡Oh-Dios-Mío! ¡Derek Anderson! ¡Me estaba hablando! ¡Y sabía mi nombre!

—Yo...

Recordé las paredes empapeladas con mi lista en el peor momento posible. Estaba tan avergonzada que era incapaz de pronunciar una palabra. ¡Derek Anderson!

Derek apretó con fuerza la mano contra mi brazo llevándome de vuelta al mundo real y haciéndome salir de mi burbuja de euforia. Mason, inusualmente callado desde mi torpe golpe con la taquilla, me acercó más hacia él. Prácticamente había olvidado que estaba detrás de mí. ¿Cómo demonios dejé que eso pasara?

—Está bien, Anderson. Yo me ocupo de ella.

Derek no parecía del todo convencido.

—¿Estás seguro? Está sangrando bastante.

¿Había dicho sangrando? Me di la vuelta hacia Mason, con cara de circunstancias. Sabía lo aprensiva que era. Antes de que pudiera evitarlo, me llevé una mano a la frente. Las yemas de mis dedos la notaron húmeda.

—Kenzie, no… —Quiso detenerme, pero era demasiado tarde.

El color rojo oscuro condensado de mi sangre había empapado mis dedos y se había colado debajo de las uñas. Cuando lo vi, mi estómago se revolvió al tiempo que percibía cómo el líquido comenzaba a deslizarse por mi frente.

—¡Oh, Kenzie, no te desmayes!

Y eso fue lo último que escuché antes de perder el conocimiento y caer en redondo en medio del pasillo del instituto. Genial para mi día postrauma.

Extrañamente, lo primero que vi al abrir los ojos fue un rostro pelirrojo y familiar cerca, demasiado cerca de mi cara.

Pegué un chillido que podría haber dejado sorda a cualquier persona a un kilómetro a la redonda. James se apartó deprisa con una sonrisa burlona en los labios.

—¿Te he despertado?

—¿He gritado lo suficientemente fuerte como para que tengan que mandarte a un hospital interno y no volver a ver tu horrible cara durante algunos años?

Pero en lugar de indignarse como hubiese hecho cualquier persona normal, sonrió más. Luego se dejó caer en la camilla de al lado.

Un segundo, ¿dije camilla?

—¿Dónde estoy? —pregunté, incorporándome tan rápidamente que no lograba ver nada a mi alrededor.

—En el hospital. Eres tan blandengue que te desmayaste al ver tu propia sangre. Todo el mundo está hablando de eso. O al menos eso hacían cuando te trajimos.

La habitación cálida y las sábanas rugosas de la camilla, junto con el olor a cloro y a cerrado, confirmaban la información de James: estaba en un hospital. Inspeccioné mi ropa, la misma que me había puesto por la mañana. Eso me dejó más tranquila. No podía ser nada grave; de lo contrario, me habrían puesto el horrible buzo azul de enfermo.

—Los cotilleos respecto a tu lista durarán poco si sigues llamando la atención con cosas como esta —continuó burlándose James sin ningún reparo, ajeno a mi renovada preocupación por el lugar en el que nos encontrábamos—. Fue divertido observar cómo Derek y Mason trataron de llevarte al coche de Gómez. No imaginaba que pesases tanto.

Fruncí el ceño, entre desconcertada y avergonzada. ¿Derek y Mason? Me mordí el interior de la mejilla y observé la pequeña sala de enfermería mientras James terminaba de contarme una historia sobre la profesora Silvia, que me trajo en su propio coche al hospital. Solo él pensaba que era una historia divertida.

—¿Y cómo acabaste tú aquí?

James arrugó la nariz.

—Silvia se puso muy nerviosa y al ver la pelea entre Mason y Derek acabó enviándolos a dirección. Yo era el único mártir que se ofreció voluntario a ayudarla.

—¿La pelea…? —repetí perdiéndome totalmente en la conversación.

Lo miré con los ojos achicados. Ahora que me fijaba bien, podía apreciar su pelo revuelto, con los rizos pelirrojos convertidos en un amasijo digno de un reto de peluquería. De hecho, si me acercaba más…

Bajé de la camilla de un salto, lo que no fue precisamente inteligente, ya que la cabeza volvió a darme vueltas. Me sostuve como pude y finalmente me incliné hacia James. Él retrocedió con temor fingido y exagerado.

—Tienes sangre en la camiseta.

Aquello sonó más bien a pregunta. De hecho, sonó a pregunta hecha por un gato afónico al que le están pisando la cola. Con un zapato de hierro. Un zapato de hierro gigante.

¿Hubo una pelea? ¿Mason estaba involucrado? ¡Oh, Dios mío! ¿Pasó algo grave? Volví a observar la sala de la enfermería buscando la presencia de alguien más, pero allí solo estábamos nosotros dos.

—Tranquilízate, Kenzie. Tu enamorado está sano y salvo en clase. Gracias por preocuparte por mí, de todos modos, aunque yo no pelease con nadie.

Incapaz de ocultar mi repentina tranquilidad, me volví hacia él. La sangre seca se esparcía por la parte derecha de su camiseta, casualmente blanca. De hecho, el blanco le favorecía a James. Estaba segura de que el verde también le iría bien, a juego con sus ojos.

—En realidad la sangre es tuya. Silvia se asustó y me obligó a quedarme por si resultaba ser algo más grave. ¿Y quién soy yo para decir que no a perderme una clase de forma justificada? —dijo finalmente para romper mi silencio—. Además, tu madre sigue sin dar señales de vida y yo soy la mejor opción para acercarte hasta tu casa si no aparece.

Mi madre trabajaba turnos extras para poder pagar la hipoteca, los gastos, la comida… Aunque nuestro padre enviase dinero, nunca era suficiente. Mientras a él le sobraba, o eso nos decía mamá, a ella apenas le alcanzaba para irse de rebajas. Por eso no me sorprendía que no pudieran localizarla.

—¿Cómo llegó mi sangre a tu camiseta? No estabas allí cuando… me di contra la taquilla. —Sonaba incluso más ridículo al decirlo en voz alta—. ¿Y por qué me ha traído Silvia en su coche?

James se encogió de hombros.

—Nos llevó, a ambos. Te lo dije, al verte en el suelo desmayada, se alteró y se empeñó en llevarte ella misma. No perdió el tiempo en llamar a la ambulancia. Todo eso mientras gritaba a Eric Pullman que fuese a avisar a la directora y castigaba a Mason y a Derek por abollar una taquilla durante su pelea. Aunque creo que en realidad eso fue culpa tuya.

Apreté los labios. Seguía sin conseguir suficiente información acerca de la pelea y, a pesar de que la idea de que dos de mis mejores planes se hubieran peleado por mí me parecía surrealistamente romántica, también tenía cierto grado de peligrosidad. Al final tuve que preguntar a James de forma directa cómo sucedió.

—Mason y Derek intentaban llevarte a la enfermería cuando los vi y quise ayudarlos. Entonces tu amorcito me pegó un empujón, con la mano llena de sangre de tu frente, para apartarme, y ellos siguieron discutiendo. Silvia nos vio justo en ese momento y mandó a Mason y Derek a dirección. Pero, en serio, ¿no tenía un pañuelo a mano? ¿A quién se le ocurre intentar tapar una herida con los dedos?

A Mason, pero no iba a contestar a su pregunta retórica. Inconscientemente, me llevé la mano a la frente. Me escoció en cuanto toqué la rugosa superficie que ahora la cubría.

—Te han puesto puntos, pero son de esos de pega. En realidad sangraste demasiado para lo poco que te hiciste. ¿Has pensado en donar sangre? Podrían sacarte cinco litros y aún te quedaría suficiente en el cuerpo.

Arrugué el rostro. La sangre no era precisamente mi tema de conversación favorito. Y James me daba dolor de cabeza.

—De todos modos, ¿por qué quisiste ayudar a llevarme a la enfermería? Tú no eres precisamente mi amigo…

—Derek Anderson tampoco.

Puse los ojos en blanco y volví a la camilla. ¿Dónde estaba Silvia si había sido ella quien me había traído al hospital?

Entonces fue James quien se puso de pie y se acercó a mí. Me sentía intimidada sentada frente a él, mirándolo desde abajo.

—Te lo dije, Mackenzie. Voy a convertirme en tu plan A, y para conseguirlo no puedo dejar que otros chicos te protejan, especialmente si uno de ellos está enamorado de ti.

En primer lugar, debo decir que hablar con James me desconcertaba por completo. Tenía un discurso muy intenso y con demasiado contenido.

En segundo lugar, ¿que uno de ellos qué?

—¿Qué hacen los enfermos levantados y hablando?

Pegué un bote al escuchar la voz de Silvia. No la había oído entrar. James, en cambio, no parecía alterado. Ojalá le atropellase un camión y acabase con su templanza.

—Ya dije que no estaba enfermo, la sangre es de Kenzie.

Sin hacerle el menor caso, como si de un bicho molesto se tratase, lo que no se alejaba mucho de la realidad, Silvia se acercó hacia mí y me examinó con una sonrisa.

—Te alegrará saber que en realidad no ha sido más que

un susto. Puedes volver a casa si quieres. He conseguido localizar a tu madre.

Irme a casa no era una mala idea. Aunque ya había faltado a clase el día anterior, estaba demasiado agotada mentalmente como para volver. Silvia colocó una mano sobre mi hombro.

—El médico dice que estás bien, pero parece que esta semana está siendo algo dura para ti, chica. Quizás un poco de descanso te vendría bien. Ah, y la directora quiere hablar contigo —añadió, sonriendo como si eso fuese lo peor de todo.

—No me extrañaría que el psicólogo también quiera hacerlo —comentó James en un susurro—. ¿Golpearse contra una taquilla cuenta como intento de suicidio?

Me di la vuelta hacia él con brusquedad, enfadada.

—No tiene ninguna gracia, Smith.

—Me hieres, Sullivan.

Se llevó una mano al pecho e inclinó la cabeza hacia atrás, con la boca abierta y los ojos cerrados. Solamente le faltó el gesto de damisela desmayándose y ya tendría el lote completo. ¿Acaso opositaba para actor? Mientras intentaba con todas mis fuerzas no hacerle caso me dirigí a Silvia.

—En realidad estoy bien, puedo aguantar lo que quede de clase —dije lamentando mis propias palabras, pero quería ser una chica valiente y terminar con todos los problemas de una vez por todas—. Así me paso por dirección y hablo con la directora.

Y si Mason y Derek siguen aún allí, podré enterarme de lo que pasó entre ellos.

—Está bien. Entonces termino de gestionar los papeles del seguro médico del instituto y nos vamos —dijo Silvia.

Dicho y hecho. Silvia se alejó dando una palmada al aire. Una vez que salió por la puerta de cristal, James me tomó de la mano. Me sobresalté.

—¿Estás segura de que quieres volver al instituto?

Su rostro reflejaba una ligera preocupación. Pero solo «ligera»; mi mente racional me decía que era imposible que James Smith fuera consciente de que algo como la preocupación existía.

Le solté la mano con desprecio.

—Estaré bien —murmuré, mientras me estiraba la camiseta, que estaba arrugada de haber estado tendida en la camilla—. Así puedo hablar de una vez por todas con la directora.

James me tendió una chaqueta. Mi chaqueta. Estaba en una silla al lado de la cama.

—Viendo la suerte que tienes, seguro que sigue ocupada castigando a esos dos idiotas.

Suponía que «esos dos idiotas» hacían referencia a Mason y a Derek. Decidí que era mejor no decir nada al respecto y seguirle el juego.

—No es culpa mía. La mala suerte es mi mejor amiga y me acompaña adonde quiera que vaya.

—Me lo creo. Lo mismo con la torpeza. Yo diría que es una competición bastante reñida entre ambas.

Lo miré a través de mis pestañas, suspicaz.

—¿Debería sentirme insultada?

—Para nada, las chicas torpes sois muy graciosas. Y monas. Tú eres mona.

Está bien, ¿en qué momento se había desviado la conversación? Con el rostro ardiendo me bajé de la camilla y caminé con decisión hacia la salida, tratando desesperadamente de disimular el mareo. Era una experta en huir de las situaciones incómodas.

Hasta que me comí la puerta de cristal.

James se reía detrás de mí. Le dirigí una mirada de odio mientras él abría la puerta para que yo pudiese pasar.

—Desde luego… Eres única, Mackenzie.

Su frase sonó más como un susurro para él mismo que una respuesta a mi pregunta. Sospechoso.

—¿Eso es bueno o malo?

Rio aún más fuerte, desconcertándome totalmente. Acto seguido pasó un brazo por encima de mis hombros y me atrajo hacia él.

—Dejémoslo en especial.

Apreté los labios y me dejé guiar; algo en mi interior se revolvió en ese momento. Estúpido James.

No estaba segura de qué le pasaría por la cabeza al arquitecto con tintes modernos que proyectó el edificio, pero entre las puertas de cristal y la mala ventilación, seguro que tuvo que acabar cambiando de profesión. Silvia nos alcanzó justo antes de que cruzásemos la puerta de salida.

—Pero ¡bueno! —gritó mientras corría hacia nosotros con el bolso colgando del brazo y un fajo de papeles desordenados en la mano—. ¡Casi os pierdo!

Cuando llegó a nuestro lado jadeaba, y eso que solo había recorrido veinte metros.

—Creía que había dejado claro que me esperaseis en la habitación —nos riñó, aunque yo no recordaba nada de eso—. No quiero meterme en más problemas por perder a un par de adolescentes en un hospital.

No quería discutir. Me dolía la cabeza, no estaba segura de si por el golpe o por cómo estaba yendo esa horrible mañana. Cada vez dudaba más de mi decisión de volver al instituto y hablar con la directora, pero ya estaba hecho. Además, tampoco me apetecía ir a casa y quedarme sola con mis pensamientos. Así que asentí como si estuviera arrepentida y seguí a Silvia hasta su coche.

La charla con la directora no fue precisamente bien. Cuando tu peor pesadilla se convierte en realidad, lo último que esperas es a un ser inútil y estúpido que tenga los ovarios de preguntarte si fuiste tú quien empapelaste las paredes con tu lista. Y no me refiero a James.

Por lo visto, todo el tema de la lista era una forma muy eficaz de llamar la atención en un mundo donde soy invisible. Son palabras de la directora, no mías.

Claro, y para la próxima repartiré panfletos con extractos de mi diario.

Indignada, salí del despacho con la cabeza echando humo. Silvia me sonrió antes de entrar a hablar con la directora. Por lo visto, aún quedaba papeleo del hospital que resolver.

Durante el viaje de vuelta estuve hablando por teléfono con mi madre. Quería comprobar que todo estuviese bien dentro y fuera de mi cabeza, y me hizo prometer que iríamos juntas al médico en cuanto pudiera escaparse del trabajo.

Gracias a esa charla sin sentido me había perdido prácticamente toda la hora de la comida. Quedarse inconsciente durante algunas horas da hambre, al menos en mi caso, y necesitaba un sándwich de jamón y queso con urgencia. Además, no había tenido la oportunidad de saber qué había ocurrido con Mason y Derek. Quise preguntar, pero la directora me mandó callar en el acto.

Con el estómago rugiendo, fui volando hacia la cafetería. Pero, por lo visto, el destino siempre tiene otros planes para mí, porque Eric Pullman apareció de pleno en mi camino hacia el paraíso.

—¡Mackenzie! —Me saludó demasiado alegre teniendo en cuenta lo que había ocurrido el día anterior—. Estoy intentando hablar contigo desde ayer.

Me detuve sin ganas. No estaba precisamente de humor para enfrentarme a Eric, pero él siempre había sido amable conmigo y se merecía el mismo trato por mi parte. Y tal vez una disculpa.

—Perdona, he estado un poco liada.

Eric sonrió, para mi alivio.

—Puedo entenderlo. Ayer fue un día muy loco.

Ni que lo digas. Me balanceé sobre los pies sintiendo cómo la incomodidad se apoderaba de la conversación.

—Mason habló conmigo ayer.

Y así es cómo una sola frase lograba convertir mi corazón en una ametralladora de palpitaciones. James ya lo había mencionado, pero con lo que pasó lo había olvidado completamente.

—¿Qué te dijo? —pregunté, evidentemente ansiosa.

—Nada demasiado importante —contestó, pero el brillo simpático de sus ojos me lanzó el mensaje contrario—. Me aconsejó que hablara contigo cuando las cosas se calmasen.

Mi estómago rugió, protestando por la falta de alimentos. Traté de disimular tosiendo. Muy buena idea, Kenzie, claro que sí.

—Se ve que ya se han calmado.

—En realidad, no del todo —comentó apartando la mirada de la mía. Raro—. Debería dejar que fueras a comer. Debes de tener hambre, a juzgar por cómo te suenan las tripas.

Torcí el gesto. Por supuesto que lo había oído.

—Estaría bien —asentí, y me hinché de valor—. Oye, y lo siento.

Eric se encogió de hombros.

—No pasa nada. Me alegro de saber que hay personas a las que les gusto.

Eso era dulce.

—Ahora lo siento más.

Me miró entrecerrando los ojos. Parecía confundido.

—¿Por?

—Por no haberte puesto en primer lugar.

Capítulo 7

—¿Nunca habéis pensado que necesito una dieta sana y equilibrada para crecer fuerte?

Mason y yo intercambiamos miradas divertidas ante el comentario de Leslie. Mi hermana pequeña se las apañaba para criticar la comida rápida que cenábamos la mayoría de las noches al tiempo que vaciaba su plato. Sabía que ella tenía razón (ayer comimos *pizza* y hoy hamburguesas), pero mi madre no tenía tiempo de cocinar, por sus excéntricos turnos de trabajo, Leslie era muy pequeña para manejarse en la cocina y yo, excesivamente torpe.

Mordí mi hamburguesa de pollo con ansia y miré la tele. Estaban dando uno de esos programas basura. Ninguno de los tres éramos muy fans de este tipo de espacios, pero mi hermana había escogido. Mason y yo hubiésemos preferido dibujos, pero ella estaba entrando en una edad difícil y tenía la necesidad de aparentar que era demasiado mayor para ellos.

Me senté al estilo indio sobre la alfombra del salón.

—Me gusta cómo te ha quedado el flequillo, Kenzie —comentó Leslie después de tomar un sorbo de su refresco—. Pensé que no te favorecería, pero el resultado es sorprendente. No se te ve la fea herida que te has hecho en la frente.

Le saqué la lengua y continué con mi cena. Esa misma tarde, después de que Mason me contara el castigo que le había impuesto la directora durante la hora de estudio, agarré unas tijeras de la cocina y me las apañé para recortarme un flequillo recto que pudiese tapar la línea amoratada y deformada que la taquilla me había dejado sobre la piel. Fue divertido ver cómo Mason trataba de ayudar midiendo el largo con una regla mientras Leslie sacaba fotos desde distintos ángulos.

—Solo me lo dejaré hasta que el golpe desaparezca, luego lo apartaré con horquillas. Es muy incómodo.

—No estoy segura, sabes que no soy muy fan de las pinzas de pelo. ¿Tú qué opinas, Mason?

Mi hermana y yo nos volvimos hacia él. Tenía su mirada fija en mí.

—¿Mason? —insistió Leslie.

Su mirada se topó con la mía y me regaló una pequeña sonrisa de complacencia. Mi corazón empezó a palpitar con fuerza. Era tan fácil ponerme nerviosa…

—Opino que tienes salsa en la cara.

En el tiempo que tardé en comprender qué estaba diciendo Mason, mi hermana ya se había echado a reír a carcajadas. Mason me pasó un puñado de servilletas de papel. Con el rostro encendido, las tomé y limpié la salsa de mi boca, las mejillas y la barbilla. Fue tan humillante…

La puerta de casa se abrió y segundos después mi madre apareció en la sala.

—¡Déjame ver ahora mismo el golpe!

Agradecí haberme limpiado la cara, porque en un visto y no visto el cabello rubio de mi madre y el olor de su colonia me escondían del resto del mundo, todo mientras sus manos agarraban mis mejillas y apartaban mi flequillo. Sus ojos no se perdían un solo detalle de la cicatriz.

Finalmente se apartó y me dejó respirar. Suspiró. Yo me froté la barbilla y sacudí la cabeza. Probablemente me habría dejado los dedos marcados.

—Está mejor de lo que me imaginaba —admitió, aunque todavía parecía preocupada—. Lo del flequillo ha sido todo un acierto, como cuando eras pequeña.

Y por eso me gustaba tan poco llevarlo. Me recordaba a cuando era una bolita bajita, con flequillo, coleta y aparato. Supongo que todos hemos pasado por una etapa similar. Excepto mi hermana. Ella parecía una maldita modelo infantil de Instagram. Y lo peor era que lo sabía.

Mi madre se dejó caer en el sofá a mi lado y el sopor comenzó lentamente a adueñarse de ella.

—Hoy he tenido un día agotador. Me duele la cabeza, los brazos y tengo ganas de meter los pies en un cubo con hielo. ¿Creéis que pasaría algo si entro en casa de la señora Fitzgerald y le robo su *jacuzzi*? ¡Oh, Mason!, no te había visto. Hola.

Cerré los ojos y apuré otro movimiento de la servilleta sobre mi rostro, por si acaso quedaban restos. Mi madre era una ametralladora humana hablando, cualidad que posiblemente yo había heredado de ella, aunque en mi caso resaltaba cuando me ponía nerviosa.

—¿No vas a cenar? —preguntó Leslie mirando los restos de hamburguesas que había sobre la mesita, al lado del televisor.

Ella negó con la cabeza. Se recogió el cabello rubio en un moño alto. Mi hermana era la única que había heredado su color. De hecho, mi madre y ella se parecían mucho. Parecía que Leslie también sería más alta que yo y no se estancaría en mi metro sesenta.

—¿Puedes hacerme una trenza antes de ir a dormir? —le pidió mi hermana, levantándose y limpiándose las manos en los pantalones—. Así mañana lo tendré rizado.

Lancé una mirada a Les. Sabía que no debía molestarla cuando volvía tarde y cansada de trabajar.

—Claro, te la hago ahora, que no tardaré en quedarme dormida y no habrá terremoto que me despierte.

Subieron al piso de arriba sin despedirse de nosotros y nos dejaron solos.

—Parece que las cosas van mejor —señaló Mason mientras robaba una patata frita de mi bolsa—. Oye, ¿le has dicho algo sobre la lista?

De pronto, mi hamburguesa dejó de parecerme tan apetitosa. La tiré a la bolsa de plástico que usábamos como papelera y terminé de limpiarme con las servilletas.

—No quiero que se preocupe. Tiene otros asuntos que atender.

Mason no insistió y yo tampoco quise volver a hablar del tema. Sería horriblemente bochornoso que ella se enterase.

Cambiamos de canal para ver dibujos animados y pasamos la siguiente media hora riéndonos con las tonterías que aparecían en la pantalla. Cuando llegó la hora en que Mason tenía que volver a casa, lo acompañé fuera.

—El próximo día podemos intentar cocinar algo. He oído que la tortilla francesa es fácil de hacer.

Me reí y apoyé el cuerpo contra el marco de la puerta.

—¿Estás seguro? Yo oí que había que romper la cáscara primero.

—Qué graciosa…

En un improvisado movimiento, Mason me acarició la cabeza, pillándome por sorpresa y revolviéndome el pelo. Era un gesto que ya había hecho anteriormente, pero en aquel momento era distinto. Desde que él conocía mis sentimientos todo lo nuestro era distinto. Era culpa mía. Él se esforzaba por hacer que las cosas volvieran a la normalidad, pero yo no podía dejar de pensar en que él era consciente de que lo quería.

Tragué saliva y su mirada se dirigió hacia mi garganta. Seguía con la mano sobre mi cabello mientras observaba mi rostro, hasta que se encontró con mi mirada. Quise decir algo, pero no me salían las palabras. Entonces los dedos de Mason comenzaron a deslizarse a través de mi pelo, enredándose en él y perdiéndose en las puntas. Tenía la piel de gallina. No era que me estuviera acariciando el cabello, sino cómo lo hacía. Jamás me había tocado así antes.

—Tu hermana tiene razón, el flequillo te queda muy bien.

¿Por qué demonios sentía el aire pesado a mi alrededor cuando hacía un frío invernal? Estaba tan nerviosa que empecé a hacerme añicos el labio inferior con los dientes. La mirada vacilante de Mason se posó en mis labios.

—¿Desde cuándo te sientes así?

Prácticamente me atraganté con mi propia saliva.

—¿Qué?

Dejó de acariciarme el pelo y se apartó un paso de mí sacudiendo la cabeza. Cuando volvió a mirarme, había recompuesto una sonrisa en su rostro y se estaba revolviendo su propio cabello.

—Nada, tengo que irme a casa. —Su voz sonó extraña y se aclaró la garganta antes de volver a hablar—. Mañana pasaré a buscarte, ¿vale?

—Vale…

Me quedé apoyada contra el marco de la puerta observando cómo se alejaba y subía a su coche. No aparté los ojos de él hasta que las luces del vehículo desaparecieron al doblar la esquina. ¿Qué acababa de pasar?

Me di la vuelta para entrar en casa y entonces vi a James. Estaba a medio camino de su casa, con una chaqueta vaquera colgada al hombro y sus ojos clavados en mi patio delantero, mirándome. Cuando se dio cuenta de que lo estaba mirando sacudió la cabeza y continuó andando hasta que entró en su casa.

Otra vez la misma pregunta: ¿qué acababa de pasar?

Ponerme pantalones cortos cuando el mal tiempo amenaza con aparecer no es una de las mejores ideas que he tenido. Pero allí estaba yo, en la puerta de mi casa, saltando con mis botas negras tratando de entrar en calor. Se supone que frotar los brazos con las manos también debería funcionar. Se supone…

Extrañada porque Mason llegase tarde, no hacía más que mirar el teléfono una y otra vez, controlando la hora. ¿Le habría pasado algo? Era imposible que no me preocupase por él, como me fue imposible dormir por la noche después de aquella despedida. Me estremecí al recordarlo. No eran cosas de mi imaginación. No podía serlo. Algo había pasado.

Escuché cómo se abría la puerta de la casa de al lado y cómo gritaba la madre de James.

—¡Te mandaré con tu padre como sigas así! ¡Cada día te pareces más a él!

—¡Perfecto, no puede ser mucho peor que tú!

—¿Qué forma es esa de hablarle a tu madre? ¿Acaso no te enseñé…?

No alcancé a escuchar el final de la frase gracias al portazo que dio James. Igual que mis padres, los suyos también se habían divorciado, solo que bastante antes. A día de hoy lo extraño es encontrar una familia tradicional. Hecho una furia, James se puso la cazadora vaquera sobre el hombro, tal como le había visto hacer la noche anterior, y se dirigió con paso acelerado hacia su coche. O al menos lo hizo hasta que se volvió en dirección a mi porche y vio que lo estaba mirando boquiabierta. Tal como sucedió la otra noche. La diferencia esta vez fue que, en lugar de sacudir la cabeza y olvidarse de mí, decidió acercarse.

—¿No llegas un poco tarde a clase?

Para acabar de tener lo que parecía ser la discusión del siglo con su madre, estaba bastante tranquilo y feliz. Eso me desconcertó. James siempre me desconcertaba. Era algo que había descubierto recientemente, desde que decidió pegarse a mí como una lapa y pretender ser mi plan A.

—Tú también —recalqué—. Y sueles ser puntual.

Arrugó la nariz, gesto que repetía tanto como yo me mordía el labio inferior. ¿Tendría idea de lo adorable que le hacía parecer? Seguramente sí y por eso lo hacía. Ahora que lo pensaba, estaba segura de que se trataba de una forma de ligar subliminal, llamando la atención sobre sus ojos verdes pardos.

Estúpido James.

—¿Quieres que te acerque al instituto? Al fin y al cabo vamos al mismo sitio.

¿Llegar a clase en el fabuloso y moderno coche de James Smith? Era una oferta tentadora, teniendo en cuenta que después de muchos años como vecinos jamás se había ofrecido, pero era mejor declinarla.

—Gracias, pero Mason pasará a recogerme en cualquier momento.

—¿Segura? Ya se ha retrasado bastante y llegaréis tarde los dos. Solo tienes que enviarle un mensaje y listo.

Entrecerré los ojos.

—¿Por qué te importa tanto, James? Nunca te habías ofrecido antes.

Se encogió de hombros y de nuevo arrugó la nariz. ¿Qué podría significar ese gesto? Yo me mordía los labios cuando estaba nerviosa, ¿pero él? No podía imaginarme a James alterado por nada. Debía de ser otra cosa.

—Nunca te ha hecho falta. Mason jamás ha llegado tarde y él se sacó el carnet de conducir antes que yo. Lo que me obliga a recordarte que ninguno de vosotros se ha ofrecido nunca a llevarme tampoco.

Tomé aire profundamente. Paciencia con James, paciencia.

—Mira, gracias por la oferta, pero puedes irte tranquilo.

—Insisto, sería un placer acercarte a clase.

Miré con impaciencia la carretera. ¿Cuándo demonios aparecería Mason? Estaba entre molesta y preocupada por su tardanza. Decidí que estaría bien descargar mi ira sobre James, por lo que la siguiente parrafada salió más brusca, acusadora y fría de lo que en realidad debería haber sido.

—¿Por qué te estás esforzando tanto para que diga que sí? Hemos vivido el uno al lado del otro durante años, hemos estado juntos en clase desde siempre, y nunca, jamás de los jamases, hemos interactuado más de lo que las reglas de cordialidad vecinal exigen. Sinceramente, no lo entiendo. ¿Qué mosca te ha picado conmigo de repente?

Y hasta podía decirle a esa mosca que fuese a picar a otra persona, pero preferí guardarme esas palabras finales para mí misma y no desacreditar la seriedad y la rotundidad de mi discurso.

Por supuesto, él ni siquiera se inmutó.

—Te lo dije, Mackenzie. Voy a convertirme en tu plan A. ¿Cómo se supone que voy a conseguirlo si me mantengo alejado de ti?

¡Oh, era tan frustrante!

—Pero ¿por qué? Nunca has estado interesado en mí, no trates de negarlo.

Sonrió.

—Tienes razón. Siempre has sido mi rara y extravagante vecina. Pero tú y tu lista habéis conseguido llamar mi atención. Ahora tengo que competir con otro chico para conquistarte. Además, él me lleva ventaja.

Fruncí el ceño. No había ningún competidor. James ya había mencionado antes eso, pero, sinceramente, no lo creía. Todos mis demás planes me habían rechazado y por el momento no tenía ningún admirador. Ni público ni secreto.

James suspiró ante mi negativa.

—¡Qué ciega estás, Mackenzie! No me creo que vaya a ser yo quien te lo diga, pero… Estoy hablando de Mason. Está más que claro que le gustas.

Rebobina y repite, por favor.

—¿Mason? ¿El mismo Mason que me ha rechazado y ahora intenta que todo vuelva a la normalidad?

Resoplé y me aparté de su lado. A palabras idiotas, oídos sordos. Sé que el dicho no es así, pero me gusta transformarlos de acuerdo con la situación. Pasé por delante de él y caminé hacia la acera. No tardó en correr detrás de mí.

—Estoy hablando en serio. Le gustas, y diría que bastante.

Me volví con los brazos en jarras y el ceño fruncido. Estaba molesta. James era un payaso, pero jugar así con los sentimientos de las personas era pasarse. Pensaba que sabía dónde estaba su límite.

—Haciéndome enfadar no conseguirás convertirte en mi plan A, Smith.

Esas palabras resultaron extrañas en mi boca, especialmente por su significado. De alguna forma me hacían sentir poderosa porque dejaban entender que James me deseaba. Y sentirse deseada por un chico era algo tan extraño y novedoso para mí que me costaba trabajo creerlo.

Se llevó las manos a la cabeza con un gesto desesperado y tiró de sus rizos rojizos.

—¡Mierda, Mackenzie! ¿Tanto te cuesta creerlo? ¡Te estoy diciendo que le gustas a tu mejor amigo! No mentiría sobre eso, especialmente cuando no me beneficia en nada.

—¿Y cómo se supone que tú, que no lo conoces, sabes eso?

—¡Porque me está pasando lo mismo que a él! Antes no eras más que su amiga y para mí nada más que mi vecina. Pero desde lo de tu lista de planes... simplemente te empecé a ver. Él te empezó a ver.

Menuda tontería.

—¿Es que acaso soy invisible? Avísame para poder patear el culo a gente molesta como tú o entrar gratis al cine.

James gruñó exasperado y enterró el rostro en sus manos. Apartó los dedos lo justo para poder mirarme a través de ellos.

—Vale, no literalmente, Mackenzie. Lo que quiero decir es que... Mira, siempre estuviste allí, pero jamás nos llamaste la atención más de lo que cualquier otra chica haría. Y de improviso, ¡bum! Resulta que te gustamos...

—Tú no me gustas.

—... y comenzamos a replantearnos la forma en la que te vemos —continuó él, haciendo caso omiso de mi interrupción—. De pronto soy más consciente de cómo esperas cada mañana a que te vengan a buscar o de la forma en la que te muerdes el labio cuando estás nerviosa. Estás en todos los sitios a los que voy, incluyendo mis pensamientos. No puedo sacarte de mi cabeza, y todo por esa estúpida lista. Eso mismo es lo que le está pasando también a Mason, Kenzie. Se está empezando a fijar en ti como algo más que una amiga. Yo estoy empezando a fijarme en ti como algo más que una vecina.

Me quedé en silencio observándolo conmocionada. Sus palabras se fueron recolocando lentamente en mi cabeza y empezaron a tomar forma. Tenía sentido. Era una locura, pero con sentido. Mis dedos hormiguearon ante la idea.

—Entonces estás diciendo que... ¿le estoy empezando a gustar a Mason?

Su respuesta vino acompañada de una risa floja.

—Mason, por supuesto. Seguramente ni has prestado atención a lo que te he dicho sobre mí... Sí, le gustas. Y apostaría a que desde hace tiempo, pero no se ha dado cuenta hasta ahora. Eres una chica chicle, Kenzie.

—¿Chica chicle?

James usaba unas frases de lo más extrañas. Negó con la cabeza y señaló detrás de mí a la carretera.

—Mira, ahí está tu enamorado. Vete con él ahora que te he abierto los ojos y verás que tengo razón.

Sin más, se alejó de mí y fue hacia su coche.

Mason me abordó en cuanto me senté en el asiento del copiloto.

—¿Qué quería el idiota de Smith?

¿Quién dijo «tensión»? Nadie dijo «tensión».

—Se ofreció a llevarme a clase en su flamante coche. Dije que no.

—Bien.

De acuerdo. Esa era una respuesta un tanto seca. Sin mediar más palabras encendió el motor y condujo hasta el instituto. Una vez allí me miró fijamente con una sonrisa más tranquila.

—Entonces, si su coche es flamante, ¿el mío es una basura?

Después de la conversación con James, me sentía como en una montaña rusa de emociones, así que lo último que me apetecía era continuar con su broma.

—He decidido venir contigo, ¿no? Pues ya está.

Mason seguía sonriendo mientras me miraba. Estaba empezando a ponerme nerviosa.

—¿Así que me elegiste a mí y no a él?

—Eres imposible —refunfuñé, y abrí la puerta—. Sí, lo hice. Y ahora, vamos a clase.

De camino al aula pensé en lo que James había dicho sobre Mason. No tenía razón, él me seguía viendo como una amiga y nada más. Nada había cambiado, ¿verdad?

Capítulo 8

—¿Has oído hablar del proyecto J. S.?

Dejé de escribir en mi cuaderno para levantar la vista hacia Alia. Ella era la redactora jefe del periódico digital del colegio, en el que Mason y yo participábamos esporádicamente. Había huido durante una hora libre a la biblioteca en busca de un poco de intimidad, pero en el instituto aquello parecía misión imposible.

—¿Proyecto qué?

Alia me sonrió complacida y se sentó en la silla de delante sin ni siquiera pedir permiso. Sacudió su largo pelo negro por encima del hombro, abrió una carpeta y empezó a sacar una gran cantidad de folios escritos a máquina que fue colocando frente a mí para que pudiera verlos bien.

—Desde hace tiempo nuestro instituto participa en actos solidarios para mandar material escolar a colegios más desfavorecidos. La empresa de recreativos J. S. se sumó hace un par de años a la iniciativa, proporcionándonos la financiación necesaria para que pudiéramos enviar bolígrafos, libretas e incluso ropa. La única condición que pusieron fue que los alumnos se implicaran, pero... si ni siquiera tú tienes idea de qué va todo el asunto, imagina cuánta ayuda consiguieron.

Me mordí la lengua para no sonreír ante el puchero de Alia. Parecía un tema serio y estaba algo avergonzada por no tener ninguna información al respecto. Lo que no acababa de entender era por qué me lo estaba contando. A pesar de lo que insinuaba, yo no estaba interesada en las noticias del instituto. Suena mal, pero era así. Solamente participaba en el colegio por los créditos extras y el orden que suponía saber que para determinado día debías tener tu artículo terminado.

De hecho, si empecé a participar en él fue por el divorcio de mis padres. Necesitaba un pasatiempo, algo que me mantuviera lejos de casa, de la tristeza de mamá, de las llamadas telefónicas poco alentadoras de mi padre… Tener la mente activa para olvidar. Quizás esa también fue la razón de que empezara con mis listas. Siempre me había gustado organizar, pero aquel año el orden empezó a convertirse en obsesión, o al menos eso decía el psicólogo al que nos derivaron a Leslie y a mí durante los primeros meses del divorcio.

Tonterías varias, en mi opinión.

—El asunto es que han organizado una fiesta de empresa este fin de semana y han pedido estudiantes voluntarios que participen en su decoración, servicio y posterior limpieza. Si todo sale bien, J. S. Recreativos continuará financiando el proyecto.

Empecé a leer entre líneas lo que pretendía y la respuesta iba a ser que no.

—Espero que salga bien, entonces, pero yo tengo que…

—Tienes que asistir en nombre del periódico del instituto y escribir un reportaje que atraiga la atención de la gente para conseguir que sea más participativa con la causa.

Genial, como si yo no tuviera más preocupaciones.

—Mira, Alia, sé que he participado escribiendo artículos alguna que otra vez, pero en estos momentos no tengo humor para ponerme a servir canapés y botellas de champán en una fiesta de ricos.

—Pero ¡es por una buena causa, Kenzie! ¡Piensa en la cantidad de alumnos que podrías atraer con tus mágicas palabras!

Como si alguien leyese el periódico escolar, aparte de los profesores, claro.

—Lo siento, pero no.

Alia suspiró y cerró la carpeta de un solo golpe, sin recoger los folios. Eso no me gustó nada. Sus ojos oscuros se clavaron con seriedad sobre mí. Eso me gustó menos.

—No quería llegar a esto, Mackenzie, pero me temo que no tienes otra opción. Nuestros lectores están ansiosos por tener noticias sobre tu lista y tu relación con los chicos. Tienes dos opciones: o derivar la atención del tema con esta oportunidad o escribir una buena redacción sobre tu lista y cómo está afectando a tu vida. ¿Qué eliges?

Mi mandíbula cayó, atónita. ¿Que yo qué?

—Bueno, hay una tercera opción, que es dejar que Jane Tyler escriba su artículo de opinión sobre la lista, pero… Supuse que preferirías que te avisara primero.

Estaba chantajeándome. Sabía que Alia estaba involucrada con las causas perdidas, el medioambiente y demás, pero jamás pensé que llegaría al punto de extorsión con tal de conseguir movilizar a las personas. Quien salía perdiendo era yo, y no tenía opción.

—¿Debo llevar traje?

El rostro de Alia se transformó en una amplia sonrisa de victoria mientras que yo me hundía en un círculo vicioso de desesperanza y aprensión. ¿Por qué me pasaban estas cosas a mí?

—Solo hace falta que vayas cómoda, la empresa te proporcionará un uniforme. —Se levantó de la silla y me miró con orgullo, como si yo fuese una niña pequeña que había obedecido sus órdenes sin rechistar—. Me alegra poder contar contigo.

—Sí, claro…

La sonrisa de Alia flaqueó. Tomó aire y se agachó colocando los codos sobre la mesa, acercándose a mí.

—Siento todo esto, Kenzie, de verdad. Me refiero al asunto de la lista… Los alumnos chismorrean a tus espaldas.

Por supuesto, eso ya me lo imaginaba. Puede que nadie me dijese nada a la cara, pero las miradas de soslayo no me habían pasado inadvertidas. Me encogí de hombros.

—Supongo que en algún momento se les pasará.

Alia sonrió, aunque ambas sabíamos que el asunto de la lista tardaría en olvidarse. ¿Cuántas veces podían aparecer empapeladas las paredes del instituto con una lista como la mía? Alia se inclinó más sobre la mesa, bajando el tono de voz.

—Sé que esto no me incumbe, pero… ¿entonces es cierto que te gusta Mason?

Me ruboricé. Sacudí la cabeza para contestar y a la vez para cubrir mi cara con el pelo. Uno, no era de su incumbencia. Y dos, no iba a decir que sí después de que él me hubiera rechazado. Necesitábamos que las cosas volvieran a la normalidad, y una forma rápida de lograrlo era haciéndome a la idea de que...

—Solo somos amigos.

No pareció muy convencida.

—¿Y por qué estaba en tu lista, entonces?

Piensa rápido, Kenzie.

—Porque él... Es muy buen chico. Cualquier persona querría salir con él. Y debería.

En ese momento fue Alia quien se sonrojó. ¿Qué demonios...?

—Cierto, y además es muy guapo —asintió incorporándose—. Tengo que irme o me castigarán por llegar tarde a historia. Acuérdate, la fiesta es el sábado.

Comenzó a alejarse, por lo que tuve que llamarla sin gritar demasiado fuerte o me echarían de la biblioteca.

—¡Espera, Alia! ¿Dónde tengo que ir exactamente y a qué hora?

—Oh, ¿no te lo he dicho? Habla con James Smith, él es el cabecilla del proyecto.

—¿James Smith? —Casi me atraganto diciendo su nombre.

—Sí. Lo conoces, ¿verdad? Estaba en tu lista y he oído que ahora os lleváis bastante bien.

Oh, yo era un cotilleo andante.

—Sabía que llegaría el momento en el que acudieses a mí. ¿Ya soy tu plan A, nena?

Crucé los brazos en mi pecho y clavé la mirada sobre James, que se recostó sobre el capó de su coche y se guardó el móvil en el bolsillo. No podía creerme que fuera a hacer esto. ¿Sacrificar unos minutos para hablar con él? El mundo se había vuelto loco.

—Te dije que no me llamases «nena», idiota. Nunca.

Odié cómo se iba formando una sonrisa burlona en su boca, mostrando sus dientes. Ojalá tuviese cerillas para hacerlo arder en el infierno. ¿Me expulsarían si de paso quemaba también el instituto? El edificio no tenía la culpa, pero esa institución era la principal causante de mi mal humor. Ella y el chantaje de Alia.

—«Idiota» es una palabra muy fuerte para ti, nena.

Vale, James también tenía la culpa. Decidí no hacer caso a su estúpida estrategia para molestarme y acabar con la conversación lo antes posible.

—¿A qué hora y dónde tengo que ir exactamente el sábado?

—¿El sábado?

Me miró empequeñeciendo los ojos. Empecé a temer que Alia me hubiese tendido una trampa.

—Para lo del proyecto J. S. o lo que sea eso.

Parecía que lo había comprendido. La sonrisa volvió al rostro de James. ¿Era normal tener tantas ganas de pegarle?

—Así que te has unido a nuestro pequeño proyecto. No sabía que estuvieses interesada en estas cosas.

Ídem.

—Yo no diría exactamente «unido», más bien utilizaría la palabra «chantajeada».

—Alia te ha obligado.

Había llegado demasiado rápido a esa conclusión como para no saber nada del asunto. Apreté los brazos cruzados sobre el pecho mirando cómo dejaba de apoyarse en el coche y se inclinaba hacia delante.

—¿Qué sabes tú de eso?

Arrugó la nariz. Diablos, tenía que averiguar qué significaba aquel gesto para él.

—Esta mañana vino a hablar conmigo para preguntarme si podía meter a uno de sus reporteros en el proyecto para publicar un artículo en el periódico. Nunca creí que fuese a haber un escritor voluntario entregado a la causa. Ahora veo por qué. ¿Y qué argumento usó para chantajearte?

—La lista.

Sus ojos verdes se clavaron en los míos, observándome a través de sus pestañas. El día era nublado y se le veían de un color marrón deslumbrante, matizando las pecas sobre su piel. Durante algunos segundos no dijo nada, como si de pronto estuviese incómodo o, lo que aún sería más extraño, sintiese pena por mí. Viniendo de él, no quería que sintiera ninguna de las dos cosas.

—Entonces, ¿a qué hora y dónde?

—¿Qué tal va tu brecha?

Hablamos a la vez, rompiendo parte de la tensión que había entre nosotros. Él sonrió de nuevo y esta vez no quise carbonizarlo.

—Molesta, me tira la piel, pero creo que sobreviviré.

—Eso si no te das de nuevo contra el suelo —argumentó, alargando la mano hacia mi frente y echando a un lado mi flequillo para poder observar la herida—. Eres muy patosa.

Su dedo rozó la piel que había alrededor de la brecha, lo que produjo un cosquilleo nada sano sobre mi cuerpo. Me aparté un paso de él y meneé la cabeza recolocándome el pelo. Su mano quedó suspendida en el aire con el brazo apuntando hacia mí.

—Y tú tienes muy poca memoria. Fue contra una taquilla, no contra el suelo.

Me observó atentamente y luego rio, bajando el brazo y utilizando el movimiento para sacar las llaves del coche del bolsillo de su chaqueta vaquera. Siempre pensé que ese tipo de cazadoras hacía que los chicos parecieran *cowboys*, pero a él le quedaba bien. Bastante bien.

—Me encanta charlar contigo, Mackenzie, pero tengo que ir a casa y tu enamorado lleva un buen rato mirándonos desde el coche.

Miré hacia donde Mason había aparcado por la mañana. Efectivamente, ahí estaba, con las manos al volante y los ojos clavados en nosotros. Podía ver su rostro a través del cristal. Cuando me volví hacia James ya había subido a su coche.

—¡Oye, espera! —grité, acercándome a la ventanilla bajada—. No me has dicho ni la hora ni el lugar.

James me guiñó un ojo y algo dentro de mí me produjo escalofríos. Esperaba que en el mal sentido.

—Estate lista a las dos del mediodía. Iremos juntos en mi coche.

Ni en sueños. Antes invertía todos mis ahorros y pagaba una nave espacial para ir allí, que al precio de un viaje en taxi bien podría ser lo mismo.

—Pero…

—Vamos a ir al mismo sitio desde el mismo sitio, Kenzie —dijo con tono de desaprobación—. Eso sonó redundante.

—Yo no…

—Es por el bien del planeta. ¿No querrás contaminar más usando dos coches? —E hizo rugir el motor del suyo sonriéndome antes de salir a toda velocidad del aparcamiento—. ¡Nos vemos, nena!

Me quedé mirando cómo avanzaba entre la caravana de alumnos sin poder borrar su risa burlona de mi cabeza. Aquel ser inmundo que tenía como vecino iba a conseguir acabar conmigo. En un último ataque de rabia apreté los puños y grité:

—¡No me llames «nena»!

Mason condujo en silencio la mitad del camino hacia mi casa. No entendía qué mosca le había picado, y por alguna extraña razón era incapaz de borrar las palabras de James de mi cabeza. Era una locura. No podía estar empezando a sentir algo por mí.

—Últimamente hablas mucho con James Smith, ¿no crees?

Alcé las cejas hacia Mason. Las primeras palabras que me dirigía después de diez minutos y eran para hablar del payaso de mi vecino. Si no lo conociera tan bien, podría decir que estaba celoso. Pero ese rencoroso sentimiento debía ir acompañado de amor, y lo que él sentía por mí no pasaba de ser cariño.

—Es culpa de Alia —me quejé mirando la carretera por la ventanilla—. Me tendió una trampa y ahora tengo que participar con él en un proyecto, malgastando todo mi sábado por la tarde para hacer de camarera.

—Alia está buena.

¿Perdona? Me volví hacia Mason mirándolo con desagrado. Nuestras miradas coincidieron y la sonrisa se borró de su rostro, carraspeando incómodo. Luego solo quise pegarme a mí misma. Siempre habíamos hablado de los chicos y las chicas que nos parecían guapos y era habitual hacer comentarios como el que acababa de hacer Mason. Me había sentado mal y lo había demostrado porque estaba enfadada con Alia, pero, además, que Mason supiera de mis sentimientos hizo que nos sintiéramos incómodos con mi reacción. Tanto esfuerzo por hacer que las cosas volvieran a la normalidad fastidiado por una sola mirada. ¡Bravo, Kenzie!

Traté de corregirme tan pronto como volví a tener las ideas claras.

—Pues a ella le gustas, podrías intentarlo.

De nuevo quise pegarme. ¿A qué venían últimamente esos intentos suicidas? Seguramente era culpa de James. Estar cerca de él durante tanto tiempo podría traumatizar a cualquiera.

Para mi sorpresa, Mason rio.

—¿De dónde sacas esas cosas? No le gusto.

—Claro que sí. Esta mañana me dijo que eras guapo.

Por lo que más quieras, Kenzie, ¡cállate! No quieres que tu mejor amigo / persona de la que estás enamorada se líe con la chica que te hizo chantaje para pasar un día entero con tu vecino, la persona a la que más odias en el mundo. De acuerdo, eso de odiar tal vez es un poco exagerado…

—¿No te lo habrás imaginado? Tal vez no la has entendido bien.

—Para nada. Dijo, y cito textualmente: «Y además es muy guapo».

Mierda, Kenzie, ¿acaso no sabes lo que significa «cierra el pico»?

De pronto, Mason pareció muy interesado en lo que le estaba contando.

—¿«Y además»? ¿De qué estabais hablando?

Me revolví inquieta sobre el asiento y aparté la vista de él fijándola en mis pantalones. ¿Se lo decía? ¿Sí o no? No tenía ninguna margarita a mano que me ayudase a decidirlo.

—¿Kenzie? —insistió.

No podía seguir callada. Me salté esa clase en la que enseñan a la gente astuta a guardar silencio.

—Oh, nada realmente… Yo… Solo dije que eras un buen chico y… que cualquier persona querría salir contigo.

—Vaya, gracias.

Me atreví a mirarlo por el rabillo del ojo. Sonreía a la vez que asentía con la cabeza. ¿Eso era bueno? Era horrible vivir con esa incertidumbre. La semana anterior habríamos estado bromeando sobre Alia e indagando sus posibles sentimientos mientras me moría por dentro. Ahora tenía que controlar cada palabra que le decía y no podía soportarlo. Se supone que no debes sentirte incómodo cuando estás con tu mejor amigo…

—Entonces, ¿adónde vas exactamente con James?

Feliz de escapar hacia una conversación normal, comencé a relatarle todo lo que sabía sobre el proyecto J. S. hasta que llegamos a casa. De paso aproveché también para quejarme e idear estratagemas que me ayudasen a escapar del viaje con James. Iban desde hacerme la enferma hasta quemar las ruedas de su coche con gasolina. Nada era demasiado cuando se trataba de Mr. Salido.

—Parece que empiezas a llevarte bien con él —comentó Mason mientras apagaba el motor—. No sabría decirte si me gusta.

—No estoy empezando a llevarme bien con él.

Me defendí y crucé los brazos sobre mi pecho. Mala idea porque el cinturón de seguridad se me clavó en el cuello, y casi me ahoga. Ni los pucheros me salían triunfales.

—No puedes negarme que habláis más de lo normal.

—¡Porque el muy estúpido se ha empeñado en convertirse en mi plan A! ¿Qué culpa tengo yo de eso?

Estaba tan exasperada que había chillado aquellas palabras sin darme cuenta. Tragué saliva y me mordí el labio. Mason me miró con los ojos abiertos, sorprendido.

—¿Qué?

Me encogí de hombros, suspirando mientras aceptaba la realidad.

—Pues eso… Me lo dijo el otro día. Supongo que es una tontería que le ha dado con todo el tema de la lista. Ahora quiere convertirse en mi plan A y asegura que lo conseguirá. Por eso hablamos tanto últimamente.

Mason apretó los labios.

—Ese tío es un imbécil —susurró finalmente, más para él que para mí—. Se merece que alguien le parta la cara. Tú no eres un juego.

Permanecí en silencio durante un largo rato sin saber qué decir. Ahora sí, ¿verdad, boca idiota? ¡Ahora sí que te quedas calladita! En el coche, el aire era cada vez más y más tenso. Tenía que acabar con aquella situación lo antes posible y por eso dije lo primero que se me pasó por la cabeza.

—Estoy segura de que esa zorra de Jane Tyler...

Fue agradable volver a oír reír a Mason.

—No llames «zorra» a la gente, Kenzie. No está bien.

—Estoy segura de que ella ha tenido algo que ver con lo de la lista —dije sin hacerle caso—. O como mínimo entra en mis posibles.

—Mierda.

Fruncí el ceño confundida y me volví hacia él.

—¿Por?

—¿Ahora cómo se supone que tengo que partirle la cara por haberte hecho daño? Es una chica.

Sonreí.

—BatMason ha regresado.

Él me sonrió de vuelta.

—Nunca sin SuperKenzie a su lado.

Estaba caminando por los pasillos rumbo a mi taquilla cuando una voz habló detrás de mí. Me sobresalté.

—¿Qué tal lo llevas, Mackenzie?

—Eh... —Me di la vuelta y vi a Silvia, la profesora más polivalente de mi instituto—. Voy tirando.

Silvia carraspeó y reacomodó los archivadores sobre su regazo.

—Por supuesto, lo que te pasó con la lista fue horrible. Solo quería decirte que estoy trabajando para encontrar al culpable.

—Genial.

¿Era demasiado pedir que todo el mundo se olvidara del tema? Sabía que solamente habían pasado tres días, pero estaba convencida de que en un centro escolar debían de pasar cosas más interesantes que mi lista de planes. O al menos más importantes.

Silvia puso una mano sobre mi hombro para impedir que siguiera andando. Me sentía incómoda hablando con ella en medio del pasillo, con un montón de alumnos caminando a ambos lados.

—Si en algún momento necesitas hablar con alguien, ya sabes dónde estoy.

Asentí. ¿Qué más podía hacer? Afortunadamente, aquella conversación parecía estar destinada a ser corta y Silvia se alejó dejándome sola de nuevo. Extraño, las cosas buenas generalmente no me ocurrían a mí.

Me abrí paso hacia mi taquilla, enfrascada en nuevos pensamientos. ¿Y si en realidad nunca se olvidaban de mi lista? Todos continuaban mirándome de reojo cuando pasaba a su lado. Con el tiempo, había aprendido a ignorar sus miradas. Me salvó el hecho de que la mayoría fuesen lo suficientemente educados como para no decirme nada a la cara.

Pensé en la persona que robó mi lista y que decidió repartirla como si se tratara de papeletas de lotería no premiadas. No sabía quién podía haber sido. No tenía enemigos declarados, al menos que yo supiera. Sí, Jane Tyler me caía mal y yo a ella, pero eso le pasaba a más de la mitad de la población estudiantil que la conocía. Únicamente su grupo de amigas la soportaba, y era porque a ellas tampoco las quería nadie cerca. No me entraba en la cabeza que alguien pudiese ser tan ruin como para hacerme eso.

Coloqué los libros de mis primeras horas de clase y cerré el casillero sin ninguna fuerza, principalmente porque desde el accidente de la cicatriz aquella pequeña puerta metálica me parecía un arma de destrucción masiva. También afectaba la semana de locos que estaba teniendo, por supuesto.

Desde la taquilla de al lado, unos ojos azules se encontraron con los míos.

—Hola, Mackenzie.

Derek. Anderson. Saludándome. Y esperando que yo lo saludara. Deja de hiperventilar, Sullivan. Cerebro, maldita sea, reacciona. Di algo divertido y despreocupado.

—Eh…

Yo era tan elocuente.

—¿Qué tal te encuentras después del golpe? —continuó Derek, como si no se diese cuenta de que me había convertido en un muñeco tartamudo—. Sangrabas bastante, Mackenzie.

Al recordar la sangre, mi estómago se revolvió. La templanza no es uno de mis puntos fuertes. Sin embargo, decidí hacerme la valiente y aparté mi flequillo para mostrar la brecha oculta por mi pelo.

—Al final no fue para tanto, en nada se deberían caer los puntos y con suerte no me dejará marca.

Increíble. Acababa de decir una frase completa delante de Derek Anderson y sin trabarme. Esto era un gran avance, sí, señor. Me sentía orgullosa de mí misma.

—Qué mala pinta tiene lo que llevas en la frente, Kenzie —dijo una voz chillona cerca—. ¿No crees, Derek?

El vello de mi nuca se erizó de pura repulsión.

—Creo que el flequillo que se ha puesto le queda bien —contestó él mirando a Jane, que sonreía coqueta—. Nos vemos, Mackenzie.

Ahora que se había aprendido mi nombre parecía ser incapaz de no repetirlo. Si seguía así, iba a gastármelo.

Derek cerró su taquilla y se alejó por el pasillo, despidiéndose de nosotras con un gesto de cabeza. Jane y yo nos miramos y nos quedamos unos segundos estudiándonos. Ni loca iba a pasar más tiempo del estrictamente necesario con ella. Antes de que pudiera decirme algo para lo que no tuviera una respuesta ingeniosa, me di la vuelta y caminé en dirección a la cafetería.

Mason ya estaba sentado a una mesa. Alia estaba a su lado.

Me acerqué a la cola del *self-service* sin apartar mi mirada de ellos. Hablaban alegremente y se reían. Sentía una opresión en el pecho, como si me faltara el aire, y la sensación de hambre desapareció. Todo a mi alrededor dejó de ser importante, excepto ellos dos. Alia estaba enrollándose un mechón de cabello en el dedo e inclinando la cabeza hacia un lado mientras sonreía a Mason. Mis instintos homicidas amenazaban con agarrarla de los pelos y sacarla de allí.

—Necesitas calmarte.

Sí, lo necesitaba. Mason era solo mi amigo, lo había dejado claro. Yo misma le había hablado sobre Alia. Respiré profundamente.

—Si continúas mirándolos así, acabarás calcinándolos con rayos láser.

Cierto también. Sería incómodo si uno de los dos se volvía y me encontraba acosándolos con el ceño fruncido. Con mucha fuerza de voluntad aparté la mirada de ellos y regresé hacia la fila. Cuando vi a James a mi lado no pude reprimir un chillido.

—¿Qué haces aquí?

Me miró arrugando la frente y conteniendo la risa. Lo sé, pregunta tonta.

—Estudio aquí y pretendo comer aquí —dijo finalmente, tomándome del brazo para poder avanzar en la cola—. Además, llevo hablando contigo un buen rato.

—¿Sí?

Mi cerebro se autorreinició. Por supuesto, era él quien me estaba hablando.

—¿Quién pensabas que era? ¿Tu subconsciente?

Apreté los labios y miré hacia otro lado, fingiendo estar interesada en los productos situados detrás de las vitrinas. James se echó a reír.

—Eres increíble, Mackenzie. Me gustaría averiguar qué es lo que pasa por tu cabeza.

—Bueno, no creo que lo consigas.

James rio de nuevo y de pronto sentí una mano, su mano, sobre mi cabeza, dándome palmaditas como si fuese un animal de compañía. Lo observé tensa a través de mis pestañas.

—¿Qué se supone que estás haciendo?

—Relájate, nena, tu amorcito nos está mirando.

Retrocedí un paso para apartarme de él con tan mala suerte que tropecé con un chico. Casi pierdo el equilibrio. Me disculpé. James tenía una sonrisa burlona dibujada en la cara cuando volví a su lado. Ojalá pudiese taparla de un puñetazo, tarea difícil cuando él era notablemente más alto y más fuerte que yo. Maldita genética masculina…

—Te lo he dicho mil veces, James. Por activa y por pasiva, pero tú, ni caso. ¡No me llames «nena»! ¡Lo odio!

Sonrió aún más.

—Lo sé, por eso lo hago.

Me iban a encerrar por asesinato.

—Eres idiota.

La tensión se había ido acumulando en mi interior y me sentía como una bomba a punto de explotar. Por si fuera poco, James no se callaba.

—Es parte de mi encanto. Ahora en serio, Carter nos está mirando justo en estos momentos. ¿Sigues sin creer mi teoría de que él está enamorado de ti?

Aparté la mirada de James y la dirigí descaradamente a la mesa que ocupaban Mason y Alia. En apenas unos segundos, los ojos marrones de Mason se encontraron con los míos. Levanté la mano tímidamente en su dirección en forma de saludo y él hizo lo mismo. Sin embargo, sentí mi saludo vacío.

—Te equivocas, justo ayer estábamos hablando de lo buena que está Alia —negué, volviéndome hacia James.

—No sabía que eras de esas, Kenzie.

—¿De esas?

—¿Te gustan las chicas y la lista fue una forma de despistar o es que te gustaría hacer un trío?

Abrí la boca alterada por lo que acababa de decir y, segundos después, mi mano se estrelló contra su mejilla. James se había pasado, aunque yo tampoco me quedé corta.

Y sí, resonó.

Y sí, todos a nuestro alrededor se quedaron mirándonos en silencio.

Y sí, no aguanté la tensión y salí corriendo.

Me escondí dentro de un aula vacía con las mejillas acaloradas, tanto por la carrera como por la vergüenza. No podía creerme lo que había hecho.

Sí, James se había pasado con aquella pregunta, pero él solo pretendía ser gracioso. Yo, por el contrario, había reaccionado tremendamente mal. Pero había tenido una semana horrible. Hasta cierto punto, era comprensible. No estaba para tonterías.

Entonces, ¿por qué me sentía tan mal?

Me apoyé contra la pared y me dejé caer al suelo para recuperar el aliento. Para ser alguien a quien no le gusta ser el centro de atención, aquella semana se estaba convirtiendo en una pesadilla. Primero, lo de la lista; luego lo de la taquilla y ahora había pegado a James en medio de la cafetería… ¿Qué sería lo siguiente?

Escondí la cabeza entre las piernas al tiempo que la puerta de la clase se abría bruscamente. Podía ver unas zapatillas de tela calzando los pies de alguien que avanzaba en mi dirección. Se puso de cuclillas frente a mí y lo miré.

—¿Puedo pegarle un puñetazo? Aunque sea uno pequeño. Romperle la nariz me aliviaría bastante.

Sonreí a Mason y negué con la cabeza. Siempre venía a mi rescate, incluso cuando no se lo pedía.

—No sabes qué ha pasado, BatMason. Además, tú no serías capaz de romperle la nariz a nadie. Eres el ser más pacífico que conozco.

Acercó la mano a mi rostro y me pellizcó la nariz entre sus dedos. Mi corazón se aceleró.

105

—Estabas lo suficientemente molesta como para pegarle, eso me sirve. Puedo hacer excepciones tratándose de Smith.

—Estoy listo para verte en acción, Carter. ¿Qué pretendes hacerme?

Me sobresalté al escuchar la voz de James. Había estado tan pendiente de Mason que no me di cuenta de que James había entrado en la clase. Mason se incorporó para enfrentarse a él, mirándolo con gesto desafiante.

—Lárgate por donde viniste, Smith.

Me puse de pie prácticamente de un salto. James y Mason nunca se habían llevado bien. Mejor dicho, nunca se habían llevado, pero eso no significaba que se odiasen. Sin embargo, ahora sus miradas desprendían más odio del que podía haber entre Jane Tyler y yo.

—Mason, no pasa nada —dije, interponiéndome entre ambos, intentando sembrar la calma.

—Sí, Mason, nada de esto te incumbe.

—Cállate, James, así no ayudas —lo regañé, con una mirada fría—. De todos modos, ¿qué haces aquí?

Se encogió de hombros y arrugó la nariz antes de contestar. Empezaba a hacerme una idea de lo que podía significar ese gesto.

—Quería hablar contigo. Disculparme.

Mi corazón se ablandó. Era muy tierno de su parte, teniendo en cuenta que su mejilla izquierda todavía estaba roja. Me extrañó no haber dejado la marca de mis dedos. Quizás eso solo pasaba en las películas.

—Dilo y vete —dijo Mason, dando un paso a la derecha y esquivándome.

James miró a Mason con una sonrisa prepotente que no me gustó en absoluto. No tenía nada que ver con la sonrisa tranquila y burlona que solía dirigirme a mí. Era bastante más tensa.

—No veo por qué tengo que irme. ¿Acaso eres el dueño del instituto, Carter?

Esto no iba nada bien. Intenté poner paz, pero Mason me hizo a un lado. Protesté, aunque no sirvió de mucho. Actuaban como si yo no estuviese presente.

—No, pero sí su mejor amigo.

—¿Y?

—Y no te quiero cerca de ella. Punto.

—La pregunta es: ¿qué quiere ella?

De pronto sí advirtieron mi presencia y se volvieron hacia mí. Chicos, puedes vivir con ellos, pero el universo se empeña en que lo intentes.

Retrocedí un paso, temerosa, lo que no sirvió de mucho, ya que la pared estaba justo detrás de mí.

—Esto es una tontería —dije con voz insegura—. James vino a pedirme disculpas y yo las acepto. No es para tanto. Tema solucionado.

Mason parecía herido.

—¿Una tontería? —repitió, sorprendido y furioso—. ¿Y qué hay de que James pretenda ser tu estúpido plan A?

—Mason... —comencé a decir, pero James me interrumpió.

—Para mí no lo es. Quiero ser su plan A y seré su plan A.

Las palabras de James me dejaron sin respiración. Serio, decidido y directo, solo me miraba a mí. No parecía ninguna broma.

—¡Oh, perfecto! No te has interesado nunca por ella y ahora quieres ser su plan A. Permíteme que me eche a reír.

James empezaba a enfadarse. Dejó de sonreír y endureció los músculos faciales.

—Mira quién fue a hablar. El mejor amigo de Kenzie, la persona que ha estado siempre a su lado durante años, y justo ahora se pone celoso. ¡Qué buen momento para decidir que te gusta Kenzie, Carter!

Mason se quedó blanco.

—¿Qué? Yo no...

—Y una mierda —gritó James, apuntándolo con el dedo índice—. Puedes engañarte a ti mismo todo lo que quieras, pero Kenzie te gusta.

James y Mason se quedaron mirándose. Se podía palpar la tensión. La respiración de James era rápida y agitada. Sus mejillas estaban teñidas de rojo y sus ojos brillaban violentos. Mason, en cambio, parecía un fantasma o alguien que acababa de ver un fantasma. Me sorprendí al escuchar su voz limpia y clara.

—No tengo por qué aguantar esto.

Y acto seguido se fue sin mirar hacia atrás. Sin mirar a nadie. Sin mirar a James.

Sin mirarme a mí.

James me agarró del brazo en cuanto hice el gesto de seguir a Mason.

—No vayas todavía detrás de él.

—Pero...

Me acercó a él.

—Necesita estar a solas, créeme.

¿A solas? ¿A solas para qué? ¡Estaba enfadado por esas falsas acusaciones! Además, estaba convencida de que también estaba enfadado conmigo por no haberlo defendido. Mi deber como mejor amiga era mandar lejos a James y quedarme con Mason. Éramos un *pack*, él y yo. SuperKenzie y BatMason. Mr. Salido interrumpió mis pensamientos.

—Mira, siento mucho lo que te dije antes. Fue inapropiado, fuera de lugar e idiota por mi parte. A veces me paso de bromista y no me doy cuenta. De verdad que lo siento, Mackenzie.

Suspiré. Finalmente, había llegado la hora de las disculpas.

—No, yo también lo siento. Tú fuiste un idiota, no lo negaré… No, no me mires así, no puedo desaprovechar la oportunidad de insultarte a la cara gratuitamente. Pero yo exageré un poco dándote ese tortazo. He tenido una semana horrible y últimamente exploto con cualquier cosa. Sobre todo contigo.

Me lanzó una sonrisa divertida.

—Pues espero que logres tranquilizarte para el sábado, porque vas a pasar mucho tiempo conmigo.

Lo miré confundida.

—¿Por? Se supone que es una fiesta. Tendré que atender a los invitados y…

—Como reportera enviada tienes que estar con la persona que lo supervise todo, es decir, yo, recogiendo todos los datos posibles para tu reportaje. Tranquila, no tendrás que trabajar mucho.

No, pero sí soportarlo a él. Resoplé echando la cabeza hacia atrás. James rio con ganas.

—Vamos a pasarlo muy bien, Kenzie. Los dos juntos. Y solos.

—No vamos a estar solos.

—¿Quién dice que no?

—¡Todos los invitados de la fiesta!

Le di la espalda, abrumada por su incesante jugueteo. ¿De dónde sacaba las energías? Por otro lado, yo seguía preocupada por Mason.

—Debería llamarlo. Mason no suele ser así, no sé qué ha pasado.

—Que está celoso, Kenzie. Y no terminas de creerme.

—Lo creeré cuando se lo oiga decir a él.

—Espera sentada, entonces. Me parece que el chaval tiene un dilema enorme. Está empezando a fijarse en ti como algo más que su mejor amiga y no sabe cómo llevarlo. Y yo fui un poco hijo de…

—Vaquero —lo interrumpí con lo primero que se me ocurrió. No quería oír el final de esa frase—. Hijo de vaquero suena mejor.

James rio y negó con la cabeza, gesto que repetía cada vez que yo decía algo extraño.

—De acuerdo, fui un poco… hijo de vaquero, al soltárselo así sin más. Supongo que ahora el tipo lo está flipando un poco. Lo lamento.

Permanecí en silencio; no sabía qué decir. No podía creerme que Mason pudiese sentirse así. Nunca nos habíamos ocultado nada. ¿Por qué empezar ahora? *Habla la que se pasó años enamorada de él sin decirle nada.*

Mejor guardaba mis opiniones para mí misma.

—Soy un completo estúpido —dijo James—. Estoy contándole a la chica con la que quiero ligar que el chico que le gusta también siente algo por ella. ¿Conoces a alguien tan idiota como yo?

Yo misma era un ejemplo; había actuado igual con Mason, hablándole de Alia.

—Tú no quieres ligar conmigo de verdad, James. Nunca ha sido así y es imposible que cambie de un día para otro.

Su mirada brillaba.

—Te equivocas, Kenzie. De un día para otro me di cuenta de que existías. Ya te lo expliqué. Me di cuenta que hacías cosas que… me atraparon. Simplemente creo que cualquier chico querría estar contigo.

Ahora era yo la que reía. Yo había dicho justamente lo mismo de Mason.

—Eso suena demasiado a telenovela.

Sin embargo, no pude evitar sentirme halagada. James continuó:

—La diferencia es que es real. Tienes algo que te hace guapa, no sé si será tu cara redonda o tus ojos grandes. También eres divertida. Sin quererlo, me haces reír y me siento cómodo a tu lado. Me gusta. Tú me gustas.

Guau. Literalmente, guau. Aquello era muy bonito. Jamás me imaginé a James Smith diciéndome esas palabras. No es que desprendiera emoción, drama y romanticismo. Él no era así. Sencillo y directo eran dos palabras que le iban mejor. Era una de las pocas personas que podían ser románticas sin ser empalagosas. Eso era complicado.

Y aquí estaba Kenzie, brillando por otro de sus defectos: escepticismo selectivo. ¿Qué significa eso? Según el diccionario, «escepticismo» significa «duda o actitud inquisitiva hacia hechos, declaraciones, etcétera». Por ejemplo, si alguien me decía que el colegio estaba en llamas, aun estando yo en el edificio, era capaz de creérmelo. Por el contrario, si alguien me decía que Mason estaba enamorándose de mí, no me lo creía. Si, como es el caso, James Smith me decía que le pasaba lo mismo, me resultaba incluso más difícil de creer.

—No me crees —sentenció ante mi silencio.

Me mordí el labio inferior. Últimamente lo hacía.

—No es… Vamos, James. Eres tú. Mr. Salido. El señor bromista. Podría ser perfectamente una de tus bromas.

La sorpresa inundó el rostro de James, lo que resultaba un tanto inaudito. Solo que también parecía molesto.

—¿Es eso lo que piensas? ¿Que quiero salir contigo por diversión?

—Nadie ha hablado de salir.

James subió su tono de voz.

—Yo lo hago. Mierda, Kenzie. Quiero salir contigo. También tengo una especie de conflicto interno, pero lidio con él. Me apetece estar cerca de ti porque me gustas y… simplemente me he dado cuenta de que estar contigo me hace feliz.

Me observó expectante, esperando una respuesta de mi parte. ¿Y qué podía decir? ¡Casi podía decirse que se acababa de declarar! Justo ahora, después de hacer que Mason se fuese.

—No sé qué decir.

Nuevo lema: «Cuando te quedes sin palabras, simplemente di la verdad». Es mejor que quedarse en silencio esperando que el otro hable.

James apartó su mirada de la mía y se apoyó en la pared. Agachó la cabeza de forma que sus rizos le caían tapándole los ojos.

—No digas nada, entonces. En realidad, tienes razón. Esto ha ido muy rápido. No esperaba que fueras como eres.

Salvada por la campana. Antes de despedirnos le vi arrugar la nariz. Estaba esperando a que yo me fuese para poder salir él. ¿Estaría avergonzado? Imposible, James Smith, el payaso de la clase, nunca podría sentir vergüenza.

—Nos vemos más tarde —dije finalmente, y salí del aula.

Mientras recorría el pasillo absorta en mis pensamientos, me choqué con varios alumnos. ¿En serio Mason estaba confundido? ¿En serio James se había declarado? Necesitaba airearme y una clase de matemáticas no era lo que más me convenía en ese momento. Así que seguí caminando hasta llegar al aparcamiento. Allí estaba Mason, apoyado en su coche.

Me detuve delante de él, pero no me miró. Aunque no acababa de creerme la teoría de James sobre los sentimientos de Mason, era evidente que algo estaba pasando entre nosotros. Desde luego, Mason y yo teníamos una conversación pendiente, y, por increíble que me pareciese, esta vez tenía que ser yo la que diera el primer paso.

—¿Sándwich de jamón y queso? No he comido y me muero de hambre.

—Huele delicioso.

Sonreía de manera forzada a Mason mientras disfrutaba del olor del café que acababan de servirme. Mason estaba muy callado; de hecho, ni siquiera había pedido nada.

—Supongo.

«Sí», «no», «supongo», «tal vez», «quién sabe»… Era incapaz de formar frases más complejas. Pero todo era culpa mía. No lo había defendido cuando tocaba y no me gustaba nada que estuviese enfadado conmigo. Aunque tampoco soy del tipo de personas que pueden soportar los silencios tensos y me estaba quedando sin ideas para intentar sacarle algo. Me llevé la taza a los labios solo por hacer algo.

Uno de los dos tenía que romper el hielo y hablar en serio, así que me lancé.

—Siento no haber echado a James, ¿vale?

Impasible, Mason levantó la mirada. Continué. Últimamente me estaba enfrentando tan a menudo a situaciones incómodas que ya empezaba a acostumbrarme.

—Viniste a buscarme y yo me comporté como una amiga horrible. No sé por qué hice eso y lo siento.

Vale, quizás una disculpa sincera no fuese suficiente, pero, desde luego, era una buena forma de empezar.

—Te está empezando a gustar James.

—¿Cómo?

¿Me estaba tomando el pelo?

—Te está empezando a gustar James —repitió, esta vez vocalizando mejor a pesar de que lo había oído perfectamente—. Y eso me pone furioso.

—¿Furioso? —repetí sin comprender. ¿Me había perdido algo?

—Solo estoy algo celoso.

—¿Celoso?

—Sí, Kenzie, eres mi mejor amiga, y él es un gilipollas. No quiero que te haga daño y… Digamos que tengo algo de miedo de perderte.

—¿Perderme?

Debería añadir algo así como «repetidora de palabras excelente» en mi currículum…

—Tú nunca has tenido novio.

¿Cómo había derivado la conversación hasta aquí?

—Pero he estado con algún chico —susurré, recordando a Joe. Él contaba como chico. Estaba segura de que lo hacía.

—Solo fueron un par de besos, pero nunca has tenido un novio formal. En cambio, Smith… Él quiere algo más que un par de besos. Lo sé. Lo noto. Está demasiado pendiente de ti como para pretender ser solo tu plan A.

—¿Y qué pasa con lo que yo quiero? No me gusta. Nunca seré su novia.

Su expresión tomó un deje de tristeza.

—Te conozco demasiado, Kenzie. Te gusta. Él es totalmente tu estilo.

—¿Lo dices porque es guapo? Hay muchos chicos guapos en el instituto.

Tragué saliva. De pronto, acababa de decirle a Mason que James Smith me parecía guapo.

—No, porque es divertido —continuó Mason, totalmente ajeno a mi repentino sobresalto—. Te hace reír al mismo tiempo que te pone furiosa. Os he visto hablando y te sientes cómoda con él. Eres tú misma.

«Qué curioso, igual que contigo.» Pero solo lo pensé, no lo dije en voz alta.

—Sigue siendo un idiota.

—Hay química entre vosotros —añadió con una sonrisa de lado y mirándose las manos—. Puede que tú no te des cuenta, pero yo sí. Me extraña que aún no te haya besado.

Abrí los ojos horrorizada. ¿Qué se había tomado Mason?

—Antes me grapaba los labios que dejarme besar por él. Y no quiero hablar más sobre esto. Ni sobre James. Además, eres un idiota si crees que vas a perderme solo por tener novio. Un gran idiota. Tal vez me pierdas por eso, mira.

Levantó la mirada y yo elevé las cejas. Empezamos a reír con fuerza segundos después, incapaces de mantenernos serenos. No era buena haciéndome la indignada; de hecho, mis enfados solían durar menos de diez minutos.

—Siento haber sido un idiota —dijo Mason una vez que la tensión entre nosotros se hubo calmado.

—Una disculpa muy poco elaborada, pero... La acepto.

Estiré el brazo hacia él por encima de la mesa y Mason me agarró la mano y me dio un gran apretón.

—Podría comprarte algo para compensar. ¿Qué te parecería un perro?

—¿Y qué tal un león, ya que estamos?

Mason volvió a reír. Mi miedo a los perros era mundialmente conocido. Una vez incluso había participado en el periódico con un artículo titulado «Diez razones por las que no me gustan los perros». Allí explicaba que en realidad no los odio, incluso me parecen monos. El problema, muchas veces, es que los dueños no los educan bien. Aunque tampoco es que me encanten cuando enseñan los dientes o ladran. Seguimos hablando durante bastante rato sin pensar en que deberíamos volver a clase. Durante todo el tiempo había tratado de no pensar en James ni en cómo lo había dejado después de su confesión, pero Mason me lo había recordado. ¿De verdad le gustaba tanto? ¿Me gustaba él a mí? En realidad no estaba segura.

Era guapo, lo cual era un plus. Y divertido. Me reía mucho con él, aunque a veces me sacase de quicio. De vez en cuando incluso parecía un caballero, aunque esos momentos fueran mínimos. Y luego estaba la forma en la que se me aceleraba el pulso cada vez que se acercaba a mí o me miraba fijamente... Justo igual que me pasaba desde hacía un tiempo con Mason.

Estoy contándole a la chica con la que quiero ligar que el chico que le gusta también siente algo por ella. ¿Conoces a alguien tan idiota como yo?

Capítulo 9

Nada más abrir la taquilla cayeron en cascada todos los libros. Me agaché refunfuñando a recogerlos. Siguiendo la tónica de la semana, no estaba siendo un buen día. El problema era que no sabía exactamente por qué estaba de mal humor.

Tenía la sensación de que todo estaba saliendo mal, aunque de hecho lo peor que me había pasado era que había tenido que agacharme a recoger los libros del suelo. Tomé los libros y los coloqué con tanta fuerza dentro de la taquilla que algunas hojas y tapas se doblaron, aunque no me importaba.

Bueno, quizás un poco.

¿A quién quería engañar? ¡Mis libros no tenían la culpa de mi inestabilidad emocional!

—¿Alguien se ha levantado hoy con el pie izquierdo?

Eric me saludó y se apoyó en la taquilla de al lado. Forzada, respiré profundamente y sonreí. Mis labios estaban tensos.

—Debe ser eso —respondí, recolocando los libros y cerrando la puerta—. ¿Cómo te va?

—No me quejo —se encogió de hombros y se ajustó la mochila al hombro—, aunque preferiría que no fuese viernes, porque mañana me toca trabajar en la tienda. Pero no puedo controlar el tiempo.

Suspiré.

—Te entiendo. Yo tampoco quiero que llegue el sábado. —Aunque por razones totalmente distintas a las suyas.

La idea de pasar un día al completo con James era un tanto extraña. Antes de saber lo que sentía por mí me habría parecido una situación insoportable. Ahora solo era extraña. Ni siquiera sabía cómo comportarme con él después de aquello.

—Pareces enfadada. ¿Has suspendido algún examen?

—No.

—¿Alguna mala nota?

—Tampoco.

—¿No has desayunado y ahora te mueres de hambre? A mí eso siempre me pone de mal humor.

Me reí. Eric no parecía el tipo de chico que se pone de mal humor.

—Para nada, tomé un desayuno de campeonato.

—¿Has tenido que venir andando al instituto y te has mojado bajo la lluvia?

—Ni de cerca.

Más bien todo lo contrario. Mason se había presentado a tiempo en mi puerta e incluso me había protegido con su paraguas en el trayecto hacia el coche. Había galletas con trocitos de chocolate recién horneadas en mi asiento. Mis favoritas.

—Me estás dejando sin ideas, Mackenzie. ¿Qué te pasa entonces?

Me quedé dándole vueltas a la pregunta. En realidad, todo me había ido bien esa mañana. Mi madre había madrugado y había preparado tortitas para desayunar. Leslie no acaparó el baño, como solía hacer habitualmente, e incluso dejó que me comiera la última de las tortitas. Mason se había pasado todo el camino hacia el instituto haciéndome reír. Me había olvidado de hacer los deberes de biología, pero no me los pidieron. El profesor de historia no había venido y el sustituto nos dejó hacer lo que quisiéramos. Entonces, ¿qué me pasaba?

Le dije a Eric la verdad:

—No lo sé.

En aquel momento, sonó el timbre del final del descanso. Hora de ir a literatura creativa.

—Suerte con ello, Kenzie. Nos vemos mañana por la mañana.

Asentí y me despedí de él. Era probable que el estúpido proyecto J. S. me impidiera acercarme a la tienda. Ahora que lo pensaba, no había visto a James en todo el día. Normalmente a estas horas ya habría aparecido con alguna broma, haciéndome reír o volviéndome loca, una de dos. De hecho, no lo había visto desde el día anterior, desde que lo dejé solo en el aula.

Sacudí la cabeza. No me importaba nada que tuviera que ver con James.

Volví a abrir la taquilla. Con el incidente de los libros se me había olvidado sacar el libro de literatura creativa, que se había quedado al final del todo. Me llevó tanto tiempo buscarlo que cuando acabé ya no quedaba nadie en el pasillo.

Genial, iba a llegar tarde a clase.

Pasaba por delante del cuarto de baño cuando escuché ruidos en el aseo de los chicos. No ruidos de… baño. Eso habría sido asqueroso. Eran más bien golpes y gruñidos.

Como si dos personas estuvieran enzarzadas en una pelea allí dentro. Dos chicos.

Mi nuca se erizó. Miré hacia todos los lados, pero no había nadie excepto yo y quienes se estuviesen pegando allí dentro. Y sonaba bastante mal.

Observé mis brazos débiles. En una pelea cuerpo a cuerpo yo saldría perdiendo, incluso aunque mi oponente fuera un niño de diez años. Pero tenía que hacer algo, así que me armé de valor y entré en el servicio.

Me quedé de piedra cuando entré. Y es que no se estaban peleando, precisamente. Era más bien una lucha de besos. Los dos chicos estaban tocándose y besándose como si fuesen a desaparecer en cualquier momento. La camiseta de uno de ellos estaba tirada en el suelo y el otro la tenía subida por encima de los pectorales.

Ahora entendía el porqué de los jadeos y los golpes. Estaban tan metidos en faena que no se dieron cuenta de mi presencia. Tampoco de que yo podía verlos.

Reconocí claramente a uno de ellos, al chico que estaba sin camiseta y que estaba a punto de meter la mano por dentro del pantalón del...

Dios, no quería ver eso.

Sintiéndome como una intrusa, comencé a retroceder tratando de hacer el menor ruido posible. No quería estar presente en esa escena, pero tampoco romper la magia.

Conseguí salir del baño sin que me viesen. Respiré hondo y me dirigí a clase. Mientras caminaba, una sonrisa empezó a asomar y crecer en mis labios hasta acabar finalmente en carcajadas.

Al menos podía tachar a Derek Anderson de mi lista.

—El domingo pasaré a por ti a primera hora. También quiero que mañana estemos en contacto todo el día. Y cuando vuelvas a casa me llamas.

—Sí, mamá.

Era divertido hablar como si fuera una niña pequeña. Mason refunfuñó. Se estaba tomando el asunto de la fiesta del sábado demasiado en serio.

—Solo me preocupo por ti, Kenz. ¿De verdad no quieres que hable con Alia para que le diga a otra persona que vaya? Yo mismo puedo…

—Está bien —lo interrumpí, poniendo los dedos sobre sus labios para hacer que se callara—. Solo es un día. Sobreviviré.

Me miró fijamente sin decir nada, pero percibí que sus labios se movían y que rozaba mis dedos. Los aparté con un escalofrío. Si quería acabar con esos desacertados sentimientos que tenía por Mason, necesitaba permanecer impasible y recordarme a mí misma tres grandes e hirientes verdades: que él solo me veía como a una amiga, que si James le caía mal era porque se preocupaba por mí y tenía miedo de que me hiciera daño y, finalmente, que pensaba que Alia era guapa.

—Así que… últimamente te has acercado mucho a Alia, ¿no?

Sus mejillas se tiñeron de rojo y no pudo aguantarme la mirada. De pronto, noté un pinzamiento en el pecho, como agujas de hielo. Traté de ignorar el dolor lo mejor que pude.

—Es simpática. Aunque no me gusta que te haya chantajeado.

—Es una defensora de las causas perdidas, más bien —dije entrelazando los dedos—. Aunque, ¿cómo era lo que decías? Estaba buena.

—Está buena, de hecho —me corrigió, y luego rio negando con la cabeza—. ¿Celosa, Sullivan?

Le pegué un codazo entre las costillas, forzando una carcajada al mismo tiempo. Como siempre, había dado en el clavo. Si los celos tuviesen forma de gusanos alargados y escurridizos, ahora mismo mi corazón estaría siendo atravesado y convertido en miles de largos y dolorosos túneles.

Un coche frenó detrás del nuestro bruscamente. Miré hacia atrás y vi una cabellera pelirroja asomando por la puerta del conductor. James. Sus ojos verdes se clavaron en los míos, aunque desvió la mirada tan rápido que podría haber sido producto de mi imaginación. Cerró la puerta con un sonoro portazo y se dirigió hacia su casa. Su hermano Jack salió del asiento del copiloto.

Me quedé observándolos hasta que entraron en casa.

—Para no estar interesada en Smith lo miras bastante, ¿no crees, Kenzie?

Sacudí la cabeza de vuelta hacia Mason y me pellizqué el labio inferior con los dientes. ¿Por qué me estaba poniendo nerviosa?

—Hoy no lo he visto en todo el día —dije, y volví a jugar con mis dedos—. Es extraño, generalmente ya me habría dicho algo que me hiciera irritar o...

—Generalmente no —me interrumpió—. Más bien desde este lunes.

—Soy una chica que se adapta muy rápido a las nuevas

costumbres. Solo estoy… ¿preocupada? Nuestra última conversación no fue muy amigable, que digamos…

—¿Dices cuando os dejé solos en clase?

Me removí en el asiento nerviosa. No estaba muy segura de poder hablar de esos temas con Mason, pero quizás hablar sobre ello sería un buen paso para recuperar nuestra amistad.

—Él… —Allá vamos, Mackenzie—. *Como que se me confesó.*

—¿*Cómo que se me confesó?* —repitió inseguro—. Se supone que quiere ser tu plan A. Hace tiempo que se ha confesado.

Dije que no con la cabeza. Estaba poniendo mucho empeño en hablar de esto con Mason. Por alguna razón me costaba horrores.

—Pero no como lo hizo ayer. Ayer él… Me lo dijo muy serio. Y luego yo no supe qué responderle. Parecía molesto. O herido.

—Lo siento, pero no soy capaz de imaginarme a James Smith herido. —Alzó las cejas con escepticismo—. El chaval nació con una peluca multicolor de payaso en la cabeza.

Aparté la mirada y bajé la vista hacia mis manos. Durante unos segundos ninguno de los dos dijo nada, hasta que la mano de Mason se acercó a las mías, separándolas. Su pulgar acarició mis yemas.

—No juegues con los dedos, Mackenzie. Vas a hacerte daño.

Su tono era muy cálido. Tragué saliva y volví a mirarlo a los ojos. De nuevo, sentí una punzada en el pecho al ver su sonrisa.

—Estoy preocupada. Lo siento.

Sus dedos seguían acariciando los míos.

—No te disculpes por tus sentimientos. Es estúpido.

—Siento ser estúpida, entonces.

—Mackenzie...

Sonreí relajada. Su índice y su pulgar trazaron semicírculos en mi palma.

—Te lo dije. James te gusta, pero eres tan terca que jamás lo admitirás.

Otra vez me mordí los labios. Pensé en James y en sus rizos revueltos, las pecas que cubrían su rostro y aquellas paletas torcidas que lo hacían tan encantador, en cómo me sacaba de quicio al mismo tiempo que se preocupaba por mí. Sus palabras de ayer, tan precisas, dulces y serenas, solo habían logrado confundirme. De hecho, cuando lo sentía cerca se me aceleraba el pulso.

—Tal vez lo haga —susurré, y los dedos de Mason se congelaron sobre mi mano—. ¿De verdad crees que me gusta?

Noté el frío cuando Mason me soltó la mano y agarró el volante. Antes de contestarme, respiró profundamente.

—Sí, lo creo.

Capítulo 10

Eran exactamente las dos y diez minutos del mediodía del sábado cuando llamé al timbre de la casa de James Smith. Había estado dando vueltas por toda la casa. Se suponía que debía estar preparada para irnos a la fiesta e imaginé tontamente que sería él quien iba a pasar a buscarme. Después de cinco minutos empecé a preguntarme si era yo la que debía acercarme a su casa. A los ocho me cansé de esperar y decidí ir a por él.

Estaba nerviosa. No tenía motivos para ello, en realidad. Solo se trataba de una fiesta tonta para recaudar fondos en la que iban a hacerme trabajar. Tampoco es que fuera a pasar todo el día a solas con él, habría más gente por todos lados. Pero, por algún motivo, no conseguía que la inquietud me abandonase. No había visto a James desde su declaración y me preocupaba que se hubiese ido sin mí.

Aún más. Me aterraba el hecho de haber herido sus sentimientos y no entendía por qué.

Mi teléfono vibró en el bolsillo de mi holgado pantalón de yoga. Sonreí al ver el nombre de Mason en la pantalla.

MASON: *Mensaje de autovigilancia número uno. ¿Se encuentra el sujeto seguro y a salvo?*

KENZIE: *El sujeto agradece su preocupación, pero no es necesaria. Este mensaje se autorreenvía automáticamente. Por favor, no responda.*

La puerta de la casa de James se abrió mientras terminaba de escribir las últimas palabras.

—¡Mackenzie! ¿Qué haces aquí?

—Eh... Venía a buscar a James.

No veía a la madre de James con frecuencia. Parecía una mujer agradable, la típica ama de casa norteamericana perfecta, con su pelo rubio claro recogido, la ropa impecable y siempre con una sonrisa en la boca.

—¿James? Estaba en la cocina hace un momento... Pasa, voy a buscarlo. ¡James!

¡Vaya! Pensaba que solo mi madre gritaba así. Decidí declinar su invitación a pasar y esperar en la entrada. Me sentía más... segura.

Oí voces, más bien gritos, dentro. Resulta curioso ver cómo se derrumba la imagen que tenemos de algunas personas: irradian perfección y simpatía y luego van voceando en su propia casa. Oí unos pasos acercándose en mi dirección. Me erguí y miré dentro de la casa. Debo admitir que me quedé sin aire cuando lo vi.

Vestido con unos vaqueros oscuros, una camisa azul y una americana negra, James avanzaba con paso decidido. Se había puesto gomina en el pelo, logrando un estilo despeinado y revuelto realmente atractivo. Sus ojos verdes me parecieron ardientes cuando me miró.

—Perdón por hacerte esperar, he estado… Haciendo cosas.

Asentí, embobada por lo bien que le quedaba la chaqueta: entallada, marcando torso, y con hombreras, que definían perfectamente sus músculos.

—No tienes por qué disculparte.

Me hice a un lado mientras cerraba la puerta. No podía dejar de mirar cómo se movía. Por eso me sobresalté cuando de repente se volvió, y me obligué a apartar la mirada de su cuerpo.

Esperaba que se burlara de mí, que me sonriera descaradamente o incluso que bromease, pero no pasó nada de eso. Simplemente se quedó mirándome fijamente durante unos largos segundos y luego empezó a caminar hacia el coche.

Tardé un poco en seguirlo. No comprendía bien lo que estaba pasando. ¿Quién era él y qué había hecho con James Smith, el payaso?

—Entonces… —comencé indecisa, tratando de iniciar una conversación—. ¿Qué es lo que vamos a hacer hoy?

—Yo, coordinar que todo vaya bien. Tú, tomar apuntes para el artículo.

Me entraron ganas de llevarme una mano a la frente y gritar: «Capitán, sí, mi capitán». Pero en lugar de eso guardé silencio y observé confundida cómo James cambiaba de dirección y en vez de dirigirse a su coche iba hacia mi casa. Corrí unos pasos para ponerme a su lado.

—¿Adónde vas?

—No vas vestida para la ocasión. Tienes que cambiarte.

—Creía que solo tenía que ir cómoda.

—Tú no.

—Se suponía que allí iban a darme ropa.

—No van a darte nada.

—Pero Alia me dijo…

Cuando llegamos a la escalera de mi casa, James frenó en seco. Como iba por delante de mí, acabamos chocándonos. Tuve que levantar la barbilla para poder mirarlo.

—Alia pensaba que ibas a trabajar de camarera, como los demás, pero ese no es el trabajo que te tengo reservado.

Estaba desconcertada.

—¿Y qué voy a hacer?

Por primera vez desde la conversación del jueves, James sonrió. Era una de esas sonrisas de suficiencia, no tan marcada como para resultar perturbadora, pero sí lo suficiente brillante como para provocarme escalofríos. La piel de mi nuca se erizó cuando James inclinó su cabeza y se acercó a mí.

—Esta noche serás mi acompañante, Mackenzie Sullivan.

Di un paso hacia atrás, apartándome de él. ¿De qué estaba hablando?

—No puedo ser tu acompañante —dije respirando con dificultad—. Somos voluntarios, nosotros no…

James volvió a reír. Me asusté cuando noté cómo se aceleraba mi ritmo cardíaco ante el tono de su voz.

—Yo no soy un voluntario. ¿No te dice nada el nombre de la empresa, Mackenzie?

Comencé a responder despacio, como si estuviera tanteando el terreno.

—Recreativos J. S. —Una idea loca asomó a mi cabeza—. ¿J. S.? ¿Estás diciéndome que es tuya?

—¿Mía? — Podía oírse la risa de James a cien metros a la redonda—. No, es de mi hermano. Jack Smith.

De acuerdo. Eso tenía sentido. Jack era ocho años mayor que nosotros. Siempre había sido considerado un genio. Incluso terminó sus estudios antes que los demás chicos de su edad. Había oído que se había convertido en un exitoso empresario, aunque nunca indagué más en el asunto.

—Siempre fue un fanático de los videojuegos —comentó, encogiéndose de hombros—. Era lógico que creara una empresa dedicada a eso cuando acabó sus estudios.

—¿Y cómo es que participa en la iniciativa con el instituto?

—No solo Alia es buena en el arte del chantaje.

No entendía a qué se estaba refiriendo, pero no pude averiguar nada más porque James se dio la vuelta y siguió caminando hacia mi casa. Paró en la puerta.

—¿Piensas entrar a cambiarte? Si vas a ser mi acompañante, necesitarás un vestido.

James me lanzó una mirada de desaprobación antes de cambiar de marcha y acelerar para incorporarse a la autovía.

—Quita las zapatillas del asiento.

Lo miré con desagrado.

—Están limpias.

—No tanto como crees. Quítalas.

Resoplé y puse mis zapatillas de tela blancas en el suelo. Me coloqué más recta en el asiento observando cómo las casas y los árboles desaparecían por la ventanilla.

—Así que eres uno de esos maníacos de su coche.

—No soy un maníaco de mi coche —se defendió, pisando más el acelerador y adelantando a un Mini rojo—. Solo me gusta mantenerlo limpio.

Sin hacerle caso, me concentré en el aparato de música. Era más moderno que el de Mason y no estaba segura de saber sintonizar una emisora de radio.

—Apuesto a que incluso tiene un nombre.

—No lo tiene.

—Seguro que sí —dije toqueteando los botones—. ¿Qué tal Rayo? Es un nombre muy popular.

James gruñó. Bien.

—He dicho que mi coche no tiene nombre.

—¿Trueno? Suena muy varonil.

—Cállate, Mackenzie. Y deja ya eso, que vas a acabar por romper algo.

Alejé la mano del reproductor de música haciendo un puchero. No me veía capaz de soportar un viaje en coche con James Smith sin música para hacerlo más llevadero.

—Técnicamente no puedo romperlo a menos que lo golpee con un martillo, lo que, por cierto, no cabría en el proyecto de bolso que me has escogido.

Apartó la vista de la carretera durante unos segundos para lanzarme una mirada fugaz y divertida. Por alguna extraña razón, James parecía feliz con nuestra pequeña excursión.

—Técnicamente te habría dejado escoger uno, pero te empeñaste en ponerte esas zapatillas con el vestido.

Quise contestar, pero él pulsó el único botón del reproductor de música que yo no había tocado y una melodía empezó a sonar tan alto que jamás habría podido oír lo que decía. Me llevé las manos a los oídos mientras él hacía girar la ruedecilla del volumen.

—Has elegido mi ropa, mi peinado e incluso el maquillaje; qué menos que poder andar sin la amenaza de torcerme el tobillo a cada paso. —James se encogió de hombros y adelantó a otro coche. Un niño pequeño nos saludó con la mano desde la parte trasera del monovolumen.

Después de hacerme volver a casa para cambiarme, a James no le gustaba ninguno de los vestidos de mi armario, así que tuve que pedirle a mi madre que me prestara alguno. Acabé poniéndome una especie de camisón gris hasta las rodillas, con cuello redondo y mangas francesas. Apenas tenía algo de vuelo debajo de la cintura y, en mi opinión, me hacía las piernas gordas. Las cubrí con unas medias oscuras semitransparentes en un desesperado intento por ocultarlas.

—De todos modos he metido los zapatos de tacón en el maletero mientras tu madre te maquillaba. Leslie me ayudó.

Gemí, aplastando la espalda contra el asiento sin fuerzas para contestar. Me limité a darle un golpe en el brazo, con lo que James perdió el control del coche por un momento. Tal vez era mejor dejar las bromas para otra ocasión.

—Vas un poco rápido —le dije cuando adelantó al tercer coche—. Dudo que estés respetando los límites de velocidad permitidos.

James sonrió con ganas.

—Así que puedo añadir los coches a la lista de cosas que te asustan.

Genial.

—¿Qué más cosas hay en esa lista?

—Oscuridad, arañas, perros y sangre.

Aquello era siniestro.

—¿Y tú cómo sabes eso?

James rio de nuevo.

—Lo de la sangre, por cómo reaccionaste el día que te golpeaste con la taquilla. Por cierto, tu frente tiene mejor aspecto. Casi no se nota la herida.

Inconscientemente me llevé una mano por encima de mis cejas. Me había recogido el pelo con horquillas, dejando la herida al descubierto. Mi madre me había puesto crema de color en la cara para cubrir la línea rosada que aún desfiguraba mi piel. Seguramente fue en ese momento cuando James metió los zapatos en el coche.

—¿Qué hay del resto? ¿Cómo sabes esas cosas?

Tengo que admitir que no me esperaba para nada su respuesta.

—Por tus artículos.

—¿Mis artículos?

Me quedé mirándolo boquiabierta.

—Los he leído.

—¿Los has leído?

—Son divertidos.

—¿Son divertidos?

Él me miraba sin apartar del todo la vista de la carretera.

—¿Piensas seguir repitiendo todo lo que digo? Es un poco frustrante.

Sacudí la cabeza apartando mi mirada de la suya. Estaba confusa.

—Lo siento. Me sorprende que sepas leer.

James resopló.

—Muy graciosa. De verdad, Kenzie, me parto de la risa.

—Ahora en serio, no sabía que leías el periódico escolar.

—Y no lo leo.

—Pero…

—Leo tus artículos. Son divertidos, como tú.

Hacía un mes que había escrito el último artículo, mucho antes del incidente con mi lista. Incluso antes de que la escribiese. Me ruboricé. En ese momento sonaban las últimas notas de la canción y empezaba otra. Aproveché ese paréntesis para cambiar desesperadamente de tema.

—¿The Killers? —le pregunté, haciendo girar la ruedecilla del volumen—. No sabía que te gustasen.

De nuevo, James me miró fugazmente con sus ojos verdes.

—Me parece que en realidad sabes muy poco sobre mí, Mackenzie.

Guardé silencio durante los siguientes instantes. James tenía razón; en realidad no sabía mucho sobre él. Lo que más me asustó es que descubrí que me gustaría conocerlo mejor.

Para alejarme de mis enmarañados pensamientos, me concentré tanto en la letra de la canción que llegué a cantarla en alto. No me di cuenta de ese detalle hasta que vi que James estaba más pendiente de mí que de la carretera, algo extremadamente peligroso cuando vas a más de cien kilómetros por hora por la autovía.

—No, por favor, sigue. No te calles por mí.

Su tono burlón no me inspiraba confianza como para seguir cantando. Me revolví nerviosa en el asiento y fijé la vista en la carretera, que es lo que James debería haber hecho también.

—Pareces un gato atropellado, pero es agradable escucharte.

—Eso no tiene sentido —repliqué con las mejillas encendidas.

—Lo sé, aunque me voy acostumbrando. Nada tiene sentido cuando estoy contigo.

¿De pronto hacía demasiado calor en el coche o es que el sol había explotado? Resistí el impulso de abanicarme con la mano.

—Vamos, Kenzie… Lo siento. Venga, canta.

Me quedé callada.

—No me hagas suplicarte.

Seguía observando la carretera fijamente. Entonces James dijo algo sin sentido que me obligó a mirarlo, intrigada.

—Tormenta.

—¿Qué?

—Tenías razón. Soy uno de esos maníacos de sus coches. El mío se llama Tormenta.

No podía ser cierto. Pero por debajo de sus pecas se podía percibir cierto tono rosado en su piel. Me eché a reír.

—Lo sabía.

Subió el volumen de la música.

—Vamos, Kenzie, canta. Lo estás deseando.

¿Después de lo que acababa de decirme? En absoluto…

Y entonces fue él quien empezó a cantar. Y yo no pude resistirme a seguirlo.

Rompimos a reír. Cerré los ojos sintiendo cómo mi alma explotaba dentro de mí al ritmo de la música. Cuando volvió a sonar el estribillo, seguí cantando y James me siguió.

Entreabrí los ojos para mirarlo y allí estaba, con las manos en el volante y la vista clavada en la carretera. Mi corazón latía tan fuerte que en cualquier momento podría salirse de mi pecho.

Entonces lo supe. No volvería a escuchar esa canción sin acordarme de él.

Samantha Gómez tropezó con el dobladillo de sus pantalones largos de camarera y cayó hacia delante, arrastrando a Harry Parker y provocando que una gran bandeja de canapés terminara en el suelo, que quedó cubierto de gambas y mayonesa.

Apreté la pequeña libreta que James me había dado nada más llegar y lo busqué con la mirada en la gran sala donde se celebraba la fiesta, pero solo pude ver a algunos compañeros del instituto vestidos con un traje de camarero oscuro unisex y una corbata negra pasada de moda. No se me pasaron por alto las miradas de odio de alguno de ellos. ¿Habría alguna otra víctima del chantaje?

Me sentía más que incómoda en ese ambiente, con todos trabajando menos yo, que solo miraba. Tal vez podría ayudar a preparar algo en la cocina… Siempre que no fuera necesario usar cuchillos, fuego o demás material peligroso. Estaba buscando una salida cuando alguien se dirigió a mí:

—¿Mackenzie Sullivan? Eres Mackenzie, ¿verdad?

Al levantar la vista me encontré con unos ojos verdes que me parecieron familiares. Eran más claros que los de James y tirando a azulados.

Jack Smith.

—¡Jack! —le sonreí y dejé que me abrazara en un acto de reencuentro vecinal—. Hacía mucho que no te veía.

Mentira. Lo había visto aquel día entrando en casa de su

madre, pero no tenía por qué dar explicaciones, sobre todo porque no lo había saludado.

—Han pasado al menos tres años —corroboró él—. Estás muy cambiada. Y más alta.

Fruncí el ceño y miré hacia abajo. Me apoyé en él antes de doblar una pierna hacia arriba.

—En realidad son los tacones.

Porque sí, al final Mr. Salido logró salirse con la suya y me calcé los dolorosos zapatos. Si acababa cayéndome y torciéndome el pie sería culpa suya. Y del *pudding* de chocolate que tiró en mis zapatillas blancas de tela. En aquellos momentos lo odiaba.

Jack me miró escéptico y se ajustó la chaqueta. Vestía de forma muy parecida a James. Si no fuera por su cabello rubio, podrían pasar por gemelos.

—¿Tú con tacones? Si mal no recuerdo, te gustaba jugar al cazador y el león con tu hermana. Ella se montaba sobre tu espalda mientras tú paseabas a cuatro patas por el jardín de tu casa.

Sentí cómo me ruborizaba. Aquella información estaba vetada incluso para Mason.

—Era pequeña.

Rio y sus ojos se iluminaron.

—No tan pequeña.

En el bolsillo de su chaqueta llevaba algo parecido a un móvil, que comenzó a sonar con una molesta luz roja. Lo observó atentamente y luego torció el gesto.

—Problemas de gestión. Me ha gustado verte aquí, Kenzie. Espero que escribas un buen artículo sobre la fiesta.

No recordaba haber dicho que iba de reportera.

—¿Cómo sabes...?

—Tengo mis fuentes —me interrumpió, guiñándome un ojo—. Las llamo «insufrible James».

Al menos ambos pensábamos lo mismo de él.

Abandonada de nuevo a mi suerte en medio de la peliaguda decoración de la sala, volví a buscar algo que hacer.

Era una habitación grande, una de esas salas de hotel con techos altos, ventanales enormes y cuadros de artistas medio conocidos. Incluso había una gran escalera lujosa y, colgando del techo, una lámpara más pesada que el hormigón. Un terremoto la tiraría al suelo.

Procurando no pasar debajo de la zona de la lámpara y sorteando estudiantes uniformados cargados de comida y bebida, llegué sana y salva y sin torcerme un tobillo a una mesa donde Melanie Stuart colocaba banderitas sobre sándwiches cortados por la mitad. Carraspeé para llamar su atención. Ella apenas me miró, sin abandonar su tarea.

—¿Necesitas algo?

Bajé la vista nerviosa. Tal vez no había sido una buena idea.

Melanie rodeó la mesa para recoger más banderas y me apartó de un golpe de cadera.

—Si no quieres nada, vete; estoy ocupada.

Qué borde.

—Me preguntaba si podría ayudar en algo —dije finalmente, dispuesta a no hacer más el ridículo—. Estáis todos trabajando tanto y yo solo tomo apuntes y...

—Te mancharías el vestido.

—No pasa nada, puede lavarse.

—Todas las tareas están asignadas.

—Seguro que queda algo por hacer.

—Con esos tacones es imposible que hagas algo sin caerte.

—Puedo ir descalza.

—No.

—Pero…

Melanie me interrumpió antes de que mi alegato de excusas resultase perturbadoramente idiota. Dejó de colocar banderitas y me miró irguiéndose y posando sus manos sobre la cintura. Me sacaba al menos una cabeza, y eso imponía.

—Mira, Kenzie. Esta es la situación. Jack Smith ha ofrecido cinco puestos de trabajo a los mejores voluntarios de esta noche para la temporada de verano. Muy bien pagados y con los fines de semana libres.

—¿Cómo?

Estaba segura de que me había perdido algo. Alia y James no me dijeron nada de ninguna oferta laboral. Melanie hizo un ademán con la mano, como si no tuviera importancia.

—Ya imaginaba que no lo sabías. ¿Por qué crees, si no, que iban a venir tantos estudiantes un sábado por la tarde a hacer de camareros gratis? Realmente eres muy ingenua.

La sangre hirvió en mis venas. No era ingenua, simplemente me habían ocultado información.

—Nadie me había dicho nada.

—Por supuesto que no —dijo Melanie, apartando su mirada y volviendo a su arduo trabajo de clavar palillos sobre el pan—. Mira, James es el hermano del jefe y todos aquí sabemos que eres algo así como su novia. Si se entera de que te hemos dejado trabajar, se nos acaba el chollo.

Sentí la necesidad de defenderme.

—No soy su novia.

Melanie hizo caso omiso y comenzó a recolocar los vasos de vino, perfectamente alineados.

—Tu lista y sus efectos no están pasando por alto, Mackenzie. ¿Por qué crees que Jane Tyler chantajeó a Alia para que publicara un artículo en el periódico escolar difamándote? Eres un cotilleo andante desde que te has vuelto tan popular, y ahora ella te odia. Y muchas más.

Pasaron unos segundos antes de que pudiese decir algo con sentido.

—¿Qué?

Y eso fue lo más coherente que se le ocurrió a mi cerebro. ¿Jane Tyler chantajeó a Alia? ¿Popularidad? ¿Las chicas me odiaban?

Melanie parecía estar perdiendo la paciencia. De hecho, al poner una copa en la mesa, lo hizo con tanta fuerza que esta se rompió, aunque no saltó ningún trozo de cristal por los aires. Sus ojos oscuros me miraron con frustración.

—Te lo diré porque me das pena y parece que nadie más se atreve a ser sincero contigo. Las chicas te odian. No todas, pero sí muchas. Jane Tyler encabeza el pelotón. Antes de lo de tu lista solo se sabía de ti porque Mason Carter era tu mejor amigo. De pronto, Derek Anderson, el buenorro que es demasiado bueno para estar con ninguna chica, se preocupa porque te haces una herida en la cabeza. Todo el instituto sabe quién eres, incluso los de primero, que parecen vivir en su mundo. Prácticamente te has convertido en la futura reina del baile sin tener que esforzarte.

Me avergüenzo de decir que no pude controlar las lágrimas. De todo lo que me estaba diciendo, solo me quedaba con lo negativo. Melanie suspiró y rodeó la mesa para acercarse a mí.

—Si te sirve de consuelo, a mí me caes bien.

Sí, una entre todo el instituto. Un consuelo enorme.

—Quizás exageré cuando dije que buena parte de la población femenina te odia —continuó Melanie, tratando de animarme—. En realidad solo se trata de Jane Tyler y sus amigas.

No podía creerla después de lo que me había dicho. Notaba sus brazos en tensión mientras frotaba mi espalda para consolarme. Entonces caí en que ella pasaba mucho tiempo con Alia.

—Oye, ¿dijiste que Tyler había chantajeado a Alia?

Melanie dejó de acariciarme la espalda y se colocó delante de mí con expresión incómoda.

—Jane y Alia son hermanas. Saben suficientes cosas la una de la otra como para poder jugar sucio.

No tenía ni la menor idea. Era una aislada social en mi propio instituto. Ellas dos nunca hablaban y parecían vivir en mundos distintos: una era una idiota sin corazón y la otra la defensora de las causas perdidas.

—No hay mucha gente que lo sepa. Las dos se avergüenzan de su parentesco —continuó Melanie, regresando a la mesa y a las copas de vino—. Pero ahora corre el rumor de que fue Alia quien filtró alcohol en la fiesta de bienvenida y su puesto como jefa del periódico escolar está en peligro. Es una tontería, pero a ella le encanta eso.

De pronto me sentí aún peor. En realidad, Alia no era una chantajista en potencia, sino víctima del chantaje. Y, por supuesto, Jane Tyler, la mayor idiota de la historia. ¿Chantajear a su propia hermana?

—Lo siento. Debería hablar con ella.

Melanie se encogió de hombros y regresó a su trabajo.

—O no. Si ella no te lo contó fue por algo.

Asentí sin saber muy bien qué más hacer o decir. Yo la odiaba por cómo coqueteaba con Mason y ella intentaba ayudarme sin ni siquiera ser mi amiga.

—Oye, alegra esa cara. Al menos tienes a James Smith loco por ti.

Me volví hacia Melanie. Esa chica era bipolar y pasaba de estar enfadada a estar contenta en cero coma segundos.

—No lo está.

—Seguro. Y ahora me dirás que tú tampoco estás loca por él.

Notaba cómo me iba poniendo colorada y sacudí la cabeza para que el pelo me cubriese el rostro.

—Yo no…

—¡No hay nada de lo que avergonzarse, chica! —me animó mientras tomaba medio sándwich con banderita incluida de la mesa y lo posaba en mi mano—. Además, he oído que la tiene grande.

Entre tanta confusión, no pude procesar bien sus palabras y la miré sin comprender.

—¿El qué?

Pasaron un par de segundos… y entonces comprendí.

Melanie rio con ganas y me dio un par de palmadas en los hombros antes de regresar al trabajo.

—Al final será verdad que a los chicos les gustan inocentes.

Agarré con tanta fuerza el bocadillo que mis uñas atravesaron el pan y se ensuciaron con la mayonesa. Necesitaba salir de allí.

Dejé a la chica con su trabajo y me dirigí hacia la primera puerta del salón que vi abierta. Conducía a un largo pasillo, lleno de cajas a ambos lados. Tenía la sensación de que no debía estar allí, pero volver de nuevo a la sala se me hacía embarazosamente imposible. Avancé por el pasillo buscando una salida hasta que encontré un patio detrás de una puerta. Parecía la parte trasera del hotel.

Salí a la calle por un camino de guijarros y piedras sueltas y empecé a caminar alrededor del edificio buscando otra entrada o, en su defecto, un lugar donde esconderme hasta que se me pasara la vergüenza.

Caminaba concentrada en dejar mi mente en blanco cuando me tropecé con él. O ello. O ella. Depende de cuánto ames a los animales y sus distintas razas.

A unos cinco metros de distancia, había un perro negro, parecido a un bull terrier, mirándome fijamente y con el morro fruncido, enseñándome los dientes. Fue su forma de gruñir lo que me puso más alerta.

Iba a morir.

Di un paso hacia atrás y los tacones se quedaron atascados entre las piedras blancas. El perro no dejaba de mirarme y gruñir mientras yo me tambaleaba. Sentía el corazón palpitando en la garganta y todos mis nervios a flor de piel. Según había visto en alguna película, hablar a los perros los tranquiliza, pero básicamente la única indicación que yo podía seguir en aquel momento era la de no correr.

Retrocedí unos pasos más, lo que pareció ponerlo más furioso. Las piernas empezaron a flaquearme y tenía la vista borrosa. Era el fin. Di unos pasos más hacia atrás, cada vez más rápido, y justo cuando el animal tomó impulso para echar a correr yo hice lo mismo. Tiré el sándwich completamente deshecho al suelo y giré sobre mis talones para escapar tan rápido como mis piernas me lo permitieran.

Lancé un grito y empecé a correr. No había avanzado ni tres metros cuando me di cuenta de que era imposible escapar. Él era muy rápido y yo muy torpe por culpa de los malditos tacones, que se clavaban en la grava.

Estaba claro. Iba a morir desangrada y con la piel hecha jirones entre sus garras. O quizás no llegase a ser todo tan dramático. Puede que me dejara completamente demacrada pero viva. Seguro que había víctimas de ataques de perros que seguían vivas. Quizá solo estaba exagerando. Quizás el perro solo quería jugar. Quizá solo…

Lo que pasó a continuación fue tan rápido que apenas tuve tiempo de registrarlo con detalle.

Justo cuando el animal estaba a menos de un metro de mí, uno de mis tacones se atascó entre las piedras. Al intentar desencallarlo, me torcí el tobillo y me tambaleé hacia el suelo. Al final no solo iba a morir atacada por un perro, sino que también me estamparía contra el suelo.

Pero eso no pasó.

El miedo hace que todos tus sentidos se pongan alerta, intensificando tus capacidades para centrarte en la situación que está poniendo tu vida en peligro; en mi caso, la criatura que ladraba y gruñía. Estaba tan concentrada en salvar mi vida que no me fijé en si estaba sola o no cuando eché a correr. Solo veía al perro ladrándome.

—Quieto…

James me sujetó antes de que me cayera al suelo al tiempo que daba la orden al perro, que dejó de ladrar al instante.

En las películas, cuando la chica va a caer y llega el chico a salvarla en el último momento, siempre sucede de forma bonita, seductora e injustamente elegante. Lo único de injusto que tuvo la forma en la que James evitó que me taladrara la cara con el suelo fue la extraña posición en la que mi cuerpo quedó colgando boca abajo a centímetros de las piedras. Un poco más y se me veía la ropa interior. Afortunadamente, no tardó en incorporarme y fue lo bastante caballero como para no hacer ningún comentario al respecto.

El perro seguía ahí delante, sentado sobre sus patas traseras y mirándonos mientras movía la cola de lado a lado. El diablo se viste de bueno cuando le conviene.

—¿Estás bien? —me preguntó James aún con una mano sobre mi cintura.

—No exactamente. —Si tenemos en cuenta la velocidad a la que iba mi corazón y el balanceo de mis tobillos, el *exactamente* sobraba—. ¿De dónde has salido? ¿Has estado aquí todo el tiempo?

James hizo un gesto hacia el perro, que ladró de nuevo y se alejó de nosotros. Después se volvió hacia mí con una sonrisa, tambaleándose entre la diversión y la simpatía.

Idiota.

—¿Te refieres a si he visto cómo empezabas a correr como una histérica solo porque un perro quería jugar contigo? Si te refieres a eso, sí, estaba.

Repito: idiota.

Con mi libreta de notas le atesté un fuerte golpe en el brazo, pero solo conseguí que se riera más.

Tripito: idiota.

—¿Y por qué no me has ayudado? —le grité, dándole un empujón y apartándolo de mi lado—. ¡Casi me devoran!

—Vamos, si solo quería jugar.

—Sí, a ver quién clava los dientes más profundo.

Alzó las cejas y dijo socarronamente:

—Yo podría ganar.

Lo miré con desprecio y empecé a caminar de vuelta al salón. Me dolía el tobillo y echaba de menos mis zapatillas.

—¡Vamos, Kenzie! ¡Era solo una broma!

James corrió hasta alcanzarme. Trató de hacer que me parara, pero me zafé de él de un fuerte tirón y continué andando.

—Si me disculpas, tengo entrevistas que hacer.

Aceleré el paso. Él también lo hizo.

—Podrías empezar conmigo. Puedo decirte todo lo que quieras sobre este proyecto.

—Prefiero que eso lo haga tu hermano.

Prácticamente estaba corriendo.

—Bien, pero sabes que Jack está en el salón del hotel, ¿verdad?

—Sí, ¿y?

—Que nosotros ahora mismo vamos en una dirección totalmente opuesta.

Frené en seco al comprender lo que quería decir. Maldije en voz baja antes de dar la vuelta en silencio.

—Técnicamente esa tampoco es la dirección correcta.

Cerré los ojos y respiré profundamente. Al final no iba a morir, pero acabaría matando a alguien. Por supuesto, James empezó a reír. Me tomó del brazo y me guio de vuelta hacia el edificio. En mi cabeza, crucé los dedos para no volver a tropezarnos con un perro. Sería muy vergonzoso si de pronto tuviera que saltar sobre su espalda para evitar un mordisco. No quería sonar pretenciosa, pero él sería mejor carnada que yo y nadie lo echaría de menos.

Cuando llegamos al salón, los pies me ardían, tenía el tobillo inflamado y James seguía agarrándome del brazo sin querer soltarme.

Yo tampoco hice nada para evitarlo.

Miré a Jack, que estaba hablando con Melanie. Con Jack a su lado, parecía haberse vuelto más imponente. ¿Sería una táctica para impresionar y conseguir trabajo? Recordé la conversación que habíamos tenido.

—¿Tú también te estás jugando un puesto de trabajo?

—¿Quién te lo ha contado?

Sonreí cuando James me miró sorprendido.

—Una chica nunca revela sus fuentes.

James suspiró y me soltó el brazo. Sentí un escalofrío cuando su mano se enredó en mi codo. Cuando me guiñó un ojo quise morirme.

—Esa es el alma de reportera que estaba buscando esta noche. ¿Pondrás eso en tu artículo?

Vacilé. No se me había pasado por la cabeza, pero en realidad era una información muy valiosa. Ya veía los titulares: «El verdadero interés de los estudiantes por una causa benéfica». Al menos era mejor que «Perro suelto y sin bozal intenta asesinar a periodista con tacones».

—Podría servir para atraer a más gente el año que viene.

Su mano se deslizó por mi brazo hacia abajo.

—¿Tú vendrías?

Me encogí de hombros y volví a centrar mi mirada en Melanie y Jack. Parecía que estaba ligando con él. Y era buena. Incluso se había desabrochado el último botón de la blusa estratégicamente para atraer la mirada de su jefe… o futuro jefe, al ritmo al que iba.

James seguía acariciándome el brazo por encima el vestido y a mí cada vez me costaba más respirar. En el momento en el que superó la barrera de la manga francesa y me rozó la piel, mi pulso inició un silencioso maratón.

Me mordí el labio inferior sabiendo lo que pasaría, y aun así no lo evité. No quise hacer nada para evitarlo.

Los dedos de James tantearon alrededor de mi muñeca, jugando al despiste, y finalmente traspasaron la barrera de lo inocente, entrelazando su mano con la mía.

El primer contacto de sus dedos con los míos fue torpe y burlón, probando el terreno. Pero, al ver que no me apartaba, todo empezó a fluir con la suavidad y la naturalidad de una hoja cayendo al suelo. Solo era consciente de nuestras manos unidas, de su tacto, del mío. Nada más importaba fuera del pequeño mundo que habían construido nuestros dedos.

Hasta que el sonido del teléfono que llevaba en el bolso reclamó mi atención.

Sin mirar a James y sin separar nuestras manos saqué el móvil y leí el mensaje de la pantalla. Y todo lo que había sucedido hasta entonces se esfumó en un instante. Volví a ser consciente del bullicio del salón, del coqueteo de Melanie con Jack, del trabajo de mis compañeros… Y que James me soltara la mano terminó por romper el encanto.

Aparté la vista de la pantalla y miré a James. Tenía la mirada fija en mi teléfono. Se apartó de mí y carraspeó. Por alguna extraña razón me sentí mal.

—Yo… Creo que… Iré a hablar con Jack. Necesito recuperarlo antes de que Melanie le proponga matrimonio por un trabajo de verano.

Asentí, volví a mirar mi teléfono y sonreí. Necesitaba toda mi fuerza de voluntad para centrarme en el mensaje.

MASON: Sé q no quieres q me preocupe, pero es imposible cuando se trata de ti. BatMason puede ser un gran idiota, pero siempre está al acecho. Recuerda, 911 no es tu número de emergencias. Llámame a mí.

Capítulo 11

—¿Una copa, Mackenzie?

En la sala, diferentes grupos de personas trajeadas charlaban de aburridas negociaciones. Miré a Melanie y su bandeja con copas de champán.

—Soy menor de edad.

—Como si eso fuera un problema. En la cocina están ahora mismo de festín, y con licor del caro.

Sonrió y me acercó más la copa. Una noche al año no hace daño. Guardé la libreta en la que había estado tomando notas sobre cómo se comportaban los invitados y cómo despreciaban los canapés con mayonesa y acepté la copa. Arrugué la nariz cuando me la acerqué a los labios. Las burbujas me hacían cosquillas.

Melanie puso la bandeja en una mesa cercana y se colocó a mi lado, observando a los invitados.

—Ahí está Jack. Está guapísimo con ese traje.

Apreté los labios para ocultar una sonrisa. Tanto Jack como James tenían buen porte para la ropa elegante. Quizá más James; Jack era más alto y más delgado. James tenía músculos más definidos.

Sacudí la cabeza y tomé otro sorbo. ¿En qué estaba pensando?

—¿Te imaginas bailar con él? —dijo Melanie, mirando a Jack con cara de embobada—. Estoy segura de que sabe cómo moverse.

Ahí no pude ocultar la risa. Jack no sabía bailar. En su decimoquinto cumpleaños celebraron una fiesta en el jardín de su casa. Yo era solo una niña, pero nunca podré olvidar la imagen de Jack bailando al ritmo de la *Macarena*.

—Compruébalo tú misma —la animé, moviendo tanto la copa que se derramó un poco de champán—. Es Jack, seguro que te dice que sí.

Melanie hizo una mueca de disgusto.

—¿Con este traje? Si llevara vestido...

—Puedo prestarte el mío —le dije, pero ella negó.

—No te ofendas, pero me quedaría como una camiseta.

Tenía razón, ella era alta y yo estoy por debajo de la media.

Guardamos silencio durante unos minutos mientras observábamos a Jack. Estaba riéndose con lo que parecía un grupo de amigos de su misma edad, probablemente compañeros de empresa. Actuando de esa manera, y a pesar de su traje y su peinado, parecía el chico de dieciocho años que se había ido de casa a estudiar fuera. Me preguntaba cómo le sentó a James que su hermano se fuera de casa.

Sin dejar de mirarlo me volví hacia Melanie.

—¿Quieres saber mi opinión? A Jack no le importará lo que lleves puesto. Seguro que bailará contigo.

—¿Aunque trabaje para él?

—Eso solo hace las cosas más interesantes.

Melanie me miró y sonrió. Se llevó una mano al pelo y se deshizo la coleta, dejando que su cabello claro cayera revuelto sobre sus hombros. Se recolocó la camisa, desabrochó un botón y tomó aire.

—Está bien, iré a por él —sentenció, y luego bajó la voz de forma traviesa para que solo yo pudiera escucharla—. ¿Crees que también la tendrá grande?

Me sonrojé, pero tuve la suficiente soltura como para darle un pequeño empujón en el brazo. Melanie rio y me guiñó un ojo antes de dirigirse hacia Jack.

—Eres divertida, Kenzie. Tenemos que quedar algún día.

Desde un lugar estratégico, al lado de los abandonados canapés con mayonesa y una bonita pared en la que apoyarme, observé cómo Melanie se acercaba a su presa. Tocó el hombro de Jack para llamar su atención, jugó con su pelo mientras lo miraba a los ojos, hablaron durante un rato y, segundos después, Jack abandonó a sus amigos. No bailó con ella, pero estuvieron solos el resto de la noche.

—Me llegan a decir hace cinco años que mi hermano iba a tener éxito con las chicas y me da un ataque de risa.

Me volví sobresaltada hacia James y me llevé una mano al corazón con tanta torpeza que derramé lo que quedaba en mi copa.

—¿Eso es champán? —preguntó James con curiosidad. Me arrancó la copa de la mano y la puso en una mesa—. Los menores no deben beber.

Sin hacerle caso, busqué mi teléfono en el bolso. Cinco llamadas perdidas de Mason y dos mensajes de texto preguntándome cómo iba la fiesta. Bloqueé el aparato y volví a guardarlo, sin dejar de sentirme mal por dentro. No estaba contestando los mensajes a Mason, y lo más preocupante es que tampoco me apetecía hacerlo. No entendía qué me pasaba.

—¿Quieres bailar?

Me volví hacia James confundida. Había extendido su mano hacia mí en señal de invitación y sus ojos verdes relucían bajo la luz de la lámpara gigante. Mi estómago dio un vuelco. No estaba segura de lo que podía ocurrir si aceptaba su invitación. Estaríamos muy cerca el uno del otro y no sabía cómo podía reaccionar mi cuerpo.

Rechacé su oferta como pude.

—Mejor que no. —Miré hacia mis pies—. Los tacones me están matando.

Por unos instantes su sonrisa desapareció, pero rápidamente volvió a recuperarla.

—¿Ni siquiera uno?

—James, tú me obligaste a usar estos zapatos. Haberlo pensado antes. Te dije que las zapatillas…

James me interrumpió.

—Puedes descalzarte.

Lo miré como si se hubiese vuelto loco.

—Aunque admito que esa idea me resulta muy atractiva —comencé a decir, fijándome en el resto de la sala—, no es nada adecuado andar descalza en el salón de una fiesta.

James me observó durante unos momentos y estudió mi rostro antes de asentir.

—Tienes miedo del qué dirán.

—¿Qué?

Acercó su cara a la mía y sus ojos pardos quedaron frente a mí. Tragué saliva.

—Vamos, Kenzie, tú eres como todo el mundo. Crees que no te importa lo que digan los demás, pero en realidad quieres ser aceptada.

—Pensé que creías que era diferente. ¿No lo dijiste una vez?

—Porque lo eres.

Aquel chico era un mar de confusión. James se agachó y comenzó a desatarse los cordones de sus zapatos.

—¿Qué estás haciendo?

Me sonrió desde abajo arrugando sus ojos, lo que le daba un aspecto infantil.

—Descalzarme.

Ante mi atónita mirada, se descalzó y dejó los zapatos a un lado, en el suelo, resguardados debajo de una mesa. Se incorporó y me observó expectante.

—Sé que quieres. Si hay que hacer el ridículo, hagámoslo juntos.

No pude evitar la sonrisa que asomó a mis labios. James no dejaba de sorprenderme. De alguna forma parecía que no era el payaso idiota que siempre había pensado que era. De alguna forma, me gustaba.

Negué con la cabeza sin poder creer lo que estaba a punto de hacer. Puse una mano en su hombro para apoyarme y doblé la rodilla hacia atrás para quitarme los zapatos. Mis pies respiraron de alivio cuando sintieron el frío del suelo.

—¿Ves? Estás sonriendo. Sabía que era esto lo que querías.

Sin darme tiempo a contestar, James me tomó de la mano y me arrastró hasta la pista de baile, aunque no había nadie bailando. Era imposible no llamar la atención. Éramos las dos únicas personas que lo hacían y, además, descalzas. A pesar de eso, solo podía reírme como una loca. Nunca pensé que podría divertirme tanto en una fiesta con James.

Cuando la fiesta estaba terminando y la mayoría de los invitados ya se habían ido, me di cuenta de que me había pasado más de una hora bailando y bromeando con James. Algo en mi mundo se había trastornado.

Estábamos volviendo a calzarnos cuando Jack se acercó a nosotros.

—¿Soy solo yo o alguien se lo ha pasado bien en esta fiesta?

Jack sonreía a James, que puso los ojos en blanco y empujó a su hermano mientras se ponía de pie.

—Cállate.

Jack rio y luego me extendió el brazo para ayudarme a levantarme. Lo acepté gustosamente con una sonrisa.

—Espero volver a verte pronto, Kenzie. Si necesitas un trabajo para el verano, no dudes en hablar conmigo.

—No lo olvidaré.

Se despidió de nosotros revolviendo el pelo de James y regresó con el gerente del hotel. James me agarró del brazo para salir de allí.

—Vamos, nos espera un largo viaje de vuelta a casa.

—¿Puedo escoger yo la música?

—¿Y aceptar que suenen ruidos infernales de música comercial en mi hermoso coche? Antes preferiría estar sordo.

Doblé el codo para propinarle un golpe en el abdomen. Me sentí satisfecha cuando James se quejó. Dulce venganza.

Lo que pasó después fue extraño. A pesar de pelearnos por la música y de mis ganas de fastidiarlo poniendo los pies en el asiento del coche, algo sucedió. Al llegar a casa y bajarnos del coche se produjo un silencio.

Ninguno de los dos habló. Ninguno de los dos hizo el gesto de alejarse del coche. Ninguno de los dos quería despedirse. Y lo que hacía que la situación fuera tensa era que ninguno de los dos sabía cómo hacerlo.

James había rodeado el coche hasta situarse frente a mí. Yo estaba de espaldas a nuestras casas, así que su rostro quedaba a oscuras y el mío cegado por las luces. Me inquietaba no poder verlo y en cambio estar tan expuesta para él. A medida que pasaba el tiempo más tensa e incómoda se ponía la situación.

—Ha sido divertido.

—Me gustas, Kenzie.

Hablamos los dos a la vez, pero estaba claro quién causó mayor impacto en quién.

Parpadeé abrumada y bajé la mirada respirando profundamente. James carraspeó, tenso. Ninguno de los dos era bueno con ese tipo de cosas.

—De todos modos, ya me fijé en cómo me comiste con la mirada esta mañana.

Desde luego él era peor que yo. ¡Menuda forma de romper el encanto! Lo miré ofendida.

—¡No lo hacía!

Sonrió de forma traviesa. Se inclinó hacia mí y sentí que mi corazón se paraba.

—Oh, sí, Mackenzie. Lo hacías —susurró—. Como si fuese la hamburguesa preferida de tu lista. Prácticamente me estabas devorando. Y la verdad es que me ha gustado.

Puse una mano sobre su pecho para poner distancia entre ambos.

—Calla o acabarás por abrirme el apetito.

Más silencio incómodo. Uno de los dos tenía que dar el siguiente paso. Y lo hizo James, aunque no fue exactamente como esperaba.

—La verdad es que el otro día, cuando me rechazaste...

—Yo no te rechacé.

Sus ojos verdes brillaron dolidos.

—Como si lo hubieras hecho, Kenzie. Y cuando lo hiciste me sentí… Me dolió. Te evité todo el viernes y estuve planteándome cancelar lo del sábado. Pensé en miles de excusas, pero no me decidí. Y luego te presentaste en mi casa… Cuando te vi supe que no podía huir de ti aunque quisiera.

Oh. Dios. Mío. Se estaba declarando. Por segunda vez. Una segunda vez más intensa, he de añadir. Y a mí solo se me ocurrió decir…

—¿Por qué querrías huir de mí?

—Porque me gustas, Mackenzie. Me gustas como no lo ha hecho ninguna chica antes, y eso me aterra. Y no solo me gustas físicamente, también me gusta cómo eres. Loca, divertida, infantil, torpe, tonta…

—¡Oye!

James rio y enredó sus dedos en mi pelo. Mi espalda chocó contra la puerta cerrada del coche y mis ojos no podían abandonar los suyos.

—Me vuelves loco y no puedo sacarte de mi cabeza.

—No tiene sentido. Me conoces desde hace mucho tiempo. ¿Por qué ahora?

Dio un paso y se acercó más a mí. Las puntas de nuestros zapatos se tocaban.

—Eso mismo me pregunto yo. Pero simplemente ha pasado. Aunque siempre has estado ahí, nunca había sido tan consciente de ti como ahora. Y ahora no puedo dejar de pensar en ti.

—Es por lo de la lista.

Negó con la cabeza.

—Eso solo fue una excusa para acercarme a ti. Aunque admito que me sorprendió. ¿Tu Nunca En La Vida?

—Me parecías un payaso prepotente.

Su rostro se acercó al mío. Podía apreciar a la perfección las pecas de su nariz.

—¿Y ahora?

Sacudí la cabeza.

—No del todo.

Sus ojos verdes viajaron hacia mis labios. No pretendía besarme, ¿verdad? Yo no… En aquellos momentos deseaba que lo hiciera más que nada en el mundo. Las palabras de James eran como un ronco susurro atrayente.

—Voy a besarte ahora, Mackenzie Sullivan. Si no quieres que lo haga, solo dilo y me detendré.

Se inclinó más hacia mí.

—Dilo, Mackenzie.

Y un poco más.

—Dilo ahora.

Otro poco más.

—O ahora.

Nuestras narices chocaron. Contuve la respiración.

—Ahora ya no.

Fue extraño ese primer contacto. Electrizante, suave y efímero, un roce invisible que apenas duró unos segundos. Como si quisiera hacerme sufrir más, James se separó unos centímetros de mí, con su nariz aún rozando la mía. Era capaz de sentir cada parte de su cuerpo pegado al mío, invadiendo mi espacio vital y haciendo que mi piel hormigueara.

Abrí los ojos y descubrí que él seguía con los ojos cerrados. Los abrió despacio, disfrutando del momento. Me clavó una mirada ardiente al tiempo que evaluaba mi reacción. El hecho de que no me apartara era una señal de aprobación.

Esbozó una pequeña e imperceptible sonrisa antes de que sus manos se posaran indecisas sobre mi cadera y me besara de nuevo.

Su cintura se pegó a la mía por debajo del ombligo, haciendo que todos mis sentidos se embotaran. De repente dejé de oír, de ver, de oler... Solo el sentido del gusto seguía intacto, saboreando las curvas de su boca. Y el tacto, disfrutando de cada caricia sobre mi cadera, de cada beso.

A medida que crecía la excitación, perdí el sentido de la decencia y la vergüenza. No puede resistir el impulso de llevar mis brazos alrededor de su cuello para atraer su cuerpo hacia el mío tanto como fuera posible.

No fue un beso apresurado, ni hambriento ni desesperado, pero desde luego fue apasionado. Cuando nuestros labios se separaron y mis brazos se relajaron, mi respiración seguía agitada. James seguía acariciándome la cadera.

Había oído hablar del momento que precede al beso. Dicen que es el mejor. También del mismo instante en el que los labios se tocan, pero no tenía ninguna información sobre el posbeso. Bien, alguien tendría que escribir un libro sobre los posbesos de James Smith.

Sus ojos verdes, más oscuros en la penumbra, brillaban a contraluz y se clavaban en los míos intensamente. Nuestras respiraciones se entremezclaban. Solo con mirarme hacía que las piernas me temblaran. Me sentía la cosa más valiosa del mundo, como si ese beso fuera el mayor logro de James.

Me sentía fantásticamente bien, deseada, querida.

Quedaba claro que no había estado con muchos chicos en mi vida.

—Eso fue…

Comencé a hablar sin saber muy bien cómo expresar mis sentimientos, pero James me interrumpió besándome de nuevo.

Dos besos en una misma noche. A la entrada de mi casa. Nuestras casas. Justo después de un baile.

Pensaba que esas cosas solo sucedían en las películas. Era surrealista que eso me estuviera pasando a mí, Mackenzie Sullivan, la chica de las listas, la chica que no daba una, la chica enamorada de su mejor amigo…

El rostro de Mason pasó fugaz por mi mente, fijando sus hoyuelos y su pelo siempre revuelto en mi cabeza.

Aparté a James de un empujón.

—¿Qué pasa?

James me miró confundido, noqueado por la sorpresa. Me aparté de él mientras me insultaba a mí misma interiormente por lo que acababa de hacer. Después de un primer beso espectacular había fastidiado el segundo. Pero había sucedido lo último que tiene que pasar cuando estás besando a un chico: pensar en otro chico.

Mason. Mi mejor amigo. El chico del que llevaba enamorada mucho tiempo. El mismo que no me correspondía. Increíble, incluso cuando James me estaba besando, aun experimentando nuevas sensaciones, era incapaz de olvidarlo.

James me agarró de la muñeca para impedir que me alejara de él sin despedirme. Sus mejillas estaban encendidas y sus ojos, oscuros. Tenía ganas de besarlo de nuevo, pero no podía.

—¿He hecho algo mal? —me preguntó a media voz. Parecía herido—. Lo siento si me he pasado. Te dije que si no querías… Quizá me he lanzado demasiado rápido. Lo siento. Lo siento mucho, Mackenzie. No quería…

—Me ha encantado el beso, James —lo interrumpí acercando mi dedo índice a sus labios—. Es el mejor que me han dado nunca, de verdad.

No estaba convencido del todo. En su rostro todavía asomaba una expresión de decepción. Y la cosa iba a empeorar.

—Pero…

—Es culpa mía, James. Me encanta cómo besas y… Dios, tengo ganas de volver a besarte. Pero no puedo.

Dio un paso para acercarse más. De repente su colonia invadió mis sentidos. Iba a poner las cosas difíciles.

—¿Por qué no?

Lo miré mordiéndome el labio inferior. Tenía que decírselo. James lo sabía todo y no podía ocultarle mis sentimientos por mucho daño que le hiciera. Además, no se me daba nada bien guardar secretos. No hay más que ver lo que pasó con mi lista de chicos.

Pero no hizo falta que dijese nada. Empezaba a conocerme tanto que él mismo fue capaz de decir qué era lo que me impedía seguir adelante.

—Mason.

Bajé la mirada y me separé de él. James no hizo nada por acercarse de nuevo. Eso me dolió.

—No puedo hacerte esto. No puedo besarte si…

—Estás pensando en él. —Completó la frase por mí—. ¿Sabes cómo le sienta eso a mi ego?

Me mordí el labio con fuerza. Estaba siendo complicado, pero yo me lo había buscado. Era una estúpida, con mayúsculas, y lo mínimo que podía hacer era afrontarlo. James no se merecía una Kenzie cobarde.

Lo miré de nuevo. Me sorprendió descubrir que no estaba enfadado, ni molesto ni herido. Bueno, quizás herido sí, pero lo eclipsaba con una sonrisa, una sonrisa suave, delicada, perfecta. Quedaría muy cursi decir que era tierna, pero ese era el adjetivo más apropiado.

No comprendía nada.

—Quiero salir contigo, Kenzie, pero no así. Si tengo que esperar a que te olvides de Mason, esperaré. Y no se te ocurra decir que no crees que sea capaz de aguantar para conseguir que estés conmigo, porque, como te oiga insinuarlo, volveré a besarte y no dejaré que te apartes.

Parpadeé abrumada por su repentina simpatía. Sabía lo que estaba haciendo. Estaba quitándome un peso de encima, aguantando estoicamente mi rechazo y consolándome.

—Gracias.

James asintió y se alejó hacia su casa.

—Esto no significa que renuncie a ti, Sullivan —dijo caminando hacia atrás sin dejar de mirarme—. Ya sabes que seré tu plan A, lo quieras o no.

Reí, aunque más que una risa era una combinación de hipo y sollozo. Esperé a que James llegara a su porche y luego caminé hacia mi casa, rezando para que mi madre y Leslie no estuvieran esperándome en la puerta y no hubieran oído la conversación. No tenía ganas de hablar sobre el asunto con ninguna de ellas.

Pero el destino me la tiene jugada. No, ninguna de las dos estaba detrás de la puerta. Era otra la persona que estaba allí.

No me percaté de cómo iba reduciendo el paso hasta que frené a pocos metros de distancia de Mason. Mi cuerpo reaccionó como si se tratara de un ataque, silenciándose paulatinamente hasta el punto de que no escuchaba ni siquiera mi propia respiración. Las vibraciones entre nosotros eran evidentemente negativas.

Desde los tres metros de distancia que nos separaban me lanzó una mirada fulminante. Estaba enfadado.

—Hola —lo saludé tanteándolo.

No recibí respuesta. Me removí intranquila, pasando el peso de un pie al otro. Odiaba los silencios incómodos. Decidí comenzar por la pregunta más obvia.

—¿Qué haces aquí?

—No respondiste a mis mensajes.

Su respuesta fue seca, sin emoción. Su voz sonó incluso rasposa y tensa.

—Estaba ocupada —dije en tono de disculpa. Y añadí—: Lo siento.

Mason se acercó a mí. Nunca lo había visto tan serio.

—Sí, ya me he dado cuenta. —Cruzó los brazos sobre su pecho—. Smith parece tenerte muy ocupada.

Mis mejillas se ruborizaron. Estaba claro que nos había visto besándonos y seguramente también había escuchado la conversación. Pero tenía que asegurarme.

—¿Has escuchado algo?

—Sí.

Su respuesta breve y concisa me puso los pelos de punta.

Cerré los ojos y aparté la mirada. No hacía más que meter la pata.

—Mason, yo...

Me interrumpió de una forma tan brusca que no pude evitar sobresaltarme y retroceder.

—¡No contestaste a ninguno de mis mensajes! ¿Tienes idea de lo preocupado que estaba?

¿Por qué me estaba gritando? Otra vez estaba en juego nuestra amistad.

Mason volvió a acercarse a mí y colocó sus manos sobre mis brazos. Esta vez empezó a hablar con un tono más suave. Mi estómago se revolvió cuando clavó sus ojos grandes y castaños en los míos. Desesperación.

—No he sabido nada de ti durante horas. Se suponía que íbamos a estar en contacto, Kenzie. Estaba tan preocupado que he venido a ver qué pasaba. Me estaba volviendo paranoico. Soy un idiota, ¿no? Yo, preocupado por si Smith te hacía pasar un mal rato y resulta que estabais ocupadísimos besándoos.

¿Se ponía así porque no había contestado a sus mensajes? Bueno, eso era capaz de entenderlo. Teníamos un pacto no escrito y yo lo había roto.

—Lo siento —susurré—, estaba ocupada...

—¿Con Smith? Oh, sí. Me he dado cuenta.

Me mordí el labio con inquietud. Aquello no iba nada bien.

—Mason, para. No entiendo nada. Te contesté un mensaje diciéndote que estaría bien. ¿Por qué te pones así?

—¿Por qué me pongo así? —repitió histérico—. ¿Por qué besas tú a ese imbécil?

Si seguía hablando en ese tono, acabaría despertando a los

vecinos. O peor, a mi madre y a Leslie, y tendría que hablar con ellas sobre el asunto. O aún peor, a James... Prefería no descubrir qué pasaría entonces.

—Mase, por favor, cálmate...

Levantó un dedo para dejar claro que estaba enfadado e indignado.

—¿Calmarme? Yo estoy muy calmado, Mackenzie.

Su tono era de lo más irónico que una persona podía permitirse en situaciones de histeria. Y estaba empezando a ponerme histérica a mí también. Por eso me puse borde.

—Cualquiera lo diría, don Alzo-La-Voz-Por-Encima-De-Todos.

Me miró con los ojos achicados. Malo.

—No me repliques, Mackenzie.

Puse los brazos en jarras sobre mis caderas, justo donde James me había acariciado unos minutos antes. Un escalofrío recorrió mi cuerpo.

—¿Yo no puedo replicarte, pero tú si puedes gritarme? ¡No lo entiendo, Mason! ¡Te dije que estaba bien y que te escribiría si tenía algún problema! ¡Simplemente no contesté a tus mensajes! ¡Ya te he pedido perdón! ¿Qué más quieres?

Fue más directo de lo que esperaba:

—¡Que no beses a Smith!

Mi respiración se aceleró por los gritos, la pelea y la confusión. Después de haberme estropeado el beso con James, Mason era la última persona de la que me apetecía escuchar sermones.

Y así se lo dije.

—¿Y quién demonios te crees que eres tú para decidir a quién tengo que besar o no?

—Soy tu amigo.

Amigo, claro. No hacía falta que lo repitiera, me había quedado muy claro. Apreté tanto los puños que hasta los ojos me escocían. Ahora era yo la que estaba enfadada.

—¡Pues eso mismo! ¡Eres mi maldito amigo, y eso no te da derecho a decidir a quién beso!

Su rostro se ensombreció. Tenía la piel de gallina. Nuestros gritos podían escucharse por todo el vecindario.

—¿Sabes qué? ¡Tienes razón! No soy nada más que un amigo. ¡Vuelve con él y deja que restriegue sus labios con los tuyos!

La sangre se congeló en mis venas y me clavé las uñas con tanta fuerza en la mano que hasta me hice daño, pero más me dolió su forma de hablar, como si yo fuese una cualquiera que se deja manosear por todos. Mason sabía que yo no era así.

Empecé a hablar sin poder controlar las palabras que salían de mi boca, sin poder pensar en lo que decía.

—Lo haría, pero no puedo.

Una sonrisa socarrona se filtró en sus labios y me miró con prepotencia.

—Ah, ¿sí? Y dime, Mackenzie. ¿Por qué?

Y lo siguiente ya fue pura rabia e impotencia.

—¡Por ti! ¿Está bien? ¡No he podido seguir besándolo por ti! ¡Porque me gustas! Porque estoy enamorada de ti desde hace mucho tiempo y no consigo sacarte de mi cabeza. Lo he intentado, he tratado de verte como un amigo, pero no puedo, ¿vale?

Mason me miró en silencio. Se había quedado estupefacto, con la boca entreabierta por la sorpresa. Incluso el aire parecía haberse quedado atascado en sus pulmones. Me las arreglé para decir unas últimas palabras, de esas que duelen.

—Te quiero, pero solo soy tu amiga.

Sin esperar una respuesta por su parte, eché mano de toda mi fuerza de voluntad para correr y entrar en casa sin volverme. Él no me llamó y yo no miré atrás, ni siquiera cuando pasé a su lado y su brazo rozó el mío. Tampoco lo hice cuando la puerta se cerró de un fuerte golpe, ni cuando mi madre salió de su habitación y me preguntó si estaba bien al ver que estaba llorando. Me fui a mi cuarto y me hundí en la cama con la almohada en la cabeza para ahogar mis sollozos. Mientras lloraba, tan solo un pensamiento, frío y horrible, pasaba por mi cabeza.

Nuestra amistad estaba más que muerta.

Capítulo 12

Enredada entre las sábanas, daba vueltas en mi cama sin querer levantarme. Había pasado la noche del sábado y todo el domingo escondida en mi habitación, viendo viejas reposiciones de *sitcoms* y hartándome de helado de chocolate. James había venido a verme, pero ni mi madre ni Leslie lo habían dejado entrar. Me alegré. No tenía humor para recibir visitas. Lo único que quería hacer era llorar por mi amistad perdida mientras escuchaba canciones de Taylor Swift y me lamentaba de mi propia existencia.

La ausencia de Mason no me pasó desapercibida.

Continué aislada del mundo hasta que mi hermana abrió la puerta de mi habitación, adormilada y enfadada.

—Eres deprimente cuando estás triste. Quita esa música ya o me veré obligada a tirar el reproductor por la ventana.

Así de bien empezó mi mañana del lunes. Además, seguro que mi madre me obligaba a ir al instituto por muy preocupada que estuviese por mi repentina depresión. Ni siquiera me dejaban desahogarme sin ser reprendida por mis gustos musicales. Asco de familia.

Me levanté perezosa, moviéndome a cámara lenta. Cada

una de mis articulaciones se quejaba a cada pequeño movimiento. Si hacía un esfuerzo, era capaz de escucharlas. Saqué unos pantalones vaqueros y un jersey del armario y me vestí. Cuando me paré frente al espejo del baño ya estaba un poco más despejada, pero lo que vi en él no me ayudó en nada.

Tenía los ojos hinchados de tanto llorar, ojeras azuladas y profundas… Parecía un zombi desaliñado. Y mi pelo… Mi pelo estaba hecho un asco. Mi vida era un asco. El mundo era un asco. Todo en sí era un asco.

Se nota que estoy animada, ¿verdad?

—¿Piensas suicidarte ahí dentro o en algún momento bajarás a desayunar?

Miré hacia la puerta con los ojos entrecerrados y maldije a mi querida y sensible hermana pequeña en voz baja. Sin molestarme en contestar me recogí el pelo en una coleta alta y me dejé el flequillo a un lado como único medio de tapar mi horrible aspecto. Me puse un poco de base de maquillaje, pero nada era lo suficientemente milagroso para acabar con el desastre de mi cara.

Leslie esperaba enfadada en la puerta del baño. Negó con la cabeza y me dio unos golpecitos de ánimo en el brazo antes de encerrarse en el servicio. Si incluso mi irritante hermana pequeña sentía pena por mí, significaba que me veía peor que mal. Con suerte podría acercarme a la enfermería cuando llegase al instituto y…

Segundo de reseteo instantáneo. *Llegase al instituto.*

Mierda.

Un jadeo sordo escapó de mi garganta y me derrumbé en medio del pasillo. Con todo lo que había pensado y las vueltas que le había dado a todo durante el fin de semana,

¿cómo no había caído en algo tan sencillo como eso? ¿Quién demonios iba a llevarme al instituto? Porque dudaba bastante de que Mason fuera a hacerlo.

Miré la hora en mi teléfono. Aún era relativamente pronto. Si no desayunaba y salía ya de casa, podría llegar a tiempo para el final de la primera clase. Mejor eso que nada. Además, gracias a los kilos de helado de chocolate había perdido el apetito para lo que quedaba de semana.

Me eché la mochila al hombro y bajé corriendo al piso de abajo. Mi madre trató de interceptarme en la entrada, pero mi humor estaba por debajo de la línea de «charla con mamá» y la esquivé sin contestar a ninguna de sus preguntas sobre mi estado de ánimo con tal destreza que me encontré a mí misma cuestionándome si debería apuntarme al equipo de atletismo.

En eso estaba, intentando distraerme con tonterías, cuando al salir de casa choqué contra alguien, perdiendo el equilibrio y balanceándome hacia atrás. Cuando por fin pude recuperar el equilibrio, lo observé perpleja. Enseguida me puse nerviosa. Después de lo que había pasado la otra noche, ¿cómo se suponía que debíamos actuar?

—Hola —me saludó.

Incapaz de pensar en algo coherente, solo pude pensar en la pregunta más absurda:

—¿Qué haces aquí?

James apretó los labios y se hizo a un lado. Me repasó de arriba abajo: desde la coleta, pasando por las ojeras, hasta mi desaliñado jersey. Sabía que estaba horrible, pero tuvo la decencia de no hacer ningún comentario al respecto. De hecho, parecía preocupado.

—Pensé que quizá necesitabas que alguien te llevara al instituto. —*Que no lo hubiera escuchado, que no lo hubiera escuchado*—. Después de la conversación que tuvisteis Mason y tú el sábado…

Mierda.

La retórica con la que hablaba lo decía todo. Pero no me extrañaba. Habíamos gritado tanto que seguro que todo el vecindario nos había escuchado. Incluso podrían haberlo escuchado a varios kilómetros a la redonda.

James me arrastró hacia su coche.

—Pareces hambrienta. Vamos, te invito a desayunar.

El olor a café y a tostadas rezumaba en el bar donde James me llevó a desayunar. Intenté protestar, pero debía tener cara de hambrienta, además de cara de muerta, porque no me hizo ningún caso y me obligó a comer algo.

—Solo serán diez minutos y luego iremos a clase.

—Llegaremos tarde —protesté, como si me importara.

James negó y me ofreció un taburete de la barra para que me sentara.

—Necesitas una dosis de cafeína antes de comenzar el día.

Una expresión de fastidio asomó a mi rostro.

—No soy muy procafé.

—Mentirosa…

Forcé una sonrisa para complacerlo. Tenía razón, me encantaba el café, pero no estaba demasiado acostumbrada a tomarlo. En aquellos momentos lo que en realidad me llamaba la atención eran los batidos de chocolate naturales. La sesión de helado del fin de semana no había sido suficiente para calmar mis ansias de dulce.

—¿Qué desean tomar?

Un camarero bastante joven se acercó a nosotros con el delantal colgado al hombro y una camisa perfectamente abotonada. Lo observé ladeando la cabeza. Me parecía haberlo visto en algún lugar antes.

—Dos cafés, por favor —respondió James. Luego me miró y añadió—: Para llevar, si es posible.

—Marchando. —El camarero *sexy* le guiñó un ojo y luego se volvió hacia mí—. ¿Algo más?

Negué y sonreí de forma condescendiente y educada. Cuando el chico se fue hacia la máquina de café, James me miró fijamente.

—No lo hagas.

Fruncí el ceño sin entenderlo. Él se inclinó para acercarse, serio.

—Es la segunda vez que sonríes de forma falsa. No tienes que hacerlo si no quieres. No es saludable. Si te sientes mal, simplemente déjalo salir.

Me mordí el labio inferior. Que yo estuviese molesta, enfadada y triste no significaba que el resto del mundo tuviera que pagarlo por mi culpa. Sonreír era solo una forma de ser educada.

James me tomó de la mano. No me lo esperaba, así que di un respingo.

—No le debes nada a nadie, Mackenzie. Cuando te vea sonreír, que sea porque lo sientes de verdad.

Aparté la mirada y le solté la mano. Notaba el latido del

corazón en la garganta. No podía hacerme esto. Simplemente no podía. Después de todo lo que pasó entre nosotros el sábado, lo del beso, lo de Mason, etcétera, no podía comportarse así. James Smith, Mr. Salido, el payaso de mi vecino, no podía ser así conmigo. Mi atolondrado corazón no soportaría más ataques de este estilo.

—Eso tampoco tienes que hacerlo.

Volví a mirarlo. Tenía el ceño fruncido.

—¿El qué?

—Eso, apartarte de mí. —Volvió a agarrarme la mano y la acercó a su pecho—. Quizá provoqué que las cosas fueran demasiado deprisa el sábado y no quiero que nuestra relación se vuelva tensa. Te daré todo el espacio y el tiempo que necesites, Mackenzie. Pero no me apartes de ti, ¿vale?

Me quedé sin respiración observando a James, sin ser capaz de reaccionar. Mi cerebro había sufrido un colapso y las sinopsis neuronales se habían desincronizado, porque jamás habría imaginado que el payaso de mi vecino pudiese hablarme así.

James no era precisamente un romántico, pero era dulce a su manera. Encajaba con él porque éramos torpes en todo lo que se refiere a los sentimientos. No es que él no hubiera estado con otras chicas antes, o yo con otros chicos, pero se nota cuando una persona está nerviosa. Y tenía que admitirlo, me gustaba ver que era yo quien lo ponía nervioso. Estaba bien, para variar.

—Es de locos —solté de pronto, apenas sin pensar—. Tú, yo… Siempre me has caído mal.

Esbozó una sonrisa traviesa y adoptó una postura ridícula en la silla, apoyando el codo en la barra y la cabeza sobre su mano. Solo le faltó poner morritos como si estuviera lanzando un beso.

—Pero admitirás que siempre te he parecido atractivo.

Estúpido y sensual James. Tenía razón.

De repente me sorprendí riéndome de su prepotencia y asintiendo. Mentiría si dijera que no era guapo. James Smith siempre ha sido, y probablemente será, guapo. De una forma peculiar, con ese pelo rojo de rizos rebeldes y sus ojos verdes parduzcos.

Me devolvió una sonrisa.

—Esa me gusta más. Ahora sé que te ríes de verdad.

Por un instante nuestras miradas se encontraron y un extraño calor creció dentro de mí, inundando todo mi cuerpo.

—Aquí están los cafés. ¿Algo para comer?

El camarero se había acercado tan silencioso que pegué un bote en el taburete del susto. Pero lo peor no fue eso, sino la ridícula forma en que me caí del asiento; mi sentido del equilibrio volvió a hacer de las suyas. James me sujetó antes de llegar al suelo.

—No, eso será todo —respondió James, y luego, mirándome, preguntó—: ¿Estás bien? Demonios, Mackenzie, voy a acabar por apodarte Mary Pa.

Me adecenté como pude, poniéndome de pie a su lado mientras él sacaba la cartera para pagar y lo observé con curiosidad.

—¿Mary Pa?

James pagó al camarero. Ahora que me fijaba mejor, no era el delantal lo que llevaba al hombro, sino una mochila. Cuanto más lo miraba, más me sonaba haberlo visto antes.

Pero ¿dónde? Solo se me ocurría el instituto, pero no era capaz de situarlo con precisión.

—Sí, de Mary Patosa. Eres una Mary Patosa en potencia.

Quise contestarle, pero empezó a reír con ganas. El camarero le dio el cambio guiñándole el ojo de nuevo y James se volvió hacia mí. Agarramos el café y nos dirigimos a la calle. Entonces sucedió algo imprevisible: James me tomó de la mano, acercándome a él, y me guio hacia la salida.

Me quedé en estado de *shock*, pero en cuanto cruzamos la puerta de salida fui lo suficientemente consciente de la situación como para soltarle la mano y llevarla al bolsillo. Me había prometido que me daría tiempo y no era precisamente eso lo que estaba haciendo.

James suspiró y se paró a mi lado.

—Entiendo que no pueda besarte, ni abrazarte, ni decirte bobadas cursis, pero... ¿tampoco puedo tomarte de la mano?

Todos tenemos un límite y Mackenzie Sullivan había conseguido encontrar el del paciente James Smith. Tomé un sorbo de café solo para disimular y todo lo que conseguí fue quemarme la lengua. Aquello no era café, sino lava hirviendo. Algún día crearía mi propia cadena de desayunos solo para poder servir bebidas en su punto justo de temperatura, no a cien grados centígrados. Me haría famosa con una idea tan innovadora.

—¿Mackenzie? —insistió James para llamar mi atención. Últimamente volaba como una mosca.

Pero el camarero volvió a salvarme, porque justo mientras mi plan D esperaba que le contestara, él salió del local. Abrió la puerta con tan mala suerte que golpeó la espalda de James y lo lanzó hacia delante. ¿Quién era Mary Pa ahora?

—Dios mío, lo siento mucho, ¿estás bien?

Parpadeé sorprendida por el giro de los acontecimientos. Especialmente por el tono afeminado del camarero. Era extraño, porque mientras atendía la barra no había dado señal alguna de ello.

—Sí, sí, estoy bien —contestó James distraído, mirándome y sin hacer caso al chico—. ¿Vamos a clase?

Asentí y le lancé una mirada de despedida al camarero. Sabía que lo conocía de algo. Él hizo un ademán con la mano y guiñó de nuevo el ojo a James, pero él no se dio por aludido. Me reí por dentro aliviando la tensión. ¿Estaría ligando con James? Y entonces caí. Claro que lo había visto antes, solo que medio desnudo, en el baño de hombres y besando a otro chico.

—Es el ligue de Derek —susurré sin poder contenerme una vez que entré en el coche de James—. El camarero es el ligue.

Y empecé a reír a carcajadas ante lo absurdo de la situación. Pensar que había estado tan obsesionada con Derek Anderson que apenas podía hablarle sin tartamudear... Y ahora voy y me encuentro con el chico con el que se había pegado el lote en los servicios del instituto. Es increíble cómo puede cambiar tanto la vida en apenas una semana.

James entró en el coche dando un portazo. Volví a sentirme mal. Era culpa mía.

—Lo siento —dije cuando James arrancó—. Es solo que...

—Sí, lo sé, es solo Mason —me interrumpió más tosco de lo que me gustaría admitir—. Siempre es Mason.

A pesar del ruido del motor y de las ruedas sobre el asfalto, podía oír su respiración entrecortada. Necesitaba arreglar eso. Dije lo único que me pareció sensato en aquellos momentos.

—No tienes que esperarme, James. Quiero decir… Soy yo, es culpa mía, tengo un lío horrible en la cabeza y no puedo salir contigo aunque me gustes. No hasta que olvide a Mason…

James frenó de golpe y tuvo que dar un volantazo para volver a controlar el vehículo. Dirigí lentamente la mirada hacia James, asustada. Soy muy impresionable, y ya sabéis de mi miedo a los accidentes de coche. Tenía el estómago revuelto y el pulso acelerado.

—¿Te das cuenta de que ya no me queda otra opción que esperarte? —dijo James entre dientes, mirando alternativamente a la carretera y a mí. Sus manos apretaban con fuerza el volante—. ¡Acabas de confesar que te gusto, Mackenzie!

¿Lo había hecho? Revisé mentalmente mis palabras y… mierda, lo había hecho. Me mordí el labio y lo miré de reojo. Había arrugado la nariz. Otra vez ese maldito gesto…

—Supongo que lo he hecho —admití, enterrando el café ya más templado en mis labios y fijándome en la carretera.

James soltó una carcajada liberando tensión.

—¿Supones? Eres increíble, Mackenzie. Lo juro, parece imposible, pero nunca dejas de sorprenderme.

—¿Gracias?

James volvió a reír, afortunadamente sin apartar la mirada de la carretera. Si tenía que ir al instituto, por lo menos quería llegar de una sola pieza. No volvimos a hablar del asunto hasta poco antes de entrar al aparcamiento. Iba preocupada porque, según el reloj del coche, llegábamos con más de cinco minutos de retraso a clase. Pero cualquier castigo que pudieran imponerme desapareció de mi mente cuando James rompió el silencio:

—La culpa no es exactamente tuya. Es de Carter.

Me volví hacia él con violencia. ¿De Mason?

—No me mires así. Tengo razón. ¿No te has dado cuenta? Yo te gusto, tú misma lo has dicho. Si estás hecha un lío no es porque te guste el idiota de tu mejor amigo. Es porque en el fondo sabes que yo tengo razón y tú también le gustas a él, pero es lo bastante gilipollas como para no decirte nada. Directamente, claro... Es imposible ocultarle a la chica que te gusta que te gusta. Mierda, eso ha sonado redundante.

Viva el resentimiento.

Me hice trizas el labio inferior. A ese paso lo destrozaría antes de volver a casa, pero estaba más concentrada en encontrar el sentido de las palabras de James. Es horrible cuando te recuerdan algo que creías tener superado y eso te hace volver a pensar en ello y darle más vueltas al asunto.

Yo ya había llegado a la conclusión de que no le gustaba a Mason. Él mismo me lo había dicho. Pero también sabía que James tenía razón y había muchas cosas que solo tenían sentido si Mason sentía algo por mí. Por ejemplo, no era lógico que Mason chillara de esa manera y se pusiera tan furioso cuando nos vio a James y a mí besándonos. Si, como él afirmaba, solo era mi amigo, ¿por qué no se alegraba por mí?

Estaba inmersa en mi propio debate mental cuando por fin llegamos al aparcamiento, que estaba a tope. Estábamos a punto de entrar cuando un coche nos adelantó. Podía reconocer aquel vehículo en cualquier parte.

Hablando del rey de Roma... Allí estaba Mason.

Por supuesto, el destino seguía empeñado en jugar conmigo, y las pocas plazas libres que quedaban, muy alejadas del edificio principal, estaban en el mismo cuadrante. Que ambos coches aparcaran al mismo tiempo y en el mismo sitio era algo que tenía que pasar.

Sabía que James se había dado cuenta, pero tuvo el detalle de no decir nada. Aunque pensándolo bien, tal vez se estaba conteniendo para hacerse un favor a él mismo. Era un secreto a voces que él y Mason no se caían bien. *Mea culpa.*

Admito que estaba algo contrariada por el hecho de que Mason llegara tarde, cuando él era puntual por naturaleza. Quizá no debería haberlo mirado tanto cuando bajé del coche de James, pero la atracción era demasiado potente. ¿No dicen que la curiosidad mató al gato?

Quizá tampoco debería haber mantenido mi mirada clavada en la suya cuando nos cruzamos.

Quizá debería haber obviado los potentes latidos de mi corazón y haber hecho caso a James, que me estaba llamando.

Quizá no debería haberme sentido tan mal al ver los dos batidos de chocolate con leche condensada que Mason llevaba. Mis favoritos, los que necesitaba y devoraba siempre que estaba triste.

Quizá ver cómo Mason los tiraba a la basura después de que James me tomara de la mano y me guiara hacia el edificio tampoco debería haber estrujado mis órganos hasta dejarme agonizando.

Y quizá, solo quizá, no tendría que haber sentido la necesidad de llorar después de ver la mirada que Mason me lanzó antes de desaparecer dentro del edificio. Porque algo en ella me decía que yo le había hecho daño. Algo en ella me rompió por dentro.

Toda la mañana pasó en una nube de confusión. No lograba concentrarme en las clases. Ni siquiera me importaba que me pusieran falta por haber llegado tarde. Mi cabeza se encontraba eclipsada en una sola idea, en una sola persona.

Mason.

Teniendo en cuenta todo lo que había pasado con James, lo del beso y lo agradable que estaba siendo conmigo, era injusto que mi mundo estuviese girando única y completamente alrededor de Mason.

Tal vez James tuviese razón. Quizá yo le gustase a Mason y por eso actuaba así. Era posible, pero no me convencía del todo. ¿Por qué? Por la sencilla razón de que él y yo éramos muy amigos, había mucha confianza entre nosotros y yo ya le había hablado de mis sentimientos. Si de verdad él me correspondiera, ya lo habría dicho. ¿Qué podía perder si yo ya había dado el primer paso?

Cuando sonó el timbre del descanso me levanté de golpe, recogí mis cosas y salí apresurada de la clase. Había tomado una decisión: tenía que hablar con Mason y resolverlo todo. No podía seguir huyendo por temor a las consecuencias.

Avanzaba cada vez más despacio por el pasillo; mi velocidad fue disminuyendo a medida que mi miedo iba creciendo. Traté de tranquilizarme pensando con coherencia: en realidad me quedaba mucha vida por delante. ¿Qué importaba si salía con James, con Mason o incluso con Eric? No tienes por qué acabar casándote con tu novio del instituto. Y la vida no debe girar exclusivamente alrededor de los chicos. Hay otras cosas importantes, como la amistad.

Solo que con Mason había mucho que perder.

Cuando entré en el comedor, vacío, toda mi confianza se había esfumado. Eso iba a ser muy difícil. Un repentino ataque de miedo me decidió a dar la vuelta y huir a esconderme en los baños, pero alguien se interpuso en mi camino.

—¡Kenzie! —gritó Melanie con una gran sonrisa—. ¿Qué tal estás?

Apreté los labios y torcí el gesto sin contestar. Melanie asintió comprendiendo.

—Por lo que veo, mal. Tienes un aspecto horrible. ¿Ocurrió algo con James en la fiesta?

¿Que si ocurrió algo? ¡Qué no pasó, más bien! Pero no tenía ganas de contarle todos mis problemas Mason-Kenzie-James. No la conocía lo suficiente como para bombardearla con tanta información, aunque admito que una amiga como ella me habría venido bien. Me refiero a una chica, alguien en quien poder apoyarme y que me consolara como Mason no podía hacer en esos momentos. ¡Qué poco lógico era todo!, ¿no? Que la persona que te esté causando tanto sufrimiento en realidad sea la única capaz de calmarte.

—Venga, comamos juntas y me lo cuentas todo.

Antes de que pudiera resistirme, Melanie me había agarrado del brazo y me arrastraba a una de las mesas del comedor. Me habría gustado negarme, pero ella era mucho más alta y fuerte que yo. No quería montar ningún espectáculo, así que acabé sentada con ella, hablando sobre la fiesta y sobre Jack. Al final, resulta que era Melanie la que necesitaba hablar conmigo y desahogarse. No se dio cuenta hasta al cabo de un rato de que no habíamos pedido nada de comer y la fila del *self-service* había aumentado considerablemente.

—Oh, mierda —se lamentó, mirando con aprensión a todos los estudiantes que hacían cola—. Vigila la mesa, yo voy a pedir. ¿Quieres algo?

Negué con la cabeza. No podía pensar en comer en aquellos momentos. Tenía un nudo calloso y en movimiento en mi estómago, y cualquier alimento sólido me habría sentado mal. Malditos nervios.

—No tengo hambre, pero ve a por algo.

Melanie me miró dudosa.

—¿Segura?

Forcé una sonrisa y sentí una punzada en el pecho cuando pensé que James se habría enfadado por ese gesto.

—Ve.

Melanie se alejó corriendo, sorteó a unos cuantos compañeros y se colocó en la fila antes de que un grupo de chicas de primero llegasen. Melanie tenía que ser atleta. Me miré las manos. Tenía las uñas destrozadas de tanto morderme las puntas de los dedos por los nervios. Asqueroso, lo sé.

Aquella sería mi única ocasión de poder huir, así que, movida por el pánico, tensé los músculos de mis piernas dispuesta a ponerme en pie. Sin embargo, una bandeja con dos tabletas de chocolate abiertas cayó sobre la mesa y fui incapaz de moverme.

Tragué saliva y miré a la persona que se estaba sentando a mi lado.

—No me niegues el chocolate, Kenzie. Sé que lo quieres.

Contuve la respiración mirando cómo Mason movía la

silla para sentarse frente a mí. Por lo visto, los dos teníamos la necesidad de hablar, aunque solo uno tuvo el valor de hacerlo.

Un hormigueo recorrió todo mi cuerpo. Mason me observaba en silencio y aquello me inquietaba. Solo por hacer algo, asentí y tomé una de las chocolatinas. Jugué con el papel entre mis temblorosos dedos, sin apartar la vista de él, como si fuera lo más impresionante de toda la cafetería.

—Lo siento.

Dos palabras. Tan solo dos sencillas palabras y no pude evitar buscar su mirada. Mason tenía una expresión de arrepentimiento muy marcada: ojeras, ropa desaliñada, barba de varios días sin afeitar...

No era la única que había estado viviendo una pesadilla ese fin de semana.

—Lo siento de verdad, Mackenzie. Soy un idiota. Merezco que me pegues, me grites y dejes de hablarme. No debí haberte dicho esas cosas. Estaba molesto. Tenía la ridícula idea en mi cabeza de que me habías cambiado por Smith. Me sentía estúpido después de pasarme la tarde preocupado por lo que pudiera haber pasado entre vosotros.

Sentí cómo el chocolate se deshacía bajo el calor de mis dedos, pero no le di importancia.

—¿Preocupado por qué? —pregunté en un susurro, intentando poner orden en mis ideas—. Es James, no es ningún desconocido.

Las comisuras de sus labios se elevaron mientras negaba.

—Precisamente por eso. Lo conozco y sé cómo es, y tú también. Es un idiota y un cerdo. No quería que te hiciera daño.

Lo miré extrañada. En realidad, él no conocía a James. Yo sí que sabía cómo era, al menos mejor que Mason, y resultaba que no era ningún idiota.

—No hables así de él, no lo conoces tanto.

Mason se mostró sorprendido. Supongo que lo último que esperaba era que yo defendiese a James. Sin embargo, no dijo nada, simplemente se limitó a asentir y tomar un trozo de chocolate. Miré por encima de mi hombro hacia la cola de la comida. ¿Dónde se había metido Melanie?

—¿Vas a perdonarme, Mackenzie?

Miré de nuevo a Mason. Sus ojos dorados se clavaban en los míos con aprensión. Había verdadera preocupación en ellos. No quería estar a malas conmigo. Los amigos tienen que estar ahí a las buenas y a las malas.

Igualmente no era agradable ver cómo me pedía perdón e intentaba arreglarlo todo. Lo hacía para no herirme. Mason se preocupaba por mí porque era mi mejor amigo, solo eso. James estaba completamente equivocado.

—Claro —contesté finalmente, y aparté la mirada limpiando el chocolate deshecho de mis dedos con los labios—. En realidad no hay nada que perdonar.

Parecía que después de eso volvería el silencio, pero entonces Mason me tocó el brazo y me obligó a volverme hacia él. Se había sentado en la silla de al lado y estaba muy cerca de mí. Contuve el aliento.

—En cuanto a lo que me dijiste la otra noche, Kenzie, hay algo que…

Estaba preparada para que me rechazara de nuevo. Me había hecho a la idea desde el mismo momento en el que salí corriendo, dejándolo solo en el porche. Pero en ese momento, Melanie volvió a la mesa. Y con ella, llegó otra persona.

James.

—¡Mira a quién me he encontrado tratando de huir de la cafetería! —sonrió mientras se sentaba delante de mí y obligaba a James a sentarse a mi lado—. Deberíais saber que el almuerzo es una de las comidas más importantes del día.

James, que tenía cara de preferir estar en cualquier otro sitio menos allí, echó mano de su carácter bromista y se concentró en Melanie.

—En realidad, es el desayuno. Y no estaba huyendo de la cafetería, sino de ti.

La chica lo miró ofendida. Yo, en cambio, no podía evitar preguntarme si James se sentía incómodo porque me había visto hablando con Mason.

—No pongas esa cara, Melanie. En lo que llevamos de día ya me has abordado dos veces preguntándome por mi hermano. ¿Qué más quieres saber? ¡Ya tienes su número!

Sonreí por el tono fingido de irritamiento de James. Era fácil creer que ella lo hubiese estado molestando, pero al mismo tiempo era tierno.

Melanie empezó a hablar sobre su posible futura relación con Jack y le decía a James que tenía el deber de ayudarla. Creo que acertaría si dijera que nadie le estaba prestando atención. Pero mientras Melanie hablaba, la situación se puso extraña y tensa.

Me quedé mirando a James sonriendo por su reprimenda a Melanie y él me sostuvo la mirada, pero enseguida recordé que Mason también estaba sentado a mi lado, así que la aparté rápidamente. Cuando miré a Mason, él me estaba examinando con expresión seria. Quise esconderme debajo de la mesa cuando vi que Mason desviaba la mirada hacia James.

James y Mason cruzaron sus miradas y debo decir que no había nada de amor, paz o tranquilidad en ellas. Algo en mí me decía que cualquier movimiento extraño podía considerarse una amenaza.

Diablos, odiaba la tensión.

Un trozo de *pizza* golpeó mi cabeza.

—¡Kenzie! —protestó Melanie enfadada—, te estaba hablando, ¿no me has oído?

Salí de mi ensimismamiento y volví al mundo real.

—No, perdona. Estaba pensando en mis cosas.

—Ya veo, ya… Pero da igual, resulta que he tenido una idea brillante, ¿verdad, James?

James, que sí la había escuchado, gimió y puso cara de pánico. Oh, no. No me esperaba nada bueno de Melanie.

—Verás, como necesito una excusa para poder ver otra vez a Jack…, había pensado que podríamos organizar una cita en grupo. Ya sabes, algo informal para no presionar demasiado. No quiero asustarlo; parece un chico tímido.

Una alarma roja se encendió en mi cerebro.

—¿Cita en grupo? —repetí con tono de pánico.

—¡Sí! Como una salida de amigos. Yo podría ir con Jack, tú con James y estoy segura de que a Alia le gustaría salir con Mason. —Lo miró directamente. Mason tenía los ojos abiertos, contagiado por el pánico—. Se supone que es un secreto, pero ha estado hablando mucho de ti.

Mordí el interior de mi mejilla para no gritar por los celos. Por supuesto que había estado hablando de él, a ella le gustaba. Tenía ganas de matarla. Quería agarrar a Alia de los pelos y pegarle chicle para que no tuviera más remedio que cortarse la melena. Pero entonces recordé que ella había dado la cara por mí ante Jane sin ni siquiera ser mi amiga. Era una buena chica, además de guapa. Después de todo, si yo estaba condenada a ser para siempre solo la mejor amiga de Mason, ella no era una mala candidata al puesto de novia.

Miré a James: su rostro arrugado reflejaba claramente su respuesta. Miré a Mason: su mirada huidiza e incómoda también lo dejaba claro. Miré mi reflejo en la pantalla del teléfono: directamente dibujaba el más grande de los noes.

Pero, extrañamente, no fue eso lo que salió de mi boca.

—Claro, estaría bien.

Tal vez una cita en grupo podría ayudar a aliviar tensiones.

Diablos, ¿a quién quería engañar? Era una maldita masoquista.

Capítulo 13

—Tienes que llevar el jersey gris. Es una orden.

Mason alzó una ceja desde la silla de mi escritorio. Envidiaba que pudiera hacer eso. Conocía a muy pocas personas que poseyeran ese don, casi tan pocas como las que tenían el de mover las orejas.

—Veamos si lo he entendido bien —repitió despacio, al mismo tiempo que levantaba la mano para pedir la vez—. Pantalones vaqueros claros, las zapatillas que me regaló mi abuela la Navidad pasada y el jersey gris que por alguna razón te gusta.

Asentí enérgicamente y recogí mis piernas al estilo indio, sentada en la esquina de mi cama.

—Exacto. Chico listo, sabía que lo entenderías.

—Bien, entonces, a ver si entiendo esto. ¿Por qué estoy dejando que tú escojas la ropa que voy a llevar yo en la cosa esa rara de cita en grupo?

Le saqué la lengua en un gesto totalmente premeditado e infantil. Él puso los ojos en blanco.

Aquello tenía buena pinta. Estábamos como hacía dos semanas, antes de todo el asunto de la lista, antes de que él supiera de mis sentimientos, antes de que James me besara, antes de nuestra discusión.

—Porque tengo mejor gusto que tú. Lo que me recuerda... No intentes peinarte, solo consigues estropearlo más. Usa agua y un peine. Ni gomina, ni laca, ni...

—¿Laca? —me interrumpió frunciendo el ceño—. Yo no uso de eso, es de chicas.

Ahora fui yo quien puso los ojos en blanco. Qué típico.

—No vamos a discutir sobre eso, Mason. Tú solo haz lo que yo te diga y punto.

Gruñó, pero sabía que no iba a negarse. En realidad le gustaba que yo lo ayudase a escoger la ropa.

—Sí, señora —admitió finalmente. Tomó un cuaderno azul de mi escritorio y lo hojeó perezosamente—. ¿Sabes que sé lo que estás tramando, verdad?

Clavé mis ojos en él. No, no lo sabía. De hecho, era imposible que él tuviese la menor idea de que quería liarlo con Alia. Fue idea de Melanie, no mía. Y Mason podía ser muy inteligente, pero decididamente aún no había aprendido a leer mentes.

—Ilumíname, oh, gran maestro —ironicé observando también el cuaderno azul. Escribía tantas cosas que no tenía idea de qué podría haber allí.

Mason empezó a hablar sin levantar la vista del cuaderno:

—Pretendes que me enamore de Alia para que así mágicamente James me guste para ti. —El aire se quedó a medio camino entre mis pulmones y mi nariz—. Bueno, deberías saber que eso no va a pasar.

Tragué saliva nerviosa y me concentré en mantener mi tono de voz estable.

—¿Qué parte no va a pasar? ¿Enamorarte de Alia o que James te guste?

—Ninguna de las dos cosas.

Bueno era saberlo. O quizá no. ¿Cómo estaba tan seguro de ello? Alia era una chica muy agradable, simpática y guapa. Si me gustasen las mujeres, probablemente podría enamorarme de ella. ¿Por qué demonios Mason no podía? Iba a preguntárselo cuando él empezó a leer:

—Lunes, estudiar tema cinco de literatura; martes, acabar el esquema de química y resumir matemáticas; miércoles, leer las lecturas obligatorias; jueves, idear nuevo esquema... —Levantó la vista del cuaderno para mirarme atónito—. Diablos, Kenzie, ¿consigues seguir esta cosa a rajatabla?

Me levanté de la cama rápidamente y le quité el cuaderno de las manos, cerrándolo de un solo golpe. Acababa de recordar lo que era: mi agenda de listas. Todas y cada una de las listas que necesitaba para organizarme, listas que había dejado de escribir desde el incidente. Tal vez por eso mi vida era un desastre últimamente.

—No al pie de la letra, pero me ayuda a organizarme —respondí seca mientras buscaba un sitio donde esconderlo—. De todos modos, ¿qué te importa?

Mason se revolvió en la silla.

—Vale, está bien, lo he entendido. Siento haber mirado entre tus cosas sin permiso.

Encontré el sitio perfecto en lo alto del armario. Solo necesitaba subirlo hasta allí arriba. Usaría una silla.

—No estoy enfadada. Y no ha sido sin permiso. Por si no lo recuerdas, yo estaba aquí, contigo, y he visto cómo lo leías. —Contesté escudriñando el armario, y luego me volví hacia él—. Levántate de ahí.

Dudó.

—Depende. ¿Piensas romperme la silla en la espalda o es solo una forma maleducada de echarme de tu casa?

Suspiré. Maldito Mason. No me juzguéis, me encantaba volver a estar bien con él, pero cuando se empeñaba en molestarme realmente lo conseguía.

—Solo levanta —le dije malhumorada.

Increíblemente, él accedió. Agarré la silla y la arrastré hasta el armario. Haciendo equilibrios logré subirme sobre ella de pie. Con lo patosa que soy, cualquier distracción podría hacer que me cayera, y más si tenemos en cuenta que la silla en la que me había subido era de las de escritorio, giratoria y con ruedas. Por eso me desequilibré cuando Mason volvió hablar.

—¿Sabes? En realidad no he accedido a ir.

Conseguí agarrarme a la puerta del mueble y mantenerme más o menos estable sin caer al suelo. Con un impulso de mi cadera giré la silla para quedar de cara a Mason.

—No digas tonterías. Todos lo hemos hecho.

—Yo no dije nada.

—Pero tampoco te negaste —contraataqué irritada—. El silencio te delató, Mase.

Se apoyó en la mesa, cruzando los brazos sobre el pecho. La camiseta que llevaba se le ajustó marcando los músculos. Tuve que resistir la tentación de morderme el labio, porque él lo notaría.

—Igualmente puedo echarme atrás.

Suspiré. Sabía que todo eso iba a llevarnos a un solo lugar.

—Está bien, escupe. ¿Qué quieres?

Sonrió socarrón. Por supuesto, estaba intentando sacarme algo a cambio de ir a la cita. Tenía que haberlo visto venir antes. Aunque tampoco vi llegar su respuesta.

—Después de la cita tienes que venir conmigo.

Volví a tambalearme sobre la silla. Si continuábamos así, acabaría por romperme la cabeza. Sí, un metro para mí era algo así como un acantilado. ¿Había olvidado mencionar también mi miedo a las alturas? No importa, piensa en cualquier cosa que alguien pueda temer, y yo también lo temeré. Todo vale: arañas, payasos, perros, oscuridad, monstruos invisibles...

—Sin problema.

Me recompuse tan rápido como pude y acabé de esconder el cuaderno. Mason ya lo había visto, y a ser posible prefería que ni Leslie ni mi madre lo encontraran.

—Oye, ¿por qué quieres que me ponga ese jersey?

Admitiré que contesté sin pensar.

—Porque, entre otras cosas, ese jersey te hace parecer más cachas.

Me mordí la lengua; estaba de espaldas a él. ¿Por qué tuve que decir eso? Hábilmente, Mason se lo tomó a broma.

—¿Estás insinuando que no estoy cachas?

Con una sonrisa burlona volví a tomar impulso para girar la silla y quedar cara a cara. Era fácil hacerlo cuando lo miraba desde las alturas.

—No lo estoy insinuando. Lo estoy afirmando.

Puso cara de reto.

—Conque esas tenemos, ¿eh?

Su reacción me pilló por sorpresa.

Mason se alejó del escritorio y se dirigió hacia mí. Solté un agudo grito cuando me agarró de las piernas acercándome a su pecho. ¡Íbamos a caernos! ¿Se había vuelto loco?

Me bajó lentamente hasta que pude apoyarme en su pecho, pero en ningún momento llegué a tocar el suelo con los pies.

Mentiría si dijera que no sentí nada mientras estaba entre sus brazos. El tiempo parecía pararse. Todo mi cuerpo rozaba el suyo. Sus brazos acariciaban mis piernas, que se deslizaban hacia abajo. La temperatura de mi cuerpo subió cuando los brazos de Mason rozaron mi trasero. Sentí un cosquilleo. Después apretó con más fuerza para agarrarme de la cintura y frenó.

Mi camiseta se había levantado y la piel desnuda de mi estómago rozaba la cinturilla de sus pantalones. Mi respiración se había convertido en un inapreciable y lento jadeo. Mason no dejaba de mirarme.

Mantuve los labios entreabiertos y húmedos. Tenía el rostro inclinado hacia abajo para poder mirarlo mejor. Mason esbozó una sonrisa.

—¿Quién decía que no estaba cachas?

Sin poder evitarlo, clavé mis ojos en sus labios. En cuanto me di cuenta de mi error, quise apartar la mirada, pero fue demasiado tarde; él ya lo había notado. En un momento de distracción, sus músculos perdieron fuerza y acabé de deslizarme hasta el suelo. Mis pies se colocaron entre los suyos, pisándolos. Era una posición incómoda. Estábamos demasiado pegados.

Con mis manos aún sobre sus hombros intenté apartarme para ponernos cómodos. Pero él aún me tenía agarrada por la cintura, y lo único que conseguí con mi movimiento fue que ambos perdiéramos el equilibrio. Íbamos a caernos.

Mason soltó uno de los brazos de mi cintura y trató de sujetarse a la puerta del armario. Lo único que consiguió fue que esta se abriera. Cerré los ojos cuando escuché el sonido de su espalda contra el suelo. Gracias a Dios, mi caída quedó amortiguada por su pecho. Cuando volví a abrir los ojos, nuestros rostros estaban a escasos centímetros, mucho más cerca que antes. Pecho contra pecho, estómago contra estómago, piernas enredadas entre piernas.

El aire se espesó a nuestro alrededor y ya no pude evitar morderme el labio cuando lo miré. Solo que él no me estaba mirando. Tenía la vista clavada en mis labios. Dejé de morderme el labio y Mason volvió a mirarme. Nos quedamos así durante unos segundos.

—Kenzie, mamá quiere que bajes para...

Cuando mi hermana abrió la puerta y vio lo que pasaba, casi se queda muda. Mason y yo nos quedamos mirándola. Sabía lo que estaba viendo. Mierda, yo formaba parte de lo que estaba viendo y no era precisamente una escena para todos los públicos. Mi cuerpo estaba sobre el de Mason, con mi camiseta levantada sobre el estómago y mis manos sobre su pecho. Eso sin olvidar que Mason me estaba agarrando de la cintura.

Leslie dio un paso hacia atrás lentamente, casi a cámara lenta, cerrando la puerta a medida que se alejaba.

—Está bien... —murmuró sin dejar de mirarnos. Yo era incapaz de moverme—. Ahora bajaré con mamá y esperaré hasta que vuelvas...

Mierda. Mierda. Mierda. Mierda. ¿Dije ya mierda? ¡Mierda!

Comencé a moverme de encima de Mason, pero eso solo sirvió para que mis brazos temblorosos resbalaran y cayese más sobre él.

—Les, espera.

—No, no quiero saber nada —me interrumpió rápidamente—. No diré nada, lo prometo.

Cerró la puerta y corrió escaleras abajo. Resoplé derrotada y terminé por dejarme caer sobre Mason. Apoyé mi mejilla contra su pecho y cerré los ojos. Estaba agotada.

Se estaba tan bien así… Solo notaba el movimiento del pecho de Mason subiendo y bajando lentamente, el calor de su cuerpo bajo el mío, una de sus manos trazando semicírculos en la parte baja de mi espalda y la otra jugando con los mechones de pelo de mi coleta…

—¡Mackenzie Audrey Sullivan! ¡Baja aquí ahora mismo!

Sí, había oído bien. Mi segundo nombre era Audrey, y cuando mi madre me llamaba por mi nombre completo seguido de mi apellido a tal volumen no era porque sí.

Conocía a mi hermana. Seguro que ya le había contado a mi madre lo que había pasado con pelos y señales, eso, si no había añadido detalles más morbosos y jugosos que no deberían pasar por la cabeza de una niña de su edad. Y lo peor de todo era que nada de lo que contara era cierto, porque entre Mason y yo no había pasado nada.

Suspirando, abrí los ojos y me deslicé rodando hasta ir a parar al suelo. En realidad, no había pasado nada, así que no tenía por qué temer que me castigaran. Lo que más me molestaba era que Leslie había fastidiado mi momento de paz.

Me quedaba poca energía, pero conseguí ponerme de pie. Me recoloqué la camiseta y sacudí mis pantalones a pesar de que no se habían ensuciado. Retiré la goma de mi pelo y volví a hacerme la coleta antes de mirar a Mason, que seguía tendido en el suelo.

—Venga, bajemos antes de que venga a buscarnos o será peor.

Él me miró. No pude evitar fijarme en su camiseta arrugada, que dejaba a la vista la parte baja de su estómago. Mis mejillas se sonrojaron mientras apartaba la vista de esa zona para mirarlo a los ojos. Un hormigueo recorrió mi cuerpo ante la intensidad de su mirada.

—Dame unos segundos —dijo, y luego apartó la mirada para dejar caer la cabeza con un suspiro.

¿Qué le pasaba ahora?

En pocos segundos Mason se había incorporado y estábamos bajando al salón. Allí nos esperaba mi madre con un pequeño tic en el ojo mientras mi hermana me miraba curiosa desde el sofá, relamiendo un helado de chocolate. Pensaba que había terminado con las reservas durante el fin de semana, pero por lo visto no era así.

—Hola, Mason, me alegra volver a verte por aquí —dijo mi madre con una sonrisa que nunca me dedicaría a mí—. ¿Qué tal el fin de semana?

¡Oh, qué malvada era! Sabía perfectamente lo que había pasado con el tema de la lista, lo de James, el beso y nuestra pelea. No pude ocultarle nada de eso después de que el sábado volviera a casa echa un mar de lágrimas. De alguna manera, eso nos había unido más. No es que tuviéramos una mala relación hasta entonces, solo que ella y Leslie siempre se entendían mejor porque se parecían más. Sí, ambas eran malvadas.

—Bien, muchas gracias.

Pobre Mason. Parecía tan cortado como incómodo.

—Me alegro. Por aquí, todo parece un poco ajetreado, por así decirlo.

¡Oh, yo mataría a mi madre!

Eso se llamaba venganza. Después de su mala suerte con los hombres tenía una norma clara: «No toques a mis hijas si quieres tener descendencia algún día».

—Hasta ha habido lágrimas —añadió mi hermana.

Lancé una mirada llena de enfado a Leslie. Una cosa era intimidar a Mason y otra contarle lo mal que lo había pasado durante el fin de semana. Leslie calló al instante y yo volví a mirar a Mason. Ya no estaba incómodo; más bien parecía preocupado. Perfecto, ahora le daría pena. Como si no tuviera suficiente ya con que me rechazara.

—Mason, esta conversación es muy agradable, pero tengo que pedirte que te vayas a casa —interrumpió mi madre—. Kenzie, Leslie y yo tenemos que hablar.

Fruncí el ceño. ¿No sería por lo que le había contado Les?

—Teníamos planes, mamá —me quejé cruzando los brazos sobre el pecho—. Íbamos a…

—Es sobre tu padre.

Tocada y hundida. Me quedé con la boca abierta. Miré a Leslie, que estaba tan sorprendida y confundida como yo. Nunca hablábamos de nuestro padre, era un tema tabú, como cocinar comida casera o el sexo sin protección. Al menos desde que se mudó con su nueva novia a una ciudad a dos horas de distancia.

Me recuperé tan rápido como pude y di un paso para acercarme a Mason.

—Entonces es mejor que se quede.

Si íbamos a hablar sobre mi padre, seguramente no sería nada bueno, y entonces necesitaría a mi mejor amigo cerca.

Mi madre soltó aire y se dejó caer en uno de los sofás de la sala. Leslie había abandonado el helado y miraba a mi madre con los ojos tan abiertos como los de un búho.

—Está bien, seré rápida, tampoco es que sea muy importante.

Traducción: era un asunto tan sumamente horrible e importante que quería decirlo ya y quitárselo de encima.

En mi interior estaba temblando. Mason intuyó mi nerviosismo y se acercó más a mí, brazo contra brazo. Me tomó de la mano y la llevó a la espalda. Consiguió tranquilizarme.

Pero la tranquilidad duró poco porque mamá empezó a hablar y, como era previsible, lo que dijo no me gustó nada.

—Ayer, el abogado de vuestro padre se puso en contacto conmigo. Quiere pelear por la custodia.

Mierda.

Mierda.

Jodida y grandísima mierda.

¿Alguien recuerda cuando dije que en la vida de una adolescente había cosas más importantes que los chicos?

Bien, aparte de la amistad, podemos añadir la familia. En mi caso, una familia rota. Ahora a todo eso le sumamos que mi padre, que vivía a dos horas en coche, pretendía pelear por nuestra custodia. Y, de paso, que él era un hombre con trabajo estable, novia y piso, mientras que mi madre tenía varios trabajos de jornada reducida y un historial médico de espanto si tenemos en cuenta las migrañas ocasionales y los problemas no tan ocasionales que tuvo con el alcohol cuando acababa de divorciarse.

Mi día no podía haber sido peor.

—No —dije retrocediendo. Mason me apretó la mano—. ¿Por qué ahora? Prácticamente no ha dado señales de vida en dos años. ¿Por qué de repente quiere estar con nosotras?

Estaba gritando y no era justo para mi madre. Ella no tenía la culpa. Todo lo contrario. Era la que más sufría. Pero no podía controlar la respiración, y mucho menos mi tono de voz. Simplemente no podía creer lo que estaba diciendo.

Valoré el esfuerzo que ella hizo para mantener la calma y hablarme en voz baja, especialmente teniendo en cuenta lo que iba a decirme.

—Él y Anna van a casarse. Quiere formar una familia.

¿Qué familia ni que ocho cuartos? ¿Pretendía jugar a la familia feliz después de casi dieciocho años haciendo infeliz a nuestra madre?

—Pero tú eres nuestra familia… Kenzie, tú y yo somos nuestra familia.

Leslie había permanecido completamente callada, encogida en el sofá con sus grandes ojos abiertos, mirando huidiza. Tenía que hablar con ella, pero no ahora. Yo era la mayor y me sentía responsable de las dos, pero en aquellos momentos estaba tan exaltada que era incapaz de tranquilizarla. No, lo que necesitaba era salir de allí lo antes posible.

—Tengo que tomar el aire.

Solté la mano de Mason con fuerza, dejando que mi madre se percatara de cómo Mason había estado sujetándome. No hizo ningún comentario al respecto.

—Kenzie, espera —me llamó con tono cansado—. No he terminado.

Apreté los dientes.

—¿Es que hay más?

—Ha pedido pasar el fin de semana con vosotras. El viernes vendrá a buscaros.

Leslie gimió. Sabía que estaba pensando en los *horrigemes*, los hijos hiperactivos y maleducados de Anna, la novia de nuestro padre. Solo habíamos coincidido una vez con ellos, hacía casi dos años, y en la primera media hora de visita decidimos que no nos gustaban. Claro que eso fue después de que pegasen un chicle en el pelo de Leslie, arrancasen la cabeza a su oso de peluche y tiraran un batido de fresa sobre su vestido blanco. La habían tomado con mi hermana, que era un año menor que ellos.

Leslie protestó:

—Pero es mi cumpleaños...

Mamá se levantó del sofá y se acercó a Leslie, sentándose en el brazo del sillón. Le rodeó los hombros y la acercó en un abrazo. Le dio un beso suave en la cabeza. No me quedé a escuchar lo que tenía que decirle. Simplemente me di la vuelta y salí de casa.

En el jardín, le dije a Mason:

—Llévame lejos.

Mase arrancó el coche sin protestar. Permanecí en silencio mientras él conducía, inmersa en mis pensamientos. Él tampoco dijo nada. Me conocía y sabía que necesitaba tiempo para asimilar la situación.

Mi padre era capaz de remover cielo y tierra para conseguir nuestra custodia. Habría juicios, tendríamos que hablar con abogados... Tendríamos que dedicar todo nuestro tiempo a un asunto que Leslie y yo detestábamos. Y si ganaba, nos llevaría lejos.

Miremos la parte positiva: adiós a la cita en grupo del fin de semana.

Yo podía negarme. Tenía diecisiete años, edad suficiente para decidir por mí misma. Pero ¿qué pasaba con Leslie? Apenas iba a cumplir doce años y tendría que acatar lo que el juez dijese. No podía dejarla sola en una casa en la que se sintiese incómoda, pero tampoco podía dejar sola a mamá después de todo lo que había sucedido.

Cuando pasamos una de las últimas casas del pueblo, me di cuenta de que nos dirigíamos a casa de Mason. Vivía prácticamente en la periferia, a un largo viaje en coche. Me gustaba mucho su casa, pero no solía visitarla. En cuanto el coche pasó la portilla de madera de la entrada, los ladridos llegaron a mis oídos. Sí, Mason tenía perros. Cuatro grandes, rápidos y atléticos perros. Toda una alegría para mí.

La casa de Mason me encantaba. Primero, por su nombre y luego por las personas que vivían en ella. Sus padres, que parecían haberse escapado de una comuna *hippy*, eran las personas más abiertas y relajadas que conocía. Habían bautizado su casa como Happyland, y Henry, su padre, había pintado un letrero en la entrada. A mí me gustaba llamarla Hippyland.

Paró el coche frente al edificio de piedra de una sola planta. Los cuatro animales se reunieron a nuestro alrededor saltando y ladrando, esperando a que saliésemos. Miré a Mason angustiada, pidiéndole ayuda. Él lo comprendió enseguida, me guiñó un ojo y llamó a su padre para que controlara a los perros.

El hombre no tardó en acercase hasta nosotros con una sonrisa de oreja a oreja. Llevaba unos pantalones claros raídos, con el pecho al descubierto y el pelo castaño atado en una coleta. Tenía los mismos ojos que su hijo.

—Sabía que habías llegado. Ese horror que tú llamas «coche» suelta tanto humo que puede olerse a distancia. Hola, Kenzie, hacía tiempo que no te veía por aquí.

Los padres de Mason odiaban que tuviese coche. No era nada responsable con el medioambiente, pero tampoco querían obligarlo a ser como ellos. Preferían que él escogiese su propio camino. Eso, sin dejar de insinuarle cómo les gustaría que hiciera las cosas.

—Hola, señor Stuart.

Mason y su padre no compartían apellido. Su madre y él no estaban casados. No creían en el matrimonio. Creían que el matrimonio no era más que un papel sin sentido. Me hacía gracia ver la vergüenza que pasaba Mason cuando sus padres decían que eran «compañeros de vida». Janice decidió que su hijo llevara su apellido. Era algo a lo que estaba acostumbrada. Yo también llevaba el apellido de mi madre en lugar del de mi padre.

—¿Sabes una cosa? Ellos tienen más miedo de ti que tú de ellos.

Sonreí con desgana. Estaba harta de escuchar esa frase.

No iba a dejar de tener miedo de los perros aunque la escuchara cientos de veces.

—Sabes que no servirá de nada que le digas eso, papá —dijo Mason mientras acariciaba a Patch, el perro más joven de todos—. Venga, sácalos de aquí o no saldrá nunca del coche.

Henry protestó, pero silbó para llamar a los perros, que reaccionaron enseguida. Al menos eran obedientes.

—Muchas gracias, señor Stuart —respondí saliendo del coche.

—Te lo he dicho muchas veces, Kenzie. Llámame Henry. Soy Henry para todos, menos para Mason.

Asentí y dejé que él también se alejara hacia donde estaban los perros. Seguí rápidamente a Mason antes de que los perros volvieran. No respiré tranquila hasta que estuve dentro de la casa.

Otra de las razones por las que amaba ese lugar era el color de las paredes, los curiosos adornos hechos a mano y su peculiar olor a vainilla. Mason, por el contrario, estaba más que harto de todo eso. Se notaba en cuanto ponías un pie en su habitación. Sencilla, paredes azul blanquecino y apenas un póster de un grupo de música.

—Vaya, eso es nuevo.

Mase cerró la puerta detrás de él mientras yo me acercaba al ordenador portátil que había sobre su escritorio. Hasta donde yo sabía, el coche era una cosa, porque vivían en las afueras, pero dejar que tuviese aparatos electrónicos, más allá del teléfono móvil, ya era pisar terreno desconocido. Parecía que Janice y Henry se estaban volviendo más tolerantes.

—Regalo de los abuelos. Se sentían mal por mí.

Apreté los labios pensativa. No hablaba demasiado de la manera de pensar de sus padres. Habíamos pasado tanto tiempo juntos... Por eso ninguna de nuestras familias veía mal que nos encerráramos en la habitación del otro. Desde niños, siempre había sido así. No tenía por qué cambiar ahora.

Mason no paraba de moverse por el cuarto, me rodeó y se agachó. De debajo de la cama, sacó una caja de madera y, de ella, un sobre marrón. Papel ecológico, por supuesto. Cuando se incorporó me miró con media sonrisa. Eso no hizo más que confundirme.

—Te he traído aquí por algo, Kenz. Quería que vinieras conmigo después de la cita para darte esto, pero como te vas a ir con tu padre... te lo doy ahora.

Estiró el brazo en mi dirección con el sobre en la mano. Lo agarré despacio. Tenía curiosidad pero me sentía cohibida. No me lo esperaba. Apreté el sobre con fuerza. Era una hoja doblada por la mitad, pero al abrirla descubrí uno de los mejores regalos que me habían hecho nunca.

Una foto.

Tan sencillo como eso. Una foto decolorada a tonos sepia. Una foto de hacía nueve años. Una foto en la que un niño y una niña con capas de superhéroes sonreían sentados en la rama de un árbol.

—Dale la vuelta.

Un cosquilleo recorrió mi cuerpo al sentir al aliento de Mason sobre mi cuello. No había notado que se había acercado tanto a mí. Si me echaba unos centímetros hacia atrás, mi espalda chocaría contra su pecho. Mis manos temblaron al darle la vuelta la hoja. Condenadas hormonas.

«Siempre estaré detrás de ti. Lo siento.»

No sabía si reír o llorar. La foto se deslizó entre mis manos y cayó suavemente hasta frenar sobre el escritorio. Cayó de cara, con nuestros rostros sonrientes mirándonos. No podía creérmelo.

Ese día yo cumplía ocho años y Mason fue mi único invitado. Nos habíamos disfrazado de SuperKenzie y BatMason, y pasamos la mayor parte del tiempo discutiendo sobre quién era el líder del grupo. Al final, él me dijo aquella frase, enfadado y dándose por vencido, porque dejaba que yo fuera la cabeza de mando. Ahora tenía un significado completamente diferente.

Su pecho se pegó contra mi espalda y su nariz rozó mi oreja. Apenas oí su voz.

—Perdona por haberme comportado como un completo idiota. Siempre estaré a tu lado, detrás de ti, apoyándote y protegiéndote, como ahora.

Giré sobre mis talones hasta que quedamos cara a cara. Se apartó unos centímetros. Ahora lo tenía allí, cerca de mí, a apenas un palmo de distancia. Todo en mí pedía a gritos que acabara con la distancia que nos separaba. En lugar de eso, un sollozo escapó de lo más profundo de mi garganta.

Era un cúmulo de cosas. Nuestra pelea, nuestra reconciliación, la lucha de mi padre por la custodia, la foto, los recuerdos...

—Ven aquí...

Mason me abrazó, dejando que su cabeza descansara sobre la mía. Me derrumbé y comencé a llorar con fuerza. Las lágrimas caían por mis mejillas, perdiéndose en mi barbilla

y empapando su camiseta. Pero eso era justo lo que necesitaba.

Necesitaba el abrazo. Necesitaba el consuelo. Necesitaba
a mi mejor amigo.

Lo necesitaba a él.

Es extraño, pero no nos damos cuenta de lo que tenemos hasta que lo hemos perdido. El ser humano es muy raro.

Kenzie siempre estuvo a mi lado, era mi mejor amiga. Recuerdo cuando la conocí. Tenía seis años y estaba esperando en la fila para entrar en clase a la vuelta de las vacaciones. Era el primer año en la escuela primaria y, como todos, estaba algo asustado. Centro nuevo, compañeros nuevos… Estaba sentado en la escalera de piedra con mi mochila de tela descolorida mirando cómo los niños jugaban con sus nuevas consolas. Mis padres opinaban que con la tecnología llegaría el fin del mundo, así que jamás me dejaron tener una. Y por ese motivo me sentía discriminado.

Entonces apareció ella. Llegaba caminando de la mano de su madre, sonriendo feliz, con el pelo recogido en dos coletas, como si no le importase que fuese el primer día de clase. Mientras esperaba que el profesor nos mandara entrar estuvo jugando con su hermana, un bebé medio dormido en un cochecito. Y en el último momento, cuando nos colocamos en la fila para entrar, me sonrió.

Ella cree que nos hicimos amigos porque el profesor nos sentó juntos. ¿La verdad? Yo ya había decidido que sería amigo de esa niña mucho antes, y que todas y cada una de las sonrisas que regalara fuesen para mí.

Un pensamiento egoísta, lo sé, pero solo tenía seis años.

Es curioso también cómo te trata la vida. Durante todos los años de la escuela primaria nunca dejé de prestar atención a Kenzie. Mis padres se burlaban de mí y la llamaban «mi amiguita», aunque ella nunca se diese cuenta. A medida que fui creciendo, me resigné a admitir que ella era más mi mejor amiga que una chica que me gustase. Finalmente, en el instituto, empecé a fijarme en otras chicas y mi enamoramiento infantil pasó a un segundo plano.

Y ahora descubría que era ella quien estaba enamorada de mí.

Bravo, Mason Carter. Te has lucido.

Frené el coche delante de su casa y la miré. Tenía la vista clavada en su regazo, en la foto de aquel cumpleaños, la primera vez que nos disfrazamos de SuperKenzie y BatMason. Ya no llevaba el cabello recogido en dos coletas, ni tampoco en una, como lo había llevado esa mañana. Después del mal rato que pasó llorando y desahogándose en mi habitación se lo había dejado suelto y le caía rozando sus hombros encorvados. Necesitaba contener las ganas de abrazarla como fuese.

—Llegamos —la avisé, aunque sabía que ya lo había notado.

Tardó unos segundos, pero cuando me miró había una sonrisa en su rostro. No era como las de siempre, no llegaba a sus ojos ni le iluminaba el rostro. Estaba haciendo el esfuerzo de sonreír para que no me preocupase, por ser educada, porque así era Mackenzie.

—Gracias de nuevo, Mase —me dijo, sacudiendo la foto delante de mi cara—. La enmarcaré en cuanto llegue.

Le devolví la sonrisa y asentí. Ahora, lo que necesitaba era descansar y tranquilizarse. Aguanté su mirada durante mucho tiempo, hasta que ella se mordió el labio, como hacía siempre que se ponía nerviosa. En este caso, lo que la ponía nerviosa era yo. Y, como ya había pasado horas antes en su habitación, mis ojos recorrieron en silencio su rostro hacia su boca.

¿Qué pasaría si la besara? ¿Estropearía nuestra amistad? La estaba perdiendo. No era tan ciego como para no darme cuenta de cómo miraba a James. Antes era a mí a quien miraba de esa forma, solo a mí. Pero tampoco podía decirle lo que sentía, y menos después de haberla rechazado, después de haberle gritado injustamente porque James la besara. No se lo merecía.

Quería estar con ella cuando estaba feliz y que siguiera regalándome esas sonrisas que no habían cambiado con el tiempo.

Quería estar con ella y consolarla cuando estuviera triste.

Quería saber quién la hacía llorar y partirle la cara al susodicho, aunque fuese yo mismo.

Quería tantas cosas que no podía expresarlo.

Pero, especialmente, la quería a ella. Porque si de algo estaba seguro, era de que yo también estaba enamorado de mi mejor amiga.

JAMES

—¿Hola?

Me dejé caer sobre el marco de la puerta mirando extrañado a Kenzie. Acababa de llamar al timbre, a las siete de la tarde, con la misma expresión de cansancio que había lucido por la mañana. La única diferencia era su cabello suelto.

—No es que no me guste recibir visitas de chicas guapas en mi puerta, pero esto es, cuando menos, inesperado. ¿Qué haces aquí?

Sus mejillas se sonrosaron y eso me pareció encantador. Ella era una de esas chicas tímidas a las que es divertido molestar para ver cómo reaccionan. Aunque debía admitir que había tomado con mucha sensatez todo el asunto de la lista. Incluso su personalidad huidiza había cambiado desde aquel día.

—No voy a poder ir a la cita del sábado. Me ha surgido algo.

Fruncí el ceño, me erguí y la miré con curiosidad. No fue lo que dijo lo que me preocupó, sino cómo lo dijo. No parecía que fueran buenas noticias.

—¿Estás bien?

Se encogió de hombros y apartó la mirada. Estaba a punto de responderme con una mentira.

—Sí, no es nada, en realidad. Leslie y yo pasaremos el fin de semana con unos familiares, así que...

Unos familiares. Tenía una idea de quiénes podían ser esos familiares. Nunca habíamos sido muy amigos, pero habíamos sido vecinos toda la vida. Estuve allí dos años atrás cuando su madre lanzó al jardín desde la ventana del piso de arriba de su casa una maleta abierta llena de ropa. Y también durante la semana siguiente, cuando regresaba tambaleándose por las noches y era Mackenzie quien la ayudaba a subir la escalera.

—Avisaré a Jack, no te preocupes. —Sonreí, acariciándole el brazo. Me inquietaban las ganas que siempre tenía de estar tocándola todo el tiempo y la excepcional fuerza de voluntad que me llevaba a no hacerlo—. ¿Seguro que estás bien?

—Seguro.

Su voz firme fue interrumpida por un bostezo. Sus ojeras amoratadas adornaban la piel bajo sus ojos. Me sentía mal al verla así. Era culpa mía. Se había peleado con el idiota de Mason Carter porque yo la había besado. Y, lo que era peor, había sido premeditado.

Cuando Kenzie bajó del coche aquella noche, apenas se fijó en la figura que estaba de pie esperando impaciente en su porche. Yo sí que lo había visto. Lo reconocí y tuve ganas de hacerle un corte de mangas, pero en lugar de eso me decanté por ir más allá y la besé. ¿Por qué? Por la sencilla razón de que me había pasado toda la semana deseándolo. Porque Kenzie me gustaba y yo le gustaba a ella. Y porque si Carter no terminaba de decidirse, no iba a esperar más para llevar a cabo mi jugada. Yo también estaba interesado en ella y tenía que hacérselo saber.

Después, desde la ventana de mi habitación, oí cómo discutían. Con su reacción, quedó más que confirmado que yo estaba en lo cierto acerca de sus sentimientos.

—Te veo mañana, entonces —me despedí, y antes de que le diese tiempo a apartarse le di un beso en la mejilla.

Parecía sorprendida y complacida cuando me aparté.

Me gustó eso.

Me gustaba ella.

Me gustaba Mackenzie.

Capítulo 14

El resto de la semana pasó más rápido de lo que hubiese deseado. Mason me recogía puntual por las mañanas en casa, me traía el desayuno e incluso se ofrecía a acercar a Leslie al colegio si madrugaba. Volvimos a comer juntos, acompañados de Alia y Melanie, que parecían estar más volcadas en el baile de fin de curso que en nuestros propios exámenes. Por una vez sentí lo que era tener amigas de sexo femenino. Era mejor de lo que me esperaba, y Alia no hacía más que felicitarme por mi excelente redacción sobre la fiesta.

Por otro lado, apenas vi a James. Coincidimos en la biblioteca, en las taquillas e incluso una vez en el despacho de la directora.

Estaba allí porque había cambiado el tono de la sirena que sonaba entre clase y clase por una canción de un grupo de música *rock*. Yo iba a ver a Silvia en una de mis ahora obligatorias sesiones semanales con ella. Me habían impuesto esas sesiones después de todo el asunto de la lista. Por alguna extraña razón, tenía la idea de que trataría de cometer alguna locura después de lo sucedido. Exageraban. Mi vida había cambiado, pero continuaba conservando a mi mejor amigo y tenía nuevas amistades. No salió tan mal, después de todo.

A quien no volví a ver fue a Eric. Corría el rumor de que lo habían trasladado a un instituto en Tokio, pero eso debían de ser habladurías por su ascendencia japonesa. En mi opinión, simplemente desapareció y se lo tragó la tierra.

Tampoco pude librarme del todo de la cita en grupo. Melanie no pensaba resignarse tan fácilmente y al final consiguió que todos accediésemos a quedar un día para salir, solo que en lugar de cita lo planteó como una quedada de amigos. La idea me pareció más agradable una vez que Alia, ella y yo congeniamos. Estábamos planteándonos ir al baile las tres juntas.

Pero todo eso no importó el viernes por la tarde, cuando mi padre apareció en mi casa, con un monovolumen negro y una petulante sonrisa en la cara. Por muchas razones, habría hecho un muñeco vudú y le habría clavado alfileres envenenados. De hecho, enumeraré las principales:

Punto número uno. Nunca antes mi padre había conducido un monovolumen. Él siempre iba en moto.

Punto número dos. No merecía sonreír, no cuando Leslie y yo queríamos partirle la cara por lo que nos estaba haciendo.

Punto número tres. Quiso ser agradable con nosotras haciendo un par de bromas de mal gusto sobre nuestra altura y nuestro corte de pelo.

Punto número cuatro. Llevaba traje, en lugar de cazadora de cuero. ¿Quién era ese tipo y qué había hecho con el idiota de mi padre?

Punto número cinco. Pretendió comprar a Leslie con una caja llena de tabletas de chocolate de diferentes sabores.

Punto número seis. No había caja llena de tabletas de chocolate de diferentes sabores para mí.

Punto número siete. Aún no entendía que a mí no me gustaban los caramelos de limón.

Punto número ocho. En realidad me encantaban y lo odié por hacerme decir semejante barbaridad.

Punto número nueve. Mamá tuvo que despedirse de nosotras dentro de casa porque no quería verlo.

Punto número diez. Hizo que ella llorara. No ahora, sino tiempo atrás, y esas cosas no se olvidan.

Punto número once. Me hizo apagar el teléfono móvil durante todo el viaje para poder «mantener una conversación civilizada». Sus palabras, no las mías.

Punto número doce. Realmente nos obligó a Leslie y a mí a hablar con él durante las dos largas horas de trayecto.

Punto número trece. En un momento dado, sonó la canción que escuché el día de la fiesta con James y me hizo recordarlo.

Punto número catorce. Recordar a James me hizo acordarme de Mason y me puse más nostálgica.

Punto número quince. Me preguntó si tenía novio. Y cuando le dije que no me preguntó si tenía novia.

Punto número dieciséis. Su novia Anna Banana y los *horrigemes* estaban esperándonos cuando llegamos a la casa.

Punto número diecisiete. Los *horrigemes* eran más altos que Leslie y no tardaron en apodarla Enana a los pocos minutos de llegar.

Punto número dieciocho. Acabé tan harta de él que consiguió que escribiera esta estúpida lista por puntos.

Punto número diecinueve. Lo odio.

Punto número veinte. Realmente lo odio.

—… y dice que vamos a ir a cenar a un restaurante el sábado por la noche para celebrar mi cumpleaños. ¿No sabía que quería una fiesta con globos y muchas velas? Ya sé que ahora que tengo la regla soy mayor, pero ¡no puede quitarme mi infancia!

Sonreí con disimulo por el enfado de mi hermana. Estaba hablando con mamá por teléfono mientras yo terminaba de colocar las pocas cosas que nos habíamos traído con nosotras. El teléfono móvil y su cargador ocupaban el primer lugar de mi lista.

Me acerqué a la ventana para observar las vistas de la habitación que Leslie y yo compartiríamos durante el fin de semana y, si las cosas salían mal, durante más tiempo. Nos encontrábamos en el quinto piso de un edificio en el centro de la ciudad. Desde donde estaba podía ver los coches y los taxis amarillos circulando en el abundante tráfico, la gente caminando con sus teléfonos pegados a la oreja, la polución, los pájaros arriesgando sus vidas y volando cerca de mi ventana, el loco del edificio de enfrente paseando en calzoncillos rojos por su salón con un gorro de Papá Noel en la cabeza, más pájaros estre…

Un segundo.

Volví a mirar al hombre que vivía en el bloque de apartamentos de enfrente. La sala de estar estaba perfectamente iluminada y ahora que tenía las ventanas abiertas podía verlo sin problemas. Tendría unos cincuenta años, pelo negro largo poblado de canas y un montón de pelo en el pecho y en las piernas. Solo se parecía a Papá Noel en el gorro de punta rojo con una bolita de algodón blanca en el extremo y en el color de su ropa interior.

Sin embargo, lo que captó mi atención no fue eso, hay gente extraña en todas partes, sino que más que caminando estaba bailando por la habitación, dando saltos de un sitio a otro, restregándose por el suelo y sacando la lengua mientras movía el culo.

Era una imagen tan perturbadora como embaucadora.

—Va a tener que pagarnos más que un psicólogo solo por esto.

Me sobresalté cuando me di cuenta de que Leslie estaba a mi lado, con los ojos también clavados en el edificio de delante. Me dio mi teléfono y cruzó los brazos sobre su pecho. En aquel momento el hombre estaba restregando el trasero contra la ventana como si fuese una *stripper*.

—Prométeme que al menos tú intentarás salvarte. Eres joven, aún puedes resetear tu memoria.

Papá Noel en versión porno se quitó el gorro y empezó a hacer como si fuera un micrófono, golpeándose la nariz con el algodoncillo blanco.

—Tarde, hermana —contestó ella con fingido pesar—. El daño ya está hecho.

En ese momento el hombre se dio la vuelta, metido en su papel de cantante con su rostro en la más pura expresión de placer, y quedó de cara a nosotras. Era como si el tiempo se hubiera detenido por un momento. Se quedó perplejo y volvió a adoptar una posición normal. Lentamente levantó un brazo y saludó silenciosamente con la mano. Parecía avergonzado. Mordiéndonos la lengua, Leslie y yo hicimos lo mismo, completamente sincronizadas.

Al final, como si se tratase de una prueba perfectamente elaborada, asintió con la cabeza y comenzó a retirarse despacio caminando hacia atrás, sin dejar de mirar a nuestra ventana. Cuando la luz de su piso se apagó, empezamos a reírnos a carcajadas, con tantas ganas que acabamos tiradas en el suelo de madera de la habitación.

—Él tenía… Él estaba… Calzoncillos rojos… ¡No me lo puedo creer!

Leslie se retorcía en el suelo sin poder pronunciar una frase con coherencia. Yo tampoco me quedaba corta. Aunque quedásemos traumatizadas de por vida, había valido la pena ver aquello.

Fue tal el escándalo que armamos que la puerta del cuarto se abrió de golpe. Anna Banana nos observaba confusa. Se había hecho una cola de caballo alta y se había cambiado de ropa. Llevaba unos pantalones ajustados y una camisa blanca que resaltaba el tono bronceado de su piel. Maldición. Para la edad que tenía, era *sexy*.

—¿Ocurre algo? —dijo entre nuestras risas—. ¿Estáis bien, chicas?

Mi hermana y yo nos miramos durante un segundo y volvimos a estallar en carcajadas. Lo sentía por ella, pero aquello era lo único divertido que habíamos vivido desde que habíamos llegado allí.

Anna esperó pacientemente hasta que dejamos de reír y pudimos tranquilizarnos para volver a hablar. Trataba de hacer todo lo posible para que estuviésemos cómodas y nos sintiésemos a gusto. Habría sido fácil quererla si mi padre no hubiese dejado a mi madre por ella.

—En un rato saldremos a cenar fuera, así aprovechamos y podemos enseñaros la ciudad. ¿Qué os parece, chicas?

Cenar con el proyecto de familia feliz que mi padre se

había montado en la cabeza no era una idea realmente apetecible, pero, ya que estaba allí, ¿qué menos que intentar divertirme?

Leslie me ayudó a maquillarme y a cambio yo le arreglé el pelo. Una de las cosas buenas de esa excursión era que podríamos pasar más horas juntas. En casa, entre las clases y nuestros amigos, apenas teníamos tiempo. Cuando salimos al salón media hora después, estábamos perfectamente arregladas. Ella se había vestido con unos pantalones ajustados y unas botas de caña alta. Le presté mi jersey amarillo, que le caía holgado y brillante y le dejaba un hombro al aire. Con el pelo recogido en una trenza lateral y una bufanda a juego, parecía mayor de lo que en realidad era.

Por supuesto, eso no fue lo que los *horrigemes* dijeron al verla.

—¿Qué llevas puesto, Enana, una piel de elefante? —preguntó uno de ellos.

—¿Has querido disfrazarte de mayor y no te ha salido bien? —dijo el otro.

Quería darles un buen puñetazo en la garganta a esos niñatos. Algún día Leslie sería una chica preciosa, alta, rubia e inteligente, y ellos solo querrían matarse por no haberse dado cuenta de eso antes.

Blake y Hunter, los macabros *horrigemes* que, cosas del destino, iban camino de convertirse en nuestros hermanastros, se parecían tanto que me costaba horrores diferenciarlos. Ojos oscuros, pelo castaño despeinado, iguales camisas a cuadros sobre camisetas blancas, exactamente la misma actitud petarda... Por otro lado, parecía que Leslie no tenía complicaciones al respecto.

Primero se dirigió al que la había llamado «Enana».

—Copia barata número uno pretende que voy a responderle.

Luego se volvió hacia el otro.

—¿Y tú, eso es lo mejor que tienes, Hunter? ¿De verdad?

Los dos fruncieron el ceño ofendidos, al mismo tiempo, dispuestos a replicar e iniciar una pelea épica en la que no tendría ningún reparo en participar del lado de las chicas Sullivan, pero Anna Banana y mi padre hicieron acto de presencia en el salón dispuestos a apaciguar las cosas y la discusión no llegó a más. Una pena, necesitaba desquitarme con alguien y pegarles un par de bofetones a esos niñatos no parecía mala idea.

—¿Cómo consigues diferenciarlos? —le pregunté con curiosidad a Leslie mientras bajábamos las escaleras de fuera—. Son exactamente iguales.

Los gemelos caminaban detrás de nosotras absortos en una conversación sobre videojuegos. Leslie les echó un ojo por encima de sus hombros y torció el gesto como restando importancia al asunto.

—Blake es la copia barata número uno y Hunter, la copia barata número dos. En realidad no son tan parecidos.

Yo también me volví para mirarlos y justo pillé a uno de ellos mirándonos, no sabría decir quién. Leslie se dio cuenta y me riñó, me agarró del brazo y me obligó a volver a mirar hacia delante. Podía jurar que se había ruborizado. Esa niña estaba loca, esos dos eran como gotas de agua.

La noche no fue tan mala como pensé al principio. Anna y mi padre nos llevaron a comer a un restaurante de comida rápida y nos atiborramos de hamburguesas de queso y pollo.

Luego hicimos un poco el turista y Les y yo gastamos la memoria de mi teléfono en *selfies*, haciendo el tonto, posando como si fuéramos modelos o haciendo un corte de mangas a los gemelos, que trataban de bombardearnos con pipas. Incluso hice una foto a Les tirando su batido de chocolate en la cabeza de uno de ellos...

A las doce en punto de la noche me levanté a oscuras de la cama para escurrirme en la de Les. La desperté con un sonoro beso en la mejilla y un abrazo de oso. Se quejó, pero no dejó de sonreír con los ojos cerrados mientras me acurrucaba a su lado bajo las sábanas y le cantaba cumpleaños feliz. Al fin y al cabo, solo tenía una hermana pequeña y debía cuidarla.

—No tienes que venir.

—Pero es tu cumpleaños.

—Y por eso estoy obligada a hacer acto de presencia. Tú no.

—Te aburrirás sin mí.

—Y tú te pondrás celosa por todos los regalos que me harán.

—¿Cómo soportarás a los *horrigemes* sin mí?

—Por favor, Kenzie, me subestimas...

—Pero...

—Que no. Es mi cumpleaños y te prohíbo venir a aburrirte. Hoy te quedas aquí y *san se acabó*. Punto pelota. *C'est fini. Arrivederci.*

—Está bien, vale.

—Genial.

Con una conversación tan escueta y autoritaria como esa, Leslie me dejó plantada la tarde del sábado, el día de su cumpleaños, y no me dejó que los acompañara a la fiesta. Nuestro padre le había regalado un teléfono móvil y eso parecía darle la suficiente autoridad para mandar sobre mí. Ella tenía razón, lo último que quería era seguir con el juego de familia feliz y guardar la compostura ante mi padre, Anna Banana y los *horrigemes*, pero se lo debía a ella. No lo entendía, tampoco los soportaba. ¿Qué bicho la había picado?

—¡Lista! —la escuché gritar desde el salón.

—¿Y Kenzie? —preguntó Anna, siempre atenta a todo—. ¿No va a venir?

Me acerqué a la puerta para oír mejor, pegando mi oreja a la madera. ¿Qué excusa se inventaría mi hermana para salvarme de tal tortura?

—Se encuentra mal. Cosas de chicas, ya sabes.

Dios, tenía tan poca imaginación... Afortunadamente, esa excusa tan trillada hizo su efecto y nadie se la discutió. Luego oí que uno de los gemelos se burlaba de Leslie porque se le rizaba el pelo en las puntas. Me sorprendí cuando oí a su hermano contestando para defenderla. O al menos creo que fue el otro. Sus voces eran tan parecidas que me costaba diferenciarlas.

—Cállate, idiota.

—¿La estás defendiendo? —Su hermano no pudo ocultar el tono de decepción y asombro—. ¿A ella? ¿Eres gilipollas?

—Es su cumpleaños, imbécil. El verdadero gilipollas lo tengo delante.

De nuevo, Anna y mi padre intervinieron para impedir que la cosa llegara a más. Yo, por mi parte, me quedé *alu-flipando*. Una mezcla entre alucinando y flipando. ¿Desde cuándo uno de los *horrigemes* defendía a mi hermana? Y lo más intrigante, ¿cuál de ellos era?

Cuando la puerta se cerró, la casa quedó en completo silencio y me quedé sola en la habitación. Por primera vez desde que había llegado allí, me sentí totalmente libre.

Era una adolescente de diecisiete años con una casa entera solo para mí durante lo que probablemente iban a ser largas horas. Era mi momento para hacer lo que me diese la real gana: volverme loca, armar jaleo, lograr que la policía llamase al timbre... ¡Fiesta, fiesta!

Pero cuando sonó el timbre media hora más tarde no fue para que bajase la música o escondiese las botellas de alcohol. Me asusté tanto que la cuchara con helado de limón que se dirigía a mi boca tembló en mis manos y se estrelló contra la bonita alfombra que adornaba el salón de mi padre y Anna Banana. Miré el estropicio pensando en no contestar al timbre, pero insistieron de nuevo. Y otra vez. Y otra vez.

Bien, tendría que levantarme.

Bajé el volumen del televisor y llevé la comida a la cocina antes de ir a abrir la puerta. De camino, había un espejo de cuerpo entero en la pared del pasillo. Me distraje un momento mirándome en él. Llevaba puesto un jersey rojo amplio con el emblema de una universidad, un pantalón corto, el pelo suelto y enredado en rizos indefinidos y unos calcetines gordos que me llegaban hasta las rodillas. Estaba totalmente hecha un cromo.

El timbre incesante estaba taladrándome la cabeza y tenía la sensación de que no dejaría de hacerlo hasta que abriera la puerta. Quien fuera quien llamaba al timbre se llevaría una grata sorpresa cuando una Mackenzie Sullivan muy enfadada le abriese la puerta.

Un pensamiento aterrador pasó por mi cabeza mientras giraba el pomo. ¿Y si se trataba del Papá Noel pornográfico? Yo solo era una chica de diecisiete años que se había quedado en casa. ¿Cómo iba a defenderme? Pero la decisión estaba tomada y ya estaba abriendo la puerta muy lentamente.

Mi corazón se quedó helado, literalmente, cuando lo vi delante de mí. Estaba apoyado contra la pared en una pose desafiante. Mis ojos recorrieron su cuerpo, desde sus manos escondidas en los bolsillos de la cazadora de cuero marrón hasta sus piernas cruzadas.

Imposible.

—¿Qué haces tú aquí? —pregunté consternada.

Él sonrió y mi estúpido e idiota corazón volvió a pararse con un pinchazo de dolor, pero era dolor del bueno. Él también me dio un repaso, bajando lentamente desde mi jersey rojo hasta mis calcetines a juego. Cuando me miró a los ojos yo también estaba sonriendo.

—Te echaba de menos.

Mason era consciente de la sorpresa que me había dado, que me impedía hablar y moverme. Me quedé petrificada mirándolo desconcertada. Dio un paso hacia delante sin perder su sonrisa.

—Vamos, Kenzie… ¿así es como piensas recibirme? ¿No vas a invitarme a pasar?

Como un soldado que recibe una orden, me aparté de la puerta para dejarlo pasar, rezando para que mis piernas respondieran. Mason traspasó el umbral y entró en el piso. Inspeccionó con curiosidad la entrada y todo lo que se podía apreciar desde allí mientras yo no dejaba de mirarlo. ¿Qué demonios hacía en Washington?

—Mason...

Pronuncié su nombre para asegurarme a mí misma que aquello no era ninguna alucinación y que de verdad estaba a mi lado.

—Dime.

Dios Santo. Realmente estaba aquí.

—Me preguntaba... ¿Cómo has sabido dónde estaba? Quiero decir, no te di la dirección del piso.

Sonrió.

—Leslie me llamó. ¿Así que teléfono móvil por su cumpleaños? ¿Y qué opina tu madre de eso?

Yo tenía la teoría de que mi madre se lo iba a confiscar nada más pusiera un pie en casa, pero esa era una discusión que no me incumbía. ¿Leslie, mi inocente hermana pequeña, me había tendido una emboscada? Ahora lo entendía todo. Quería que me quedara en casa para no tener que aguantar a los *horrigemes*, a Anna Banana y a papá. Sabía que Mason vendría y quería que estuviera con él.

Y él accedió a venir.

Pero... ¿por qué?

—Tengo hambre y por la ropa que llevas parece que estás pegándote un auténtico atracón. ¿Hay helado por algún lado?

¡Qué bien me conocía!

—De limón. Acabo de guardarlo en el congelador.

Alzó una ceja de ese modo que solo él sabe hacer y unos hoyuelos aparecieron en sus mejillas.

—Hora de sacar el helado congelado.

Mason y su raro sentido del humor.

—¿Sabes que esa rima es muy mala, verdad? —dije adelantándome a él y caminando hacia la cocina para rescatar los restos del dulce.

—Es parte de mi encanto.

No pude negárselo.

Saqué el helado del congelador y rebusqué dos cucharas limpias en el cajón de los cubiertos, todo bajo la atenta mirada de Mason. Me sentía extraña estando allí, en casa de mi padre, los dos solos. No acababa de hacerme a la idea. Dos horas de trayecto conduciendo, y todo para verme. Y, además, era sábado por la noche. Podía haber salido con sus amigos, ver un maratón de *Star Wars* o nuevas películas independientes que luego me obligaría a ver con él.

¿Por qué estaba aquí?

Mi cabeza trabajaba en una mezcla de emoción, alegría, sorpresa y confusión. Que me quisiera y ser preocupara por mí no explicaba por qué se había tomado tanta molestia. Podría haberme llamado o enviarme algún mensaje.

Pero los amigos tampoco gritaban a sus amigas por haber besado a otro chico. Ni pedían disculpas susurrando palabras en tu oído. Ni te acariciaban el cabello, ni te agarraban de la cintura, ni miraban tus labios…

Solo una respuesta, náufraga, solitaria, pero cargada con todas las razones del mundo, saltaba a la superficie en mi océano de pensamientos. Con dureza, inquebrantable. Y deseaba esa respuesta, aunque presentía que eso complicaría las cosas.

Estaba colocando el helado en una bandeja sobre la encimera, inmersa en todos esos pensamientos, cuando sentí el cuerpo de Mason detrás del mío. Mi nuca se erizó acalorada al recordar el momento en que me había dado la foto en su habitación.

—No he venido aquí para comer helado, Mackenzie —susurró, acariciándome la mandíbula con su aliento—. Necesito decirte algo, algo que debí haberte dicho hace mucho tiempo.

Me puse tan nerviosa que se me cayeron las cucharas a la bandeja, provocando un fuerte ruido. Mi corazón latía acelerado. Una parte de mí sabía lo que iba a pasar y otra se debatía entre el deseo de escucharlo y la necesidad de pararlo.

—Kenzie, mírame…

Me agarró de la mano y me obligó a darme la vuelta, despacio, sin forzar. Cuando estuvimos cara a cara, Mason me miraba. Me asustó tanto la decisión que vi en él que por un momento deseé que no lo dijera.

—Mason…

—No —me interrumpió, soltando mi mano e inclinando el rostro para observarme más de cerca—. Sabes lo que voy a decirte y necesito que lo escuches porque ya no puedo más.

Asentí. Era horrible y masoquista cómo anhelaba escuchar sus palabras y al mismo tiempo meterle un calcetín en la boca. En realidad, siempre lo había sabido. Interiormente creía la teoría de James y había peleado contra mí misma tratando de negar esa clase de pensamientos, pero no funcionó. Porque lo sabía. Lo conocía y lo sabía.

James tenía razón. Si no podía llegar a más con él, era por Mason. Porque sabía lo que estaba a punto de decirme y eso hacía que me olvidara de él.

Su mano rozó mi mejilla con suavidad, una caricia íntima que hizo que sintiera escalofríos en las piernas y me obligó a apoyarme en la encimera. Sus dedos se deslizaron en un delicado paseo desde mi pómulo hasta mi barbilla, perdiéndose en la curvatura del cuello y cayendo al aire al apartarse de mí.

Nos mirábamos fijamente.

—Estoy enamorado de ti, Mackenzie.

Y ahí estaban. Esas palabras. Esas hermosas y malditas palabras que tantas veces había soñado escuchar. Mis ojos se humedecieron. No podía respirar. Sentí cómo mi estómago se encogió, provocándome unas molestas ganas de vomitar. Eso hacía las cosas más difíciles, pero no podía luchar contra la masa de energía que crecía dentro de mí. Emoción.

Quería gritar, saltar, encogerme en una bola y rodar por el suelo. Demasiadas emociones gigantescas dentro de un cuerpo tan pequeño.

Él se inclinó sobre mí. Apenas era capaz de pestañear.

—En realidad creo que siempre lo he estado.

Respirando acaloradamente me alejé de él. Salí de la cocina en busca de espacio y libertad para intentar pensar con claridad. Mason me siguió por el pasillo, incapaz de darme esos segundos de soledad que necesitaba, y me vi obligada a afrontar la situación. Recuperé el aliento y llené los pulmones de aire antes de preguntar:

—No lo entiendo. ¿Por qué no me has dicho nada antes?

—Porque eres mi mejor amiga y no quería perderte.

Lo entendía. Ese mismo problema tenía yo. Lo entendía, pero no podía apartar de mi cabeza la idea de que todo se había complicado.

—Vale, tú también eres mi mejor amigo y tampoco quería perderte.

Las palabras que podían haber seguido a esa frase quedaron colgadas en el aire, pero era capaz de escucharlas resonar perfectamente en mis oídos. Mason también se dio cuenta de ello. Estábamos pensando lo mismo.

Me lanzó una sonrisa triste.

—Al final James lo consiguió. Tendría que haber hecho lo mismo que él.

Ahora sí que estaba perdida.

—¿Convertirte en mi plan A?

Negó con la cabeza y se acercó más a mí.

—No, Kenzie. Yo no quiero ser tu plan A.

La temperatura de mi cuerpo subió cuando su cintura chocó contra la parte baja de mi estómago, haciendo que mi espalda golpeara la puerta que había detrás de mí. Me apresó tan cerca de él que daba miedo. Me dejó fascinada por la intensidad de su mirada.

—Yo quiero ser tu único plan.

Es curioso cómo el destino juega con nosotros. Había deseado durante tanto tiempo escuchar eso… No exactamente esa frase, pero sí lo que significaba, que estaba enamorado de mí.

Traté de mover los labios y hablar, pero era imposible. Estaba petrificada, congelada y atrapada en el momento en el que las palabras «tu único plan» salieron de la boca de Mason.

Si esto hubiera pasado un mes antes, todo habría sido perfecto. Pero ahora… No era que James lo hubiese conseguido, sino que… Era difícil de explicar. James se había portado muy bien conmigo en todo momento, desde que empezó todo el asunto de la lista. Me apoyó, me ayudó y, en algún momento, consiguió que dentro de mí se despertaran sentimientos hacia él.

Necesitaba salir de ese enredo. La tensión y la emoción crecían en mí a partes iguales. Sabía que Mason esperaba una respuesta a su declaración, pero no podía. ¿Qué iba a decirle? En su lugar me aventuré a cambiar de tema.

Me moví hacia un lado para liberarme. Apenas lo miré antes de preguntar.

—¿A qué te referías con «haber hecho lo mismo que él»?

Su respuesta consiguió el efecto contrario a lo que yo esperaba.

—A besarte, Mackenzie. Tendría que haberte besado como hizo él.

Los escalofríos me recorrieron de arriba abajo. Mis ojos volvieron a clavarse en los suyos y millones de sentimientos pasaron de uno a otro, enlazados en una corriente de electricidad que hacía que me doliera el pecho.

No, no, no. No podía decirme esto, no ahora, no así, no cuando James…

—No puedes llegar ahora y decirme que te gusto, Mason —negué, rehuyendo su mirada de nuevo y cerrando los ojos—. No es justo.

Él dio un paso hacia mí. Retrocedí y choqué contra una puerta.

—¿Por James, verdad? Lo siento, Mackenzie, pero no podía aguantarlo más. Te quiero.

Me llevé las manos a la cabeza y las enterré en el pelo llena de rabia. Cualquiera que haya tenido alguna emoción intensa en algún momento de su vida puede saber cómo me sentía. De la alegría más inmensa y la confusión había pasado a una rabia que me quemaba por dentro.

—¡No! Cállate, ¿vale? ¡No lo digas! ¡No quiero oírlo!

Me estaba comportando de forma muy infantil, tapándome los oídos con las manos para no escucharlo, pero no me importaba. No tenía que fingir ser la persona adulta y madura que en realidad no era delante de Mason. Me estaba volviendo loca y necesitaba que lo supiera.

Mason apretaba con fuerza la mandíbula cuando me agarró las muñecas y me apartó las manos de mis oídos, obligándome a mirarlo de nuevo.

—¡Mierda, Kenzie! Joder, lo siento, pero es la verdad. ¡Te quiero! Te quiero como algo más que a una amiga. Te quiero como te quise el primer día que te vi. Te quiero tanto que me duele.

Sentí cómo las lágrimas se arremolinaban en mis ojos y se deslizaban por mis mejillas. Mason maldijo.

—No es justo —susurré sin poder contener un sollozo.

Me soltó las manos y retrocedió un paso. Sin embargo, todo eso estaba muy lejos de acabar.

—¿Sabes lo que no es justo? —dijo de pronto, con sus puños apretados, conteniéndose—. ¡Darte cuenta demasiado tarde de que estás enamorado de tu mejor amiga!

Respiré profundamente. Eso se estaba poniendo feo. Pero él aún no había acabado.

—¿Sabes qué más no es justo? Tener que aguantar cómo ella de pronto parece que solo tiene ojos para el payaso de su vecino...

—Mason, eso no es...

—¿Sabes qué más tampoco es justo? Tener que contener las ganas de besarla porque eso acabaría con vuestra amistad.

Había estado subiendo el tono de voz cada vez más a medida que las preguntas salían de su boca. Respiraba de forma agitada y me miraba con esa maldita y ardiente intensidad en sus ojos dorados, esa que hacía que mi cuerpo pidiera a gritos lanzarme a sus brazos. Mi cerebro era el combatiente rebelde en ese juego, porque mi corazón estaba muy a favor del contacto físico.

Pasaron varios minutos antes de que llegáramos al punto clave en la discusión. Me atreví a ser yo quien terminara con ese silencio.

—Sabes que nada rompería nuestra amistad.

Alzó las cejas en mi dirección con incredulidad.

—¿Estás segura?

—No podría vivir sin ti. Por supuesto que lo estoy.

Algo extraño relampagueó en su mirada. Cuando lo comprendí, fue demasiado tarde.

—Bien, entonces más nos vale recordarlo...

Y acto seguido mi espalda se alejó de la puerta al tiempo que las manos de Mason atrapaban mi cintura y su cuerpo se acercaba al mío.

Giré la cara justo en el momento en el que sus labios iban a parar a los míos. Cuando volví a mirarlo seguía cerca, tan cerca que nuestras narices podían tocarse. Tragué saliva y una mirada furtiva se escapó hacia sus labios.

—No debemos… Esto se está volviendo muy complicado.

La punta de su nariz rozó la mía antes de contestarme.

—Bien, entonces no pasará nada por complicarlo todo un poco más.

Y en ese momento me besó.

Me besó despacio, saboreando ese instante como si cada movimiento mereciese ser grabado y guardado bajo llave en las profundidades de sus recuerdos, de su pensamiento, de su ser.

Una mano descansaba sobre mi mejilla, acariciando la base de mi mandíbula con su pulgar, dibujando pequeños círculos que mandaban corrientes de electricidad a mi corazón. La otra sujetaba con firmeza mi cintura, acercándome más a él. Su respiración se mezclaba con la mía, lenta y pesada. Sus labios escribían sobre los míos, rozándolos con dulzura.

Tomé su camisa entre mis dedos, arrugándola y tirando de ella. Me iba a dar algo. Aquello estaba sucediendo de verdad. Mason me estaba besando.

La sangre comenzó a bombear a una velocidad vertiginosa. Nuestras bocas estaban enzarzadas en una lucha encarnizada y desesperada.

No quería pensar. No quería llorar. Solo quería sentir, tomarme un respiro y ser feliz. Permitir que mi corazón explotara dentro del pecho por algo que podía hacerme tan feliz como el amor.

Seguimos besándonos y el ambiente se puso muy caliente. Nuestras manos recorrían nuestros cuerpos pasando por zonas que iban más allá de lo que una simple amistad permitía. Teníamos el cabello revuelto y nos llevamos unos cuantos tirones innecesarios conducidos por la pasión. Aún llevaba el jersey puesto cuando Mason me agarró en brazos y pasé las piernas alrededor de su cintura, todo ello sin que nuestros labios dejasen de besarse.

Cuando cruzamos el umbral de mi habitación, Mason me quitó el jersey y lo tiró a un rincón del suelo.

La puerta se cerró de un golpe. Nos balanceamos en un camino de besos y respiraciones incontroladas hasta llegar a la cama. Caí de espaldas sobre ella y Mason se estiró encima de mí.

Asfixiada por su peso, mi respiración se había vuelto costosa. Jadeos y más jadeos. Sabía que teníamos que parar, que había que poner freno a lo que estábamos haciendo, pero no podíamos hacerlo. Quizá fuera por cómo sus manos recorrían mis piernas desnudas, acercándome más a él con cada caricia. O tal vez por cómo se clavaban mis dedos en su espalda. O a lo mejor por cómo su boca devoraba la mía. No, probablemente era la mía la que devoraba la suya.

El asunto es que éramos incapaces de parar, y aunque eso me asustaba tampoco me importaba. Apenas separamos nuestras bocas el tiempo suficiente para quitarle la camiseta a Mason y volver al ataque. Nuestro pulso estaba acelerado y respirábamos como si hubiésemos corrido una maratón.

Ahora entendía por qué el sexo quemaba tantas calorías.

Y no había ninguna razón en el mundo por la que quisiera parar. ¿Por qué quise impedir esto cuando estaba tan claro que lo deseaba? Quizás era por ese extraño y feo sentimiento que me decía que estaba haciendo algo malo, algo que no debía, algo complicado...

James.

En un instante de lucidez, me aparté y lo empujé con las mismas manos que minutos atrás agarraban su camiseta. Sin embargo, por alguna extraña razón, no podía despegarlas de su piel. Y por alguna otra extraña razón, él tampoco fue capaz de alejarse de mí. Mis codos se doblaron y cedieron y su cuerpo quedó junto al mío. Nuestras frentes se tocaron, apoyándose la una en la otra.

—No puedo —susurré, sintiéndolo por dentro y haciendo que mis lágrimas volviesen a resbalar por mi rostro—. Tienes razón con lo de James.

Dolido, cerró los ojos, aunque no se apartó de mí.

—Me gusta James —confesé en un tono apenas audible, llorando de lo duro que me estaba resultando decir aquello—. No puedo haceros esto, a ninguno. No puedo estar con uno si voy a pensar en el otro.

Tampoco podía pedirles que me esperaran, ni esconderles cómo me sentía, porque eso sería injusto.

Aparté mi frente de la suya y nuestras miradas se encontraron. No me reprochó nada, ni siquiera estaba enfadado. Al contrario, me acarició suavemente, llevándose consigo todo rastro de humedad, borrando mi llanto.

Luego llevó la otra mano a mi mejilla izquierda, tomando mi cara entre ellas. Después de todo lo que había pasado seguía conservando la intensidad de su mirada y la suavidad de sus gestos.

—Lo superaremos, ¿de acuerdo?

Tomé una bocanada de aire al escuchar esas palabras. Mason se apartó de mí mientras yo seguía perdida en lo que acababa de decir. Podría parecer una frase plana, pero para mí estaba llena de significado. Eso quería decir que no me presionaría. Aún más. Estaba cumpliendo su parte del trato de seguir siendo amigos pasase lo que pasase.

Todavía más.

Estaba admitiendo indirectamente que olvidaría lo que había pasado, que lucharía para que pudiésemos volver a ser amigos de nuevo. Que se olvidaría de mí.

Y de algún modo eso me dolió.

Un ruido escandaloso rompió toda la magia que había en el ambiente. Mi teléfono móvil vibraba y sonaba desde el pequeño bolsillo del pantalón corto que llevaba puesto.

—No contestes —susurró Mason, pero yo no podía hacer eso.

Una vez que me di cuenta de lo que acababa de hacer, me quité de encima a Mason. Él lo aceptó y rodó hacia el otro lado de la cama. Casi se cae al suelo… Contesté al móvil. Jadeante, extasiada y enfadada conmigo misma por lo que acababa de suceder, solo pude gritar a quien estaba al otro lado de la línea.

—¿Qué?

Alguien se rio y todo se detuvo a mi alrededor.

—Vaya, tú sí que sabes cómo contestar a una llamada, nena.

James.

Tardé mucho tiempo en contestar. No, de hecho, no contesté. La risa de mi interlocutor se cortó al instante.

—¿Kenzie? ¿Estás bien?

Me incorporé y me senté. Me mordí el labio y miré a Mason, que no dejaba de mirarme. De su mirada había desaparecido todo rastro de pasión y de repente su expresión se tornó seria. Recé para que no escuchara la voz de

James saliendo del auricular del teléfono, aunque de algún modo ya sabía quién era.

El karma me odiaba.

—¿Hola? —volvió a repetir James al otro lado del teléfono.

No podía dejarlo en espera toda la eternidad.

—Hola.

Era la reina de la elocuencia. Por supuesto, James notaba que algo iba mal. No necesitaba estar presente para darse cuenta. Mason tampoco se quedaba atrás. Tenía el ceño fruncido con una marcada arruga.

—¿Estás bien? —repitió preocupado—. Te noto rara.

Tragué saliva. Quería salir de la habitación o, como mínimo, echar a Mason, que seguía aún sin camiseta, pero no podía hacer ninguna de las dos cosas sin resultar sospechosa.

—Perfectamente —mentí, incluso dibujé una sonrisa retorcida en mis labios.

—Mentirosa... Apostaría a que estás forzando una sonrisa, y sabes que lo odio, así que deja de hacerlo ahora mismo.

Mis labios se relajaron y volvieron a su posición natural. James era extraño. Me conocía bien a pesar de que nunca habíamos sido realmente amigos. Se había fijado en mí durante los últimos días y había llegado a conocerme. Yo, sin embargo, no me había esforzado del mismo modo. Todavía quedaban secretos que desconocía de él, y andar besuqueándome con Mason no me ayudaría.

—¿Sabes cómo me he dado cuenta? —preguntó James, sacándome de mi lapsus mental.

—No tengo ni la menor idea.

De nuevo lo oí reír y me sorprendí a mí misma sonriendo sin querer. Mason se removió a mi lado, se levantó de la cama y empezó a pasearse por la habitación, básicamente para colocarse de nuevo su camiseta.

—Porque no me has insultado por llamarte «nena». En condiciones normales, a estas alturas ya me habrías amenazado, como mínimo.

Sonreí. Tenía razón. Diablos, tenía razón en todo.

—No te pases. Solo te hubiese deseado la muerte. Y gonorrea.

James empezó a reír a carcajadas. Me lo imaginaba sentado en la cama, doblándose de la risa, con los ojos cerrados y la nariz arrugada. Todo eso después de haberme enrollado con Mason. ¿Qué demonios pasaba conmigo?

—En el último caso lo pasarías tú peor que yo, nena. ¿Cómo podrías tener tu ración de James?

Mis mejillas se sonrojaron y traté de ignorarlo como pude.

—Si vuelves a llamarme «nena»… —comencé a decir, pero no sabía exactamente cómo acabar la frase.

—Esa es la Kenzie que esperaba que respondiera a mi llamada. Pero, por favor, gonorrea no.

Traté de sofocar la risa con la mano, pero me fue imposible. Mason me lanzó una mirada llena de ira y luego se volvió hacia la ventana, dándome la espalda. Ahora estaba más que segura de que sabía que estaba hablando con James.

—Oye, ha sido muy amable por tu parte que me hayas llamado, pero ahora mismo no puedo hablar…

—Está bien, puedo ser paciente si es necesario. Ya te secuestraré mañana cuando vuelvas.

¿Secuestrarme? ¿Por qué me estaba ruborizando otra vez? Lancé una mirada fugaz a Mason. Seguía de espaldas a mí, mirando por la ventana.

—Ya veremos.

—Por supuesto que lo haremos, nena.

¡Oh, señor! ¡Quería que me pusiera roja como un tomate!

—Hasta mañana, entonces.

—¿Eso es un sí?

Medio suspiré, medio reí. Nunca se daba por vencido.

—*Bye, bye...*

Colgué el teléfono. Antes de que la llamada se cortase, tuve tiempo de escuchar una frase final.

—Buenas noches, Mackenzie.

Tenía la piel de la nuca de gallina. ¿Era normal que mi nombre sonase tan bien cuando era James quien lo pronunciaba?

Dejé el teléfono en la cama y me dirigí hacia Mason. Una de las peores conversaciones de mi vida iba a empezar justo en ese momento. Justo después de haber fastidiado nuestra amistad.

Me coloqué detrás de él, buscando sus ojos en el reflejo del cristal. Fuera estaba oscuro y la luz de la habitación estaba encendida, por lo que el cuarto se reflejaba perfectamente, pero sus ojos rehuían los míos incluso a través de la ventana. Esto no iba bien.

Por pura inercia miré hacia donde estaba mirando él. No me sorprendió descubrir al señor que el día anterior Leslie y yo habíamos visto disfrazado de Papá Noel. Ahora llevaba una peluca tipo Elvis y una chaqueta de vestir blanca mientras cantaba con un micrófono delante del televisor. Ese hombre estaba muy mal.

—Tienes unos vecinos un tanto extraños —dijo Mason de repente, haciendo que me sobresaltara.

No esperaba que dijera nada. Me aclaré la garganta antes de contestar.

—No lo viste ayer. Era aún peor, bailando medio desnudo con un gorro rojo de Pa...

—Era James, ¿verdad? —me interrumpió sin apartar la mirada del hombre.

Pensé en mentirle, pero no tendría sentido.

—Soy un completo idiota.

Esa era la tercera frase seguida que pronunciaba y que conseguía sorprenderme. Aquello era un récord.

—No, la idiota soy yo.

Entonces se dio la vuelta. Quise dar un paso hacia atrás, pero él no me lo permitió. Me agarró de la mano y me obligó a acercarme de nuevo. En su mirada todavía se podía intuir el enfado, pero la tristeza iba ganando terreno.

—¿Por qué? ¿Por dejar que te besara?

Apreté los labios. No era del todo cierto.

—Bueno, yo te devolví el beso, así que técnicamente yo también te besé a ti.

Dios, ¿aquello sonaba tan extraño como me lo estaba pareciendo a mí? Mason esbozó una sonrisa dulce, revelando uno de sus hoyuelos, que tanto me gustaban.

—Hazme un favor, recuerda eso en el futuro, ¿vale?

—Mason, ¿qué...?

De nuevo me interrumpió. Alzó los dedos corazón e índice y los colocó sobre mis labios, sellándolos. Cuando tuvo claro que me quedaría callada continuó:

—Soy idiota, Kenzie, porque no advertí lo enamorada

que estás de James. Fui idiota por haber tardado tanto tiempo en darme cuenta de que yo lo estaba de ti. Fui idiota cuando pensé que podía tener una oportunidad y me presenté aquí de improviso. Y desde luego sobrepasé cualquier nivel de idiotez besándote cuando claramente estás confundida porque quieres a James.

Eso no tenía sentido. Yo no quería a James. Me gustaba, puede que me preocupara por él, pero ¿quererlo?

—A ti también…

Parecía que Mason dominaba a la perfección el arte de interrumpir porque volvió a hacerlo.

—Sí, lo sé. También me quieres a mí. Solo… No lo digas, ¿vale?

Sonó muy triste y desgarrador. Yo tenía la culpa. En aquel momento quería que la tierra me tragara.

—Mason…

—No lo digas, Mackenzie. No lo digas porque duele, ¿de acuerdo?

Mierda. Había hecho daño a mi mejor amigo y eso era algo que jamás me perdonaría.

Mason me soltó la mano, que había tenido entre las suyas durante toda la conversación, y miró de nuevo por la ventana. El señor seguía cantando delante de la tele y había empezado a bailar.

—Es mejor que hagamos como que si no hubiera pasado nada.

Me dolía el pecho. ¿Algo más podía salir mal?

Ese fue el momento en que mi padre, Leslie, Anna Banana y los *horrigemes* entraron en casa. Con Mason aún en mi habitación.

Me quedé en *shock*, sin saber qué hacer. Tenía que esconderse. Donde fuese. ¿Debajo de la cama? ¿Dentro del armario? ¿En una maleta? ¿Bajo la pila de ropa?

Tarde.

La puerta del cuarto se abrió antes de que pudiese empezar a empujarlo.

Capítulo 15

Leslie se quedó quieta con la mano en el pomo de la puerta y la boca abierta como si estuviese a punto de hablar, pero no dijo nada. Paseó su mirada desde Mason, que aún estaba en medio de la habitación, hasta mí. De nuevo volvió a Mason y finalmente a mí.

—¿Por qué sigue aún aquí?

Iba a contestar, pero entonces escuchamos unos pasos que se acercaban por el pasillo, directos al cuarto. Leslie cerró la puerta y se coló en la habitación antes de que alguien llegara y descubriera a Mason. Al menos tenía una hermana inteligente y rápida de reflejos. Sabía que él no debería estar allí, a solas conmigo en un cuarto.

—Se nos pasó la hora —dije.

Leslie se acercó a mí y rodeó a Mason sin dejar de observarlo. No pude evitar pensar que parecía un inspector criminal. Mason y yo éramos los sospechosos de asesinato.

De pronto, alguien llamó a la puerta y todos mis pensamientos graciosos e inapropiados desaparecieron de mi cabeza.

—¿Kenzie? ¿Leslie? ¿Puedo pasar?

Mierda. Mi padre.

Mi hermana y yo intercambiamos una rápida mirada y segundos después ella estaba tirando de Mason para esconderlo mientras yo respondía a nuestro padre.

—Un segundo, estamos... cambiándonos.

Leslie me miró con los ojos muy abiertos mientras trataba de meter a la fuerza a Mason en el armario con penosos resultados: no entraba.

—¿En serio, Kenzie? —me susurró apresurada empujando a Mason hacia la cama—. ¿Cambiándonos?

—Está bien, esperaré aquí —dijo, hasta que Mason se chocó contra una pata de la cama y cayó sobre ella—. ¿Va todo bien ahí dentro?

Mierda. Mierda. No, esto no iba bien. Piensa rápido, Kenzie...

—Sí, es solo que... ¡Ay! Me di contra la cama.

Mi hermana volvió a lanzarme una mirada desconcertada. Incluso mis quejidos llegaban con retraso. No soy buena trabajando bajo presión, ¿vale? ¡Dejadme tranquila!

—¿Qué pretendes hacer? —preguntó Mason asustado en voz baja.

Cuando me di la vuelta vi a Les subida en una cama, tirándose encima de Mason, aplastándolo y empujándolo fuera.

—Trato de que salgas y te escondas debajo, zopenco.

Y efectivamente, lo consiguió... Solo que Mason cayó de la cama y aterrizó sobre el suelo con un duro y sonoro golpe.

Mi padre estaba cada vez más inquieto.

—¿Leslie? ¿Kenzie?

Ninguna de las dos respondió, sin saber qué hacer mientras Mason cerraba los ojos con aprensión y se frotaba su dolorido cuerpo.

—Se acabó, voy a entrar.

Mi hermana, siempre más rápida de reflejos que yo, tuvo el tiempo suficiente antes de que la puerta finalmente se abriera para echar ropa y almohadas encima de Mason y tumbarse sobre la cama, extendiendo su cuerpo de forma que tapase el de él.

—Hola, papá, te dije que estábamos bien —le sonrió forzadamente apoyándose sobre su codo—. ¿Querías algo?

No contestó. Nos observó detenidamente, confuso. Era comprensible, después de lo que había pasado con Mason y el apuro del momento no quería ni imaginar qué pintas tenía. Leslie también se había despeinado con el forcejeo. Finalmente se aclaró la garganta y me miró fijamente.

—Pensé que os estabais cambiando.

Miré mi ropa. Seguía usando los pantalones cortos y el jersey.

—Sí, pero... Nos estábamos poniendo el pijama.

—No lleváis pijama.

Mierda. Mierda. Mierda.

Miré a mi hermana sin saber qué contestar. Ella seguía estirada sobre la cama tratando de esconder a Mason. Apretó los labios, igual que lo hacía yo cuando estaba nerviosa, solo que en ella era además una señal de que estaba pensando. Y entonces dijo:

—Oye, papá, ¿te mencioné que ya tengo la regla?

Brillante. Simplemente genial y brillante. Era por este tipo de cosas por lo que amaba a mi hermana pequeña; tenía tan poca vergüenza y tanta picardía... Les y yo miramos a nuestro padre. Se había ruborizado y estaba retrocediendo hacia la puerta. Lo dije, brillante.

—Eh… —comenzó tartamudeando—. Voy a ver qué están haciendo los gemelos en el salón…

Y dicho y hecho, salió de la habitación cerrando la puerta detrás de él. Leslie esperó exactamente cuatro segundos para soltar un sonoro suspiro y dar vueltas sobre la cama, hasta quedar boca abajo, con el colchón en la cara.

—¿Sabes que eres un pésimo ejemplo como hermana mayor, verdad?

Su pregunta se escuchó amortiguada por la ropa de cama, pero igualmente me reí. La tensión había pasado y sentía que me había quitado un peso de encima.

—Pensé que me ahogaría aquí abajo —soltó Mason, apartando la almohada y saliendo de debajo de la ropa y las sábanas que Leslie le había echado encima—. ¿Y ahora qué hacemos?

Mi hermana levantó la cabeza y le lanzó una mirada llena de indignación.

—Y me parece poco para lo que he tenido que hacer por salvaros el culo a los dos —le espetó caminando hacia la puerta con los brazos cruzados—. No quiero saber nada de líos de adolescentes, así que si volvéis a necesitarme, estaré en el salón.

—En cuanto se acuesten lo sacaré en silencio —le prometí antes de que se fuera—. Y a cambio prometo contarte la actuación de Elvis que hemos visto esta noche.

Leslie me miró con los ojos entrecerrados y luego dirigió la vista a la ventana, buscando el piso del hombre loco. Asintió y salió dejándome sola con Mason.

Lo miré.

Me miró.

Nadie dijo nada.

Continuamos sin decir nada…

Pasaron los minutos, con los dos en silencio, sin saber qué decir ni qué hacer. Me senté en la cama mientras que él estaba en el suelo, mirando su teléfono o asomándose por la ventana. Todo menos mirarme a mí. Era raro estar con mi mejor amigo en la misma habitación y comportarnos como dos extraños.

Lo había fastidiado todo hasta el fondo.

Mi padre se acercó a darme las buenas noches, pero esta vez salí yo. Después, esperamos quince minutos, de nuevo en completo silencio, antes de decidir que era hora de sacar a Mason.

—Yo iré primero —dije—. Si te hago cualquier señal extraña significa que vuelvas corriendo.

Asintió, dando comienzo a la misión suicida Sacar a Mason De Casa Sin Ser Descubierto, o SMDCSSD. Las precauciones iniciales fueron innecesarias. Todo estaba oscuro y en completo silencio excepto porque en el salón estaba la tele encendida y a bajo volumen. Atravesamos el piso sin ningún problema. La mayor dificultad era abrir la puerta sin hacer ruido, pero incluso eso fue posible.

—Te veré el lunes —dijo Mason sin mirarme, más concentrado en la puntera de sus zapatos.

Mi corazón se encogió. No quería eso. Quería a mi mejor amigo, aunque no me lo mereciera.

—¿Me lo prometes?

Supongo que él no se esperaba esa pregunta, porque me miró fijamente, provocando que me pusiera roja y que sintiera escalofríos. ¿Por qué reaccionaba así?

Finalmente sus labios dibujaron una media sonrisa. Eso me gustó más.

—Te lo prometo. Pero tú también tienes que prometerme una cosa.

Lo observé confundida.

—¿El qué?

—Yo te llevo en coche al instituto, ¿de acuerdo?

Eso me confundió aún más. ¿Quién iba a llevarme? Asentí. Estaba cerrando la puerta para ir a por Leslie y tratar de recuperarme de la experiencia de aquella noche cuando inesperadamente Mason dio un paso hacia delante y me besó.

Me agarró de la cintura atrayéndome hacia él y me besó. Fue tan rápido como espontáneo. Cuando se separó, yo aún tenía los ojos cerrados. Al abrirlos vi a Mason sonriendo.

Me soltó y se alejó. Agachó su cabeza lo justo para poder mirarme seductoramente con un movimiento de pestañas.

—Pensándolo mejor… No voy a dejarle el camino libre a James tan fácilmente.

Y entonces me guiñó un ojo y desapareció por la puerta del ascensor.

Cerré la puerta de casa y me apoyé contra ella. Mis labios picaban y mi cerebro estaba en coma. James. No lo había llamado Smith. ¿Por qué demonios estaba pensando en eso y no en que Mason acababa de besarme?

Tardé algunos minutos en procesar lo que había ocurrido y en hacer que mis piernas reaccionaran. Cuando finalmente lo conseguí, me dirigí a la habitación como una autómata a buscar a mi hermana. Necesitaba hablar con alguien y ella era la mejor candidata en aquellos momentos.

Pero cuando pisé el salón asistí a otra escena más perturbadora aún.

Ahí estaba Les. Con alguien. Un chico. Un *horrigeme*. En el sofá. Besándose.

¿Hunter? ¿Blake? No tenía ni idea, era incapaz de diferenciarlos.

—¿Vas a decirme en algún momento a qué *horrigeme* has besado?

Leslie resopló caminando rápido y con los ojos fijos en la pantalla de su teléfono móvil. Cuando volvió a la habitación, había intentado con todas las tácticas de persuasión posibles que me contara lo que había pasado, pero mi hermana era la persona más celosa de su intimidad que conocía. Le gustaba enterarse de los cotilleos de los demás, pero no soltaba prenda sobre sus cosas.

En parte había sido culpa mía, porque cuando quise alejarme silenciosamente me estampé contra la puerta, típico de mí. Consecuencia: interrupción del beso, Leslie molesta conmigo y datos ocultos para siempre.

Mi padre se puso a mi lado e impidió que continuara presionando a Leslie.

—¿Tienes ganas de volver a casa?

Era la mañana del domingo, así que en un par de horas deberíamos iniciar el viaje de vuelta a casa. Papá decidió que sería buena idea para los tres salir a dar un paseo por la ciudad, solo él con sus hijas, antes de despedirnos. Sospechaba que era una forma de pasar tiempo juntos y conversar.

—Claro —contesté encogiéndome de hombros.

Era algo reacia a mantener conversaciones con él. No terminaba de superar que hubiese dejado a mi madre por Anna. Sé que esas cosas pasan y que lo que suceda entre los padres no debería afectar a la relación que tienen con los hijos, pero no podía actuar como si nada hubiese pasado, especialmente ahora que él nos quería de vuelta.

—No se está tan mal en la ciudad, ¿verdad? —continuó él, como si mi respuesta hubiese sido suficientemente neutra—. A tu edad yo vivía en un pueblo y lo odiaba.

Imité a mi hermana, que continuaba jugueteando con su teléfono móvil metros más adelante, y aceleré sorteando un par de peatones lentos. Mi padre también aligeró el paso, sin darse por vencido.

—¿Sabes? Aquí no se está tan mal. Los gemelos son más fáciles de llevar cuando estáis en casa y Anna está deseando conoceros mejor.

Aún aturdida por lo que había pasado la noche anterior y lo poco que me gustaba tratar ese tema, decidí ser clara al respecto. Sabía adónde quería llegar y tal vez fuese necesario que conociera mi opinión.

—A Leslie y a mí nos gusta vivir con mamá —le espeté sin perder de vista a mi hermana y sin dejar de caminar—. No queremos vivir con vosotros.

—¿De verdad? —presionó con ánimo, sin llegar a creerse lo que le estaba diciendo—. La universidad de aquí es bastante buena.

Insinuar que quería que yo me mudara al curso siguiente era demasiado. Con voz tensa y los puños apretados me las arreglé para decir:

—Leslie y yo estamos bien con mamá, de verdad. Somos una familia.

Después de más de cinco segundos de silencio miré fugazmente en su dirección. No pude obviar la expresión de tristeza en su rostro, lo que me hizo sentir mal. Después de todo, él era mi padre.

—Vosotras también sois mis hijas, Kenzie. Sé que las cosas no han ido siempre bien, pero os quiero, y quiero recuperar el tiempo perdido.

Suspiré casi dándome por vencida, pero sacando fuerzas para convencerlo de que olvidara aquella idea loca de abandonar a nuestra madre.

—Mira, no es que me parezca mal que quieras pasar tiempo con nosotras, pero… No así.

Me miró fijamente, y me reconocí en sus ojos. Reconocí los momentos que habíamos pasado juntos, las acampadas desastrosas a las que nos había obligado a ir, las tardes de domingo en el parque que había pasado con nosotras, cómo se había esforzado por permanecer a nuestro lado… Él nos quería, a las dos, y por eso deseaba que fuésemos a vivir con él.

—No, si pretendes alejarnos de mamá —dije finalmente.

Nos quedamos mirándonos unos segundos más, antes de que fuese necesario dejar de hacerlo para no chocar contra los demás transeúntes, pero fue suficiente para saber que mi padre me había entendido, que comprendía cómo me sentía respecto a la idea de mudarnos.

Porque al final las palabras duras que hieren no son las mejores. Expresar cómo te sientes realmente es una idea mejor. Siempre.

—Ya llegamos.

Me di la vuelta para ver cómo Leslie, en los asientos de atrás, apartaba los ojos de la pantalla de su nuevo teléfono móvil y miraba hacia la casa, esperando que nuestra madre saliese en cualquier momento. Sabía lo que pasaba por su mente: adiós a su nuevo *smartphone*.

—Iré sacando las mochilas del maletero —refunfuñó mientras guardaba el teléfono en el bolsillo de sus pantalones—. Tengo ganas de ver qué me va a regalar mamá.

¿Algo mejor que un beso con un *horrigeme*? Seguro que sí. Seguía sin saber si era Hunter o Blake, y me parece que nunca me enteraré.

—¿Te lo has pasado bien, Kenzie?

Apreté los labios y miré el rostro esperanzado de mi padre. ¿Me lo había pasado bien? Veamos... Si quitamos la parte en la que me obligaron a ir a pasar el fin de semana a su casa, la parte en la que mi mejor amigo me había besado confundiendo mis sentimientos del todo y la parte en la que mi hermana había decidido ocultarme el nombre del chico que la besó...

La respuesta era un sonoro y rotundo no.

—Ha estado bien —dije, sin embargo, encogiéndome de hombros.

Leslie golpeó el cristal de la puerta señalando mi mochila en su mano y dirigiéndose después hacia casa. Extraño, pensaba que estaba enfadada conmigo. O quizá solo intentaba hacer pasar el teléfono a escondidas fingiendo que era mío.

Estaba a punto de abrir la puerta y salir del coche cuando mi padre me interrumpió.

—¿Qué piensas de todo esto?

Me quedé quieta con los dedos aún atrapados en la manilla. Tenía que haber visto venir el interrogatorio. Procuré poner una expresión tan neutra como fuera posible, me volví hacia él y tomé aire. Pero, por supuesto, comencé a irme por las ramas.

—Son simpáticos.

¡Mentirosa!

—Kenzie, sabes de lo que hablo.

Me quedé callada sin saber exactamente qué contestar. AguardéPodía decirle todo lo que pensaba, pero eso heriría sus sentimientos. Me mordí el labio inferior y mi rostro se arrugó, molesta. Entonces suspiró y llevó su mirada al frente.

—Está bien, no tienes que decirme nada.

¡Oh, genial, ahora he conseguido que esté triste aun cuando eso era precisamente lo que quería evitar! ¿Por qué no me sale nada bien? Mi padre continuó hablando, como si estuviera leyendo mis pensamientos.

—¿Sabes? Solo quiero intentar hacer las cosas bien. Sé que las cosas salieron mal con vuestra madre, pero vosotras sois mis hijas.

Decir que las cosas salieron mal es quedarse corto, pero mamá siempre nos ha dicho que lo que había pasado entre ellos no debía interferir en nuestra relación. Yo no sabía cómo hacerlo.

De nuevo más silencio. Tenía que escapar o decir algo.

—Está bien que quieras pasar tiempo con nosotras. Leslie y yo también queremos.

Alzó las cejas. Esperaba que siguiera hablando. No habíamos acabado la conversación de esa mañana.

—¿Entonces?

Estaba cansada. Me froté la frente; eso no iba a acabar bien.

—No nos hace ilusión ir a vivir contigo y tu nueva familia. Tenemos nuestra vida aquí, con nuestra madre y nuestros amigos. Y meternos ahora con líos de custodia… Si quieres que te sea sincera, así solo vas a conseguir que te odiemos.

—¿Más? —preguntó con una sonrisa triste.

—Más —confirmé devolviéndole la sonrisa—. Pero verte más a menudo no nos molestaría.

Entonces hice algo que no había hecho en mucho tiempo. Me incliné sobre el asiento y abracé a mi padre. Se quedó sorprendido y tardó unos segundos en reaccionar y acercarme a él. Era reconfortante sentir sus brazos de nuevo. Por fin estábamos bien.

¿Por qué había tardado tanto? Todos los hombres de mi vida eran unos lentos.

—Llamaré —prometió.

—Eso espero —contesté antes de salir del coche.

Aguardé en el césped hasta que desapareció en la carretera. Esperaba que cumpliera su promesa y volviera a por nosotras, aunque fuese para pasar otro fin de semana.

Demonios, necesitaba saber de quién se trataba. Haber afrontado la situación con mi padre me había inspirado valentía. Tenía que interrogar a mi hermana, amordazarla y hacerle confesar quién era el *horrigeme* que la había besado. ¡No podía ocultarme esa información! Y en eso estaba cuando nada más poner un pie en la casa comencé a escuchar los gritos…

—… derecho a quitármelo —vociferaba Leslie.

—¡Soy tu madre! ¡Tengo todo el derecho del mundo!

—¿Y eso es una justificación? Soy una persona, puedo decidir por mí misma.

—¡Tienes doce años!

—¿Insinúas que mi edad me convierte en alguien incapaz de pensar? ¿Que soy tonta?

—¡Por Dios, Leslie, sabes que yo no he dicho eso!

—¡No con esas palabras!

—Calla y dame el teléfono.

—Es mío, nada te da derecho a quitármelo.

—¡Soy tu madre!

—¿Otra vez estamos con eso?

Comencé a alejarme lentamente antes de que me descubrieran, esta vez procurando no chocar contra ninguna puerta. Mi hermana era toda una guerrera. Mejor dejar el interrogatorio para otro momento. Pensándolo mejor, el soborno era una mejor opción.

Tenía otros asuntos que resolver.

Salí de casa dirigiéndome con decisión hacia la de James. Tenía que hablar con él y sabía que si lo dejaba para más tarde, al final no le contaría nada, y las cosas siempre se complican cuando se empiezan a guardar secretos.

Hasta que alguien me sujetó por detrás tapándome los ojos con una mano y la boca con otra.

Mi respiración se cortó mientras sentía mi espalda presionada contra un pecho duro y firme. Parecía que se me había parado el corazón y estuve a punto de morder la mano que rodeaba mi boca, pero me frenó el perfume que se filtró por mis sentidos. Era familiar. Conocía ese olor. Conocía a esa persona.

De hecho, si prestaba más atención, podía percibir la suavidad de su mano en mis labios, o incluso la delicada presión con la que tapaba mis ojos, apenas rozando mis pestañas y dejando que la luz se filtrara entre sus dedos.

Mi espalda se pegó más contra su pecho y sentí cómo bajaba su rostro hasta que su boca rozó mi oreja. Sentí escalofríos. Ya sabía quién era antes de que hablase.

—¿Qué te parece un pequeño secuestro exprés?

No debería hacerlo. Diablos, no debería sentirme tan relajada cuando James me tenía atrapada, pero sonreí. Él lo notó y rio de forma áspera y seca. Mi piel se erizó cuando el aire cálido golpeó mi nuca.

—Voy a tomarme eso como un sí.

Me mordí el labio inferior tratando de borrar la sonrisa, pero era realmente difícil. Intenté hablar, pero su mano amortiguaba mi voz, que sonaba difusa. Me quitó la mano de la boca, pero mis nervios no mejoraron cuando esta fue a parar a mi cintura, rodeándome por delante y atrayéndome hacia él todo lo que pudo. Tuve que tragar saliva antes de volver a intentar hablar.

—No es un secuestro si la otra persona se deja.

James volvió a reír. Sentí un cosquilleo recorriendo mi piel. Tenía que empezar a aprender a controlar mi propio cuerpo.

—Podemos arreglar eso.

—¿Qué…? —dije, pero no pude acabar la frase.

Ahogué un grito cuando James apartó la mano de mis

ojos mientras me daba la vuelta para quedar cara a cara. Ni siquiera tuve tiempo de ponerme nerviosa antes de que se agachara y pasara un brazo por encima de mis rodillas, levantándome sobre su hombro como si fuese un saco de patatas.

—¡James, bájame de aquí! —chillé, dando patadas y golpeando su espalda.

Lejos de hacerme caso, palmeó mi trasero sin ninguna clase de vergüenza y empezó a caminar hacia su casa. Chillé de nuevo.

—Bien, ahora podemos llamarlo «secuestro».

Gritar no fue una buena idea. Con mi estómago aplastado contra su hombro me costaba respirar y necesitaba todo el aire posible para continuar golpeando su espalda. No es que hiciera mucho efecto, pero al menos conseguía descargar mi ira. No me sentía ni segura ni confiada dependiendo totalmente de él. No tenía el control de lo que hacía con mi cuerpo ni adónde me llevaba, y eso no me gustaba.

Pensé que se pararía al llegar a su casa, pero no fue así. Abrió la puerta conmigo pataleando y para mi sorpresa entró sin ningún miramiento. Mientras atravesábamos la limpia y ordenada sala de estar hacia la escalera del piso superior, me di cuenta de que no había nadie en la casa. Estábamos solos y James me llevaba indudablemente a su habitación. ¿Debería ponerme nerviosa por eso? Bien, porque lo hacía.

Sin embargo, el esfuerzo de subir la escalera cargándome debía ser demasiado para James, porque a mitad de camino frenó, se apoyó en la barandilla y me bajó lentamente. Mi camiseta se levantó por encima del ombligo mientras me deslizaba hacia abajo. La punta de mis pies tocó el escalón de arriba del de James. Nuestros rostros quedaron a la misma altura. Era muy triste que fuese exactamente un escalón más alto que yo.

Nuestras narices prácticamente chocaban. Aunque hubiera querido apartar la mirada no habría podido, el verde de sus ojos era sumamente adictivo. Que de repente adquiriese una expresión seria no me ayudó en absoluto a calmar mis nervios o la velocidad a la que me iba el corazón.

Tenía una de mis manos apoyada sobre su hombro. Comencé a separarla de allí, pero James me lo impidió; me tomó de la mano y volvió a colocarla en su hombro. Con la otra mano me agarró la que tenía colgando al lado de la cadera y la rodeó con los dedos, llevándola al otro hombro. Acto seguido llevó sus manos a mi cintura, las posó a ambos lados y empezó a rodear mi cuerpo y a enlazar sus brazos alrededor.

Oh. Dios. Mío.

—¿Sonaría cursi si te dijera que te he echado de menos?

Notaba la saliva atascada en mi garganta mientras procesaba lo que acababa de escuchar. Este chico quería provocarme un infarto.

Ante mi silencio, James se limitó a sonreír y a abrazarme más fuerte.

—Bien, quizás estoy volviéndome un poco cursi a tu lado.

¿Eso era una declaración? Tenía que serlo, porque si no, no tenía sentido que sus ojos se dirigiesen a mis labios durante algunos largos segundos. Empezó a acercarse a mí, muy despacio, dándome tiempo para apartarlo.

Y eso fue exactamente lo que hice.

Con mis manos sujetas a sus hombros lo frené. En su

mirada apareció una ligera sombra de dolor por el rechazo, siempre oculta bajo una máscara de neutralidad. Respiré profundamente antes de hablar. Había querido ir a casa de James por una buena razón.

—Iba a tu casa antes de que me secuestraras.

Una pequeña arruga se formó en su frente mientras arrugaba la nariz en esa mueca suya. Sin embargo, se las ingenió para sonreír.

—¿Me echabas de menos?

Como no respondí ni le seguí la broma, enseguida desaparecieron la arruga y la sonrisa de su rostro. Abrí la boca para decir algo, pero no pude. Paseé la mirada por la desnuda pared de la escalera y por la inmaculada barandilla antes de volver a mirar a James, que me miraba fijamente.

—Suéltalo, Mackenzie.

Me empezaba a conocer tan bien que era aterrador. Esta vez no me molesté en tomar aire ni prepararme mentalmente. Empecé a hablar y solté lo que había querido decirle cuando salí por la puerta de casa minutos antes.

—Este fin de semana Mason se presentó por sorpresa en el piso de mi padre. Me besó.

James se apartó unos centímetros y vi cómo tragaba saliva. Me costaba horrores mirarlo a los ojos. Especialmente por lo que venía a continuación:

—Y yo le devolví el beso.

Le conté con pelos y señales la visita de Mason y la encerrona de Leslie. Era la peor persona del mundo dando noticias, especialmente si resultaban particularmente desagradables. James colocó sus manos sobre mis muñecas y apartó mis manos de sus hombros.

—Lo siento —susurré.

A pesar de todo, James no dejaba de mirarme, y eso era lo que más me impresionaba, aunque la crudeza de su mirada estaba volviéndome loca por dentro.

—¿Por qué me pides perdón?

Carraspeé buscando una razón mientras me sentía taladrada por la profundidad de sus ojos verdes.

—Yo no… Esto… Supongo que… Porque lo siento.

James alzó las cejas con incredulidad.

—Vamos, Mackenzie, sé que puedes hacerlo mejor —susurró sarcástico.

Incapaz de concentrarme, bajé la mirada al suelo en busca de la respuesta adecuada.

Unos dedos gentiles atraparon mi barbilla y me obligaron a volver a mirarlo. De pronto, James volvía a estar cerca de mí.

—No lo sé. No eres mi novio, no te he prometido fidelidad ni amor eterno…

—Pero… —me animó sosteniendo todavía mi mentón con su mano.

—Pero me sentía culpable —dije, sorprendida por la sinceridad de mis palabras.

Finalmente, James dejó de tocarme y me miró serio.

—Deberías preguntarte por qué.

Aspiré una ruidosa bocanada de aire. Aquella frase significaba mucho para mí. No era tan lenta de reflejos como para no darme cuenta de lo que James quería decir.

Me removí inquieta y bajé un escalón para situarme a su lado. Tenía que inclinar la cabeza hacia arriba para poder verlo.

—¿No estás enfadado conmigo? —pregunté antes de arrepentirme de haber dicho eso.

Ladeó la cabeza, como siempre con los ojos fijos en mí.

—Me gustan las personas que saben perdonar. Todos cometemos errores.

Asentí sin saber muy bien qué más hacer, confusa. Pero lo creía, no estaba enfadado conmigo más allá de lo que los celos le permitían. Supongo que eso era bueno, aunque esperaba un poco más de drama y maldiciones por su parte. Vamos, se suponía que el chico estaba loco por mí, ¿y ni siquiera iba a decir una palabrota?

No, solo una maldita e indeseada pregunta.

—¿Sigues enamorada de él?

Ni siquiera abrí la boca para contestar. Me quedé allí de pie, mirándolo embobada, en modo cortocircuito. Había digerido sus palabras, las había analizado y procesado y me encontraba en disposición de formular una respuesta. Justo en ese punto se producía la interferencia cerebral.

James resopló y me agarró de los hombros, acercando su rostro al mío.

—Demonios, Mackenzie, solo contesta a la maldita pregunta. ¿Lo quieres?

Y finalmente dije lo que pasaba por mi atolondrada cabeza. La primera sorprendida era yo.

—No lo sé.

—No lo sé —repitió pensativo mientras una sonrisa se iluminaba lentamente en su cara—. Eso es más que suficiente.

Tuve el tiempo justo de respirar una bocanada de aire antes de que mi espalda diese contra la pared, se acercara a mí y me besara. Fue un beso crudo y agresivo, que me dejó parcialmente noqueada por la rudeza con la que su boca devoraba la mía. Cuando se apartó, prácticamente estaba jadeando. James alcanzó un mechón de mi pelo y lo escondió detrás de la oreja. Luego me guiñó un ojo.

—Si Carter quiere guerra, tendrá guerra.

Capítulo 16

Suspenso.

Así empezó mi día. Esa palabra seguramente me perseguiría el resto de la jornada. Un suspenso en historia. Últimamente había descuidado los estudios, pero ¿alguien podía culparme después de todo lo que me había pasado?

La mirada de decepción del profesor no fue lo peor, sino cómo me sentía. A pocos meses de terminar el último curso del instituto, de los exámenes finales y del acceso a la universidad, suspender un examen era lo último que podía permitirme. A menos que me olvidara de ir a la universidad.

Enfadada, guardé la hoja del examen en mi mochila, arrugándola sin ningún cuidado. Debía tomármelo como un aviso: o me ponía las pilas con los estudios o echaría mi vida a perder. Era fácil de decir, pero difícil de hacer. ¿Cómo podía concentrarme cuando James y Mason habían iniciado una guerra «a ver quién se queda con la chica»? Era tan surrealista como idiota. Me hacía sentir como un objeto, el premio de algún juego.

No, decididamente lo que tenía que hacer era alejarme de los chicos y accionar el botón de apagado en mis estúpidas y descontroladas hormonas hasta que los exámenes pasaran y tuviese una carta de aceptación de una universidad, la que fuese, en mi buzón.

¡Qué fácil era decirlo!

—Ánimo, Kenz, si quieres, podemos estudiar juntas.

Sonreí a Alia agradecida. Una de las cosas buenas de todo el asunto de la lista, que, por cierto, parecía haber quedado enterrado en el pasado, era que me había hecho amiga de Alia y de Melanie. Melanie colocó una mano en mi hombro en señal de apoyo.

—Yo no valgo para estas cosas, pero siempre contarás con mis apuntes… Si es que puedes sacar algo de ellos.

Las tres reímos y salimos del aula, ya un poco más animada. Quedamos el jueves por la tarde para estudiar en casa de Alia y aprovechar para acabar de organizar la salida en grupo del viernes. Porque sí, por mucho que intenté huir de ello, especialmente teniendo en cuenta cómo estaban las cosas, me fue imposible huir. Melanie iba a hacer todo lo posible por ver a Jack de nuevo y yo no era nadie para interponerme entre ellos.

Consideré la posibilidad de contarles mi historia con Mason y James, pero la rechazaba cada vez que abría la boca y acababa hablando de lo mucho que me gustaba el chocolate. Seguro que estaban empezando a pensar que tenía un serio problema con el dulce. Además, tampoco teníamos una amistad tan sólida como para contarles todo aquello con pelos y señales. Por otra parte, sospechaba que a Alia le gustaba Mason.

Maldita adolescencia.

Caminábamos por el pasillo cuando de repente me pareció cruzarme con una cara conocida. Invadida por la sorpresa, no pude evitar pararme y quedarme mirando a Eric como una completa idiota. Por suerte, él era lo suficientemente amable como para no hacer ningún comentario y lo suficientemente correcto para saludar.

—Hola, Kenzie, ¿cómo estás?

Por otro lado, yo no era lo suficientemente nada como para dejar cerrada mi bocaza.

—¿No estabas en un internado en Tokio?

Eric ladeó el rostro confundido. Melanie intervino.

—Yo oí que la mafia te había reclutado para vender droga en la tienda de tus padres.

—Eso no tiene sentido —la regañó Alia, que tampoco se quedó atrás—. Te han contratado para hacer de doble en una película de artes marciales, ¿a que sí?

Por lo visto, ninguna de las tres acertaba.

—Vaya, soy más popular de lo que pensaba —dijo, riéndose por los cotilleos—. Lo cierto es que he pasado un catarro bastante fuerte. Incluso he estado unos días ingresado en el hospital.

Me sentí mal enseguida. Había hecho justo lo que siempre criticaba, me había dejado llevar por los cotilleos del instituto. Siempre eran mentira. Nadie había dicho nada de que él estuviese enfermo. Lamenté no haberme acercado a la tienda los dos últimos sábados. De haber ido, podría haber preguntado a sus padres.

Aclaré mi garganta antes de hablar.

—Espero que estés mejor.

Eric sonrió. Sus ojos se cerraron del todo.

—Completamente curado, gracias.

La campana sonó anunciando el inicio de la siguiente clase.

Me recoloqué la mochila al hombro y me despedí de Eric para ir a clase de inglés. Esperaba que la nota fuera mejor.

—Espero que nos veamos pronto, Kenzie —dijo Eric—. Y por cierto… no tengo ni la más mínima idea de japonés.

Melanie comenzó a reír a carcajadas mientras él se alejaba despreocupado. Me estaba poniendo roja, así que tuve que darle un codazo para que se callara.

—Qué vergüenza —susurré, escondiendo el rostro entre mis manos.

—A mí me ha parecido muy mono —comentó Alia enlazando su brazo con el mío—. ¿Crees que aceptaría un puesto en la redacción de la revista?

Me uní a las risas de Mel cuando Alia alzó las cejas de forma sugerente. A su lado los problemas parecían desaparecer.

Claro, parecían. Hasta que de repente te encontrabas con Mason y James apoyados en la puerta de tu siguiente clase como si te estuviesen esperando. Porque claramente me estaban esperando.

—¡Hola, James! —saludó Melanie acercándose a él animadamente.

—¡Hola, Mason! —saludó Alia, sonriéndole.

«Hola, nadie», pensé yo con ganas de huir de allí en aquel mismo instante. Realmente casi lo hago, pero teniendo en cuenta que ninguna de las dos chicas tenía idea de nuestro extraño triángulo amoroso y atendiendo al hecho de que pretendía que la cosa continuara así, escaparme corriendo hacia los lavabos no era una opción.

Una pena, porque cuando Mason y James me miraron sin hacer caso a las dos chicas que les estaban hablando, no pude evitar dar un paso hacia atrás.

—¿Tienes inglés ahora? —preguntó Alia a Mason mientras él seguía mirándome.

—En realidad buscaba a Kenzie. —Mi corazón dio un vuelco al ver cómo sus ojos se abalanzaron sobre los míos—. Se ha dejado la chaqueta en el coche esta mañana.

Parpadeé permaneciendo con los pies clavados en el suelo y apartando la mirada de él hacia mi chaqueta verde, que colgaba de su brazo. Ni siquiera recordaba habérmela dejado. El trayecto hasta el instituto había sido tan sumamente extraño que apenas había podido estar atenta a otra cosa. Mason se comportaba como si nada hubiese pasado entre nosotros y yo no podía dejar de retorcer los dedos ni de morderme el labio.

Me obligué a mantener la mirada clavada en Mason y olvidar la idea de salir corriendo de allí, que era lo que realmente quería hacer. Me acerqué a él, con paso lento pero decidido, y tomé la chaqueta de sus manos. Cuando nuestros dedos se rozaron, la mirada de Mason se intensificó.

Tragué saliva, esperando que nadie más lo hubiese notado.

—Gracias —susurré demasiado bajo, temiendo que mi voz fallase, y acercando la chaqueta a mi pecho.

Mason sonrió y me guiñó un ojo. Podía parecer despreocupado, pero yo sabía que todo estaba calculado.

—BatMason siempre a tu servicio.

Entonces hizo algo que no esperaba. Se inclinó unos centímetros y me dio un pequeño y casto beso en la mejilla. Cuando se separó me sonreía.

—Nos vemos más tarde.

Giró sobre sus talones, pero su mirada titubeó durante unos segundos, casi sin pretenderlo, y se posó en quien estuviera detrás de mí. De repente, noté una mano descansando sobre mis hombros. El rostro de Mason estaba ensombreciéndose, pero no dijo nada. Terminó de darse la vuelta y continuó caminando por el pasillo hasta desaparecer de mi vista.

Con una respiración profunda, me di la vuelta para quedar cara a cara con James, que no parecía nada feliz.

—Hola —saludé sin saber qué decir. ¡Qué tonta era!

Estuvimos unos segundos en silencio. James tenía cara de póker, con sus ojos verdes clavados en los míos.

—Hola.

Apartó su mano de mi hombro y se alejó de mí, con la mirada fija en la mía mientras me rodeaba.

Eso fue muy intenso.

Cuando James desapareció y los latidos de mi acelerado corazón parecieron volver a la normalidad, Alia y Melanie me agarraron cada una de un brazo y me arrastraron dentro del aula.

—Oye, Kenzie —susurró Alia—, ¿no crees que tienes algo que decirnos?

Mi teléfono móvil vibraba en el bolsillo. Miré extrañada la pantalla mientras lo ocultaba debajo del pupitre. Esperaba que la profesora de inglés no se diese cuenta…

JAMES: Hola.

KENZIE: Hola.

JAMES: ¿Has ido alguna vez a un concierto?

KENZIE: No, ¿por?

JAMES: ¿Prefieres el color rosa o el verde?

KENZIE: ¿Me gusta el azul, ¿p q lo preguntas?

JAMES: ¿Vegetariana o carnívora?

KENZIE: Todo bien a menos q sean insectos. ¿A q viene esto?

JAMES: ¿Fresa o chocolate?

KENZIE: Chocolate.

JAMES: ¿Comedia romántica, cine d terror o películas d acción?

KENZIE: ¿Vas a decirme a q vienen estos mensajes?

JAMES: Depende. ¿Vas a contestarme?

KENZIE: Comedia romántica. Eres imposible.

JAMES: Lo sé, pero t gusto igualmente. ¿Dulce o salado?

KENZIE: Dulce. ¿Me gustas igualmente? Yo nunca he dicho tal cosa.

JAMES: No directamente. ¿Campo o ciudad?

KENZIE: Ciudad. Ni directamente ni indirectamente. Jamás lo he dicho.

JAMES: Lo insinuaste y eso me sirve. Ahora solo t falta admitirlo. ¿Libro o película?

KENZIE: Videojuego. ¿Cuándo lo insinué?

JAMES: ¿Videojuego? Vamos, nena, los dos sabemos q no sabes cómo usar el mando de una consola.

KENZIE: ¡No me llames nena!

JAMES: Te gusta q te llame nena. ¿Libro o película, entonces?

KENZIE: Vete a la mierda.

KENZIE: Libro.

JAMES: Lo sabía. ¿Deportes?

KENZIE: «SOFFING». ¿No van a acabar nunca las preguntas?

JAMES: Vaga. ¿Futura carrera?

KENZIE: ¿Millonaria?

JAMES: No me obligues a presentarme en tu clase.

KENZIE: Solo porque te veo capaz, te diré q aún no lo sé.

JAMES: ¿Futuros planes?

KENZIE: Ir a casa de Alia esta tarde.

JAMES: ¿Alguna vez te has enamorado? ¿Enamorado d verdad?

KENZIE: No voy a responder a eso.

JAMES: Venga, nena, que hay confianza.

KENZIE: No me llames nena.

JAMES: Dime de quién.

KENZIE: Dime tú a q vienen todas estas preguntas.

JAMES: He ido a tres conciertos, verde, d todo menos insectos, fresa, thriller, salado, campo, libro, fútbol, economía, ordenar mi habitación... Tú.

Quería conocerte mejor. Y q tú me conocieras mejor.

KENZIE: Objetivo logrado.

Capítulo 17

KENZIE: Voy a casa de Alia esta tarde. Melanie nos lleva. Siento dejarte plantado...

MASON: No te preocupes. Llámame si necesitas q vaya a buscarte más tarde.

—Bienvenida a mi humilde morada.

Aparté el rostro de la pantalla del teléfono y luego me di la vuelta para observar las paredes llenas de fotografías y ocultarle la cara a Alia. Lo de «humilde» sobraba, especialmente si tenemos en cuenta que su casa era el doble de grande que la mía. Tampoco es que fuese complicado. En casa solo era mi madre la que ganaba dinero para pagar el alquiler.

—Mi habitación está arriba —anunció mientras señalaba la escalera que coronaba el amplio recibidor—. ¿Queréis tomar algo?

Melanie me agarró del brazo y tiró de mí mientras contestaba a Alia.

—Refresco de cola, galletitas saladas y ese chocolate tan extraño que le gusta a Jane —bajó el tono de voz mientras me guiaba escalón a escalón——. Esa idiota se pondrá hecha una furia cuando vea que me lo he acabado.

No pude evitar que una sonrisa se filtrara en mis labios. Melanie me recordaba mucho a Leslie: con carácter, sin miedo a nada y sin ninguna vergüenza.

Mientras recorríamos el luminoso pasillo que llevaba a las habitaciones no pude evitar fijarme en las fotografías de la pared. No porque fuesen extrañas o hubiese muchas (realmente había muchas), sino porque solo aparecían mujeres. Cuatro en total: Alia, Jane, una mujer adulta rubia con aspecto de modelo y otra más bajita con un cabello negro envidiable. Melanie se dio cuenta de mi curiosidad. Podría decirse que prácticamente me leyó la mente.

——Son las madres de Jane y Alia. A estas horas suelen estar trabajando. Supongo que podrás deducir por ti misma que la morena es la madre biológica de Alia y la rubia la de la perra. Y que son lesbianas, claro.

La vida de Alia era toda una caja de sorpresas.

——Ahora entiendo por qué Jane y Alia no se parecen en nada.

Melanie entornó los ojos con fingido sobresalto y se llevó una mano a la cabeza al tiempo que abría una puerta con la otra.

——Menos mal que no se parecen. ¡No soportaría tener dos Janes en clase!

Ahora que conocía mejor a Alia, podía decir que su habitación estaba decorada totalmente acorde con su estilo.

Para empezar, meticulosamente ordenada. Con una personalidad tan controladora era algo que no me extrañaba. Incluso los dos pósteres a tonos grises que decoraban sus paredes encajaban perfectamente en color y perpendicula-ridad. Y ambos eran de ciudades cosmopolitas.

Segundo, la cama era pequeña y estaba perfectamente colocada contra una esquina, con un cojín a juego con las paredes blancas y las sábanas oscuras.

Tercero, una estantería llena de libros de autores que ni siquiera podía reconocer. Había tantos que estaban metidos a presión.

Cuarto, su escritorio, y posiblemente el único lugar le-vemente desordenado de la habitación. Había folios impre-sos, otros escritos a mano y folios en blanco repartidos en pequeños montones y sobre el portátil. Libretas abiertas por la mitad y un bolígrafo sin tapón.

Estaba tan absorta cotilleando la habitación que no me di cuenta de que Alia había entrado. Fue Melanie quien me ad-virtió de su presencia al preguntar indignada:

—¿No has traído el chocolate?

—¿Para tener que soportar luego a Jane? —contestó mientras colocaba una bandeja con refrescos y galletas so-bre la alfombra del suelo—. Gracias, pero no.

—Aburrida —replicó Mel arrugando la nariz, y se acer-có a ella y se sentó en el suelo para tomar una galleta de la bandeja—. Estaba dejando que Kenzie curioseara un poco.

Me puse roja cuando vi que Alia me miraba, aunque no parecía enfadada. Al contrario, me hizo un guiño para que también me acercara. Alia me pasó un refresco cuando me senté en el suelo a su lado con las piernas cruzadas al esti-lo indio.

—Perdona el desorden, ayer estuve escribiendo hasta tarde y no pude recoger.

Casi me atraganté con el primer sorbo. ¿Desorden? Allá donde miraba todo estaba impoluto. No quería ni imaginar lo que la pobre pensaría si entraba en mi habitación. A veces, ni siquiera se veía el suelo de la ropa que había tirada. De hecho, durante este último mes he visto poco el suelo de mi habitación.

—No te preocupes, a todos nos pasa —contesté descaradamente mientras tomaba nota mental de recoger mi habitación al llegar a casa.

Noté cómo Melanie se mordía la lengua para no reír. Estaba claro que ella sabía lo que estaba pensando, o como mínimo lo intuía. Estiró la mano para tomar un puñado de galletas y se recostó en la alfombra mirándome.

—Así que ¿no tienes nada que contarnos, Kenzie?

Lo bueno no podía durar mucho. Pensé que podría olvidar la razón por la cual había tenido que mandar un mensaje a Mason avisándolo de que estaría con ellas esa tarde, pero allí estaba la buena de Mel recordándomelo.

—No la presiones —la regañó Alia dándole un codazo. Sus ojos oscuros se posaron sobre mí—. No tienes que contarnos nada si no quieres…

—… pero eso crearía una brecha irreparable en nuestra amistad —interrumpió Melanie, chillando en protesta cuando Alia le pegó—. Está bien, está bien, todo depende de ti y de las posibles malas conclusiones que nosotras solas saquemos.

Levanté las cejas. La tensión iba desapareciendo y gracias a sus bromas. Me estaba relajando.

—¿Qué tipo de conclusiones?

Fue Alia quien respondió.

—Por ejemplo, haberte montado un trío con los dos.

Si hubiese estado bebiendo, me habría atragantado en ese justo momento. Gracias, pero la poligamia, por el momento, no me parecía una buena idea.

—Mason y James no se soportan, no sé cómo ves eso factible —contesté mirándola anonadada.

Había un millón de razones más por las que aquella idea no era factible, pero no me pareció necesario enumerarlas. Alia rio y tiró una galleta hacia Melanie. Rápida de reflejos, la atrapó y se la comió.

—También podría tener algo que ver con la lista. Quizás es que los dos te persiguen —agregó Mel tomándose un tiempo para dar un sorbo a su refresco—. Antes no estaba segura, pero tu cara lo dice todo.

Yo, como siempre, tan reveladora como un libro abierto. Debería asistir a clases sobre cómo poner cara de póker.

Alia y Melanie se quedaron mirándome, repentinamente interesadas. Me mordí el labio nerviosa y entrelacé las manos sobre mi regazo retorciendo los dedos. Alia se acercó a mí y puso su mano entre las mías, tranquilizándome.

—No tienes que decirnos nada, Kenzie, pero somos tus amigas. ¿No se supone que estamos para eso? ¿Para apoyarte y aconsejarte en estos momentos?

—Yo soy una gran consejera —añadió Melanie con ironía.

Las observé mientras me mordía el labio inferior. Por un lado, me apetecía desahogarme con alguien, pero por otro… ¿no fue Alia la que me dijo que Mason le gustaba?

—Vais a pensar que soy una zorra —susurré finalmente, hundiéndome hacia delante con los hombros encorvados.

Melanie y Alia se miraron y se volvieron hacia mí al mismo tiempo.

—Ponnos a prueba —dijeron al unísono.

Y eso es lo que hice.

Les conté toda la historia desde el principio: lo de la desaparición de la lista y cómo la encontré, cómo Mason me había rechazado después de que yo le confesara mis sentimientos, cómo se comportó James conmigo en esos momentos, animándome y ayudándome sin pedir nada a cambio y cómo acabé jugando con los dos al mismo tiempo.

—¿Y por eso crees que eres una zorra? —dijo Melanie cuando acabé de hablar—. No es que estés jugando a dos bandas, Kenzie; solo estás confusa.

Pero yo no me sentía así.

Alia me pasó un brazo por los hombros de forma amistosa y me acercó a ella.

—Estamos en pleno siglo veintiuno. Las mujeres no tenemos que reservarnos hasta el matrimonio ni tener un solo novio durante toda nuestra vida. Piénsalo de este modo: si un chico sintiese algo por dos chicas y fuese incapaz de decidirse, ¿dirías de él que es un aprovechado? Espera, no he terminado. Debemos tener en cuenta que ese chico, aunque haya besado a las dos chicas, también les ha dicho cómo se siente y ahora son ellas quienes están peleando por conseguirlo.

—¡Oh, no! —negó Melanie llevándose la última de las galletas—. En ese caso las zorras serían las chicas.

Junté las cejas de forma que una arruga se formó en mi frente; la noté sobre la pequeña marca que la herida me había dejado.

—¿Estás insinuando que Mason y James son los golfos aquí?

—Unos completos y jodidos golfos —estalló en carcajadas Melanie, atragantándose con la galleta.

Alia negaba con la cabeza mientras le daba pequeños golpes en la espalda y me miraba.

—Lo que queremos decir es que tú no tienes la culpa. No del todo, al menos. Ellos dos saben dónde se están metiendo y cómo te sientes. Nadie puede obligarte a escoger cuando claramente no quieres hacer daño a ninguno.

Asentí. Tenía razón, no quería hacer daño a nadie. Y eso la incluía a ella.

—¿Tú no estás enfadada?

Pareció sorprendida por mi pregunta.

—¿Yo? ¿Por qué?

—Bueno... Pensé que te gustaba Mason.

—Me parece guapo. Eso no quiere decir que esté enamorada de él. Soy muy joven para atarme a una relación.

Lo dijo pasándose la mano por el pelo y apartándolo a un lado, como si estuviese posando para una foto. Me guiñó un ojo para subrayar su afirmación.

Melanie estrujó la lata vacía de su refresco haciendo un ruido ensordecedor y la lanzó sobre la bandeja. Después se volvió hacia mí y me miró con seriedad. Dando una palmada colocó sus manos juntas por debajo de su barbilla como si fuese a rezar y empezó:

—Esto es lo que hay, Kenzie. No te vuelvas loca por ellos. Deja que se monten su propia película. Los chicos no son el centro del mundo por mucho que lleguen a creérselo. Céntrate en tus exámenes y no les hagas caso.

De repente habíamos cambiado de tema y nos centramos en los exámenes de acceso a la universidad. Nos organizamos para estudiar algunos días juntas y prepararnos bien. Mientras tanto, en mi cabeza, iba dando vueltas a la conversación hasta que me hice una promesa a mí misma. Desde ese día, Mackenzie Sullivan iba a pasar del género masculino.

Lamentablemente, James y Mason no me lo pondrían tan fácil…

Odio a los niños.

Vale, realmente no es así. Solo odio a los niños llorones incapaces de decirte qué es lo que quieren, aunque la razón sea que aún no saben hablar.

Ahora me encontraba con uno de esos niños.

—¿Quieres ver la tele?

Llantos.

—¿Y una galleta? De chocolate…

Más lloros. Y más fuerte.

—¿Te duele algo, Haley?

La niña pequeña que tenía en mis brazos paró de llorar por un momento y me miró con sus grandes ojos inundados de lágrimas. ¿Finalmente había conseguido llamar su atención? ¡Pues no! Porque entonces su labio inferior hizo esa cosa tan bonita pero a la vez horrible de colocarse sobre el superior: un puchero.

Y más lloros.

Comencé a achucharla mientras internamente maldecía a mi madre por haberme conseguido ese trabajo como canguro. Una compañera de trabajo necesitaba que alguien de confianza cuidase de su hija por la tarde. Entonces se acordó de mí: me había visto una vez con mi madre y Leslie, actuando de forma muy responsable con mi hermana, y decidió que yo podía ser una buena opción. Mi madre aceptó sin consultármelo siquiera y el resultado era este: un bebé llorando y yo desesperada sin saber qué hacer.

No había mejor charla sobre el uso de anticonceptivos que una tarde con una niña pequeña. ¿Sería esa la idea de mi madre cuando aceptó?

Del otro lado de la casa se oyó un berrido furioso seguido de pasos acercándose. Leslie apareció en la cocina mirándome con el ceño fruncido, los brazos cruzados y el móvil en la mano.

—Saca esa cosa llorona de casa, ¡estoy intentando ver la tele!

Le devolví una mirada envenenada.

—¿Por qué no ayudas y preparas un biberón? Tal vez tenga hambre.

Por unos segundos mi hermana pasó de mirar a la niña rubia que se revolvía entre mis brazos a mirarme a mí. Mi expresión de desesperación debió de convencerla, porque puso el teléfono y el mando de la televisión en la encimera y se acercó a la bolsa que la madre de Haley había preparado para buscar la leche para el biberón.

—No sé a quién se le ocurrió la estúpida idea de pedirte que hicieras de canguro —refunfuñó mientras se movía por la cocina.

No podía culparla. Yo pensaba lo mismo.

Estaba acunando a la niña en mis brazos, tratando en vano de calmarla, cuando sonó el timbre. Lo último que necesitaba era que algún vecino viniera a quejarse por los llantos. Pasé de contestar, pero llamaron otra vez con insistencia.

—A mí no me mires, estoy preparando el biberón —dijo Leslie metiendo la leche en el microondas—. ¿Crees que ponerle un bozal serviría?

—Es una niña de dos años, no un perro —la regañé, alejándome y llevando a la máquina de lágrimas conmigo hacia la puerta.

Volvieron a llamar justo antes de que abriese. El pesado que estuviera detrás de la puerta ya podía haber venido por algo importante...

Era James.

—Hola —dijo con una sonrisa divertida.

Sin esperar a que respondiera me hizo a un lado y entró en mi casa como si fuese la suya propia, cerró la puerta y se paró en el descansillo para observar a Haley con curiosidad.

—Estaba en mi habitación tranquilamente cuando me pareció que estaban maltratando a alguien en esta casa —se burló bajando el rostro hacia la niña, que lo observaba con los ojos hinchados y llorosos—. ¿Te está haciendo daño esta nena mala?

¿Nena mala?

—Si vienes a quejarte, al menos haz algo y ayuda —le espeté al tiempo que le pasaba al bebé, dejándolo en sus brazos con resolución—. Haley, este es el idiota de James Smith.

El idiota de James Smith agarró a la niña con facilidad, la acercó a él y la apoyó sobre su cintura. Lo miré sorprendida. ¿Cómo lograba que aquello pareciera tan natural? Y no solo eso...

—¿Cómo has conseguido que deje de llorar? —le pregunté incrédula. No podía salir de mi asombro—. Acabo de pasártela y… y te la he pasado ahora mismo y ya no… no llora, pero yo…

James sonrió con ganas. De repente, las diminutas manos de Haley, que ahora se dedicaba a investigar meticulosamente el rostro de James y a tirar de las puntas de su cabello, habían ido a parar a sus labios.

—No te lo tomes a mal, nena, los niños me adoran. —Y guiñó un ojo sacudiendo a Haley más cerca—. Es por mi pelo.

Oh, sí, porque el naranja rojizo era un color llamativo. Aliviada por haber dejado de escuchar los lloros, decidí aprovechar el momento para guiar a James hasta la cocina, donde Leslie había terminado de preparar el biberón.

—Bueno, esto ya está —dijo cuando nos vio entrar, y se retiró a toda prisa hacia la sala—. ¡Hola, vecino!

—¡Hola, vecina! —gritó James, pero ella ya había desaparecido por la puerta.

Agarré el biberón que Leslie había dejado al lado de su teléfono y el mando de la televisión. Había salido tan rápido que se los había dejado allí olvidados. Quería acabar con todo lo que tuviera que ver con el bebé lo más rápido posible, así que acerqué el biberón a Haley.

James volvió a sorprenderme apartando a la niña antes de que le diera el biberón.

—¿Qué haces? No sabes si esa cosa quema o está fría.

Arrugué la frente y entorné los ojos sin comprender. James suspiró. Sin mediar palabra, me quitó el biberón y me pasó a Haley, que inmediatamente comenzó a llorar.

¿Era una clase de broma pesada? ¡Los niños me odiaban!

—Antes de darle la leche tienes que comprobar que no esté demasiado caliente ni se haya quedado fría —dijo James mientras giraba el biberón y dejaba caer una gota de leche sobre su muñeca—. Esta zona del cuerpo es mejor que los dedos para comprobarlo porque suele permanecer a una temperatura estable.

¿Y cómo demonios sabía él tanto sobre niños? Decidí que no importaba. Lo único que quería era que Haley se tomara el maldito biberón, ponerla a dormir la siesta y olvidarme de ella hasta que su madre volviese a buscarla.

—Hay que esperar un poco, esto parece lava hirviendo.

James sacudió su muñeca limpiándose la leche con la manga y dejó el biberón sobre la encimera. Agarró a Haley y la condenada niña dejó de llorar en cuanto él la acunó. Me sentía como si fuera la protagonista de una película patética sobre padres adolescentes.

Espera, voy a borrar eso de mi mente. ¡Reseteo, por favor! ¿Padres adolescentes? ¿Con James? Tanto tiempo sometida a esos llantos estaba afectando a mi cerebro.

—¿De verdad la has oído llorar desde tu cuarto? —pregunté mientras me sentaba en un taburete frente a James y observaba cómo Haley volvía a poner las manos sobre su rostro.

—Tenía la ventana abierta —asintió—. Te vi paseándola por toda la casa y pensé que podrías necesitar ayuda. Ya ves que se me dan bien los niños.

Sentí una punzada involuntaria en el corazón. Era un gesto muy bonito. Me ablandé durante unos segundos:

—Gracias, sí que necesitaba ayuda.

Nos miramos sonriendo. Él no apartó la mirada y yo tampoco lo hice. Cosquillas en el estómago…, era otro de esos momentos.

Intenté apartar la mirada, pero no podía. Sabía que no debía hacerlo, pero no podía evitarlo. ¡Maldición! Me había prometido a mí misma que pasaría de los chicos y me centraría en mis exámenes, pero…

El teléfono de mi hermana comenzó a vibrar sobre la mesa. La estaban llamando. Era justo lo que necesitaba. Salté del taburete y aparté la mirada de James. Agarré el teléfono. Me quedé extrañada al leer el nombre que aparecía en la pantalla.

¿Mr. Petulante?

Igualmente contesté. Con mi hermana nunca se sabía, podía tratarse de nuestro padre.

—¿Hola?

Silencio. Extraño.

—¿Hola, quién es? —dije de nuevo—. Si no es nadie, colgaré.

Alguien, nervioso, carraspeó al otro lado. Más extraño aún.

—Yo… Esto… ¿Está Leslie?

El grado de extrañeza se elevó a la décima potencia. Conocía esa voz.

—Sí, un segundo. Se ha dejado el teléfono en la cocina. Soy su hermana.

Al volver a escucharlo, reconocí la voz de mi interlocutor.

—¿Mackenzie?

Diablos.

—¿Blake? No, espera, ¿Hunter?

—Eh…

No pude contener una carcajada. James me miraba con curiosidad mientras agarraba el biberón y volvía a tomar la temperatura.

—¡Eres uno de los *horrigemes*!

El chico parecía sentirse incómodo.

—Oye, ¿está Les por ahí? Yo quería…

—No, espera, dime quién eres. ¿Blake o Hunter? Dios, soy incapaz de diferenciaros.

—Yo…

—¡Kenzie! ¡Dame mi teléfono!

Mi tono de voz se había elevado por la emoción al descubrir que era uno de los *horrigemes*, así que Leslie entró en la cocina atraída por mis gritos y me pilló desprevenida.

—Dime primero quién es —me burlé, apartándome antes de que pudiera quitarme el aparato—. En la pantalla solo ponía Mr. Petulante.

—¿Mr. Petulante? —se quejó el chico al otro lado de la línea—. ¿En serio me tiene como Mr. Petulante?

Reí más fuerte.

—Supéralo, chico —dije, pero mi hermana se abalanzó sobre mí, me quitó el teléfono y se marchó corriendo al salón—. ¡No me has dicho quién era!

Negué con la cabeza todavía sonriendo y me volví hacia James. La temperatura ya debía de haber bajado de lava hirviendo, porque estaba dándole el biberón a Haley.

—¿Debo preguntar?

—¿Tienes tiempo para escuchar?

Mientras la niña se tomaba el biberón, le conté a James toda la historia de Leslie durante el fin de semana con nuestro padre, omitiendo los detalles que ya conocía sobre Mason. No era que me preocupara nada en especial, simplemente quería evitar momentos de tensión innecesarios entre nosotros.

Al final, James se quedó ayudándome con la niña el resto de la tarde; incluso la durmió. Literalmente. Haley se quedó inmóvil en sus brazos sin querer que la pusiéramos en la sillita y a él no pareció importarle.

Cuando mi madre y la de Haley llegaron a casa nos encontraron a todos en el salón. Leslie estaba viendo la televisión sentada en el suelo mientras tecleaba en su teléfono. James estaba con Haley dormida en su regazo, sentado a mi lado, inclinado sobre un libro de trigonometría e intentando explicarme un problema imposible de comprender.

—Hola, James —dijo mi madre, que me miraba con las cejas arqueadas—. ¿Qué haces aquí?

—Me ha estado ayudando —contesté, intentando evitar una conversación de madre cotilla—. Se le dan bien los niños.

—Tengo muchos primos pequeños —dijo James mientras entregaba a Haley a su madre, que se había acercado a ellos silenciosamente—. Mi hermano y yo somos los mayores y en las reuniones familiares siempre nos toca cuidarlos.

Miré hacia mi madre y vi que tenía ganas de hacer más preguntas. No iba a permitir que lo hiciera. No era una de esas adolescentes que escondían su vida a sus padres, pero tampoco quería que se inmiscuyera en mis asuntos. Con Haley en los brazos de su madre, me puse de pie de un salto y sacudí mis manos.

—Bien, James ya se iba. Venga, te acompaño a la puerta.

—Pero no he terminado de explicarte el ejercicio…

Dios, era lento cuando quería. O tal vez no, porque cuando lo miré con los ojos entornados una pequeña sonrisa apareció en sus labios. Se estaba riendo de mí. Peor aún, sabía lo que ocurría entre mi madre y yo y solo quería hacerme pasar un mal rato. Era malvado.

Crucé los brazos mientras gruñía.

—Fuera. Ya.

—¡Kenzie! —dijo mi madre—. ¿Así tratas a tus invitados cuando te han estado ayudando?

Lancé una mirada de odio hacia James mientras se levantaba y lo empujé fuera del salón ante la atónita mirada de la madre de Haley. Después de eso y con un poco de suerte, nunca volvería a dejarme cuidar de su hija.

—James no es un invitado, mamá. Es una lapa.

Cuando salimos del salón, ya fuera de su radio de visión y oído, James inclinó la cabeza para susurrarme.

—Pero tendrás que admitir que soy una lapa muy *sexy*.

No lo admití, pero sí reí.

Lo empujé con más fuerza hasta echarlo de casa. La noche ya había caído y se veían sombras de nubes oscuras en el cielo, iluminado por alguna estrella. James se paró delante de mí en la entrada y nuestras miradas volvieron a cruzarse.

—Si alguna vez necesitas mi ayuda no tienes que esperar a que yo venga solo, Mackenzie. Siempre puedes llamarme, estoy a unos pasos.

Asentí.

—Gracias, lo tendré en cuenta.

Inclinó la cabeza hacia un lado sopesando mi respuesta.

—¿Gracias? ¿Me paso una tarde entera haciendo de canguro y explicándote trigonometría y eso es todo lo que gano? ¿Gracias? Venga, nena, creo que me merezco algo más.

—Yo no te he pedido nada. ¿Qué quieres? ¿Un caramelo? Y no me llames «nena».

Su rostro se acercó unos centímetros al mío y las puntas de nuestros zapatos chocaron. Contuve la respiración en mi garganta. Sus ojos verdes brillaban con su sonrisa.

—Te encanta que te llame «nena».

Tragué saliva.

—No.

—Mientes.

Por una milésima de segundo pensé que me besaría. Y por una milésima de segundo también pensé en dejarme besar. Pero eso no pasó. Mostrando una fuerza de voluntad mayor que la mía, James dio un paso hacia atrás y se apartó. Entonces maldije: ¡yo iba a pasar de los chicos!

—Nunca te he explicado por qué te llamo «chica chicle».

Fruncí el ceño.

—¿Me lo vas a decir ahora?

—No. —Lo imaginaba—. El misterio es lo que me hace atractivo.

No lo pude evitar y reí.

—¿En serio? Pensaba que ser un idiota era lo que te hacía atractivo.

En un visto y no visto James volvía a estar pegado a mí, recortando la distancia con un paso rápido. Acercó de nuevo su rostro hacia el mío, sonriendo en señal de victoria.

—Así que por fin lo admites, nena. Me encuentras atractivo.

—Nunca he dicho lo contrario.

Su mirada bajó a mis labios y la mantuvo el tiempo suficiente para que pudiera notarlo. Luego volvió a mis ojos.

—Buenas noches, Mackenzie.

Se acercó un poco más y dejó un beso sobre mi piel, posando sus labios en mi frente. Cerré los ojos mientras el corazón me latía a mil por hora ante su repentino e inesperado gesto.

Sentí el aire frío cuando se apartó.

—Buenas noches, James.

Capítulo 18

—¿Qué haces aquí?

Mason sonrió recostándose en mi pupitre, mirando cómo guardaba los libros en la mochila. El flequillo claro le caía sobre los ojos por debajo de las cejas, lo que lo obligaba a pestañear exageradamente.

Se inclinó hacia mí con una sonrisa de medio lado. Agarró la mochila y se la llevó al hombro mientras imitaba mi voz agudizando la suya.

—Hola, Mason, ¿cómo estás? ¡Me alegra tanto verte en mi clase!

Le saqué la lengua riéndome y lo seguí fuera del aula.

—Tal vez no lo recuerdes, pero nos hemos visto esta mañana —dije resueltamente—. Y nos íbamos a ver ahora mismo, para volver a casa en tu coche.

Mason me abrió la puerta del aula y me dejó pasar primero, siempre tan caballeroso. Reajustó las correas de mi mochila sobre su hombro izquierdo; llevaba la suya colgada del derecho. Era divertido ver cómo se defendía, ya que ambas mochilas se resbalaban continuamente y él hacía todo lo posible por colocarlas en su lugar. Habría podido ayudarlo y llevar yo la mía, pero la situación era muy cómica y, para qué negarlo, me gustaban esa clase de gestos.

—Me pareció que había pasado demasiado tiempo desde esta mañana y pensé, ¿qué demonios? Al fin y al cabo, el único momento que pasaremos juntos esta semana será estudiando. Mejor aprovecharlo al máximo.

Detecté cierto tono de tristeza mal disimulado en Mason, pero en cierto sentido tenía razón. Desde que me había hecho amiga de Melanie y Alia, y especialmente desde el asunto de la foto y de que Mason y James empezaran a competir por mí, apenas había pasado tiempo con mi mejor amigo. A solas, quiero decir. Exceptuando nuestros viajes en coche, por supuesto. Durante la comida siempre estábamos con Alia y Melanie. Quedaba con ellas por las tardes y, además, me había tocado hacer de canguro. Y el viernes ya habíamos quedado para salir con los demás, así que no había escapatoria.

—¿Qué vamos a estudiar esta tarde, cerebrito? ¿Matemáticas? ¿Inglés?

—Biología. Aún no domino del todo el último tema.

Alcé las cejas y aceleré el paso para poder seguir su ritmo por los pasillos mientras esquivaba a nuestros compañeros.

—Supongo que con «no domino del todo» quieres decir que no sabes situar cada punto y coma. ¡Eres un maldito genio de la biología!

No pudo disimular una sonrisa.

—Se me da bien. Punto.

—Eres un cerebrito. Punto.

—Envidiosa…

—No te imaginas cuánto —dije arrugando la nariz.

A mí se me daban mal absolutamente todas las asignaturas, sin excepciones—. Cuando seas un médico famoso podrás auxiliar a la pobre de tu amiga vagabunda que no fue capaz de terminar ni el instituto.

Salimos del edificio y de nuevo Mason me abrió la puerta, dejándome pasar primero.

—No sé, no me veo como médico. Me gusta más el trato con las personas. Ya sabes, ser más cercano. Y no seas tan pesimista, por Dios. Seguro que acabas el instituto y entras en la universidad.

—Recuerda tus palabras dentro de cinco años, futuro millonario.

Mason puso los ojos en blanco. Cuando llegamos al coche, dejó nuestras mochilas en los asientos de atrás. Por el camino, continuamos hablando de los exámenes, que cada vez estaban más cerca, las universidades, el futuro… Siempre había sabido que Mason conseguiría entrar en la universidad que quisiera, mientras que era posible que yo no entrara en ninguna, pero ahora que lo veía tan cerca era más difícil de asimilar. Imaginarme mi vida sin él… No podía.

Estaba tan absorta en mis pensamientos que no me fijé en que tomó el camino hacia su casa.

—Pensé que estudiaríamos en mi casa —dije mirando por la ventana—. No creo poder soportar otra charla de tu padre sobre el mal uso de las nuevas tecnologías mientras tus perros intentan comerme.

—Los perros no comen personas, Mackenzie —se rio mientras giraba hacia el camino de entrada—. Además, mis padres no están en casa.

Se suponía que eso debía tranquilizarme, pero solo logró el efecto contrario. No tenía sentido. Mason y yo habíamos estado solos en mi casa muchas veces desde que éramos pequeños, pero después de habernos sincerado sobre nuestros sentimientos la situación era diferente.

Él fue el primero en bajar del coche.

—Vamos, los perros están lejos —dijo gesticulando con la cabeza—. Baja antes de que me huelan y vengan a saludar.

Como si hubiese dicho que había una bomba bajo el coche, salté fuera del asiento del copiloto, agarré mi mochila de la parte de atrás y lo seguí dentro de la casa.

Me quedé embobada mirando las nuevas obras de cerámica de su madre, como sucedía siempre que estaba allí, respirando el dulce aroma de la casa y disfrutando de los brillantes colores.

—Ve preparando las cosas en el salón, voy a por algo de comer.

Fui a la sala de estar, donde unos sofás mullidos de tela con cojines de ganchillo hacían esquina frente a una chimenea decorativa. Ni televisión, ni teléfono, ni ordenador. A veces me preguntaba cómo Mason podía sobrevivir en una casa así. Ya sabía la respuesta: porque veía conmigo las series de televisión.

Me dejé caer en uno de los sofás, que resultaban más cómodos de lo que parecían. Tiré mi mochila al suelo y saqué el libro de biología. Lo abrí por el último tema y lo dejé a mi lado. Me quité las botas para andar descalza sobre la alfombra mullida y puse mi cazadora a un lado. Volvía a tomar el libro cuando la música llegó a mis oídos.

—¿Música para estudiar?

Miré a Mason perpleja, como si en ese momento le hubiesen salido dos cabezas. Había aparecido en el salón haciendo sonar en su móvil *Give me love*, de Ed Sheeran, en lugar de traer comida, que era lo que yo esperaba. ¿Qué demonios…?

—¿Recuerdas cuando te pedí ir al baile y me dijiste que no?

Oh. Dios. Mío.

Empezaba a sospechar de qué iba todo.

—Más o menos…

Mason avanzó hacia mí y se quedó en el centro de la sala.

—¿Y recuerdas cómo me rechazaste?

Tragué saliva.

—¿Más o menos?

—Quiero enseñarte que sé bailar y quizás así consiga hacerte cambiar de opinión.

Que él supiese bailar o no era lo último que me importaba, y ambos lo sabíamos. Mason lanzó el teléfono sobre el sofá y se inclinó sobre su cintura ofreciéndome una mano.

—¿Recuerdas la última vez que bailaste? Leslie se pasó una semana riéndose de ti. —Intentaba hacerle desistir con un recuerdo traumático, pero él ni se inmutó—. Vamos, Mase, no hace falta que hagas esto.

Levantó la cabeza, todavía en la misma postura, y me pidió que bailara con él. Su mirada era profunda.

—Por favor.

No había forma humanamente posible de que yo me resistiera.

Respiré con profundidad tratando de asentar la piedra que había crecido de repente en mi estómago y le di la mano.

Una sonrisa se dibujó en su rostro y sus dedos envolvieron los míos. Con una fuerza que no cuadraba con la música me levantó del sofá con el impulso, haciendo que mi pecho chocara contra el suyo.

Y de paso le pisara un pie.

—Lo siento —susurré mientras dejaba que llevara mis manos alrededor de cuello—. Soy la cosa más torpe del mundo.

Era una canción lenta, no íbamos a menear nuestros cuerpos a ritmo de *rock and roll*, precisamente. Tenía que haberlo pensado antes de dejarme conmover por sus ruegos y aceptar bailar con él.

Mason apoyó sus manos en mis caderas y empezamos a movernos al ritmo de la melodía, lenta y tranquilamente.

—Te dije que sabía bailar —dijo en voz baja, aunque estábamos tan cerca que pude escucharle sin problemas—. Aquella vez solo estaba intentando hacerte sonreír.

—Sí, porque el idiota de Matt Sanders me había pegado un chicle en el pelo y al día siguiente iría con un peinado horrible a clase —dije con una sonrisa—. Pensé que todos se reirían de mí porque mi madre me cortó el mechón entero.

Mason forzó una vuelta de ciento ochenta grados. Tuve que agarrarme más fuerte a su cuello para no perder el equilibrio.

—Eso daba igual, estabas guapa llevases el peinado que llevases.

Me estaba poniendo roja y Mason se había dado cuenta, aunque no hizo ningún comentario al respecto. Paseó su mirada por mi rostro encendido, mi nariz, mis labios, hasta que volvió a enredarse en la mía. No dejó de mirarme en ningún momento mientras girábamos y nos balanceábamos por la habitación.

Antes de que la canción acabase, sus labios se acercaron tentativamente a mi oreja y susurró:

—¿Puedo abrazarte?

Contuve el aliento. Mason nunca me había pedido permiso para tocarme. Llevábamos toda la vida haciéndolo: él fue el que me hizo tantas cosquillas en el sofá que terminé llorando de la risa el día que mi padre se fue de casa. También fue la personita que ayudó a su madre a cocinar cuarenta magdalenas de chocolate el día de mi décimo cumpleaños, el niño que me tiraba del pelo cuando hacía algo que le molestaba, el niño que esposó mi muñeca a la suya porque no quería dejarme ir a clase de natación porque me daba miedo…

Mason siempre había estado allí sin pedir nada a cambio. Siempre había sido mi mejor amigo y sentía que lo estaba perdiendo.

Por eso finalmente asentí.

El aire escapó de mis pulmones cuando me abrazó, puso sus manos en la parte superior de mi espalda y me acercó a él tanto como pudo. Mi corazón se aceleró, en un cúmulo de emociones que empezó a estallar en mi pecho. Confusa y mareada, escondí el rostro en su cuello y apreté mis manos sobre sus hombros hasta agarrarlo de la camisa.

Su respiración era lenta y profunda. Muy lentamente, sus manos empezaron a bajar, desde mis omoplatos hasta la parte baja de mi espalda. Sentí cada uno de sus dedos plegándose sobre mi piel, acariciando cada milímetro sobre mi ropa y apretándome contra él.

Recordé cómo nos besamos en casa de mi padre, el tacto de sus labios sobre los míos y la sensación de su pelo entre mis dedos.

Sentí las lágrimas asomando detrás de mis párpados. Porque era verdad. Porque de alguna manera estaba perdiendo a mi mejor amigo y, fuese para bien o para mal, no quería que eso pasara.

Capítulo 19

Me puse el jersey blanco, lo suficientemente largo para tapar la cintura de mi falda negra. Aparté los mechones de cabello suelto de la cara y me miré en el espejo. Fruncí el ceño. Me había dejado el flequillo suelto y me molestaba, me tapaba los ojos. Tampoco me convencía la falda. No llevaba falda muy a menudo y tenía miedo de que se me viera el trasero a cada paso.

En mi defensa diré que fue idea de Melanie, no mía. Y, creedme, no puedes contradecir a una chica que te saca cabeza y media.

—Estás perfecta, deja de mirarte en el espejo.

Me volví hacia Leslie sin estar demasiado convencida. Ella estaba estirada bocabajo en mi cama jugueteando con su teléfono móvil. Empezaba a considerarlo una extensión de sus manos.

—¿Y qué hay del flequillo?

—No te preocupes, a él le encantará.

Fui hacia el armario con el ceño todavía fruncido.

—¿A él? —pregunté mientras sacaba unas medias negras transparentes.

—Sí, al chico que te gusta, al que quieres impresionar con esa ropa.

—Yo no quiero impresionar a nadie. Melanie me obligó a usarla.

—Seguro...

Leslie se hizo a un lado para dejarme sitio en la cama para ponerme las medias. Cruzó las piernas al estilo indio y me miró dejando de lado su teléfono por unos segundos. Increíble.

—Es cierto. Ella es la que está emocionada con la cita que en realidad no es una cita, sino una salida de amigos. Espero que no acabe asustando a Jack o seremos Alia y yo las que tendremos que consolarla...

Mi hermana rio y yo me distraje, de forma que estuve a punto de rasgar las medias. Aquellas medias eran finísimas. Si conseguía ponérmelas sin romperlas, merecería un premio.

—¿Sabes que no soy ni tonta, ni ciega ni sorda, Kenzie? —comentó Leslie mirando de reojo su teléfono—. Sé que pasa algo con Mason y con James.

Las medias volvieron a correr peligro. Desvié mi mirada hacia ella a tal velocidad que el pelo, que llevaba largo y suelto, me dio de pleno en la cara.

—¿Qué sabes tú?

—¿Hola? —Alzó las cejas como si la hubiese insultado—. Por si no lo recuerdas, estaba presente cuando os encontré a Mason y a ti en el cuarto después de lo que seguramente, apostaría mi ordenador, no era una conversación amistosa...

—¡Leslie!

—… y también estuve el otro día en casa cuando James te ayudó a cuidar de Haley —dijo pasando completamente de mí—. He visto las miraditas que os echáis el uno al otro.

Me guiñó un ojo y me sacó la lengua mientras me daba un codazo sugerente. Mi hermana era un monstruo. ¿Cuándo había dejado de ser una niña para convertirse en una adolescente?

Salté de la cama y terminé de colocarme las medias. En ese momento, sonó el timbre de la puerta.

—Ese debe de ser Mason, baja a abrirle, por favor —le pedí mientras me ponía las botas a toda prisa.

Leslie lanzó un sonoro suspiro de pereza, pero me hizo caso.

—Sé que no quieres mi opinión, pero deberías terminar con todo esto cuanto antes. Ya sabes quién te gusta. Se os nota cuando estáis juntos.

Mi hermana desapareció de mi habitación para ir a abrir a Mason, dejándome sola y pensativa. ¿Sabía realmente quién me gustaba? ¿Quién quería que fuera mi chico?

Mason me miró incrédulo cuando aparecí en el salón. Inocente de mí, pensaba que Leslie le daría conversación… Pero no, estaba demasiado ocupada tecleando en su teléfono móvil. ¡Y ni siquiera me había dicho si el chico era Blake o Hunter!

—¿Estoy soñando o lo que llevas puesto es una falda? —dijo alzando las cejas.

Le di un golpe al llegar a su lado.

—¡Oh, cállate!

—La última vez que te vi así tenías once años y era tu cumpleaños… No, espera, déjame verte mejor. A ver, da la vuelta…

Me tomó de la mano sin que pudiera evitarlo y me obligó a dar una vuelta completa hasta quedar de nuevo cara a cara con él. Sonrió dulcemente y le devolví la sonrisa.

—Estás muy guapa.

—Gracias.

Agarré mi abrigo y lo seguí hacia el coche. El porche de los vecinos estaba iluminado y pude ver perfectamente a James apoyado contra la pared esperando a Jack. Al verme, hizo un vago gesto de saludo con la mano. Me mordí el labio inferior antes de devolvérselo y aparté la mirada.

Mason me esperaba al lado de la puerta del copiloto, que había abierto para que yo entrara.

Sonreí y entré en el coche. Por dentro, sin embargo, no sonreía. Mi cabeza daba vueltas y más vueltas y sentía el pecho oprimido por la angustia.

Leslie tenía razón. Tenía que acabar con todo esto. Tenía que dejar de jugar.

Tenía que hacerlo porque ya sabía de quién estaba realmente enamorada.

—Pensaba que íbamos a salir a cenar, o a tomar algo, o al cine…

Melanie me miró como si fuese la persona más tonta e ingenua del universo. Luego rodeó mis hombros con su brazo atrayéndome hacia ella y me guiñó un ojo.

—¿Te habría insistido tanto en que te pusieras algo decente si la idea fuera ir al cine?

—Pero ¡es una discoteca! —dije, mirando con miedo

hacia la puerta del *pub* desde la ventanilla del coche—. ¡Ni siquiera llevo zapatos altos!

Alia, que había estado escuchando nuestra conversación mientras tecleaba rápidamente en su teléfono, se volvió en el asiento delantero hacia nosotras con los brazos cruzados. Ellas sí que iban arregladas. Alia llevaba un vestido oscuro y unos zapatos de vértigo, con su cabello negro ondeando en unos rizos oscuros envidiables. Melanie iba con un pantalón ajustado y una blusa brillante. No llevaba tacones, pero con su altura tampoco le hacían falta.

—Generalmente te diría que, tanto arregladas como con chándal, las chicas siempre estamos preciosas, pero aquí tengo que darte la razón. —Se volvió hacia Melanie con los labios apretados—. Ni siquiera se ha maquillado y todas somos menores de dieciocho. ¿Cómo piensas hacer que nos dejen pasar?

Mel nos sonrió. No me gustó nada la diversión que había bajo sus ojos.

—Todo tiene solución.

Haciendo caso omiso a mis protestas, tiró su bolso sobre mi regazo y encendió la luz interior del coche de Alia, que estaba aparcado en fila delante del de Mason y detrás del de James. Mason había ido a sacar dinero al cajero —no iba preparado para ese destino— mientras James y su hermano comían algo en un bar, ya que Jack no había tenido tiempo de cenar para llegar puntual a la cita. Nosotras preferimos quedarnos hablando en el coche y escuchando música.

—¿Marrón o negro? —preguntó sacando del bolso dos lápices de ojos en un rápido movimiento.

—Eh…

—Marrón —intervino Alia—. Le va con su color de ojos.

—Marrón será —asintió ella—. Cierra los ojos, K.

—¿K.?

Melanie se impacientó, sacudiendo el lápiz delante de mí como si fuera una aguja haciendo tictac.

—K. de Kenzie. Y ahora, ojos cerrados.

En un visto y no visto, Melanie hizo magia. Su bolso parecía un pozo sin fondo: llevaba pintalabios, rímel, sombras de ojos…, ahora podría pasar por una universitaria.

—No se puede hacer nada con los zapatos, pero al menos así ya estás mejor. —Sonrió satisfecha mientras me pasaba un pañuelo para retirar el exceso de pintalabios rojo—. Bésalo como si fuera James.

—O Mason —dijo Alia divertida—. O Brad Pitt, aunque en mi opinión ya se está quedando un poco mayor para nosotras.

Puse los ojos en blanco y tomé el pañuelo, aunque en lugar de besar el papel lo puse entre mis labios y apreté. Prefería hacerlo así, en lugar de dar un beso a un pañuelo. Luego me volví hacia ellas. No me encontraba muy segura en esta situación.

—Todo esto está muy bien, pero… ¿qué pasa si nos piden el carnet? ¿Tenéis pensado cómo entraremos en el bar?

Alia miró instintivamente a Melanie y esta bajó la mirada a su regazo mientras recogía todo el maquillaje con demasiado ímpetu.

—Podemos decir que… Jack es muy buen amigo del dueño —dijo finalmente Mel—. Y nos van a colar —añadió, por si no había captado el mensaje.

—No lo entiendo —dije negando con la cabeza y haciendo una bola con el pañuelo de papel—. Se suponía que necesitabas esta cita para poder conocer mejor a Jack. ¿Cómo es posible que sepas eso?

—¿Él me lo dijo?

Melanie puso su mejor cara de inocencia. No funcionó.

—Está bien, lo admito, he estado hablando con él desde nuestra primera cita.

Si hubiera tenido algo en la boca, me habría atragantado.

—¿Qué primera cita?

—La que tuvimos el fin de semana pasado, cuando tú te fuiste a casa de tu padre… Resulta que yo también le gusté. Bueno, no exactamente. En realidad, le di tanto la lata a James que aceptó hacer de celestina con su hermano y quedé con Jack el fin de semana. Congeniamos, seguimos hablando y planeamos esto.

Mientras hablaba continuaba con la mirada fija en su regazo y sus mejillas se habían teñido de rosa. Parecía avergonzada por su comportamiento, pero yo estaba demasiado ocupada tratando de unir las piezas sueltas del rompecabezas.

—¿Y para qué hemos quedado hoy? ¡Se supone que era, repito, para que tú y Jack pudieseis conoceros mejor!

Sin embargo, fue Alia quien contestó.

—En primer lugar, yo me enteré de esto ayer y también me cabreé bastante porque me lo había estado ocultando. Segundo, resulta que esta sí es una especie de cita trampa.

Para el poco tiempo que llevábamos juntas desde que comenzó la noche, había muchas cosas que no me gustaban. Como la expresión «cita trampa». Extrañamente, sonaba a que el propósito era juntar a dos personas. Y extrañamente empezaba a pensar que esas dos personas éramos…

—Digamos que Jack quiere ayudar a su hermanito —suspiró Melanie, rindiéndose y buscando mi mirada—. Quiere que le des una oportunidad a James.

Mis labios dibujaban una perfecta «o». ¿Desde cuándo mi vida amorosa se había convertido en una telenovela en la que participaban tantas personas?

Alia sintió mi sorpresa y bajó el volumen de la radio del coche, que en aquellos momentos reproducía *Side to side*, de Ariana Grande. Melanie tomó mis manos entre las suyas y apretó.

—No te enfades. James no sabe nada de esto. A él realmente le gustas. De hecho, le gustas tanto que ha hablado de ti con su hermano. Y Jack sabe que somos amigas, así que cuando le dije de cancelar la salida en grupo me pidió que no os dijera nada para que siguiera en pie y poder utilizarla como excusa para daros a James y a ti la posibilidad de estar juntos en otro ambiente. Ya sabes, en una discoteca, con la música, el calor, los bailes sugerentes…

¿Bailes sugerentes? Necesitaba salir del coche y tomar aire fresco.

Abrí la puerta y salí a la calle. El aire frío de la noche me hizo estremecer y agitó el cabello a mi alrededor. Alia y Melanie salieron detrás de mí y me rodearon. Me miraban con miedo, lo que no era nada extraño, porque tenía los ojos fijos en algún punto en el suelo mientras me abrazaba a mí misma y apretaba los labios en señal de furia.

Oh, sí. Estaba enfadada. ¡Aquello era una emboscada en toda regla!

—¿Kenzie? —dijo Alia con timidez.

No contesté.

—Kenzie, lo siento, debí pensarlo mejor —empezó a disculparse Mel, pero me di la vuelta hacia ella para hacerla callar.

—¡Sí, debiste pensarlo mejor y habérmelo dicho! ¿No te das cuenta? Esto es una cita forzada entre James y yo, ¡con Mason delante! ¿Qué se supone que voy a hacer ahora? ¿No estaban las cosas bastante complicadas ya?

Una vez que acabé de desahogarme me dejé caer al suelo, sentándome sobre el frío asfalto. Melanie y Alia se agacharon a mi lado. En realidad, no estaba enfadada con ellas, sino conmigo misma, pero me gustaba tener a alguien que se preocupara por mí y me escuchara, aunque fuera después de haber metido la pata.

—Nunca quise verme en esta situación… —me lamenté, hundiendo el rostro entre las manos.

Alia acarició mi hombro.

—Siempre podemos ir a otro sitio. Seguro que hay alguna película buena en el cine.

Me negué. El problema no eran ellas, el plan o la cita, sino yo. Mason, James y yo. Los triángulos amorosos nunca funcionaban. Tenía que acabar con esto. Alia me miró confusa.

—Está bien, o podemos seguir adelante con el plan y entrar en la discoteca.

Casi reí por su tono exagerado de desconcierto. *Casi*.

—No es eso, chicas, es que… —Levanté la cabeza y las miré. A ambas. Tomé aire y cerré los ojos antes de soltarlo—. Me gusta James.

Melanie ladeó la cabeza.

—Lo sabemos, pero… ¿gustar como gustar o gustar como…?

—¿Como estar enamorada de él? —la interrumpí forzando una sonrisa y regañándome cuando recordé que James odiaba que hiciera eso—. Exactamente como eso.

Durante los siguientes segundos se produjo un silencio tenso y calculador. Mi vida empezaba a parecer realmente una novela. O una película. No, borrad eso, no era tan dramático. ¡Viva la prepotencia en momentos de pánico! Fue Alia quien rompió el silencio.

—¿Y qué pasa con Mason?

He ahí lo más duro de todo. Suspiré profundamente.

—He estado enamorada de Mason durante muchos años y nunca ha pasado nada. Lo sé, es culpa mía, nunca antes se lo había dicho, pero al principio de todo este asunto él tampoco dijo nada. Llegué a gritarle lo que sentía y no obtuve respuesta. Sin embargo, ahora, justo cuando empezaba a parecer que podría tener algo con James, se presenta en casa de mi padre a decirme que está enamorado de mí y me besa.

—Y tú le correspondiste —dijo Melanie, como si hiciera falta hacerme sentir más culpable.

—¡Me he pasado media vida enamorada de él! Era como si un sueño se hiciese realidad. Tarde, sí, pero ¿quién puede rechazar un sueño hecho realidad después de haberlo deseado durante tanto tiempo? Dios, aún le quiero, pero es mi mejor amigo. Si acabásemos saliendo y luego no funcionara, ¿qué? Lo perdería para siempre. Al menos ahora tenemos la oportunidad de arreglar las cosas.

Lancé un gruñido cuando acabé y nadie me contestó. Todo eso era tan frustrante… Por eso no podía decidirme. Hiciera lo que hiciese, dijera lo que dijese, alguien acabaría mal. ¿No podía vivir en un mundo en el que todo fuese felicidad y alegría?

Melanie se incorporó y me tendió una mano para ayudarme a levantarme. Sonrió con una expresión de compasión antes de hablar.

—Creo que estás dando vueltas y buscando excusas que expliquen por qué vas a rechazar a Mason, pero te has olvidado de la razón más obvia de todas.

Pinchazo en el estómago. Melanie tenía razón.

—Rechazo a Mason porque ya no siento por él lo que sentía hace algún tiempo —dije a regañadientes con la cabeza gacha.

Melanie no se dio por satisfecha.

—¿Y…? —presionó.

—Y porque lo que siento por James es mucho más intenso.

Eso sí pareció que le bastaba, porque puso una sonrisa socarrona, llena de picardía. Ojalá pudiera sentirme así también. Se agachó para darme un codazo tan fuerte que tuve que dar un salto.

—¿Y bien? —preguntó alzando las cejas con mirada pilla—. ¿A qué estás esperando para lanzarte a los brazos de tu bombón pelirrojo?

Esa respuesta era fácil, pero dura.

—Antes de decirle nada a James, tengo que hablar con Mason.

Entrar en la discoteca fue tan fácil como Melanie lo había planteado. Bastó con que Jack se acercara al portero y le dijese unas pocas palabras. Segundos después estábamos dentro del local.

Desde este momento declaro que quiero un Jack en miniatura para poder metérmelo en el bolsillo, llevarlo conmigo a todos lados y sacarlo cuando no me dejen entrar en los bares.

El interior del local era grande, con una gran barra ovalada en el centro y la pista de baile alrededor, de forma que solo tenías que recorrer un par de metros si estabas bailando y te entraba sed. La luz no era mala. Oscura, pero con tonos blancos, rosas y verdes que se mezclaban, acompañado todo con un puntero láser. Incluso había una máquina de humo, que dispensaba aquella neblina cada pocos minutos.

—¿Queréis algo de beber? —preguntó Jack llevándonos a la barra.

Mason y yo negamos con la cabeza, pero el resto asintió rápidamente. Nos buscamos un hueco alrededor de la barra. Jack llamó la atención de uno de los camareros, que colocó sobre la barra seis chupitos y dos cervezas, después de que Jack le dijera algo y le pagara.

Rechacé la invitación cuando Melanie me pasó uno de los chupitos.

—No me apetece —grité a través del gentío.

—¡Vamos, K.! ¡Uno no te matará!

Puse los ojos en blanco y tomé el vaso. Mason hizo lo mismo. No era que me rindiese a la primera, pero tenía razón:

uno no me haría daño. Además, si quería que no me diesen la lata el resto de la noche con el tema del alcohol, lo mejor era aceptar ese y dejarlo correr, porque esta noche lo último que necesitaba era emborracharme.

Formamos un círculo apretujados. Jack propuso un brindis y todos levantamos los vasos hacia arriba para luego llevarlos de golpe a la boca.

Debería haber tomado el chupito más despacio, porque aunque era incoloro como el agua, no era agua.

Me puse a toser como una loca.

—¡Es vodka! —chillé mientras tosía, aclarándome la quemazón de la garganta.

Alia, que estaba más o menos como yo, me quitó el vaso y me miró inquisitiva.

—¿Cómo lo has sabido? Pensaba que no bebías.

Busqué a Mason y nuestras miradas se encontraron. Mason había oído la pregunta de Alia. Sin poder evitarlo, rompimos a reír, compartiendo una broma privada mientras los demás nos miraban. El vodka había sido la primera bebida alcohólica que había probado, que habíamos probado, en uno de mis cumpleaños.

Mi vida estaba llena de momentos vividos con Mason. Habíamos pasado muchas «primeras veces» juntos, como la del vodka. Era mi mejor amigo y haría lo que fuese para que lo siguiese siendo, aunque eso significase dejarlo dentro de la zona de amigos… Y a mí.

—¡Hora de bailar!

Con una cerveza en la mano, Melanie me llevó de la muñeca hasta la pista de baile, que estaba a apenas medio metro de nosotras. Empezó a moverse pegada a mí al ritmo de la música sugerente, arriba y abajo, insinuándose cómicamente y haciéndome reír. Esa chica no necesitaba alcohol para perder la vergüenza porque no tenía ninguna.

Alguien me agarró de la mano y me hizo girar hasta quedar cara a cara con él mientras Alia se ponía a bailar con Melanie.

—Enséñame todo lo que tienes, SuperKenzie —me susurró Mason al oído.

Me aparté de él sonriendo y dejé que me tomara de las manos para bailar. Bailar con Mason era más fácil que con Melanie. Lo conocía y no me avergonzaba hacer ninguna tontería delante de él. Se las apañaba para guiarme con ritmo y evitar que lo pisara.

A su lado yo no era tan mala bailando.

Durante una hora nos lo pasamos estupendamente bailando todos juntos. Bailé con Mason, con Alia, con Melanie e incluso un poco con Jack. Tal como esperaba, él estaba fuera de su zona de confort y, aunque intentaba hacer todo lo posible por no desanimarnos, apenas se limitaba a mover la cabeza hacia los lados y balancear su cuerpo. Realmente triste. Si conseguía moverse era porque las personas que había alrededor no hacían más que apretujarse contra nosotros y chocar continuamente. El único que no bailaba era James, que observaba desde la barra mientras bebía una cerveza.

La discoteca se había llenado hasta los topes. Tenías la sensación de que el aire que respirabas era el que había expulsado segundos antes la persona de al lado. Ya, era algo en lo que prefería no pensar mucho.

De repente alguien chocó contra mí, perdí el equilibrio y fui a parar a los brazos de Mason, lejos de Jack. Me agarró por los antebrazos y solo me soltó cuando pude estabilizarme sola.

—Tu sentido del equilibrio sigue tan inexistente como siempre —se burló acercándose a mí para que pudiera escucharlo bien.

Le di un pequeño golpe en el brazo como respuesta y eso lo hizo reír más. Creí oler alcohol en su aliento, pero tal vez lo había imaginado. No habíamos bebido tanto. Observé sus hoyuelos, que siempre me habían gustado, y la forma en la que sus ojos dorados se achicaban con su sonrisa. Tenía el pelo revuelto y pegado a la frente por el sudor. Me dieron ganas de peinárselo, pero eso habría quedado fuera de lugar.

Necesitaba hablar con él. Había tomado una decisión y tenía que decírselo. No podía bailar con él toda la noche dándole falsas esperanzas. Los amigos no hacían eso.

—Mason, tengo que decirte una cosa —dije, parando a mitad de frase al ver su reacción.

Aquella era la peor manera de empezar la conversación.

«Mason, tenemos que hablar.»

«Mason, tengo que decirte una cosa.»

«Mason, quiero hablar contigo.»

¿Qué era lo siguiente? ¿Soltarle de pleno: «Lo siento, pero me voy con James, seamos amigos»? Lo mínimo que podía hacer era intentar tener un poco de tacto.

Eso estaba pensando cuando él me tomó la delantera. Parecía que había leído la mente. Acercó su rostro al mío y sus labios rozaron mi oreja cuando dijo:

—No quiero escucharlo.

Sentí cómo se encogía mi estómago. ¡Qué difícil era todo!

Tomé aire separándome de él unos centímetros para poder mirarlo a los ojos. Era mi mejor amigo, la persona que mejor me conocía. Podía hacerlo.

—Mason, no. De verdad que necesito decírtelo.

Miró hacia un lado.

—Y necesito que me escuches —añadí, poniendo mis dedos sobre su mejilla y haciendo que se volviera hacia mí—. Eres mi mejor amigo.

Una ceja rubia se alzó. No iba a ponérmelo fácil.

—Pero no quiero ser solo tu mejor amigo, Kenzie. Lo sabes.

El olor a alcohol volvió de nuevo. Definitivamente, había bebido. Gemí internamente. ¿Por qué a mí?

—No me lo pongas más difícil, Mase. Por favor…

Entre la música, el rato que llevábamos allí metidos, el calor, la gente a nuestro alrededor y los cuerpos chocando unos contra otros empezaba a marearme. Incluso Melanie se estrelló contra mí mientras daba vueltas en los brazos de Jack.

De un solo movimiento, Mason me agarró de la cintura y me apretó contra él. Sus labios pasaron lentamente desde mi mejilla hacia mi oreja, parándose en el lóbulo y logrando que me estremeciera cuando habló. Con él las cosas siempre eran demasiado intensas.

—Quiero que seas mi novia, Kenzie.

Me aparté de su lado prácticamente de un empujón, aunque gracias al revuelo de gente apenas conseguí que fueran unos centímetros. Estaba empezando a perder los nervios y, aunque en un principio intenté tener tacto, ya no podía más. Él lo había querido. Iba a ser directa.

—Me gusta James. Mucho. Creo que estoy enamorada de él.

Así, sin más.

Su respuesta me descolocó totalmente.

—No.

Abrí los ojos impactada. Seguro que había oído mal, pero no... La seriedad en su mirada y la forma en la que sus dientes se apretaban confirmaban lo que había oído. Acababa de decirme que no.

—¿Perdona? —pregunté, apretando los puños enfadada. Él no podía decidir sobre mis sentimientos.

—No voy a dejar que Smith te gane tan fácilmente.

Y entonces me besó.

Fue rápido. Se limitó a cerrar sus labios sobre los míos con fuerza, sosteniéndome contra él y dejándome noqueada de la impresión. Cuando por fin pude reaccionar coloqué mis manos sobre sus hombros y le di un empujón para alejarlo de mí con todas mis fuerzas.

—¿Qué estás haciendo? —le grité más que enfadada, aunque la música estaban tan alta que apenas se me escuchó—. ¿No has oído nada de lo que acabo de decirte?

Sin esperar a que contestara, aparté la mirada de Mason para buscar la de James, pero ya no estaba en la barra. Con el corazón latiendo a mil, comencé a buscar con desesperación entre la multitud, hasta que localicé una cabeza pelirroja abriéndose paso bruscamente.

Mierda.

Me volví de nuevo hacia Mason con lágrimas de desesperación asomando a mis ojos.

—¡Lo has arruinado todo! —le grité con rabia, sin

pararme a pensar lo que estaba diciendo. Luego llegarían los arrepentimientos.

Detrás de Mason, todos, Alia, Melanie y Jack, dejaron de bailar y miraron hacia nosotros, pero yo estaba tan molesta y rabiosa que dejé que fuera Mason quien les explicase lo que había sucedido.

No sé si Mason me llamó. Tal vez Alia, Melanie o Jack lo hicieran, pero yo no los escuché. Me di la vuelta bruscamente y, tal como había hecho James, me abrí paso entre la multitud para seguirlo fuera de la discoteca.

Era el momento de hablar con él.

Fui zarandeándome y tropezándome mientras me dirigía hacia la puerta. Me iba chocando con todas las personas que encontraba por mi camino y estuve a punto de besar el suelo en varias ocasiones. Cuando llegué a la salida, vi a James entrando en su coche.

Con el corazón acelerado y la respiración agitada por el esfuerzo y el calor que hacía en la discoteca atravesé la calle corriendo, directa hacia él. De hecho, fui tan lanzada que no vi llegar el coche. Por suerte, el conductor sí que iba concentrado y frenó a tiempo. Las ruedas chirriaron contra el asfalto haciendo un ruido ensordecedor, pero afortunadamente salí ilesa del accidente.

—¡Mira por dónde andas! —me gritó el conductor, enfadado, sacando el puño por la ventanilla.

Me quedé paralizada de la impresión, dejando el espacio justo para que el coche pasara.

Casi muero.

Por correr detrás de un chico.

Si mi madre lo supiera, me llamaría de todo.

James me agarró del brazo y me acompañó hasta su coche, sacándome definitivamente de la carretera. Buena idea, podrían pasar más coches.

—¿Qué mierda, Kenzie? —me recriminó notablemente enfadado—. ¡Casi haces que te atropellen!

Me quedé callada sin decir nada y aparté la mirada de sus penetrantes ojos verdes. Tomé aire.

—Tenía que hablar contigo.

—¿Sobre qué? Creo que allí dentro ha quedado todo bastante claro.

Fuerza, Kenzie. Volví a mirarlo. No podía mantener esa conversación sin hacerlo.

—Yo creo que no. No habría salido corriendo detrás de ti si fuera así.

James me evaluó intensamente, tomándose su tiempo. Derrotado, suspiró y se recostó contra su coche.

—Agradezco que te hayas tomado la molestia de perseguirme para poder decirme a la cara que te has decidido por Mason, pero no hace falta, Mackenzie. Puedes volver dentro con él y...

—¿Es eso lo que piensas? —lo interrumpí sorprendida—. ¿Que te he perseguido y he arriesgado mi vida para decirte eso?

Los ojos de James se achicaron. De acuerdo, tal vez «arriesgado mi vida» fuese demasiado.

—¿Por qué ibas a hacerlo, si no? Os he visto besándoos.

Dios, era lento de procesamiento.

—¡Él me besó!

Sin esperar respuesta rodeé el vehículo, abrí la puerta del copiloto y entré, esperando James. Si íbamos a tener esa discusión, no iba a ser en la calle, delante de todo el mundo, para que todos nuestros amigos y Jack saliesen a contemplar la escena. Gracias, pero no.

—Vámonos a otro sitio —le pedí cuando se subió al coche—. No importa dónde, solo conduce.

Me miró dudoso, todavía enfadado.

—¿Por qué debería hacerlo?

—No te comportes como un idiota, por favor —le dije rechinando entre dientes y arrancando las llaves de sus manos para encender yo misma el motor—. Ya he tenido suficientes idiotas por un día, gracias.

Frunció el ceño, pero finalmente me hizo caso.

Condujo completamente en silencio y yo no hice nada para evitarlo. Me dediqué a navegar entre mis pensamientos y en el horror de lo que acababa de pasar con Mason. Intentaba pensar en cómo iba a solucionarlo mientras estudiaba detalladamente a James. Ni siquiera sabía hacia dónde íbamos.

En un momento dado, James rompió el silencio.

—¿Pretendes desgastarme de tanto mirarme? En serio, me pones nervioso.

Eso era una novedad.

—¿Desde cuándo te molesta que te miren? —pregunté con una sonrisa suspicaz y burlona.

No contestó. Continuó conduciendo, así que miré por la ventanilla para observar el paisaje, pero todo estaba tan oscuro que apenas podía reconocer nada. O tal vez sí...

—¿Adónde vamos?

Esperé que no confirmara mis sospechas.

—A casa —contestó secamente. Mi estómago se encogió—. La noche se ha acabado ya, nena.

Si estaba lo suficientemente tranquilo como para llamarme «nena», tal vez aún tenía una oportunidad.

—No quiero ir a casa —renegué como una niña pequeña.

—Tarde —replicó con un tono que no daba lugar a réplicas—. Ya he tenido suficiente por hoy, viendo cómo bailabais tu amiguito y tú todo el tiempo.

Fruncí el ceño.

—No hemos estado bailando todo el tiempo, también he estado con los demás. Si te has aburrido, que es lo que parece, ha sido culpa tuya por ser tan idiota de quedarte en la barra en lugar de venir con nosotros. ¡Nadie te ha obligado a automarginarte!

Estaba gritando, pero me di cuenta demasiado tarde. Todavía estaba rabiosa por la conversación con Mason. Necesitaba desahogarme de alguna manera.

James apretó las manos sobre el volante hasta que sus dedos quedaron blanquecinos.

—¿Crees que disfrutaba mirando? Piensa, Kenzie. ¿Qué habría pasado si me hubiese acercado a vosotros? ¿Habrías bailado conmigo estando Mason al lado? ¿O con él estando yo? Has estado incómoda desde el principio con la historia de esta cita, no quería ponerte las cosas más difíciles.

Apreté los dientes con la boca cerrada, casi chirriando. Maldición, no podía estar molesta cuando él se comportaba así conmigo.

Respiré profundamente para calmarme antes de volver a hablar y no complicar más las cosas, pero cuando iba a hacerlo James redujo drásticamente la velocidad.

Habíamos llegado.

Miré el reloj del coche. Apenas eran las doce de la

noche, pero no se veía ninguna luz ni en su casa ni en la mía. Necesitaba hablar con él ya.

—James, te he seguido porque…

James salió del coche dejándome con la palabra en la boca. Ni siquiera esperó a escuchar lo que tenía que decir. Apreté los puños, molesta. ¿A qué venía semejante numerito? Salí del coche y corrí detrás de él hacia la puerta de su casa. Lo alcancé mientras buscaba la llave.

—¡Tengo que hablar contigo! —le grité en un susurro. No quería despertar a todo el vecindario.

—Otro día, Kenzie. Estoy cansado.

Y una mierda.

Una vez que me había lanzado no iba a darme por vencida tan rápido. Entré en su casa a toda prisa detrás de él. Hacía un mes ni se me habría pasado por la cabeza que podría encontrarme en esta situación. James me miró horrorizado cuando la puerta se cerró detrás de mí en un silencioso clic.

—¿Qué estás haciendo? —dijo sin dejar de mirarme.

De repente me sentí cohibida. Estábamos en la entrada de su casa, a oscuras, a las doce de la noche. Si su madre se levantara y nos descubriera… Pero no podía pensar en eso. Armándome de valor, me acerqué un poco más a él.

—Hablar contigo, idiota —dije en un tono lo suficientemente alto para que lo oyera—. Yo no besé a Mason, él me besó a mí.

Ya lo había dicho antes, pero sentí la necesidad de volver a hacerlo. La clave de todo estaba en esa frase, o al menos lo era desde mi punto de vista. Si convencía a James de que no fue realmente como él creía, quizá dejaría de estar enfadado.

Sin embargo, él no parecía pensar lo mismo.

—Lo que sea. ¿Acaso importa quién besó a quién primero?

Abrí los ojos estupefacta. ¡Claro que importaba!

—¡Importa!

Por un segundo me olvidé de hablar en voz baja y tanto James como yo miramos con aprensión hacia la escalera, guardando silencio durante unos minutos para asegurarnos de que no habíamos despertado a su madre. Luego, James se volvió hacia mí.

—Lo que importa es que lo has escogido a él, ¿vale? Lo entiendo, es tu mejor amigo, tenéis una historia. Asunto cerrado.

—Pero...

—No. Déjalo, ¿vale? Ya es bastante duro pasar por esto. Mejor vete a casa.

—Eres idiota.

Me miró como si efectivamente lo fuera, sin comprender.

—¿Qué...?

No le dejé acabar la frase porque esta vez, por fin, fui yo quien lo besó.

Agarré a James por sorpresa, me acerqué a él de un salto, le pasé los brazos alrededor del cuello con fuerza y lo besé. No fue como con Mason. Entreabrí su boca con la mía y saboreé todo lo que James tenía que ofrecerme, sorprendido pero sin dudar ni un segundo en devolverme el beso.

Habría sido realmente embarazoso si me hubiera rechazado.

Sintiendo cómo sus labios, su boca, su lengua y sus dientes chocaban contra los míos de una forma brusca, apreté mi cuerpo contra el suyo. Mi respiración se agitó rápidamente y el ritmo de mi corazón se aceleró a mil revoluciones por segundo. Toda la rabia y el enfado que había sentido esa noche se estaban liberando en aquel beso.

Cuando nos tranquilizamos un poco, me separé unos centímetros de él, lo suficiente para poder mirarlo a los ojos, pero dejando que nuestros labios se rozasen.

—No lo he escogido a él —susurré dando un pequeño paso hacia delante y haciendo que James se tambaleara—. Te quiero a ti, idiota.

Volví a besarlo, esta vez de forma más suave, más delicada, más tranquila.

Poco a poco James empezó a reaccionar. Pasó sus brazos alrededor de mi cintura y me besó mientras me estrechaba contra él.

—¿Lo dices en serio? —preguntó sin apartar sus labios de los míos, pero la forma en la que me apretaba contra él no dejaba lugar a dudas.

O temía soltarme y que todo se desvaneciera.

Me alejé unos centímetros de sus labios para poder mirarlo de nuevo a los ojos. Brillaban en aquella oscuridad.

—No mentiría sobre algo así.

Sonreí.

Él sonrió.

Nos besamos de nuevo.

Y de nuevo.

Y de nuevo.

Cuando quise darme cuenta, habíamos estado dando vueltas por toda la entrada con los ojos cerrados, golpeándonos contra las paredes y tratando de reír en silencio para no despertar a su madre.

En medio de besos, risas ahogadas, tropiezos y golpes silenciosos, terminamos en el sofá de la sala. Me abrazó, con mi espalda pegada a su pecho y puso sus manos en mi regazo mientras me sentaba sobre él. Me estremecí cuando noté su aliento cálido sobre mi nuca.

—No puedo acabar de creérmelo —susurró suavemente, haciéndome sentir escalofríos por todo el cuerpo.

Reí y me di la vuelta entre sus brazos para quedar cara a cara, poniendo mis piernas sobre los cojines. Mi nariz rozó la suya.

—Créetelo.

—No puedo.

—¿Qué puedo hacer para cambiar eso?

Dirigió su mirada a mi boca y se tomó su tiempo para estudiar la forma de mis labios. Mis mejillas se encendieron, pero me gustaba esa sensación.

—Puedes besarme más —se limitó a susurrar, y sus labios volvieron a apresar los míos.

Me dejé llevar por el contacto de nuestros cuerpos, por sus caricias, nos acoplábamos al ritmo del otro como si hubiéramos estado toda la vida juntos... Estábamos tan concentrados en nuestras sensaciones, evadiéndonos de todo lo demás, que no nos dimos cuenta de nada hasta que la luz de la sala se encendió. La madre de James nos miraba fijamente con una expresión de enfado más que evidente.

Primero me miró a mí. No parecía una mirada amistosa, sino todo lo contrario. Para más inri, ella era el tipo de mujer perfecta que espera que las demás también lo sean. En aquellos momentos no sabía si tenía ganas de matarme a mí por violar a su hijo o a su hijo por encontrarnos a aquellas horas en una situación tan íntima y comprometida.

Lentamente fue dirigiendo su mirada hacia James.

—Eh… Hola, mamá —saludó con voz entrecortada.

Ella carraspeó y entonces me di cuenta de que seguía sentada sobre James. Con el corazón acelerado, me moví con la idea de sentarme en el sofá, pero lo hice de manera tan torpe que acabé en el suelo. Al menos había alfombra para amortiguar el golpe.

Me senté en la alfombra mientras me frotaba el codo sobre el que había caído y miré a su madre. Una vena le estaba palpitando en el cuello. Tragué saliva y comencé a contar.

Uno…

Dos…

Tres…

Cuatro…

Cin…

—¡James Aaron Smith! ¿Qué significa esto? ¿Sabes qué hora es? Tienes tres segundos antes de que me presente en casa de su madre o llame a tu padre para volver a hablar sobre el reformatorio.

¿Reformatorio? A ver, comprendía que la situación era comprometida, pero en mi opinión esa mujer estaba sacando las cosas un poco de quicio. Solo estábamos besándonos.

—No es lo que parece —dijo James.

Muy inteligente, Smith. Porque no había una frase mejor para el momento.

—Conoces las normas de esta casa —lo increpó su madre.

Entonces James hizo lo último que hay que hacer en una situación así: contestó mal.

—Mierda, ¿por qué tienes que ser siempre tan dominante?

Dios, ¿dónde me había metido?

No podía creérmelo. Me quedé con la boca abierta. Si yo le hubiera hablado así a mi madre, ya estaría castigada durante todo el año.

—No me hables así —dijo su madre con voz severa.

James volvió a resoplar, suspiró y se levantó del sofá. Me sentía como un espectador viendo una escena desde una pantalla de televisor. Ambos habían acabado por obviarme.

—Tengo dieciocho años, merezco un poco de privacidad.

—Vives bajo mi techo.

—Dame unos meses y eso se arreglará. O mejor, llama a mi padre y se arreglará antes.

—Llámalo tú si tanto quieres hablar con él.

James achicó los ojos. Madre e hijo se miraron intensamente en silencio durante lo que pareció una eternidad. De repente la madre de James volvió a mirarme. No sabía si alegrarme de volver a ser visible.

—Mackenzie, ¿te gustaría tomar algo? ¿Has cenado?

Mi cara debió de ser todo un poema. Recapitulemos. Acababan de pelearse como si fuera el fin del mundo y ahora me ofrecía comida.

No quería tomar nada. Lo que quería hacer era salir de allí lo antes posible y que mi madre no se enterara de lo que había pasado.

Mi cara tenía que decirlo todo, porque James habló por mí.

—Gracias, mamá, pero creo que Kenzie está algo incómoda en estos momentos.

Lo miré alzando las cejas como diciendo: «¿Tú crees?».

—Está bien, acompáñala a su casa entonces.

La madre de James resolvió la situación poniendo punto final a todo y luego desapareció por donde había venido, confiando plenamente en que cumpliríamos sus instrucciones.

De un solo impulso, James se acercó a mí. Colocó un mechón de mi cabello revuelto detrás de mi oreja y sonrió.

—Bienvenida a mi familia de locos.

—Y yo que pensaba que la mía era extraña —susurré con los ojos todavía abiertos como platos.

Quería preguntarle por su padre y por ese asunto del reformatorio, pero después del ajetreado día decidí que era mejor dejarlo para otro momento más calmado... cuando su madre no nos estuviera escuchando detrás de la puerta. No soy tan idiota, no había escuchado los pasos subiendo la escalera.

—Pareces un corderito, con esa cara de susto —señaló, y luego se levantó de un salto tendiéndome la mano—. Vamos, te acompañaré a casa.

Acepté su mano a regañadientes. El golpe me había dejado las piernas tontas.

—Mejor a la puerta —dije en voz baja para que nadie más me escuchara—. Prefiero que mi madre no te vea ni me vea salir de aquí.

Efectivamente, tal como suponía, la madre de James estaba apoyada contra la pared al lado de la puerta cuando salimos del salón. No podía culparla; la mía habría hecho lo mismo después de tirarle una zapatilla a James y ponerme una hora de entrada y salida a casa de por vida.

Pasé con la cabeza gacha a su lado, mirando fijamente al suelo como si fuese la cosa más interesante del mundo.

Odiaba dar el paseo de la vergüenza. No respiré tranquila hasta que salimos de su casa y James cerró la puerta.

—Todas las luces están apagadas, creo que puedes regresar sin ningún problema. Mi madre no dirá nada, te lo aseguro.

Miré hacia mi casa. Efectivamente, ni siquiera había luz en la habitación de Leslie.

—Me siento como una criminal —me reí, volviendo la mirada hacia James.

—¿Tan malo ha sido que nos besáramos? —se burló, golpeando mi hombro juguetonamente—. No soy el chico malo, ¿sabes?

Di un paso cerca de él hasta que las punteras de nuestros zapatos chocaron. Pestañeé hacia sus ojos verdes.

—Los verdaderos chicos malos no saben que lo son.

Inclinó el rostro rozando su nariz con la mía.

—Tonterías. ¿Un chico malo te acariciaría de esta forma?

Su mano se posó sobre mi mejilla y sentí cómo me acariciaba muy lenta y suavemente. Me estremecí y tuve que morderme el labio para reprimirlo. Él pareció satisfecho.

—No, pero un chico bueno no me seduciría para escabullirme dentro de su casa de noche y darnos el lote.

—¿Yo he tratado de seducirte? —sonrió—. No ser el chico malo tampoco me convierte en el bueno, ¿sabes?

No realmente. Odiaba cuando se ponía en modo filosófico.

—Además, te recuerdo que fuiste tú quien se escabulló de noche dentro de mi casa.

Le saqué la lengua, pero él me interrumpió con un beso torpe y divertido. Cuando me separé de él, ambos estábamos riéndonos.

—Tengo que ir a casa —dije retrocediendo y limpiándome la cara—. Nos vemos...

—En nuestra próxima cita —dijo—. Estate preparada porque podría ser en cualquier momento, nena.

No podía esperar a que eso pasara.

—En nuestra próxima cita será —asentí, y entonces recordé algo—, Aaron.

El rostro de James se arrugó como una pasa. Eso fue divertido.

—¡Oh, cállate!

Seguro.

—Lo que tú digas, Aaron.

—Kenzie... —me advirtió en tono serio.

Yo solo reí más.

—¿Sí, Aaron?

—En serio, eres odiosa.

Mostré todos mis dientes.

—Lo sé.

—Pero te quiero igual.

¡Bum! Una simple frase y ya me desarmaba. Sonriéndome victorioso, se inclinó sobre mí para darme un último beso y se despidió entrando en su casa. ¡Él sí que era odioso!

Cuando finalmente conseguí llegar sana y salva a mi habitación, me tumbé en la cama para reflexionar sobre todo lo que había pasado. Saqué mi teléfono móvil para distraerme y hacer algo hasta que se me pasara la vergüenza por la escena que acababa de vivir con la madre de James, y entonces fue cuando lo vi.

Cuarenta y cinco llamadas perdidas.

Siete mensajes de texto.

Todos de Mason.

Cerré los ojos y volví a abrirlos, pero las llamadas y los mensajes no desaparecieron. No lo hicieron hasta que toqué la pantalla y los borré todos sin leerlos.

Capítulo 20

Leslie y yo fuimos al supermercado después del desayuno. Me había saltado los últimos sábados de compra y eso empezaba a notarse en las reservas de comida, aunque mi madre últimamente pasaba más tiempo en casa.

Estábamos entrando en el pasillo de los congelados cuando la pelea comenzó.

—Quiero helado de chocolate.

—No está en la lista.

—Pero podemos hacer una excepción. En lugar del pescado compramos helado.

—No, y no insistas.

—¿Por qué no?

—El helado no es sano; el pescado, sí.

—Me gusta el chocolate...

—Kenzie, ya basta. No.

Exactamente. Mi hermana pequeña no me dejaba comprar helado porque no era sano. ¿No se suponía que debía ser, no sé, al revés?

Actuando como una niña pequeña le saqué la lengua y saqué un bote pequeño de helado del congelador.

—Lo siento, Les, pero nada puede interponerse entre este helado y yo. Nacimos para ser uno.

—Eres increíble —dijo ella negando con la cabeza y llevándose una mano a la cara.

Le sonreí de forma burlona, como James hacía muchas veces conmigo.

—Lo sé.

Leslie gruñó y empujó el carrito de la compra. Continuamos nuestro recorrido por la tienda sin más altercados, excepto en la zona del café. Por lo visto, mi hermana había empezado a tomarlo y le encantaba, lo que me parecía muy mal. ¡Tenía solo doce años! En serio, algo sucedía con ella desde que había entrado en la adolescencia: tenía móvil, empezaba a tener problemas en el colegio, había suspendido un control de matemáticas, besaba a chicos y ahora, además... ¡bebía café! Pero igual que pasaba con mi helado de chocolate, nada separaba a Leslie de lo que quería.

—Oye, Les...

—¿Sí?

—¿Piensas decirme con qué *horrigeme* te besaste?

—No.

Suspiré.

—Bueno, había que intentarlo.

—De todos modos es cosa del pasado.

—¿Del pasado? Si fue... ¡la semana pasada!

—Hemos decidido que no es bueno para nosotros: vivimos lejos y... bueno, somos algo así como hermanastros. Papá alucinaría si lo supiera.

—Creo que papá ya ha alucinado bastante contigo...

—murmuré más para mí que para ella—. ¿Mamá sigue sin decirte nada sobre la custodia?

Ese tema se había convertido en tabú en nuestra casa, pero a pesar de todo ambas sabíamos que continuaba avanzando. A mediados de semana había llegado una carta para nuestra madre de los juzgados, pero por más que la interrogamos no quiso decirnos nada. Pensamos en llamar a nuestro padre, pero no sabíamos muy bien qué decirle, así que terminamos por vivir en la completa inopia de lo que sería nuestro futuro.

Cuando finalmente llegamos a la caja, llevábamos otros dos tipos de helado diferentes y cuatro botes de café de diferentes países.

Nuestra madre no iba a dejarnos volver a hacer la compra juntas.

—¡Kenzie! —me saludó Eric nada más reconocerme mientras ayudaba a una señora mayor a colocar la compra en su bolsa—. Hacía mucho que no te veía.

Le devolví el saludo sacando los productos del carrito con ayuda de mi hermana.

—Sí, estos últimos sábados no he podido venir a hacer la compra.

Me sorprendió que él se hubiese dado cuenta de mi ausencia, aunque lo más sorprendente era que hubiésemos sido capaces de sobrevivir sin ir a comprar. Mi madre no solo pasaba más tiempo en casa, sino que tampoco salía mucho por las noches y cuando lo hacía volvía perfectamente sobria. De hecho, regresaba feliz. Había empezado a cocinar y trataba de levantarse antes que nosotras para hacer el desayuno. Era todo muy raro, como el hecho de que me obligara a hacer de canguro para una amiga suya.

—¿Y cómo va todo? ¿Se resolvió ya el asunto de la lista?

Mis mejillas se tiñeron de rosa. Agradecí que él despachara a la mujer y nos atendiera. Teniendo en cuenta que su nombre aparecía en la lista, era sumamente vergonzoso hablar de ella.

—Algo así —asentí finalmente rebuscando el monedero en el bolso.

—¿Algo así? —repitió Leslie de forma sarcástica—. Es lo más alucinante que te ha pasado nunca, Kenzie. Si no fuera por ella, ahora mismo no tendrías novio.

Había conseguido encontrar el dichoso monedero justo cuando mi hermana dijo aquello. Con los nervios, se me resbaló de las manos y cayó al suelo. Yo no le había dicho a Leslie exactamente que James fuese mi novio. La niña, además de rebelde, era lista. Qué pena que no usara su ingenio para las matemáticas.

Me agaché torpemente a recogerlo mientras Eric preguntaba sin poder ocultar el asombro en su voz:

—¿Tienes novio?

Maldije a mi hermana por lo bajo mientras volvía a ponerme de pie. La miré fugazmente y... la maldita niña se estaba riendo. ¡Se estaba riendo!

—Algo así —asentí con el rostro ardiendo—. Es decir, sí.

Eric dibujó una gran y enorme sonrisa después de que dijese aquello. Una sonrisa de felicidad. No, de entusiasmo. Estaba feliz y entusiasmado por la noticia. ¿Soy la que cree que eso es raro?

Y entonces dijo:

—¡Sabía que Mason y tú acabaríais juntos!

A Leslie se le cayó el móvil.

¿Mason? Nos quedamos paradas. Yo apenas podía parpadear mientras lo miraba fijamente, boquiabierta y procesando la información. ¿Por qué Mason? Eric debió de darse cuenta de que algo iba mal porque su sonrisa se fue borrando poco a poco hasta que finalmente desapareció.

—No es Mason, ¿verdad?

Negué con la cabeza.

No, no lo era.

—Es James —dije finalmente.

Silencio intenso. Y entonces Eric, el agradable chico medio japonés con acento inglés de la tienda de comestibles, comenzó a pasar la compra por el escáner cada vez más rápido, hasta acabar de cobrarnos. Leslie me quitó el monedero y pagó.

¿Por qué pensaba que acabaría con Mason?

No podía salir de allí con la duda, así que, antes de salir, se lo pregunté. Él se encogió de hombros.

—Era evidente que Mason estaba enamorado de ti, o al menos eso parecía. Después de lo que me dijo cuando pasó lo de la lista, pensé que acabaríais juntos.

James me había comentado aquella semana que había visto a Mason hablando con Eric, pero nunca le di mayor importancia. Hasta ahora.

Volví a preguntar y volvió a encogerse de hombros:

—Me pidió que no te atosigara. Estaba preocupado por ti.

Pensé en Mason y en las cuarenta y cinco llamadas perdidas y no pude evitar sentirme culpable. Él había intercedido por mí sin pedirme nada a cambio, sin mencionármelo siquiera.

Incluso enfadada, echaba de menos a mi mejor amigo.

El domingo fue tranquilo en comparación con el agitado viernes. Estuve toda la mañana viendo la tele con Leslie. Por la tarde, James se unió a la sesión de pelis y, por supuesto, no faltaron los besos cada vez que conseguíamos perder de vista a mi hermana.

También tuve noticias de Mason, aunque menos insistentes que el día anterior. Entonces sí que leí los mensajes. Básicamente me pedía disculpas por haberme besado. Decía que había sido un acto impulsivo porque estaba borracho y que quería hablar conmigo. No lo negaré, yo también quería hablar con él, pero no me sentía preparada. Después de las últimas palabras que le había gritado, necesitaba tiempo para afrontar la situación y pedirle disculpas.

Por eso el lunes por la mañana no pude evitar ponerme nerviosa mientras esperaba apoyada en la puerta de mi casa a que viniera Mason. Me preguntaba si lo haría y, en caso afirmativo, si subiría al coche con él.

Siempre habíamos ido juntos al instituto, pero no sabía qué podría pasar ese día. No solo nos habíamos peleado, sino que lo había rechazado a él para salir con otro, que, además, tenía coche y vivía en la casa de al lado. Casualmente, James apareció en el jardín delantero de mi casa caminando hacia mi puerta.

Sonreí cuando llegó a mi lado.

—Buenos días.

—Son buenos ahora que te he visto, nena. —Se agachó para darme un casto beso en los labios—. ¿Lista para ir a clase?

Supongo que acabaría yendo con él. Tampoco había ninguna señal de que Mason fuese a aparecer.

—¿Ni siquiera saliendo juntos vas a dejar de llamarme «nena»?

Me sonrojé cuando él me sonrió descaradamente. Nos había nombrado en plural, como pareja. Nunca me acostumbraría a ello. Sonaba extraño, pero era agradable.

James se inclinó hacia mí. Su nariz rozó la mía mientras me acariciaba el brazo. Me estremecí sin poder apartar mi mirada de la suya. Me miraba de una forma que me hacía olvidar dónde estaba o qué estaba haciendo. Sus labios rozaron los míos cuando susurró:

—Nunca.

De nuevo, me robó un beso, este un poco menos tímido que el anterior, y me quitó la mochila del hombro antes de que me diese cuenta.

—¡Oye! —dije mientras caminaba detrás de él hacia su coche—. ¡Devuélvemela!

James rio y se ajustó la mochila al hombro.

—Generalmente soy del tipo que piensa que las chicas sois tan capaces como nosotros de cargar peso —dijo reduciendo la velocidad y tomándose un tiempo antes de seguir con la frase—, pero contigo no.

—¿Conmigo no? —repetí curiosa.

James frenó y giró la cabeza para mirarme. Sonreía, pero no se burlaba. No, esa era una sonrisa que pocas veces veía en James, y me encantaba.

—Contigo quiero llevarla.

Me quedé paralizada. El ritmo de mi corazón se aceleró. James podía ser tan dulce sin ni siquiera proponérselo…

James siguió caminando hacia el coche con esa sonrisa tan encantadora. Yo no. Necesité algún tiempo para recomponerme y dejar de suspirar como una niña tonta por su caballeroso y magnífico novio.

—¿Estás mirándome el culo?

Eso me recordaba que no era tan caballeroso ni tan magnífico como quería imaginar, sino un tonto vecino bromista del que nunca me libraría. Afortunadamente.

—Idiota —murmuré sin ocultar una sonrisa.

Me puse en marcha. Tenía razón, debíamos ir a clase. Aunque, pensándolo bien, ya que me había acusado, nada me prohibía echar un vistazo a su culo.

¡Y menudo culo!

En el coche empezamos a hablar de cosas banales, como, por ejemplo, por qué no me gustaba que me llamara «nena». James estaba convencido de que en realidad me encantaba, como me encantaba hacerme la ofendida, y de que esa era la razón por la que siempre le discutía. Tampoco iba a negarlo del todo.

Era un trayecto muy plácido, tanto que incluso llegué a olvidarme de mis problemas, hasta que… James me los recordó, y de qué forma…

—Así que… —comenzó con tacto, arrugando la nariz—. Mason me llamó.

Volví mi rostro en *shock* hacia él. ¿Cuándo pasó eso? Debí tener cara de WTF? Podría haberme dicho que su madre, doña perfecta, había quemado el desayuno, o que lo habían expulsado, pero… ¿desde cuándo hablaba por teléfono con Mason?

El mundo se había vuelto loco y yo no me había enterado.

—Me dijo que te llevara hoy a clase —continuó cuando se dio cuenta de que yo era incapaz de hablar—. Pensó que si seguías enfadada no querrías verlo. De todos modos, en el fondo, sabes que nos habríamos peleado por llevarte al instituto.

En *shock*. Seguía en completo y total *shock*, pero me las arreglé para decir:

—No soy un objeto pesado del que nadie tenga que hacerse cargo.

James apartó los ojos de la carretera y me dirigió una mirada seria. Odiaba cuando se comportaba como el más maduro de los dos.

—Kenzie…

Me hundí en mi asiento. O sea, aun estando enfadados, él llama a mi novio, a quien odia, para asegurarse de que estoy bien… Desde luego, no recomiendo en absoluto esto de los triángulos amorosos, porque siempre, absolutamente SIEMPRE, acaban mal.

—Siento tener que decirte esto, pero sois amigos. Siempre lo habéis sido. No voy a mentir y decir que me sienta cómodo después de haberos visto besándoos, pero tampoco me gusta verte paseándote con cara de pena por todos lados y mirando la pantalla de tu teléfono como si alguien se hubiese muerto porque no te hablas con tu mejor amigo.

Lo miré arrepentida. Él tomó aire y suspiró. Apartó una de las manos del volante y tomó la mía, apretándola entre sus dedos en un acto de confianza.

—Habla con él, ¿vale?

Cerré los ojos y finalmente asentí. Un fin de semana sin Mason me había parecido demasiado. Lo haría, llegaría a clase y hablaría con él, porque eso era lo que teníamos que hacer.

Llegamos al instituto con un margen de cinco minutos antes de que empezara la primera clase, tiempo que aprovechamos para besarnos en el coche para evitar despertar miradas curiosas. Después de todo lo sucedido con la lista, quería un poco de tranquilidad en mi vida íntima.

—No quiero ir a clase —suspiré sin apartar sus labios de los míos.

Estaba inclinada sobre el cambio de marchas, en una postura bastante incómoda, pero no me importaba.

—En otro momento no dejaría escapar la oportunidad y te secuestraría de nuevo —respondió James apartando el cabello de mis mejillas y escondiéndolo detrás de mis orejas—. Pero hoy tienes que hablar con Mason.

Refunfuñé alejándome de él y dejándome caer en el asiento. ¿Por qué tenía que fastidiarme el momento? Quería hablar con Mase, pero solo con pensar que tenía que hacerlo me ponía nerviosa.

—¿Te das cuenta de que eres tú, precisamente tú, el que me pide que hable con él?

Arrugó la nariz. Hacía ya tiempo que había deducido que hacía eso cada vez que algo lo desconcertaba, lo confundía o le enfadaba.

—No me malinterpretes. Sigo teniendo ganas de darle una hostia por haber besado a mi chica.

Puse los ojos en blanco y salí del coche. Agarré mi mochila de los asientos de atrás mientras él hacía lo mismo. Mientras cruzábamos el *parking*, James volvió a la carga.

—Pero es en serio. Tienes que aprender a afrontar tus

337

problemas en lugar de eludirlos. Búscalo, llámalo si hace falta y habla con él.

Suspiré y me di la vuelta para quedar frente a él.

—¿Por qué?

No hicieron falta más palabras. James entendió mi pregunta.

—Te lo dije una vez. Creo en el perdón. Somos seres humanos, está en nuestra naturaleza cometer errores. También lo está perdonar.

Abrió la puerta de entrada y la aguantó para dejarme pasar, pero yo me quedé mirándolo como si no fuera el idiota de mi vecino. Lo miraba como lo que era: mi novio, el chico que se preocupaba por mí.

Siguiendo un impulso, dejé caer mi mochila al suelo y me abalancé sobre James, le pasé los brazos alrededor del cuello y me puse de puntillas para besarlo. Oí un silbido y varios comentarios obscenos y divertidos detrás de mí, pero no me importaba porque James Smith estaba abrazándome y besándome con el mismo ímpetu con que yo lo hacía. No podía quererle más.

James se separó de mí de un salto cuando una voz carraspeó detrás de nosotros.

Que a nadie le gusta que le interrumpan mientras está besando a su pareja es un hecho mundialmente conocido. No tienes que haber tenido novio o novia para saberlo, así que alguien debería hablar con la profesora Silvia y aclararle este punto. Nos esperaba con los brazos cruzados y una sonrisa de prepotencia en su rostro.

—Hola, chicos, ¿ocupados?

No, si te parece, estábamos contando ovejas.

Me llevé el dorso de la mano a los labios mientras James se adecentaba la camisa y bajaba la cabeza.

—¿Necesita algo, profesora?

Silvia sonrió ampliamente.

—Así que tratándome de usted, señor Smith —murmuró con los dientes apretados, conteniendo la risa—. ¿Qué le parecería despejar el pasillo para que los demás estudiantes puedan entrar por la puerta?

Me sonrojé mientras intentaba poner cara de seriedad. Nos habían pillado. Silvia me miró fijamente, pero no durante mucho tiempo, porque James empezó a hablar:

—Este es un país libre, Silvia. ¡Tengo derecho a ocupar el pasillo! Las protestas de amor no deberían ser obstaculizadas por la autoridad.

Resistí el impulso de pegarle una colleja.

La profesora apretó los labios, no sabía si pretendía contener una sonrisa o, como yo, las ganas de pegarle. Miró a James con suficiencia.

—También podría mandaros a la oficina del director por dar muestras de afecto en público.

No contento con eso, James contraatacó.

—¿Acaso querer está prohibido?

Qué vergüenza…

—No, pero si tenemos en cuenta que la sirena ya ha sonado y llegaréis tarde a vuestras clases…

Silvia tenía su punto. El problema era que James no era capaz de verlo, y si bien estar a su lado era divertido, que me castigaran no iba a serlo tanto. Me aparté de la puerta y tiré de la manga de su chaqueta antes de que decidiera decir alguna sandez y la cosa se pusiera más turbia.

—Lo sentimos, ya íbamos a clase —me disculpé mirando a la profesora con cara de niña buena.

Silvia me miró detenidamente durante algunos segundos. Seguro que no fue mucho tiempo, pero cuando alguien te mira fijamente todo parece ralentizarse. Al final asintió y dio un paso hacia atrás para dejarnos pasar.

Agarré a James de la chaqueta y lo acompañé a clase. Pensaba que nos habíamos librado de Silvia hasta que la escuché gritar detrás de nosotros.

—¡Endereza a ese muchacho, Sullivan!

Continué empujando a James con las mejillas encendidas, sin mirar atrás, hasta que desaparecimos por uno de los solitarios pasillos del instituto. Estaba a punto de despedirme y dirigirme a mi clase cuando James se soltó, me agarró de la muñeca y me empujó contra la pared.

Mi mochila dio contra las taquillas haciendo un ruido ensordecedor, pero rápidamente pasó a un segundo lugar cuando James acercó peligrosamente su rostro al mío.

—Así que vas a intentar enderezarme —susurró haciendo cosquillas con sus labios en los míos—. Tú conseguiste a tu plan D, y al final yo conseguí ser tu plan A.

Miré la profundidad de sus ojos verdes avellana, ese color que tanto me fascinaba porque no era ni verde ni marrón, sino una mezcla de ambos. En aquellos momentos brillaban llenos de diversión. Esencia de James cien por cien.

—¿Conseguiste? Eso suena a «ser propiedad de», y yo no soy propiedad de nadie.

La diversión aumentó más en su mirada.

—¿Eso es un reto, Sullivan? Entonces deberías saber…

—Su rostro se acercó a mí y justo cuando pensé que iba

a besarme cambió de dirección y me dio un pequeño y electrizante beso en la clavícula—. Deberías saber que me encantan los retos.

Ahogué un jadeo cuando sus labios avanzaron por la clavícula hasta el cuello, subiendo despacio hasta llegar al oído.

—Reto aceptado, chica chicle.

Estaba luchando desesperadamente contra él. Mi cerebro luchaba desesperadamente contra él. Necesitaba reivindicar la importancia de no ser propiedad de nadie, porque yo no lo era. Entonces James apartó sus labios de mi oído y los llevó a mi boca, y me besó con la misma avidez que minutos antes en la puerta del edificio. Cuando se separó apoyó su frente contra la mía y su mano abandonó mi muñeca para acariciar mi mejilla.

Sonrió, esta vez sin prepotencia, y susurró:

—Seré tuyo, Mackenzie Sullivan.

—¡Cuidado!

Demasiado tarde. Antes de que pudiera apartar los ojos de mi teléfono me choqué contra una fría y dura pared y salí rebotada hacia el suelo. Cerré los ojos conteniendo un grito de dolor cuando mi espalda dio contra las baldosas.

—¿Estás bien? —preguntó la pared.

Asentí. Me dolía todo, pero estaba bien.

Acepté que me diera la mano para ayudarme a levantarme mientras observaba su cuerpo alto, atlético y masculino.

«Oh, hola, Derek. Gracias por la ayuda.» Sí, eso es lo que debería haber salido de mi boca. Pero no fui capaz de decir nada.

—Se te ha caído el teléfono —señaló Derek cuando ya estuve de pie, agachándose para recogerlo.

—Gracias —susurré cuando me devolvió el móvil.

Miré la pantalla aún encendida. El nombre de Mason brillaba en ella. Lo había estado llamando desde que había llegado al instituto, pero no me había contestado.

Decidí seguir el consejo de James y afrontar mis problemas, pero Mason había desaparecido del planeta, literalmente. O por lo menos del instituto. Me pasé toda la mañana buscándolo, lo esperaba en la puerta de sus clases hasta que se me hacía tarde para ir a las mías, pero no hubo manera. Ni siquiera lo vi a la hora del almuerzo, cuando me reuní con Alia y Melanie. Al menos allí me enteré de que ellas sí que lo habían visto, pero él apenas las había saludado.

Una mano pasó haciendo círculos por delante de mi cara. Miré a Derek confusa. Por lo visto me había estado hablando.

—¿Estás segura de que no tienes ninguna contusión o...? —preguntó, pero una voz nos interrumpió.

—¡Qué rápido aprendes, Sullivan! Hace nada oí que salías con Smith, pero ahora veo que también intentas ligarte a tu plan A.

Tenía el móvil en la mano. Lo apreté con fuerza conteniéndome para no lanzarme sobre Jane, la petulante. ¿Era una impresión mía o su voz era extremadamente chillona?

Intenté obviarla y volverme hacia Derek, pero no había hecho más que abrir la boca para decirle que estaba bien cuando Jane se colocó a mi lado y puso su mano sobre mi hombro. Después tendría que quemar esa camiseta y lavarme bien la oreja, porque se inclinó sobre ella para susurrarme.

—Sin embargo, este está un poco fuera de tu liga, ¿no crees?

Mis mejillas ardían de la vergüenza. ¿Cómo se atrevía? ¿No podía ser más descarada? ¡Derek estaba allí delante! Y sí, estaba fuera de mi liga, pero por razones que no tenían nada que ver con lo que estaba insinuando.

Me volví enfadada hacia ella con la intención de hacerle frente cuando de repente me interrumpieron.

—Si quieres molestar, puedes irte a otro lado —le soltó Derek.

¡Bien hecho, Anderson! Eso te da un punto positivo.

Jane quitó la mano de mi hombro. Si no habían pasado más de diez segundos, tal vez pudiese salvar la camiseta.

Forcé una sonrisa en mi rostro y, con voz de niña buena, susurré al oído de Jane:

—Adiós, gilipollas.

Dicho eso sujeté con fuerza mi mochila y salí casi corriendo por el pasillo, lanzándole una mirada de disculpa y agradecimiento a Derek.

Mi corazón iba a mil por hora cuando atravesé las puertas de salida. Sentía náuseas de la emoción. ¡Había llamado «gilipollas» a Jane Tyler a la cara! Era consciente de que insultar a la gente estaba mal, pero, Dios mío, ¡qué bien me estaba sentando!

Estaba sonriendo de oreja a oreja, atravesando el aparcamiento, cuando lo vi.

Mason.

Bueno, no lo vi exactamente, más bien me choqué contra él. Como siempre, me salvó de caerme al suelo.

Parecía que el tiempo se había parado. Por fin tenía

a Mason delante de mí y me había quedado sin palabras. Su mirada contenía una mezcla de emociones indescriptibles. Mason me soltó cuando logré estabilizarme. Se dio la vuelta y se alejó de mí sin mediar palabra.

Instintivamente lo agarré de la chaqueta para que no siguiera por su camino. Toda la emoción acumulada por haber insultado a Jane Tyler a la cara quedó reducida a cenizas. No entendía la reacción de Mason.

—Mase, lo siento —le dije después de comprobar que no se iba a mover—. No debí gritarte el otro día.

Esperé, pero no me miró. Tampoco intentó soltarse.

—Mason, por favor... —supliqué, incómoda.

Sentí cómo se tensaban sus músculos.

—No hay nada que sentir, Mackenzie —dijo finalmente, en un tono tan frío que me hizo sentir escalofríos—. Estás con Smith, lo has escogido a él, y no hay nada más que hablar.

Parpadeé llena de confusión y angustia. Precisamente por eso nos quedaban muchas cosas por hablar.

No lo entendía. Había llamado a James para asegurarse de que estaba bien, de que alguien me llevaba a clase, me había enviado montones de mensajes de disculpas, y ahora... ¿a qué se debía su repentina frialdad?

—Mase...

—Te he visto besándote con Smith en el pasillo.

Ahí estaba la respuesta. Solamente que no me gustó. Empecé a temblar y lo agarré más fuerte para calmarme. Lo estaba perdiendo y no quería.

—Dijiste que no dejaríamos de ser amigos —susurré con voz débil.

Mason me miró.

—No, Mackenzie. Tú lo dijiste, no yo.

Entré en pánico y en estado de negación. Aquello no podía estar pasando. No se podía estar rompiendo nuestra amistad por un chico.

Dio un tirón y consiguió liberarse de mí.

—Ya no tendré que molestarme en volver a pedirte que vayas al baile conmigo, ¿verdad? —Sonrió triste—. Que te vaya bien, Mackenzie.

Y después se fue, dejándome sola en la calle.

Los números se juntaban, se separaban y se transformaban en la libreta ante mi mirada perdida. Malditas matemáticas y maldita mala concentración. Pero ¿quién podía culparme cuando acababa de perder a mi mejor amigo? Mareada, levanté la mirada para encontrarme con Alia concentrada en sus ejercicios. Estábamos sentadas en el suelo del salón con los libros esparcidos a nuestro alrededor. A su lado, Melanie zarandeaba un lápiz de lado a lado con la vista perdida en el horizonte. Casi podía dibujar corazoncitos a su alrededor y nubes de pensamiento con el nombre de Jack escrito en ellas.

Era injusto, yo debería estar igual que ella, dibujando mis propios corazones con flechas atravesándolos y un montón de letras que formasen el nombre de James. Pero no era así. ¡Todo por culpa de Mason! ¡Por culpa de Mason y de su estúpida reacción!

Durante mucho tiempo me callé lo que sentía por él para no perderlo y ahora nuestra amistad se iba a romper por querer seguir manteniéndola y elegir a James en su lugar. ¡Qué incongruente! ¡E injusto!

Pero no, es que de repente resulta que él también me quería, ¡y me lo dice ahora! ¡Ha tenido un siglo para aclararse y lo hace ahora! Incluso James lo supo antes que él.

Aunque hubiera escogido a James, Mason no tenía derecho a echarme nada en cara. Puede que James fuese un poco payaso y a veces actuara como un idiota, pero desde que pasó lo de la lista estuvo ahí en todo momento. Fue sincero desde el principio y me hizo sentir la chica más deseada del mundo.

No, no me hizo. Me hace. Porque cada vez que me besa, cada vez que me mira, siento cuánto me quiere, cuánto le gusto.

Pues, felicidades, Mason, pero no iba a ser yo la que volviese arrastrándose para pedir perdón. Lo había intentado y, ¿sabes qué?, me hiciste sentir como si me hubiesen dado una bofetada en toda la cara. ¿Estabas celoso? Pínchate el dedo y chupa la sangre, patán insensible. No te mereces ni uno solo de mis pensamientos.

Diablos, ¿a quién quería engañar? Lo echaba terriblemente de menos.

La madre de Alia apareció en el salón. Era igual que Alia, solo que más alta y adulta.

—Voy a salir a comprar comida para la cena, ¿queréis que os traiga algo?

—Estamos servidas aquí, no te preocupes —dijo Alia sin apartar la vista de sus apuntes.

—Aunque no diría que no a unas buenas galletas con trocitos de chocolate —añadió Mel dándole un codazo—. Ninguna lo diríamos.

Sonreí. No me vendría nada mal algo de chocolate en esos momentos. La madre de Alia puso los ojos en blanco y sonrió. Descolgó el bolso y el abrigo del perchero que estaba al lado de la puerta y se despidió de nosotras.

No pasaron ni diez segundos antes de que Melanie se pusiese en pie.

—Bien, nos han dejado solas. Ya sabéis lo que toca, ¿no?

La miré desconcertada. ¿Estudiar? Alia suspiró y dejó caer el lápiz al suelo. Estaba claro que no se refería a estudiar.

—No vamos a hacerlo —dijo Alia cruzando los brazos—. Podemos meternos en un lío si nos pillan.

¿Quemar los apuntes? ¿La casa? Estaba completamente perdida.

—Corrección, chica —se burló Mel agarrándome la mano y obligándome a incorporarme a su lado—. Tú te meterás en un lío y yo me reiré.

Alia resopló y terminó por ponerse también de pie. Tenía la sensación de que si no preguntaba no iban a decirme nada.

—¿Qué vamos a hacer? ¿Vaciar el alcohol de la bodega?

Los ojos de Melanie brillaron con rebeldía.

—No, algo mucho peor…

Desde luego, era mucho peor que beber alcohol o quemar los apuntes: fuimos a registrar la habitación de Jane.

Su habitación estaba en la planta de arriba. A diferencia de la de Alia, no estaba ordenada en absoluto. La ropa estaba acumulada sobre la colcha rosa de la cama, esparcida por el suelo e incluso por encima del escritorio. Por no hablar del maquillaje, la espuma del pelo… Melanie investigaba dentro de los cajones de una cómoda mientras Alia miraba con curiosidad el desastre de escritorio. Yo me quedé quieta en medio de la habitación. Me sentía en territorio comanche.

—La semana pasada me desapareció una camiseta del armario —comentó Alia sacando una prenda azul de debajo de una libreta—. Estaba segura de que era cosa de Jane.

—¿Y por qué no entraste antes a averiguarlo? —dijo Mel agachándose para curiosear dentro de una caja llena de papeles—. En serio, Al, odio tener que ser yo la que te lleve siempre al lado oscuro.

—No me llames Al, sabes que no me gusta.

—Paparruchas, Jack también odia que lo llame J., pero lo sigo haciendo igualmente. Deberías probar a llamar Jem a James, Kenzie. Seguro que lo saca de quicio.

Preferí obviar el comentario y me dediqué a observar cómo Alia se movía por todo el cuarto y Mel leía todo lo que encontraba en el escritorio con el ceño fruncido mientras me balanceaba de un lado a otro, nerviosa. ¿Y si Jane regresaba a casa y nos encontraba registrando su habitación? ¡Aquella mañana la había llamado «gilipollas» a la cara! No quería ni pensar en las variadas y diabólicas maneras que tendría para hacérmelas pagar.

—Tal vez deberíamos regresar al salón a estudiar —propuse, intentando ser la voz de la razón—. Esto no está bien.

—No vas a decir eso cuando veas esto —murmuró Melanie, pero lo hizo en voz tan baja que por un momento creí haberlo imaginado.

Enseguida, Alia se acercó a Melanie con curiosidad. Se quedaron mirando la primera de las hojas que Melanie sostenía en sus manos. Alia se quedó blanca y me miró.

—No tenía ni idea de esto, Kenzie.

De forma abrupta, me concentré en la hoja que tenía Melanie. Era grande, con cuadraditos azules y había un corazón garabateado por detrás con tinta negra.

Todo a mi alrededor se ralentizó mientras avanzaba a zancadas hacia ellas y aquel folio entraba en mi radio de visión.

—Si lo hubiera sabido antes… —decía Alia detrás de mí, pero apenas la escuchaba.

De un tirón arrebaté el folio de las manos de Melanie y lo miré con incredulidad. Allí estaba, escrito con el mismo bolígrafo negro que utilicé aquel día: la lista.

Mi lista.

Y no era ninguna fotocopia.

Melanie puso una mano sobre mi hombro. Respiré profundamente cuando me encontré con su mirada segura.

—Esto se merece una venganza. Una venganza al estilo Melanie Stuart.

No pensaba vengarme. En aquellos momentos la detestaba, no solo porque hubiese sido ella quien había colgado mi lista por todo el instituto. No me gustaba lo que había hecho. Había conseguido hacerme daño, pero…

Bien pensado, no estaría saliendo con James si no fuera por el asunto de la lista.

Tampoco estaría enfadada con Mason, aunque eso significaría que aún no le habría dicho lo que sentía por él y el secreto estaría todavía reconcomiéndome por dentro.

También seguiría babeando por Derek sin saber que a él también le gustaban los chicos.

Y Eric… No, con Eric todo seguiría igual.

Mirase por donde mirase, lo de la lista al final no había sido algo tan malo. Intenté explicárselo a Mel, pero cuando salí de casa de Alia tuve la sensación de que no la había convencido del todo.

A la mañana siguiente, en el instituto, alguien había forzado sospechosamente la taquilla de Jane para verter zumo radiactivo por todos sus apuntes. Cuando le pregunté a Melanie, argumentó que había mucha gente que odiaba a Jane y que ella no había tenido nada que ver. Sin embargo, el miércoles vi que Jane se dirigía a la enfermería porque alguien accidentalmente había pegado un chicle en su pelo. Otra vez Melanie dijo que no había sido ella, como el jueves, cuando la vimos pasar con la ropa llena de barro, como si alguien la hubiese salpicado con el coche.

Pero lo peor llegó el viernes. Yo estaba deprimida porque ya casi llevaba una semana sin hablar con Mason. Estaba esperando a James al lado de la puerta de salida del instituto para que me llevase a casa, apoyada contra la pared, cuando Jane Tyler pasó corriendo a mi lado, sin mirar apenas por dónde iba y con la cara anegada en lágrimas.

Eso me pareció sospechoso. Tenía que hablar con Melanie.

—Hola, preciosa —me sonrió James recogiendo mi mochila y dándome un beso suave en los labios—. ¿He tardado mucho?

Dije que no con la cabeza.

—¿Preciosa? ¿Qué ha pasado con «nena»?

Una sonrisa burlona apareció en sus labios mientras me abría la puerta.

—Sabía que te gustaba que te llamase «nena», nena.

Puse los ojos en blanco y me adelanté a él en dirección a su coche. Había llovido, así que el suelo estaba mojado y todo olía a humedad. Me coloqué bien la chaqueta para taparme del frío. Seguía pensando en Jane Tyler, en cómo había salido llorando del instituto. Nunca la había visto así. Siempre pensé que era de la clase de chicas que ocultaban los sentimientos que las hacían parecer débiles.

Íbamos camino a casa cuando James bajó el sonido de la radio y me miró serio.

—A ver, ¿qué ocurre?

Lo miré, y de repente me puse nerviosa porque parecía que no estaba tan pendiente de la carretera como debiera. Después de una semana yendo en su coche ya debería confiar en él, pero me resultaba complicado. En especial cuando se empeñaba en ignorar descaradamente los límites de velocidad.

—Nada.

Soltó una mano del volante para rascarse la barbilla. Mala señal.

—Esta es una de esas ocasiones en las que las chicas decís que no pasa nada, pero en realidad el mundo se está quemando en el infierno, ¿verdad?

No pude evitar reírme. James era todo un adivino. Suspiré y apoyé la cabeza contra el asiento. No me apetecía contarle los detalles de Jane y la lista, eso era algo que prefería dejar atrás. La lista, quiero decir. Ocurrió, no podría borrarlo nunca y, sinceramente, tampoco quería. Era mejor dejar las cosas como estaban, por eso solo le conté lo que había visto mientras lo esperaba.

—¿Por qué te preocupa tanto que estuviera llorando? —dijo medio sorprendido, tomando una curva a demasiada velocidad—. No sois amigas.

Apreté los pies contra el suelo como si estuviese pisando un freno invisible. Los viajes en coche con James eran demasiado para mis nervios.

—Dios no lo quiera —murmuré imaginando que Jane Tyler y yo pudiéramos ser BFF—. Pero nunca la había visto así y... no sé, me ha sorprendido.

Una pequeña sonrisa, muy diminuta, se dibujó en sus labios. Luego murmuró algo como «demasiado buena», lo que no tenía sentido. Mis verdaderos intereses eran puramente egoístas: no quería ser de alguna manera culpable y que Melanie le hubiese hecho algo por defenderme.

—Creo que sé por qué estaba llorando —dijo James en voz alta, justo cuando llegábamos a nuestro barrio—. Estaba en clase hablando con Eric Abbot y, bueno, ya sabes que ese chico se entera de todos los cotilleos antes que cualquier persona en este planeta.

—¿Y...? —le pregunté impaciente.

Cambió la sonrisa por un gesto agrio.

—Por lo visto se ha extendido el rumor de que se ha acostado con el profesor de gimnasia, el guaperas que vino para sustituir a la titular, que está embarazada, y ahora el director quiere hablar con ella y con sus padres.

«Madres», pensé sin decirlo en voz alta. Jane tiene madres. Pero aquel era un dato sin importancia después de lo que acababa de escuchar.

—Pero... es mentira, ¿no?

James aparcó el coche delante de su casa y se quitó el

cinturón de seguridad. El estómago se me cerró con su mirada.

—Por lo visto no. Ya han echado al profesor.

Oh, mierda. Ahora sí que tenía que hablar con Melanie, y muy seriamente.

Salimos del coche y James me acompañó a casa. Desde el día en que su madre nos pilló dándonos el lote en el salón de su casa, no me atrevía a entrar en la suya. Era zona prohibida. Seguía sin superar la vergüenza cuando lo recordaba.

—Cuando la realidad supera a la ficción —suspiró James una vez que llegamos a mi casa.

No contesté. Por una vez en mi vida, sentía pena de Jane Tyler.

James dejó mi mochila en el suelo y se acercó a mí, dejándome entre la pared y su cuerpo.

Era totalmente consciente de cómo sus brazos envolvían mi cintura y me atraían hacia él.

—He pensado mucho en una cosa —susurró con sus labios muy cerca de mi oreja—. Tiene cuatro letras y nos incluye a ti y a mí.

¿Cuatro letras? ¿Él y yo? Mi mente empezó a trabajar a toda velocidad y solo podía llegar a una conclusión.

Sus labios viajaron desde el lóbulo de mi oreja al nacimiento del cuello y camino de vuelta a ella para susurrar otra palabra más.

—Solos.

Tragué saliva. Era inocente, pero no tanto: cuatro letras, un chico y una chica, solos.

Sexo.

En un descuido, volvió a mis labios dejando un profundo y paralizante beso en ellos. Mis piernas empezaban a flaquear, aunque no sabía si era por el beso o por lo que James acababa de decirme.

La puerta de casa se abrió de golpe y nos separamos. La cabeza de mi hermana asomó curiosa.

—Tengo hambre, ¿y mi cena?

Parpadeé inmersa en una nube de atontamiento. ¿Cena? James contestó por mí.

—¿No tienes edad suficiente para cocinar tú misma?

Leslie hizo algo que empezaba a ser muy común en ella. Miró a James de arriba abajo, examinándolo por completo. Finalmente ladeó la cabeza y preguntó:

—¿Y tú no eres el que pegó un preservativo a mi hermana en la espalda hace unos cuantos años?

Mataría a esa niña. Mira que sacar a relucir uno de los momentos más humillantes de mi vida. ¿En qué pensaba?

James soltó una fuerte carcajada.

—*Touché.*

Leslie volvió a mirarnos, suspiró y entró en casa. Me aparté de James para seguirla cuando él me agarró de la muñeca, me acercó de nuevo a su lado y llenó mi boca con un rápido y feroz beso. Cuando se separó nos quedamos mirándonos fijamente.

—No te olvides, Kenzie. Cuatro letras, tú y yo solos. Cita. Ya es hora de que tengamos una. ¿Qué te parece mañana?

¡Oh, vaya…!

Quiero decir… ¡Mi primera cita con James!

Capítulo 21

—¿Qué estás buscando en mi armario?

Me di la vuelta hacia mi madre, sobresaltada, con un vestido rojo en la mano. Me había pillado infraganti mientras saqueaba su ropero.

—¿Kenzie? ¿Ese es mi vestido de fiesta?

Me mordí el labio, nerviosa, e instintivamente me regañé a mí misma. ¿Cómo podría besar a James si no hacía más que masacrarme los labios? Miré el vestido que tenía en la mano y suspiré. Habría preferido tener que ahorrarme aquella charla, pero ya no había vuelta atrás.

—Hoy tengo una cita —confesé.

No sé por qué esperaba aplausos, gritos de alegría y cohetes por parte de mi madre. En lugar de eso se acercó a mí y me arrebató el vestido de las manos.

—Bien, pero este vestido lo necesito yo. —Se acercó a mí y me sonrió con suficiencia—. También tengo una cita.

Me quedé estupefacta delante de las puertas del armario de mi madre mientras ella salía de la habitación. ¿Desde cuándo tenía citas mi madre? No había salido seriamente con ningún hombre desde que nuestro padre se había ido. ¿Por qué lo hacía de repente?

Frustrada, volví a inspeccionar el ropero en busca de otro vestido. Si me paraba a pensarlo, en realidad tenía sentido. Estos últimos días había estado muy feliz. Cocinaba, limpiaba, hacía la compra, me preguntaba por el instituto, volvía a casa pronto… Me pegué un tortazo en la cabeza. ¿Cómo no me había dado cuenta antes?

Estaba colocándome la chaqueta cuando llamaron al timbre. Miré el reloj, pero aún faltaban diez minutos para mi cita con James. Sin embargo, no me quedó más remedio que precipitarme escalera abajo cuando escuché a mi hermana decir:

—Hola, pelirrojo, ¿no llegas un poco pronto?

Iba a matar a esa niña.

Cuando llegué al último escalón, se me habían caído todas las horquillas, aniquilando todo esfuerzo por estar guapa. Pero, dado el repaso que me hizo James, él no pensaba lo mismo.

—Hola —lo saludé, esforzándome por dejar atrás mi timidez.

James me tomó de la mano y la elevó haciéndome girar para ver mi conjunto. Ni siquiera había conseguido encontrar un vestido adecuado. Me había puesto una blusa blanca con unos vaqueros oscuros estrechos, pero a él no pareció importarle.

—Preciosa —susurró mirándome fijamente.

Mis mejillas entraron en calor.

De repente, alguien hizo arcadas a nuestro lado.

—Adolescentes —gruñó Leslie antes de que volvieran a llamar a la puerta y tuviese que volver a abrir.

James aprovechó el momento para poner su dedo índice en mis labios y borrar el brillo. Sonrió y me acercó más a él.

—Así mejor —susurró antes de besarme.

—¿No podéis esperar a estar fuera para hacer eso? —nos interrumpió Leslie, separando nuestros cuerpos con sus brazos y pasando por medio de ambos—. ¡Mamá, es para ti!

Miré hacia la puerta mientras escuchaba cómo mi madre taconeaba bajando la escalera. La esperaba un hombre mayor, de unos cincuenta años. Era alto, llevaba traje y un ramo de flores en las manos. Era guapo para su edad, pero yo le habría quitado el bigote.

—Tom, llegas pronto —dijo mi madre pasando por delante de sus hijas como si no existiéramos y recogiendo su bolso y el abrigo del perchero.

Tom miró un momento hacia nosotros y luego le dijo a mi madre:

—¿He hecho mal?

Mamá negó con la cabeza y sonrió. Se abrochó el abrigo y aceptó las flores.

—Para nada, tenía ganas de ir ya a ese restaurante.

Se dispuso a salir por la puerta y, como si de pronto recordara que tenía hijas, se giró hacia nosotras y nos dijo:

—Portaos bien, volveré tarde.

Después, cerró la puerta.

—¿Qué ha pasado? —preguntó James.

Leslie y yo nos miramos, miramos a James y volvimos a mirarnos.

—Bigotudo Tom se ha llevado a mamá —dijo finalmente mi hermana.

James se echó a reír, ganándose una mirada reprobadora de mi parte.

—Muy buena, Les —la felicitó alzando la mano para chocar los cinco.

—Lo sé —admitió ella. Acto seguido colocó cada una de sus manos en cada una de nuestras espaldas y nos empujó fuera de la casa—. Ahora, largo, he de hacer unas llamadas.

Alcé las cejas sin estar muy segura de cómo sonaba eso.

—¿Llamadas a quién? —Entonces se me ocurrió—. ¿Hunter? ¿Blake?

Con otro empujón Leslie consiguió echarme de mi propia casa. Me miró como si repentinamente me hubiesen salido dos cabezas.

—No, idiota. Te dije que lo mío con él se había acabado.

—¿Con cuál de ellos?

La puerta se cerró en mis narices sin obtener contestación. ¡Maldita niña! ¡Al final me quedaría sin saberlo!

—¡Y no quemes la casa! —le grité antes de seguir a James hacia su coche.

James no quiso decirme adónde me llevaba. Dijo que quería darme una sorpresa y eso me ponía de los nervios. Las sorpresas me gustaban, pero cuando se trataba de James Smith no sabías qué podría ocurrir. Por eso, cuando aparcamos enfrente de una concurrida cafetería, no pude hacer más que sorprenderme.

—¿Qué hacemos aquí? —pregunté curiosa siguiéndolo hacia el establecimiento.

James me frenó antes de entrar y retiró las horquillas de mi pelo, dejando que cayera suelto sobre mis hombros.

—Me gusta cómo estás al natural, sin maquillaje. —Me sonrió acariciando mi mejilla.

Bonito, pero eso no respondía a mi pregunta. Como si lo notara, agregó:

—Este es el Odisea, el bar donde Jack trabajaba antes de hacerse empresario. Los sábados tienen noche de micrófono abierto y algunos universitarios de la zona vienen a leer historias y poemas. He pensado que… bueno, como te gusta escribir y todo eso, tal vez esto también te gustaría.

Miré al interior del local a través de los cristales. Era amplio, con una iluminación tenue y un escenario vacío al fondo.

—¿Cómo sabes que me gusta escribir? —pregunté volviéndome hacia él.

James se encogió de hombros, pero debajo de aquella actitud fresca pude apreciar cierto nerviosismo. Mi corazón se agitó. ¡No podía creérmelo! ¡Intentaba impresionarme!

—Trabajas en el periódico escolar, simplemente lo supuse.

Me tomé un momento para observar de nuevo el interior del local. El nerviosismo de James aumentaba por segundos, hasta que finalmente explotó.

—Di algo, Kenzie.

Podría haberlo hecho sufrir más, pero lo cierto era que tenía razón. Me abalancé hacia él abrazándolo y plantándole un gran beso en los labios.

—Me encanta.

La tensión desapareció de los hombros de James y me devolvió el abrazo con fuerza. Continuábamos besándonos cuando alguien tosió detrás de nosotros, interrumpiéndonos.

—¿Vais a entrar? —preguntó una voz irritada—. Estáis en medio de la puerta.

Ruborizados, nos apartamos para dejar pasar a la pareja y entramos detrás de ellos sin poder contener la risa. ¿Por qué James siempre conseguía meterme en problemas? Me llevó cerca del escenario, donde una mesa nos esperaba con el cartel de RESERVADO. Eso también me sorprendió. Se había tomado la molestia de preparar la cita con antelación.

Una camarera se acercó a nosotros. Era guapa, con el pelo rubio claro y las puntas teñidas de rosa. Llevaba una camiseta negra con las mangas rotas y unos vaqueros también rotos. Era espectacular. Mi estómago se encogió cuando sonrió al ver a James.

—¡Mini-Jack! —le dijo, revolviéndole el cabello—. ¿Cuánto hace que no venías por aquí?

¿Mini-Jack? Tal vez no tuviese nada por lo que preocuparme. Por otro lado, James se puso rojo como un tomate, a tono con su cabello.

—Hola, Jess —saludó él de forma educada, buscando mi mirada—. Ella es Kenzie.

Jess se volvió hacia mí sin perder la enorme sonrisa. Ahora que la veía de cerca, podía decir que la chica tenía cuatro o cinco años más que nosotros.

—Encantada de conocerte, Kenzie. —Se agachó a mi lado tendiéndome una mano y susurró—. ¿Eres su chica?

La primera intención era decir que yo no era la chica de nadie, pero luego me acordé de las palabras de James el otro día en el instituto y no pude evitar contestar:

—Sí, lo soy.

Lancé una mirada fugaz a James. Había alzado las cejas y estaba sonriendo.

—¡Fantástico! —gritó, en un volumen que hizo que las personas que ocupaban la mesa de al lado se sobresaltaran—. Espero que seas capaz de encarrilarlo, la última vez que supe de él era porque Jack tenía que ir a sacarlo de...

—¿Qué te parece si nos traes dos cafés? —la interrumpió James antes de que continuara con lo que parecía una divertida y embarazosa historia.

Jess lo miró y achicó los ojos lentamente.

—Lo entiendo. ¡Dos cafés marchando!

Reí cuando James se desplomó en la silla con aspecto abatido. Era divertido verlo así, lejos de su prepotencia natural. Lo hacía parecer un chico más normal.

—Vaya, Jess es... intensa —comenté iniciando un tema de conversación.

—No tienes ni idea —renegó arrugando la nariz.

Me gustaba que arrugase la nariz.

—¿De dónde tenía que sacarte tu hermano? —pregunté antes de poder detenerme—. Quiero decir, no tienes que decírmelo...

—No, no pasa nada —dijo tomando la carta de bebidas y jugando con ella—. Me habían castigado en el instituto y ninguno de mis padres podía ir.

Inmediatamente después me arrepentí de preguntar. Los padres de James, hasta donde yo sabía, se habían separado, como los míos. Sin embargo, había ocurrido mucho tiempo antes y no tenía ni idea de qué había pasado.

—Lo siento —susurré.

James me miró sin comprender.

—¿Por qué?

Señor, ¿no podía simplemente permanecer callada y punto? Parecía que no hacía más que decir inconveniencias. Me revolví inquieta en el sitio.

—Por... Por lo de tus padres —titubeé mirando con incomodidad mis manos—. Sé lo que es que estén separados y eso.

De repente puso su mano sobre la mía por encima de la mesa. Cuando levanté la vista, me estaba sonriendo.

—No tienes que disculparte, Mackenzie. No es culpa tuya.

Asentí.

—Ya, ni tuya.

Me soltó la mano. ¿Había vuelto a decir de nuevo algo inapropiado?

Nerviosa por estar estropeando mi primera cita, me moví para rebuscar el móvil de mi chaqueta cuando mi mano chocó contra algo duro, o más bien alguien. Jess y los cafés.

Tiré la bandeja al suelo creando un gran estruendo que llamó la atención de todos los presentes. No pude evitar ponerme roja y morderme el labio hasta hacerme una pequeña herida.

Genial, empezaba bien la cita. Sí, señor.

—Lo siento mucho.

Me disculpé levantándome de mi asiento para ayudar a Jess a recoger. Sentía las miradas de varias personas a nuestro alrededor. ¿Era cosa mía o la temperatura del local había aumentado? Mientras recogíamos, la luz del escenario se iluminó y alguien comenzó a hablar, iniciando la noche de micrófono abierto.

—No pasa nada, traeré otro par de cafés enseguida —dijo Jess con una sonrisa.

Me senté de nuevo en la silla y hundí la cabeza en mis manos. Cuando moví los dedos para mirar a través de los huecos descubrí a James con sus ojos clavados en mí. No parecía enfadado.

—¿Ha dejado ya de mirar la gente? —le pregunté en un susurro.

Miró vacilante a nuestro alrededor. Después se inclinó sobre la mesa y me dijo al oído:

—Sí, pero, francamente, me extrañaría que alguien quisiera dejar de mirarte.

Yo, que no hacía más que meter la pata, y él, que no dejaba de decirme cosas bonitas. Miremos la parte positiva: ya no podía ir peor, ¿verdad? Hasta que levanté la cabeza para mirarlo mejor y choqué de repente contra la suya.

Ya, Mackenzie, para la próxima no hables. Ni pienses.

—¡Ay! —grité frotándome la frente y ganándome unas cuantas miradas recriminatorias—. Lo siento…

James también tenía una mano en la frente. ¿Era posible ser tan torpe? Murphy me odiaba.

Nos trajeron dos nuevos cafés. Esta vez Jess se encargó de acercarse por el lado de James. Cuando se fue, observé por el rabillo del ojo cómo él empezaba a mover su silla para ponerse a mi lado. Me agarró la mano y la apartó de mi cara. La había puesto allí sin darme cuenta.

—Oye, no pasa nada —me susurró cerca del oído, haciendo que mi piel se erizara.

James había percibido mi incomodidad. Era todo un completo desastre. Cuando empecé a hablar, no era capaz de encontrar las palabras.

—Es que… Yo no… Y tú…

—Kenzie, no pasa nada —repitió agarrándome con fuerza la mano y obligándome a mirarlo.

Vi sus ojos verdosos cerca de los míos, observándome fijamente, tranquilos. Suspiré.

—No hago más que fastidiarlo todo. Tú me traes aquí y yo meto la pata una y otra vez, sin dar marcha atrás. Y cuando parece que no puede ir peor… ¡Bum! Ahí estoy yo para demostrar que no es así.

Una pequeña sonrisa asomó en sus labios. Eché la cabeza hacia atrás achicando los ojos. ¿Mi torpeza era graciosa?

—Lo sé —admitió tirando de mi mano para acercarme más a él—. Sabía a qué me enfrentaba saliendo contigo. Eres un desastre, pero eso forma parte de tu encanto, nena.

Lo miré, y mi vecino, el payaso de la clase, el bromista que colocó aquel preservativo en mi espalda años atrás, ya no estaba allí. Delante de mí, mirándome como si fuese la chica más bonita del mundo, con su atención plena en mí, sin importarle las tazas de café que tirara al suelo o los cabezazos que le diese, estaba mi novio. Hiciese lo que hiciese, James seguía allí.

Tomándolo por sorpresa lo agarré del cuello de la camisa y tiré de ella hacia mí, dándole un profundo y lento beso en los labios. Abrí los ojos segundos antes de separarnos, deleitándome en la cercanía de nuestros rostros juntos.

—Disfrutemos ahora de la función, ¿te parece? —pregunté.

Y él asintió.

El espectáculo fue mucho mejor que el inicio de la cita. Aquellos universitarios eran bastante buenos, aunque no lograba entender del todo a los que leían poesía. Me gustaban los poemas, pero no estaba segura de captar su trasfondo. Prefería los textos narrativos. Todo el local olía a café, cálido y cargado.

James pidió unos pasteles de chocolate que prácticamente me comí yo sola. Debería guardar la compostura y comer poquito y despacio en una primera cita, pero... ¿quién demonios es capaz de hacer eso? ¡Porque yo no lamí el plato de milagro!

Jess nos guiñó un ojo cuando acabó el espectáculo y nos fuimos. James no dijo nada hasta que estuvimos dentro del coche.

—Así que... ¿eres mi chica? Eso le dijiste a Jess antes, ¿no?

Lo fulminé con la mirada.

—¡Oh, cállate!

Se volvió en el asiento del conductor para mirarme más de cerca. Una sonrisa burlona colgaba de sus labios.

—Vamos, nena. No me hagas rogarte.

Habíamos llegado al punto en el que ya no me molestaba que me llamase «nena».

—¿Rogarte?

Su mirada se volvió más profunda.

—Te quiero, Mackenzie. Estoy tonta, idiota y locamente enamorado de ti.

Así de sencillo, tan rápido y con tan pocas palabras, James consiguió que mi corazón comenzase a latir desbocado. Los segundos parecieron congelarse hasta que él se acercó a mí y me atrajo en un beso suave y delicado mientras su mano acariciaba mi mejilla.

Poco a poco, el beso fue cambiando de ritmo. Concretamente, fueron mis labios los que cambiaron de ritmo. Empecé a ir más rápido, a atrapar la carne con mis dientes, a respirar agitadamente y a necesitar menos aire entre nosotros.

Maniobrando como pude, salí de mi asiento. En aquellos momentos agradecí llevar pantalones, porque me senté sobre el regazo de James con sus manos en mi cintura y mis brazos rodeando su cuello.

La sangre bombeaba a toda velocidad por todo mi cuerpo. Hundí mis dedos en su pelo, notando las finas hebras a través de la piel. Sus manos se deslizaron por debajo de la tela de mi camisa. Jadeé por el frío contacto.

James fue el primero en separar su boca de la mía, pero yo no podía parar. Mi boca volvió a buscarlo hasta que James puso una mano sobre mis hombros para echarme hacia atrás. Nuestras respiraciones se unían juntas y agitadas. Fuera, los espejos del coche se habían empañado.

—Deberíamos… deberíamos parar —susurró en un tono apenas audible. Necesitaba aire.

Asentí, pero mi cuerpo finalmente venció a su mano y me incliné hacia delante para volver a besarlo.

—Deberíamos —susurré contra sus labios.

—Deberíamos —repitió él sin apartarse. Sus dos manos volvieron a clavarse en la piel de mi cintura—. Maldición, Kenzie…

Estábamos disfrutando de un apasionado beso cuando alguien golpeó el cristal del coche. Me separé de James alarmada. Al volver a mi asiento me encontré con la cara de Jess pegada al cristal. James bajó la ventanilla:

—¿Haciendo guarradas dentro de un coche? —dijo alzando las cejas—. Muy mal, chicos.

—Jess… —comenzó a advertirle James en voz baja.

—A saber qué habría pasado si en lugar de aparecer yo aparece un policía.

—Jess…

—¿Cómo de bien te suenan los cargos por alteración del orden público?

—Mierda, Jess. Te juro que como no te calles la boca…

—Ha sido un placer conocerte, Kenzie —lo interrumpió la chica guiñándome un ojo—. Intenta peinarte antes de llegar a casa, y tú, subirte la bragueta, mini-Jack.

¡Oh, Dios mío!

En cuanto se alejó comencé a atusarme el cabello mirando de reojo a James para comprobar el asunto de la bragueta…, que, por supuesto, ya estaba cerrada.

—¿Disfrutando de las vistas, nena?

Volví a mirarlo a la cara. Diablos, debería aprender a ser más disimulada.

—Quizá deberíamos volver a casa —dije cambiando de tema y abrochándome el cinturón de seguridad.

—¿Tendré mi beso de buenas noches?

Lo miré y sonreí.

—¿Solamente uno? Todos los que quieras.

El camino a casa fue tranquilo. James escogió la música, ya que, según él, mi gusto pop era demasiado pop. ¡Eso ni siquiera tenía sentido! Me pareció que había sido un viaje muy corto. Tenía ganas de seguir pasando tiempo con James, y lo habría hecho de no haber sido por la sorpresa que me esperaba a la puerta de casa.

—Pero ¿qué...? —comencé a preguntar soltándome el cinturón y bajándome rápidamente del coche.

James apareció a mi lado mirando con la misma incredulidad.

Todo estaba intacto y como siempre, a excepción del camión de bomberos, el coche de policía y los dos agentes municipales que se encontraban delante de mi casa. ¿Alguien duda acaso de qué pasó? Porque tiene doce años y yo la llamo Leslie.

El lunes siguiente caminaba por los pasillos pensando todavía en mi hermana pequeña. ¿Cómo un ser de apenas doce años podía meterse en tantos problemas? Cuando James y yo llegamos a casa, lo primero que sentí fue miedo. Estaba asustada. Temía que algo malo hubiese pasado. Entonces hablé con los policías y del miedo pasé al enfado.

Resulta que Leslie y sus amigos habían intentado destilar alcohol en casa. Un tal Jordan llevó un mechero y mientras los demás miraban, mi hermana acercó un vaso lleno de vodka. Al final, el juego se les fue de las manos: el alcohol comenzó a arder, como era de esperar, y Leslie se asustó y lanzó el vaso ardiendo. Fue a caer al lado de las cortinas y estas se inflamaron.

El fuego no pasó a mayores, porque, al estar en el baño, entre todos consiguieron dirigir el agua del lavamanos hasta la ventana y apagarlo, pero para entonces la madre de James ya había avisado a los bomberos y los policías se habían acercado a ver el espectáculo.

El resultado final fue una baja de cortinas y Leslie castigada de por vida. Al menos las autoridades fueron indulgentes con nosotras, aunque el hecho de que el tal Jordan fuese justamente el hijo del alcalde tuvo algo que ver en ello. ¿Con qué clase de gente se estaba juntando mi hermana? Porque ese Jordan no me gustaba nada de nada, si iba por la vida cargando mecheros y haciendo que las niñas sujetasen vasos de alcohol llameantes.

En fin, ¿a quién quería engañar? Seguramente la idea había sido de mi hermana.

—¡A ti te estaba buscando! —grité cuando vi a Melanie y a Alia en la puerta de la clase.

Melanie me sonrió recostándose contra la pared y apartando un mechón de cabello rubio de sus ojos.

—Hola, Kenzie. ¿No hace un día maravilloso? Los pájaros cantan, las nubes se levantan, que sí, que no, ¿se prendieron las cortinas de tu habitación? Lo siento, pero con baño no rimaba.

Resoplé cruzando los brazos sobre mi pecho. Gracias, Les. Ahora tendría bromita hasta final de curso.

—Mi hermana pequeña y su nuevo novio son unos malditos pirómanos —me quejé negando con la cabeza—. Pero no era de eso de lo que quería hablar.

—¿Tal vez del examen de trigonometría? —dijo Alia levantando la cabeza de uno de sus libros—. Cada vez está más cerca, y aún no me ha respondido ninguna universidad.

Genial, a mí tampoco, pero no era de eso de lo que quería hablar. Intentando tomar una actitud y un tono más serios, me enfrenté a Melanie.

—Voy a preguntártelo una vez, así que dime la verdad. ¿Le hiciste tú esas cosas a Jane o no?

Alia cerró el libro para observarnos, expectante. Melanie, por su parte, suspiró y me miró a los ojos. Parecía sincera.

—Por mucho que me habría gustado fastidiarla, no fui yo. Jamás haría algo tan bajo como eso. Mi venganza sería más sofisticada, como poner laxante en su bebida sin que se diera cuenta.

Por extraño que parezca, la creí. Melanie podía ser muchas cosas, pero nunca me pareció una mentirosa.

Alia carraspeó.

—En realidad todo ha sido una serie de casualidades. Ella y el entrenador nunca fueron muy cuidadosos. Algún estudiante los vio juntos y lo fue contando por ahí. Tampoco se dieron cuenta de que la sala de profesores tiene cámaras de seguridad.

—¿La sala de profesores tiene cámaras? —preguntó Melanie, pero ambas la ignoramos—. ¿Lo hicieron en la sala de profesores?

—¿Cómo sabes eso? —dije con curiosidad.

Alia apretó los labios compungida. Abrazó los libros contra ella con fuerza.

—Es mi hermana, al fin y al cabo. Estaba destrozada. Este fin de semana estuvo encerrada llorando en su habitación, así que hice de tripas corazón y me convertí en su paño de lágrimas. Ella quería de verdad al señor Jones.

Pobre Jane. No deseaba eso ni a mis peores enemigos, que básicamente se reducían a ella.

—¿Y qué hay del día que llegó salpicada de barro? —preguntó Melanie.

—Llovía y el coche la dejó tirada a mitad de camino.

Eso tenía sentido. Melanie siguió interrogando.

—¿Y el chicle en el pelo?

—Estaba en la calle cuando alguien lo escupió por una ventana. Muy asqueroso.

—¿Y lo del zumo radiactivo en su taquilla? ¡Eso tuvo que ser aposta!

El rostro de Alia se iluminó en una sonrisa divertida.

—En realidad sí lo fue, pero no para ella.

—¿No para ella? —repetí.

—Una estudiante de un curso inferior estaba intentando llenar de zumo la taquilla de Jaden Foster, ese que juega en el equipo de fútbol, pero calculó mal y en lugar de la del chico ensució la de Jane. No te imaginas cómo le gritó mi hermana cuando la chica fue a disculparse.

Melanie y Alia empezaron a hablar de la sobreexagerada reacción de Jane. Desconecté rápidamente cuando caí en la persona que caminaba hacia nosotras mirando la pantalla de su móvil como si fuese lo único con vida en todo el lugar.

Me giré hacia Alia para señalarla.

—¿Qué hace tu hermana aquí?

Melanie también la miró.

—Sí que tiene mala cara… —comentó—. ¿Por qué ha venido al instituto?

—Nuestras madres la obligaron. Dijeron que si era lo suficientemente mayor para andar acostándose con profesores, también lo era para afrontar las consecuencias.

Me habría gustado no sentir pena por Jane, pero se veía tan sola y triste caminando por el pasillo que era imposible no hacerlo.

—¿Os importa si la invito a comer hoy con nosotras? —preguntó Alia en un susurro—. Creo que sus amigas la han dado de lado después de lo del señor Jones.

Mel y yo asentimos. Ante todo, ellas dos eran hermanas y por mucho que se odiasen tenían que apoyarse mutuamente. Como yo con Leslie. De hecho, gracias a mi intervención, mi madre le permitió conservar el teléfono móvil… los fines de semana.

Alia esperó a que Jane llegase a nuestro lado para llamarla.

—¿Qué quieres? —preguntó bruscamente cuando se paró frente a nosotras.

Sentías pena por Jane Tyler hasta que abría la boca y cambiabas la pena por las ganas de pegarle.

Alia no se anduvo con rodeos y fue directa al grano.

—¿Quieres comer con nosotras hoy?

Jane nos miró lentamente a las tres: primero a su hermana, luego a Melanie y, por último, a mí. Nos miraba con desprecio, como si fuésemos tres horribles animales en lugar de personas.

—¿Con la jirafa y la insultapersonas? —dijo finalmente—. Gracias, pero ya tengo bastante con soportarte a ti en casa.

Alia dejó que su hermana se alejara y se volvió hacia nosotras con una sonrisa en señal de disculpa.

—Bueno, yo lo he intentado, ¿vamos a clase?

—¿Y dejarlo así? —dijo Melanie—. ¡Oye, Jane!

Jane regresó hacia nosotras. Había guardado el teléfono en el bolsillo delantero y nos miraba con falsa expectación, casi aburrimiento.

—¿Y ahora qué, jirafa?

Eso solo sirvió para envalentonar a Melanie. Teniendo en cuenta que era bastante más alta que nosotras, yo habría tenido miedo. Apretó los puños y se volvió furiosa hacia Jane.

—Mira, entiendo que lo que te pasó sea una mierda, pero no tienes por qué pagarlo ni con tu hermana ni con nosotras. Solo intentamos ayudar.

Jane resopló.

—¿Ayudar? Seguro. Lo que queréis es reíros de mí como todos los demás. No necesito que…

Melanie la interrumpió, abriendo los ojos totalmente ofendida.

—¿Perdona? ¿Reírnos de ti? Lo siento, bonita, pero ¿no fuiste tú quien empapeló las paredes del instituto con la lista de Kenzie? ¿Quién pretendía reírse de quién en ese momento?

Jane se quedó con la boca abierta, en estado de *shock*. Varios estudiantes curiosos comenzaron a reunirse a nuestro alrededor. La campana sonó, pero ninguno de ellos se movió, expectantes por ver qué pasaba. La expresión de petulancia desapareció del rostro de la hermana de Alia.

—Yo no…

—Tú sí —le recriminó Mel—. Encontramos la lista en tu habitación, no intentes negarte, pero Kenzie, a diferencia de ti, sabe de decencia y no ha dicho nada.

Eso pareció molestar a Jane, que frunció el ceño y me observó fugazmente antes de volverse hacia Melanie.

—¿Yo no tengo decencia y ella sí? ¿No está acaso saliendo con James Smith?

Me sentí como un espectador más viendo una pelea en

la que estaban a punto de criticarme. ¿Era ese el momento en el que sacaba el tema de Mason y me echaba en cara que hubiera escogido a James y no a Mason?

Pero no fue eso lo que dijo.

—¿Acaso eso importa?

Una sonrisa malvada se dibujó en el rostro de Jane.

—¡Oh, importa! Si no, pregúntale a él, que fue quien me dio la lista.

No lo había dicho. Ella no había dicho eso. No podía. James no. Simplemente me negaba a creerlo.

Melanie se volvió hacia mí con los ojos muy abiertos mientras Jane comenzaba a sonreír con verdadera maldad y prepotencia. Mis piernas empezaron a moverse solas en su dirección. Me sentía como en una neblina.

—¿Qué has dicho? —Mi voz temblaba.

La expresión de Jane cambió a un falso puchero de tristeza y sorpresa.

—Oh, ¿nunca te lo ha contado?

Las sílabas se escurrieron de mi boca como veneno.

—Mientes.

—¿Por qué tendría que hacerlo? Pregúntale a él si no me crees.

En aquellos momentos no era nada consciente de lo que pasaba a mi alrededor. Todo parecía encontrarse a años luz de distancia, y solo las palabras de Jane rebotaban dentro de mi cabeza.

«Pregúntale a él, que fue quien me dio la lista.»

Me tragué un sonoro sollozo y empecé a hipar sin poder contener las lágrimas. Para el momento en el que llegamos al baño de chicas, lloraba a borbotones, tenía toda la cara sucia y los ojos rojos. Alia y Melanie me dejaron sentada en el suelo apoyada contra la pared.

Entre lágrimas y sollozos comencé a balbucear.

—No puede ser cierto. Tiene que estar mintiendo. James no... Él no... No puede... Nunca me ha dicho nada...

Alia y Melanie me miraban sin saber qué decir, porque Jane había dado en el clavo. ¿Por qué iba a mentirme sobre eso? Mel tomó un trozo de papel y lo mojó antes de acercarlo a mi cara y limpiar las lágrimas. Para nada, porque seguí llorando.

—En un rato saldrá de clase, pregúntale a él entonces —me tranquilizó a Alia con voz suave, agachándose a mi lado y frotando mi hombro.

Me pasé toda esa hora llorando. A veces las lágrimas se secaban y las tres permanecíamos en silencio, pero entonces volvían de nuevo y quemaban la piel. Tenía la visión nublosa cuando sonó el timbre que señalaba el final de las clases.

Balanceándome, conseguí levantarme. Alia y Melanie me seguían de cerca mientras me abría paso entre los estudiantes en busca de James. Algunos se quedaban mirándome hasta que desaparecía de su camino, pero no me importaba. En aquellos momentos podía prenderme fuego al pelo para llamar la atención de todo el instituto y me daría igual. Mi prioridad era encontrar a James y hablar con él.

Estaba esperándome donde solíamos hacerlo, al lado de las puertas de salida. Con el corazón palpitando violentamente, le di mi mochila a Alia y avancé hacia él. No se percató de mi presencia hasta que estuve a su lado.

—Hola, nena. ¿Lista para...?

Su voz se fue perdiendo hasta desaparecer cuando me miró y vio cómo estaba. Si me mostraba físicamente la mitad de dolida de cómo me sentía, debía parecer un monstruo. James se apartó de la pared y se acercó a mí.

—Kenzie, ¿estás bien? ¿Qué ha pasado?

Lo miré intentando contener las lágrimas.

—¿Lo hiciste? ¿Tú le diste mi lista a Jane?

Desde lo más profundo de mi corazón, deseaba que me dijera que no. Rogaba para que me dijese que no y disipara las dudas tontas de mi cabeza, pero cuando su rostro se ensombreció y no fue capaz de contestar, rompió mi corazón en pequeños añicos irrecuperables.

Di un paso hacia atrás tambaleante, separándome de él mientras negaba con la cabeza.

—Kenzie, espera…

Hizo el amago de intentar sostenerme, pero me eché hacia atrás más rápido. La rabia empezó a crecer dentro de mí, alimentada por el profundo dolor que apretaba mi pecho y me impedía respirar. Las lágrimas consiguieron explotar, deslizándose por mis mejillas y perdiéndose en el cuello de mi chaqueta. Apreté los puños con tanta fuerza que las uñas se clavaron en mi piel.

—Kenzie, déjame explicarte… —volvió a repetir James, pero su voz solo conseguía irritarme.

—¡No! —Le chillé tan fuerte que mi voz rebotó por todas las paredes del instituto—. ¡No quiero escucharte, James! ¡Nunca!

Dio un paso adelante y yo retrocedí otro más.

—Kenzie, por favor…

Cometí el error de mirar a sus ojos, que brillaban arrepentidos, buscándome. Pero en ellos también vi el reflejo de los míos. Tristes y rotos, como mi interior. Y comencé a gritarle de nuevo.

—¡Me mentiste, James! Fuiste tú, desde el principio... ¡Siempre fuiste tú! ¡Tú tenías mi lista!

—No sabía que iba a pasar eso. Lo siento, Kenzie, lo siento de verdad. Nunca quise...

—¡Claro! ¿Por eso te acercaste a mí, verdad? Por puro egoísmo, para sentirte mejor después de haberme arruinado la vida.

Quizás estaba exagerando, pero en aquellos momentos no podía pensar con coherencia.

—Kenzie...

James parecía desesperado, dolido consigo mismo, arrepentido... Pero más dolida estaba yo por dentro.

—¿Te has estado burlando todo este tiempo de mí, James? ¿Es eso?

—No, claro que no. Yo...

No esperé a que acabara. No quería escucharlo más. Antes de que continuase, me alejé de él y levanté la palma de mi mano hacia arriba pidiendo silencio.

—No quiero volver a verte.

Aparté mi mirada de él antes de que sus ojos consiguieran hacerme sentir peor. Con paso decidido y furioso me alejé de su lado hacia Alia para recuperar mi mochila. Un corrillo de adolescentes se había agrupado a nuestro alrededor, presenciando la escena.

Paseé la mirada desconcertada por todas las caras que me observaban con una mezcla de pena y compasión, desde la de mis amigas hasta llegar a una conocida. Una cuya tristeza prácticamente emulaba la mía. Una a la que también partía su interior el verme llorar así.

Aparté la mirada de Mason y sin pensármelo dos veces fui corriendo hacia la salida, pasando al lado de James, que ya no intentó pararme.

En la calle hacía frío. Yo vivía lejos y no tenía quién me llevara, pero no me importaba. Necesitaba eso. Necesitaba estar sola. Necesitaba sentir algo, lo que fuese menos tanto dolor. Por eso continué, corriendo fuera del aparcamiento, a la carretera, y tomé el camino de vuelta a casa con el aire golpeándome la cara.

A mitad de trayecto me costaba respirar, mis pulmones quemaban y cada nueva bocanada de aire raspaba mi garganta. Aceleré y continué corriendo. Atajé por un parque y una calle peatonal, cada vez más cerca de casa. De la mía. De la suya.

Cuando llegué a mi casa estaba jadeando. Las piernas me temblaban y todo se llenaba de puntitos oscuros a mi alrededor. Unos pasos más y podría refugiarme dentro de mi colcha.

Me quedé parada frente al porche sin terminar de avanzar. Una figura masculina estaba allí, sentada en la escalera, esperándome. Se puso de pie en cuanto me vio, sin decir nada, dándome el tiempo que yo necesitara.

Sentí que las lágrimas volvían a mis ojos. El escozor de mi pecho se quebró y rompí a llorar en lamentos audibles, dando un último paso que me lanzó hacia él. Me abrazó y me llevó dentro de casa. Me subió en silencio a mi habitación, se sentó en mi cama y me puso encima de él como si fuese un bebé.

Me tapó con la colcha y sus brazos me rodearon. Escondí mi cara en su cuello, llorando, sintiéndome débil y sin fuerzas.

Su mano acarició mi cabello, peinándolo detrás de las orejas.

—Ya está, llora todo lo que necesites —susurró Mason apretándome con fuerza—. Estoy aquí contigo, Kenzie. Siempre.

JAMES

Semanas atrás…

Salí del despacho de Silvia con un nuevo castigo para el fin de semana. Fue un error por mi parte adelantar unos minutos la sirena para poder disfrutar de la libertad antes. Lo único que conseguí fue ser el último.

Caminaba por el pasillo de las taquillas cuando la vi: Mackenzie Sullivan, la chica tímida que vivía en la casa de al lado.

Mackenzie siempre había sido un enigma para mí. Era callada, tranquila, caminaba por los pasillos con la vista en el suelo. Hasta que se juntaba con ese chico, Mason Carter, y perdía todo recodo de timidez. Al ser mi vecina había tenido múltiples ocasiones de observarla. No soy un acosador, pero la ventana de mi habitación da directamente a su casa.

La había visto bailar mientras limpiaba, usando el mango de la escoba como micrófono. También pelear con su hermana pequeña y lanzarse al suelo como si tuviera cinco años. Estuve allí el día en que su padre se fue y vi su rostro entristecido, aquella expresión de derrota, de no saber qué hacer, de impotencia. Fue el primer momento en el que me sentí identificado con Mackenzie, y la primera vez que simpaticé con ella. De alguna forma, también fue la primera vez que empecé a fijarme en mi curiosa vecina de al lado.

Ahora Mackenzie se encontraba agachada en el suelo frente a su taquilla, recogiendo desesperada unos papeles y unos cuadernos que se le habían caído. Jane Tyler la miraba con expresión burlona mientras le decía algo a su amiga y ambas reían. No lo entendía. ¿Era yo el único que podía ver lo encantadora e inocente que parecía allí agachada, intentando tapar el sonrojo de sus mejillas con el pelo?

Se levantó rápidamente y cerró su taquilla sin darse cuenta de que había dejado un papel en el suelo. Ese era mi momento, el que tanto tiempo había estado esperando. Podía acercarme a Mackenzie, recoger el folio del suelo y entablar conversación.

Siendo su vecino, cualquiera diría que podía haber hablado con ella antes, pero no era así. Yo siempre he sido el gracioso de la clase. Empecé con pequeñas bromas para llamar la atención de mis padres, que se pasaban todo el día discutiendo sin hacernos caso a mí o a Jack, pero terminé por interiorizar mi papel como alumno revoltoso. En una de esas bromas pegué un preservativo en la espalda de Mackenzie. Simplemente actué como cualquier mocoso que quiere llamar la atención de la chica que le gusta. Ella se puso furiosa, se lo contó a mi madre y me devolvió la broma esparciendo el rumor de que yo tenía un herpes genital. Quedé asombrado, tenía una gran imaginación.

Aquella vez conseguí que se fijara en mí, pero no de la manera que quería. Por eso ahora me resultaba difícil acercarme a hablar con ella. ¿Qué le decía? ¿Le contaba que leía todas y cada una de las columnas que escribía para el periódico escolar?

Me estaba dirigiendo a ella cuando de repente me quedé parado. Derek Anderson había aparecido en combate. Mackenzie estaba delante de su taquilla y le pedía si podía quitarse. Me di perfecta cuenta de la forma en que ella lo miraba, atontada, embobada y totalmente enamorada. ¿Sentí celos? Un poco.

¡No me jodas! ¿El típico deportista guaperas? Eso era muy cliché, incluso para Mackenzie.

Entonces pareció que ella fuera a hablar, pero no dijo nada. Una pequeña sonrisa se filtró en mis labios sin que pudiera retenerla. Se había quedado sin palabras, y eso resultaba jodidamente encantador.

Jane y su amiga volvieron a reír, pasaron a su lado y caminaron en mi dirección. De pronto Mackenzie echó a correr, dejando a Derek Anderson plantado, mirándola con confusión.

Suspiré y caminé hacia la taquilla de Mackenzie. El folio aún seguía en el suelo. Cuando me agaché a recogerlo, fruncí el ceño. Aquello parecía una lista. Una lista de chicos, y mi nombre estaba escrito en ella. Mi pulso se aceleró a medida que leía.

Plan A, *Derek Anderson*. Lo sabía.

Plan B, *Mason Carter*. Debería haberlo supuesto.

Plan C, *Eric Pullman*.

Plan D, *James Smith*. ¿Su Nunca En La Vida?

Volví a tirar el folio al suelo sintiendo cómo una mezcla de rabia y enfado se instalaba dentro de mí. ¿Su Nunca En

La Vida? ¿Nunca en la vida saldría conmigo? ¿Antes muerta que estar conmigo? Bien, si tenía alguna duda sobre si Mackenzie Sullivan me odiaba, en aquel mismo momento quedaba resuelta. Como si el hecho de que me llame Mr. Salido no me lo aclarase suficiente.

—¿Qué es esto?

Bajé la vista al suelo. Agachada, recogiendo el folio con la lista de nombres, estaba Jane Tyler. Una sonrisa malvada creció en sus labios mientras la leía.

—¿James Smith, su Nunca En La Vida? —repitió, mirándome burlonamente—. Vaya, James, una que se te resiste.

Refunfuñé estirando la mano para recuperar la lista, pero ella fue más rápida y la apartó antes de que pudiera alcanzarla. La sonrisa se amplió en su rostro.

—¿Te importa? —pregunté—. Me gustaría ser yo quien se la devuelva.

Entrecerré los ojos. Jane Tyler no era una buena persona y, que yo supiera, tampoco era amiga de Mackenzie. No me fiaba de ella.

Parecía que Jane me había captado a la perfección, porque de repente su expresión pasó a ser de fingida sorpresa.

—¡Oh, Dios mío, James! ¿No me digas que te gusta Mackenzie Sullivan?

Apreté los labios con fuerza. Sabía cómo manejar a las personas.

—Un poco triste, ¿no? Teniendo en cuenta que eres su Nunca En La Vida y esas cosas…

Un pequeño monstruo se deslizó en mi estómago, arañando mi interior y gritando cosas obscenas contra aquella chica. Sin embargo, tenía razón, era muy triste. Una chica que me llama la atención y consigo que me odie. A eso lo llamo karma.

No sé por qué hice lo siguiente. Tal vez porque se trataba de Jane Tyler y luego iría con el cuento por el instituto, o porque ella ya había leído la lista y el daño ya estaba hecho, o porque me dolió que me restregaran que nunca podría estar con Mackenzie... No lo sé, pero tampoco importa. El caso es que me comporté como el gran capullo que me empeño en hacer ver a los demás que soy y me alejé un paso de Jane Tyler.

—No te inventes chorradas —dije dándome la vuelta para irme—. Haz lo que quieras con la maldita lista.

Y eso fue exactamente lo que hizo.

Cuando al lunes siguiente encontré las paredes del instituto empapeladas con fotocopias de la lista supe de quién era la culpa. Principalmente mía. Nunca pensé que Jane Tyler fuese a hacer algo así. Creí que se burlaría de ella con sus amigas, pero no delante de todos los alumnos. Pensé en decirle cuatro cosas, pero en el fondo sabía que, si decía algo, Jane contaría a todo el mundo que yo había tenido algo que ver y eso definitivamente reduciría mis posibilidades con Mackenzie a cero, y aunque consiguiera hacerla confesar, eso no arreglaría el daño que ya había hecho.

Tampoco iba a quedarme de brazos cruzados sin hacer nada. ¿No había estado buscando durante años mi momento para acercarme a Mackenzie? Se me acababa de presentar. Ella estaba triste y yo iba a ayudarla a superarlo. Era culpa mía, así que me encargaría de protegerla tanto como pudiera. No para que se fijase en mí, al menos no solo por eso, sino porque era lo que tenía que hacer.

Me prometí a mí mismo que en algún momento le diría que había sido yo. Lo que no sabía era que cuando ese momento llegase ya sería demasiado tarde.

MASON

Kenzie estuvo llorando toda la tarde y toda la noche. La razón por la que lo sé es porque su madre me permitió quedarme con ella. Tampoco es que hubiese otra salida, teniendo en cuenta que yo era la única persona a la que parecía querer ver en aquellos momentos.

Se aferraba a mí y a mi abrazo, desesperada, mientras las lágrimas caían una y otra vez por sus mejillas, como si nunca fuesen a acabarse. No quiso hablar con su hermana, ni con Melanie ni con Alia cuando se acercaron. Incluso Eric me llamó después de haberme visto seguirla a su casa para ver cómo estaba.

Pero no hubo rastro de James.

Mi primer pensamiento cuando conduje a casa de Kenzie y no la encontré por la carretera, rogando para que llegase a su casa sana y salva, fue que James también iría tras ella. Pero no apareció mientras la esperaba en el porche, o mientras lloraba en mis brazos en su habitación o por la noche cuando finalmente se quedó dormida, agotada por los sollozos. Entonces me di cuenta de que estaba dándole espacio, porque eso era lo que ella necesitaba.

Maldita sea, no entendía a James. Vale, era un idiota al que le gustaba fastidiar a los demás, y tal vez por eso le diese la lista a Jane aquel día, pero ¿después? ¿Por qué no le había dicho nada a Kenzie cuando empezaron a salir juntos? Ella lo habría entendido.

Lo que más le dolió fue enterarse de esa manera y no por él.

Cuando las primeras luces del amanecer comenzaron a iluminar la habitación de Kenzie, ella aún seguía dormida, respirando acompasadamente. Estábamos metidos bajo las sábanas de su cama. Su cabeza descansaba en mi regazo, con el cabello despeinado por mi camiseta.

Tomé un mechón de pelo que le caía en el rostro y lo aparté. Me detuve unos segundos para observarla detenidamente.

Nunca pensé que volvería a sentirme así con ella, como cuando éramos niños. Pero esto no era igual, esto no era un simple enamoramiento infantil. Supongo que no sientes lo mismo a los diez que los dieciocho años.

Estaba pensando en todo ello cuando Kenzie se movió sacando la cabeza fuera de mi regazo. El mechón, que aún sostenía entre mis dedos, se resbaló entre ellos mientras ella se incorporaba en la cama y me miraba con ojos somnolientos.

—Buenos días —la saludé intentando conciliar un tono alegre.

Apretó los labios. Podía ver los engranajes de su cabeza trabajando, recordando lo que había pasado.

—¿Cuánto tiempo he dormido? —preguntó recostando la espalda contra el cabecero.

—No demasiado, tal vez la mitad de la noche.

Volvió a mirarme, inspeccionándome con curiosidad.

—Tú no has dormido, tienes mala cara.

Aparté la mirada para evitar contestar directamente a su acusación.

—Mira quién fue hablar. ¿Qué tal te encuentras?

No esperaba escuchar un bien. Tampoco esperaba escuchar respuesta, de hecho. Se tomó unos segundos para pensar y entonces preguntó:

—¿Por qué estás aquí conmigo?

La miré. Entendía lo que quería saber. La última vez que habíamos hablado me había alejado de ella, enfadado y celoso, pretendía echarla de mi vida y encerrarme en mi propia coraza. La gente hace cosas estúpidas cuando no quiere sentir dolor.

—Porque fui un idiota, en primer lugar.

Sonrió débilmente, pero incluso eso parecía que le costaba.

—¿Y en segundo lugar?

—Porque eres mi mejor amiga.

Asintió. No era mucho, pero significaba que me estaba perdonando.

—Gracias —susurró clavando la mirada en el frente—. Por quedarte conmigo. Por estar conmigo. Siempre.

No había maldad en aquellas palabras. Eran las mismas que yo le había dicho la tarde anterior. Sin embargo, no pude evitar sentir un tirón nervioso en mi estómago y la imagen de la carta abierta sobre mi escritorio parpadeó en mi cabeza. Debería decírselo, debería... Pero no era el momento. Ya habría tiempo, más tarde.

Se oyeron unos pasos en el pasillo y ambos miramos hacia la puerta abierta de su habitación. Leslie nos saludó con la mano mientras se escabullía al salón para devolver el teléfono móvil, que, a pesar de su castigo, había usado durante la noche sin que su madre se diese cuenta.

Kenzie resopló a mi lado después de que su hermana desapareciera de nuestra vista.

—Podría tener el corazón roto, no solo de forma metafórica, y esa puerta seguiría igual de abierta.

No pude ocultar una sonrisa. Su madre dejó que me quedase con ella, pero siempre que la puerta estuviese abierta.

Me alegraba ver que conservaba el sentido del humor. La tarde anterior ni siquiera quiso comer un poco de chocolate. Al final mi padre iba a tener razón cuando decía que los sueños son reparadores.

—¿Te apetece bajar a desayunar algo? —pregunté esperanzado.

Quince minutos después estábamos solos en su cocina, comiendo galletas de chocolate y bebiendo cacao. Me habría sentido mejor de no ser porque sus ojos se desviaban continuamente a la ventana, aquella que daba directamente a la casa de James.

Después de que se terminase la última de las galletas me armé de valor para decirle lo que estaba pensando.

—Deberías ir a hablar con él.

Su mirada se volvió cautelosa y molesta hacia mí.

—No quiero volver a verlo, Mase.

Suspiré. Consolar a una Kenzie triste era difícil. Hacer entrar en razón a una Mackenzie enfadada era imposible.

—Tiene que haber una explicación para lo que hizo —la animé, observando cómo miraba hacia la ventana meditativa—. Es mejor que la escuches de él que de otra persona.

Refunfuñó, pero sabía que la estaba haciendo pensar.

—¿Otra persona como quién? ¿Jane Tyler?

—No, otra como yo. —Su mirada abandonó la ventana para centrarse en mí con sorpresa—. Si tú no vas a hablar con él, lo haré yo, y no será bonito porque tal vez le parta la cara.

Parecía que quería decir algo, pero no dijo nada. Sonreí descaradamente.

—Tú eliges, Kenz.

En lugar de contestar, achicó los ojos estudiándome.

—No lo entiendo —dijo cruzando los brazos sobre su pecho, a la defensiva—. James no te cae bien.

—¿Te perdiste la parte en la que yo le partía la cara?

Kenzie siguió hablando sin hacer el mínimo caso a mi interrupción.

—Y luego está el asunto ese de que se supone que tú estás enamorado de mí y yo estoy saliendo con él. ¿No deberías estar intentando reconquistarme?

La franqueza con la que me soltó aquello me dejó momentáneamente congelado. Diablos, sabía que se sentía mal, pero le hacían falta unas clases de tacto y sensibilidad con urgencia.

Alzó las cejas esperando mi respuesta.

¿Qué se suponía que iba a decirle? ¿La verdad?

Sí, Kenzie. Te amo, probablemente más de lo que crees. Pero, ¿sabes qué ocurre?, ya es un poco tarde porque tú quieres a James, y aunque el imbécil te haya hecho llorar, va a ser el único que consiga que dejes de hacerlo. Así que saca el culo de esa silla y vete a hablar con él, porque aunque me duela, es la única manera de que seas feliz. Y quiero que seas feliz.

Mierda, me estaba convirtiendo en un maldito romanticón.

En su lugar dije:

—Ante todo soy tu mejor amigo, Kenzie. No lo olvides.

Capítulo 22

—Vuestro padre y yo hemos llegado a un acuerdo.

Leslie y yo intercambiamos miradas por encima de la mesa de la cocina. Nuestra madre nos había reunido allí para cenar las tres juntas, algo que no ocurría a menos que hubiese un televisor de por medio. Y no lo había. Ya habíamos deducido que ocurría algo, pero nunca pensamos que fuese a ser por nuestro padre. Imaginábamos que querría hablarnos de Bigotudo Tom.

—En realidad ya hace tiempo que hablamos —continuó precavida—, pero decidí que era mejor esperar.

Observé cómo mi madre se frotaba las manos y luego apartaba el plato de *pizza*. Sabía el final de sus palabras: esperar por mí. Hacía más de una semana que James y yo no salíamos más juntos. Llevábamos una semana sin vernos.

Los primeros días fueron horribles. Me los pasaba llorando, con Mason a mi lado en todo momento. No fui a clase, no quería hablar con nadie y menos saber de él. Me comporté de forma arisca con todos y dije cosas estúpidas. Vivía enfadada con el mundo. Hasta que una tarde, harta y cansada de que contestara mal, Leslie se plantó delante de mí y me dio un tortazo en la cara.

—¡Esto es para que espabiles! —gritó antes de que yo pudiese protestar—. Tu novio la ha cagado, ¿y qué? No es el fin del mundo.

Eso fue lo que finalmente me hizo reaccionar. Ella tenía razón. James era mi novio, pero no era lo único importante en mi vida. Tenía familia, una vida, amigas. Llamé a Alia y a Melanie tan pronto como Leslie se fue e hicimos terapia de grupo: fuimos al cine y a tomar chocolate.

—Dime que no vamos a tener que irnos con él.

Volví mi mirada hacia Leslie. Sentada frente a un plato vacío, con expresión afligida y los ojos vidriosos, parecía más que nunca una niña de doce años. En algún momento pensé que de nosotras, ella sería la única que se alegraría de tener que ir con nuestro padre. Al fin y al cabo, allí estaría Blake. O Hunter.

Demonios, uno de ellos.

Sin embargo, algo en su tono me dijo que no era así.

Nuestra madre tomó aire profundamente antes de seguir.

—No exactamente.

—No me gusta cómo suena eso —replicó mi hermana, adoptando una actitud impulsiva.

—Déjame hablar, Leslie —la regañó mamá—. Hemos llegado a un acuerdo, y si vosotras estáis de acuerdo, seguiréis aquí conmigo.

Les y yo volvimos a intercambiar una mirada. Leslie parecía querer preguntar dónde estaba el truco. Por mi parte, ya me olía algo. No pensé realmente que nuestra conversación fuese a solucionarlo todo, pero estaba segura de que nuestro padre nos quería y quería que fuésemos felices. Si tenía intención de arreglar las cosas con nosotras, tenía que tomarse su tiempo e ir despacio.

Mi madre continuó:

—Él se ha dado cuenta de que vosotras queréis estar aquí y... Yo me he dado cuenta de que estáis perdiendo mucho tiempo de vuestras vidas sin estar con vuestro padre. Sois hijas de los dos, y aunque os cueste creerlo, también lo necesitáis.

Después de aquello regresamos a la charla que nos dio el día en que se separaron, cuando nos explicó que lo que ocurriese entre ellos no debería afectarnos y teníamos que quererlos igual. Al final, el acuerdo que tanto aterraba a mi hermana era simplemente que pasaríamos las vacaciones escolares con nuestro padre.

—¿En su casa? —preguntó con sorpresa Leslie.

—Y algún fin de semana suelto —añadió mamá.

¿Sinceramente? Me pareció genial.

—Nos parece bien —dije finalmente, hablando por las dos. Me levanté y llevé mi plato vacío al fogón—. ¿No habrá juicios?

Esa era la pregunta definitiva. No quería vernos involucradas en peleas por la custodia, al menos no a estas alturas.

—No, no habrá juicios —respondió mi madre, levantándose también de la mesa—. Estuvimos charlando después de ese fin de semana que pasasteis juntos. Hemos querido hacer las cosas más suaves, por vosotras.

Sonreí distraídamente. Al final, la conversación tuvo un gran y genial efecto.

Mi teléfono móvil vibró en el bolsillo. Era Alia. Habíamos quedado por la noche para dar un último repaso al examen de historia.

—Alia dice que salga ya para su casa —informé saliendo de la cocina.

—Pasadlo bien —dijo mi madre.

No había dicho mucho sobre James y yo. Como a Leslie, le costaba expresar sus sentimientos, pero sabía que estaba feliz de que yo empezase a estarlo de nuevo.

—¿Cómo que «pasadlo bien»? —escuché que decía mi hermana antes de que saliese de casa—. Pero ¡si va a estudiar!

Estaba riéndome de lo que Leslie había dicho cuando cerré la puerta de casa y mi sonrisa quedó cortada. Una figura descansaba en mi porche, esperando en la oscuridad de la noche.

Sentí cómo mi corazón se aceleraba en el pecho cuando lo vi. Aun a oscuras, siempre lo reconocería. Sus ojos centellearon, tan verdes y brillantes como siempre.

—Hola —dijo James a media voz.

Intenté abrir la boca para contestar. Bien, Kenzie, lo siguiente es que, además de mover los labios, te animes a emitir sonidos.

Ya, eso no pasó.

Me quedé quieta frente a la puerta de casa, observando fascinada a mi vecino de al lado, a mi ex, al chico que me había hecho daño. Por una pequeña fracción de segundo me dejé llevar y olvidé lo que había pasado entre nosotros. Nos vi a él y a mí solos, parados en la oscuridad de mi porche, y era como si nada hubiese cambiado.

Me mordí el labio, nerviosa. Había pensado mucho en James durante toda la semana. Demasiado, porque por mucho que evitara hacerlo me era imposible. También pensé en cómo sería nuestro próximo encuentro. Creí que le gritaría, que le pegaría o que le haría el vacío, como mínimo.

Pero nada de eso sucedió. Simplemente me quedé paralizada mirándolo. Quería decirle tantas cosas que no sabía por dónde empezar: lo dolida que me sentía, lo mucho que lo odiaba, lo mucho que lo quería, lo mucho que lo echaba de menos...

Entonces James tropezó con sus propios pies y cayó al suelo, golpeándose la cabeza con un fuerte ruido. Pero ¿qué...?

Me acerqué a su lado mientras la puerta de casa se abría. Atraídas por el ruido, mi madre y Leslie salieron a ver qué ocurría.

—¿Ese es James? —preguntó mi hermana.

James comenzó a incorporarse, pero perdió el equilibrio y se cayó de nuevo. Empezaba a sospechar lo que estaba pasando.

—¿Está bien? —preguntó mi madre con ese tono de preocupación típico de ella.

Leslie se acercó a mí. Se agachó a mi lado para observar cómo James volvía a incorporarse. Ella también supo enseguida lo que pasaba.

—Está borracho —sentenció con burla—. Oh, esto va a ser bueno.

Intentando no hacer caso de su comentario, brindé una mano a James para ayudarlo a levantarse. Finalmente consiguió mantenerse en pie, pero no hacía más que tambalearse hacia los lados.

—¿Qué, pelirrojo, has vaciado el bar? —continuó metiendo cizaña Leslie.

La miré enfadada.

—Solamente fue una botella —dijo James a nuestro lado, con esa entonación discorde que tiene la gente que se ha pasado bebiendo.

Se quedó un rato serio mientras lo mirábamos, como si estuviese pensando, y añadió:

—De vodka.

Oh, Dios mío.

—¡Vodka! —exclamó Les con demasiada alegría, logrando que nuestra madre la recriminase. Levantó los brazos hacia el cielo con una expresión molesta—. ¡Una destila alcohol una sola vez y ya la tachan de alcohólica!

James dio un paso tambaleante que captó toda mi atención.

—Kenzie, tengo que hablar contigo.

Me perdí momentáneamente en su mirada. Podía estar borracho, pero sus ojos seguían siendo igual de atractivos que siempre.

—Quizá debería llamar a su madre... —escuché decir a la mía, pero me volví hacia ella lanzándole una mirada que decía todo lo contrario y que enseguida captó—. Venga, Leslie, dejémoslos solos.

—¿Qué? ¿Y perderme la diversión?

—Leslie... —presionó nuestra madre, antes de dirigirse hacia mí—. Estaré dentro si me necesitas, Kenzie.

Asentí y luego esperé a que entrasen en casa para dirigirme de nuevo a James.

—¿Una botella de vodka? —lo reprendí mientras sacaba

el teléfono móvil de mi bolsillo—. ¿En qué demonios estabas pensando?

—En realidad solo fue media —se defendió, trabándose con cada sílaba que decía. Se quedó un rato pensativo antes de añadir nada más—. Te echaba de menos.

Aparté la mirada del teléfono. Algo en la forma en que lo dijo me dolió demasiado.

—James... —susurré, pero continuó hablando.

—Fui un idiota, Mackenzie. Lo siento, lo siento mucho. Estos días sin ti... Sin verte, sin poder hablar contigo, sin tocarte...

—James...

Repentinamente sus brazos rodeaban mi cintura y me atraían hacia él con fuerza. Para estar tan ebrio controlaba demasiado bien el sentido del equilibrio cuando quería.

—¿Sabes eso de que tus padres, cuando eres pequeño, siempre te dicen lo especial que eres?

No entendía a qué venía aquella pregunta, pero asentí. Él continuó:

—Nos ponen por las nubes, pero llega un momento, cuando ya no eres tan niño y ellos están ya un poco hartos de ti, en que te dicen todo lo contrario. Te hacen ver que no eres nadie especial ni diferente a los demás.

—James, ¿qué...?

No sabía adónde quería llegar con su divagación. Estaba poniéndose filosófico y yo me sentía algo incómoda, consciente de que era muy probable que mi hermana y mi madre nos estuviesen espiando.

—Por lo general ya no nos apreciamos suficiente a nosotros mismos —prosiguió interrumpiéndome—. Necesitamos que alguien más lo haga.

—No te entiendo —confesé, mirándolo apenas sin pestañear.

—Te echo de menos —repitió—. Te hice sentir mal con mis actos, cuando tú eres lo más especial que me ha pasado.

Me quedé momentáneamente en silencio, con su rostro angustiado demasiado cerca del mío. Sentía que sus brazos me apretaban con fuerza, su corazón palpitaba veloz en su pecho. Podía apreciar las pecas sobre su piel, la suave forma en que sus ojos se rasgaban hacia arriba, la calidez de su respiración enredándose con la mía…

—Yo también te echo de menos —admití finalmente, en un susurro más flojo de lo que pretendía.

James vaciló, como si no esperase escuchar eso. Su rostro se acercó más al mío, rozando nuestras narices, nuestras frentes, nuestros labios…

Me aparté y me desenredé de sus brazos antes de que fuese demasiado lejos.

—Voy a llamar a Jack, ¿de acuerdo? No quiero saber qué hará tu madre si te ve en este estado.

James no dijo nada. Se quedó mirándome como un niño al que acaban de arrancarle un caramelo de las manos.

No podía culparlo, mi propio pulso se había acelerado y mis labios picaban por rechazar un beso que en realidad nunca llegó. Incluso molesta con él, era incapaz de terminar de controlarme a su lado.

No era culpa mía. Malditas hormonas.

Jack me contestó al cuarto tono de llamada. Le expliqué rápidamente la situación sin apartar la mirada de James, que se había sentado en el suelo hundiendo las manos en la cabeza. Mi estómago se encogió.

Cuando terminé de hablar con Jack me acerqué a James y me senté a su lado en el césped. Nuestras rodillas chocaron y sentí escalofríos.

Hormonas. Son las malditas hormonas.

—Tu hermano vendrá a recogerte enseguida —le informé, clavando la mirada en la oscura hierba bajo nosotros—. Esperemos que a tu madre no le dé por asomarse por la ventana y te vea. Va a intentar decirle que te quedaste dormido viendo una película.

James asintió, pensativo y triste. Quise levantar la mano y tocarle el pelo revuelto, con los rizos desperdigados por todos lados.

—Tenía que haberle quitado la lista a Jane cuando la recogió del suelo —dijo él de pronto, reclamando mi atención—. Si lo hubiera hecho, esto no habría pasado... Nada de esto habría pasado.

Me aparté el pelo detrás de las orejas. Eso no fue exactamente lo que Jane había dicho...

—Espera —lo interrumpí repentinamente interesada—. ¿Ella la recogió del suelo?

Por unos segundos James pareció confuso.

—Eh... Sí.

—¿Y tú no se la diste?

—Claro que no.

«Tiene que haber una explicación para lo que hizo», había dicho Mason.

Había una historia que tenía que escuchar.

Jane Tyler era una completa hija de...

¡La muy perra!

No solo empapeló las paredes del instituto con la lista, sino que, además, me había hecho creer que James se la había dado a conciencia.

¡Maldita hija de...!

—La voy a matar —escupí entre dientes la hierba del suelo a puñados—. Voy a meterle la cabeza dentro del váter y luego voy a... ¡A hacer algo aún peor!

James me observaba medio fascinado, medio ebrio.

Estaba convencida de que toda la culpa era de Jane, aunque sabía que en parte también era mía, por no haber ido a hablar antes con James y preguntarle qué había pasado. Me habría ahorrado una larga semana de sufrimiento.

Aunque seguía molesta con él. Él lo sabía desde el principio y no me había dicho nada. Eso no había estado bien, pero no era lo mismo que él hubiese ayudado a Jane a empapelar el instituto a que no hubiese tenido... narices de quitarle mi lista.

Las luces de un coche nos iluminaron los rostros directamente. El motor se apagó y Jack salió corriendo del lado del conductor. En menos de cinco segundos estuvo a nuestro lado.

—Gracias por venir, Ja... —comencé a decir, pero me quedé callada a mitad de frase.

Agarrándolo por la pechera de la camiseta, Jack levantó a su hermano del suelo con furia y, sin esperar a que dejara de tambalearse, empezó a sacudirlo como si llevara un demonio dentro.

—¿Eres imbécil o solo te lo haces? —le preguntó, conteniéndose para no gritar—. ¿Qué mierda piensas que consigues emborrachándote? ¡Creí que tenías algo más de cabeza, James!

Parpadeé incorporándome también. Eso no me lo esperaba.

Jack respiraba entrecortadamente cuando soltó a James, que dio dos pasos hacia atrás y se quedó quieto. Estaba avergonzado.

—Caray, de haberlo sabido habría llamado a vuestra madre —farfullé anonadada por la reacción de Jack.

Si yo tratara así a Leslie, lo más probable era que apareciese a la mañana siguiente con media cabeza rapada.

Cuando Jack se dio cuenta de mi presencia, se volvió hacia mí. Sus ojos se relajaron.

—Lo siento, Kenzie, yo no… Me lo llevaré a mi apartamento, no te molestará más.

Cierto, Jack venía para llevarse a James.

No podía, aún tenía cosas que hablar con él. Después de una semana, habíamos esperado demasiado para hacer las paces. Tanto que uno de los dos había acabado ahogándose en vodka.

—Tal vez pueda encargarme yo de él —musité con los dientes apretados.

Jack me miró sin comprender.

—¿Perdona?

—Es que… Tengo que hablar con James. Yo me haré cargo, no te preocupes.

El chico parpadeó y el asombro inundó su rostro.

—¿Me has hecho conducir durante media hora en medio de la noche para que me vuelva a casa y deje a mi hermano borracho aquí?

Visto así, mi petición no tenía mucho sentido...

—No estoy tan borracho —farfulló James, haciendo claros esfuerzos por no tambalearse más.

Su hermano alzó las cejas y nos miró alternativamente. Sabía que Jack estaba al tanto de la situación. Era imposible que Melanie no le hubiese dicho nada. Tal vez por eso acabó suspirando y dándose por vencido.

—Está bien, no me lo llevaré. Pero tampoco voy a dejaros solos. Subid al coche, iremos a comer algo.

Mientras él llevaba a James al asiento del copiloto, yo corrí dentro de casa. Le dije a mi madre que Jack me acercaría a casa de Alia, a quien mandé un mensaje diciéndole que no iría.

Cuando entré en el coche y vi quién estaba a mi lado me sobresalté.

—¿Qué haces tú aquí? —espeté a Mel con total confusión.

—¡Hola, Kenzie! ¡Yo también me alegro de verte! ¿Dices que Jack, tu *sexy* y genial novio, te llamó en cuanto se enteró de la situación? ¿Oh, y que tú, como gran y asombrosa amiga que eres, te ofreciste voluntaria para servir de apoyo moral? Eres genial, Mel. No sabría qué hacer sin ti.

Me puse roja al mismo tiempo que empezaba a sonreírle. Ella me dio un abrazo fuerte y reconfortante antes de que Jack nos dijese que nos pusiéramos los cinturones de seguridad.

—Así que el pelirrojo se emborrachó y luego apareció en tu casa —dijo Mel guiñándome un ojo, inclinándose hacia delante y rodeando con sus brazos el asiento de Jack—. ¿No es romántico?

Alcé las cejas cuando los dedos de Melanie se enredaron juguetonamente en las puntas del cabello de Jack. No sabía que habían avanzado tanto y tan rápido en la relación. Sin embargo, aquel gesto íntimo pareció relajar a nuestro conductor, que había mantenido el rostro serio y enfadado desde que se bajó del coche. Sonrió y volvió la cabeza hacia atrás, dejando un pequeño beso en los nudillos de su novia.

¡Ojos en la carretera, por Dios!

Llevábamos cinco minutos de trayecto cuando James empezó a removerse en el asiento del copiloto.

—Creo que estoy empezando a marearme —murmuró James bajando la ventanilla.

Jack se volvió hacia él con los ojos muy abiertos.

—¡Si vomitas en mi coche nuevo, juro por lo que más quieras que te lanzo a la carretera en marcha!

Melanie y yo resoplamos. Chicos y coches.

—¿Tu coche también tiene nombre? —pregunté curiosa.

—Sí, lo llama Tornado —contestó Melanie riéndose—. El otro día se me cayó sin querer un poco de café en la tapicería y no veas cómo se puso.

Jack gruñó, pero no le dijo nada más a James. Continuó conduciendo en silencio, con los dedos de Melanie entrelazados en su cabello, hasta que llegamos a un bar de carretera. Ayudó a bajar a su hermano y entramos todos juntos.

El lugar olía a tocino y café, una mezcla que, de alguna manera, me pareció reconfortante. Nos sentamos a una mesa cerca de la ventana. James y yo frente a Mel y Jack.

Pedimos tres cafés, un batido de chocolate y una hamburguesa para James.

Mientras esperábamos la comida, James se levantó para ir al baño, insistiendo en que podía ir solo. Francamente, si iba a vomitar, ninguno de los tres queríamos presenciarlo. Jack aprovechó el momento para hablar conmigo.

—¿Te ha contado James alguna vez por qué se separaron nuestros padres?

La pregunta me pilló desprevenida. Lo observé dubitativa, negando con la cabeza. Melanie carraspeó y se excusó diciendo que tenía que hacer una llamada, dejándonos a Jack y a mí solos. Él espero hasta que ella saliera del local para continuar la conversación.

—Supongo que habrás notado que James siempre ha sido un poco... hiperactivo. De pequeño no podía parar quieto o centrarse en algo sin aburrirse al poco rato. Volvía locos a nuestros padres.

Recordaba haber visto a James peleándose con su madre, pero no de la forma en la que Jack lo contaba.

—Cuando tenía ocho años, James estaba jugando en el salón con la consola. Perdió y le sentó muy mal, así que tiró el mando del juego para desahogarse, con la mala suerte de que dio a la televisión y se cayó al suelo.

Asentí, dándole a entender que seguía la conversación, pero lo cierto era que estaba totalmente perdida. ¿Qué tenía que ver un berrinche infantil con el divorcio de sus padres? Como si me leyera la mente, Jack continuó.

—Esa noche mis padres discutieron sobre el castigo que había que imponer a James. Nuestro padre decía que había que mandarlo a una escuela militar y nuestra madre, obviamente, se negaba en banda. —Jack arrugó la nariz de la misma forma que lo hacía su hermano y luego me sonrió—. James no lo admite, pero siempre ha sido su ojito derecho. Le devolví la sonrisa. Una camarera se acercó a nosotros dejando las bebidas y el plato con comida. Tomé mi batido de chocolate para probarlo antes de que Jack continuara hablando.

—De alguna forma nuestros padres empezaron a gritarse. Esa noche nuestro padre salió de casa y no volvió. James siempre se ha echado la culpa del divorcio. No lo dice con esas palabras, pero sé que piensa que si nunca hubiese roto el televisor, ellos seguirían juntos.

Dejé la bebida en la mesa. Estaba amargo. Me vino a la cabeza lo que me había dicho James antes sobre aquello de los padres que hacían sentir mal a sus hijos... Esas palabras tomaron un nuevo sentido, y es que James no creció sintiéndose el rey de la casa, precisamente, sino todo lo contrario.

—Eso no tiene sentido, él era un crío —dije mirando hacia los servicios, esperando que saliese de allí en cualquier momento—. Apuesto a que había más problemas antes de esa pelea.

Jack asintió, dando un sorbo a su café. Arrugó la nariz de nuevo, esta vez porque la bebida quemaba.

—Los había, claro. Pero él no se acuerda.

Balanceé la cabeza, observándolo con curiosidad. Había algo que no terminaba de comprender.

—Esto que me estás contando parece muy personal. ¿Por qué me lo estás diciendo?

Jack volvió a sonreír.

—Me gustaría que entendieras un poco mejor a mi hermano pequeño. Las bromas que hace, que siempre ha hecho, son porque quiere llamar la atención de los demás. No es tan idiota como lo hace parecer.

—Por supuesto que no lo es —admití, sorprendiéndome de mi seguridad.

Jack guardó silencio durante un rato y me miró intensamente. Me revolví nerviosa en el asiento. ¿Cuándo regresarían James y Melanie?

—Él te quiere —dijo—. Lo sabes, ¿verdad?

Alguien se había tropezado y se había caído contra un cristal armando tal escándalo que nos obligó a mirar hacia los servicios, de donde James salía tambaleándose y haciendo equilibrios. Cuando nos vio mirándolo sonrió y levantó los pulgares.

Jack hundió la cara en sus manos con desesperación mientras yo devolvía la sonrisa a James.

—Yo también le quiero.

Cuando horas más tarde llegamos a la casa de Melanie, James ya estaba prácticamente sobrio. Mel me explicó que su padre trabajaba en el turno de noche y su madre no vivía con ellos, así que no habría ningún problema por llegar tarde a casa. Yo había hablado con mi madre por teléfono explicándole brevemente la situación, y al final accedió a que me quedase a dormir en casa de Mel.

Melanie y Jack se estaban despidiendo en el coche (con una buena sesión de besos) cuando James se ofreció a caminar conmigo hasta la puerta de casa. Andaba recto, sin tambalearse ni hacer zigzag, y su voz se había vuelto firme.

Ninguno dijo nada hasta que llegamos al lado de la puerta de la casa. Estaba nerviosa por lo que pudiese pasar a partir de ese momento y no hacía más que morderme el labio como si fuese un trozo de chocolate. James lo notó y levantó el dedo pulgar, lo puso sobre mi boca y me obligó a apartar los dientes.

—Para, vas a hacerte daño.

Tragué saliva mientras todo mi cuerpo hormigueaba, pero no por los mordiscos. El frío de su tacto, extrañamente, calentaba mi piel. Busqué su mirada, me perdí en ella y olvidé todo a nuestro alrededor.

James apartó su mano de mi boca.

—Siento todo el alboroto que he causado —susurró, arrugando la nariz y rascándose la barbilla—. No pretendía plantarme en tu casa y acabar cayéndome al suelo.

Sonreí apoyándome en la pared, sin dejar de mirarlo.

—Bueno, eso fue divertido —admití. Al menos lo fue después de comprobar que no se había hecho daño—. Pero no tendrías que haber bebido.

Volvió a arrugar la nariz, esta vez incómodo.

—Quería darte tiempo. Sabía que necesitabas espacio antes de explicártelo, que no querrías verme durante unos días, pero… No pude aguantarlo.

Mordí el interior de mi mejilla. James era una de las pocas personas que entendía cuándo alguien necesitaba espacio y que sabía darlo.

—Una semana es suficiente tiempo —susurré mirando

al suelo—. Aunque emborracharte fue algo un poco estúpido por tu parte.

James tomó una sonora bocanada de aire.

—Te echaba de menos. Cada día sin poder estar a tu lado era… —vaciló, su voz caía en un susurro—. Necesitaba disculparme, pero tampoco sabía cómo afrontar la situación. Quería contarte lo que pasó y por qué no te lo había dicho antes, pero no sabía cómo.

Jugueteé con mis zapatillas, rompiendo la tierra bajo mis pies y lanzándola encima de las de James.

—¿Sabes? Eso fue lo que más me dolió. Que no me dijeras nada y más ahora que sé que en realidad fue Jane quien tomó la lista sin permiso y que no fuiste tú quien se la diste para fastidiarme.

—Iba a decírtelo en algún momento, pero no me atrevía.

Sonreí y volví a mirar a James. Su mirada continuaba buscando la mía en todo momento, con intensidad.

—¿James Smith tenía miedo? —me burlé siseando.

Adquirió una expresión seria.

—Sí, Kenzie. Tenía miedo de perderte y por eso nunca dije nada.

Maldición. ¿Cómo lo hacía para conseguir que mi pulso se acelerara? Entonces me di cuenta de algo.

—Por eso no hacías más que repetir que creías en el perdón, ¿verdad? Toda esa palabrería de que los humanos cometemos errores, que había que dar segundas oportunidades… ¿Era por eso?

—No era palabrería, de verdad lo creo.

Mi mirada se suavizó. Lo sentí en todos los músculos de mi rostro, que se relajaban bajo la piel.

—James... —comencé a hablar, pero él me interrumpió.

—Sé que no vas a perdonarme tan fácilmente, Mackenzie —susurró dando un paso hacia mí—, pero simplemente no puedo darme por vencido.

—James...

Tomó un mechón de mi cabello, se paró delante de mí y me miró fijamente. En aquellos momentos no era capaz de ver ningún rastro de alcohol en su sangre. Lo que veía era algo muy diferente.

—Voy a hacer todo lo que pueda para que me perdones.

—James...

—Lo sé, no hay disculpa para lo que hice, por no habértelo contado antes.

—James... —intenté de nuevo sin éxito.

—Mierda, Kenzie. Te quiero tanto que temía perderte. Fui un egoísta, pero ya he sufrido demasiado. Yo...

—James —lo interrumpí, alzando la voz por encima de la suya.

Me miró parpadeando, como si no se hubiese dado cuenta del vómito de palabras que acababa de soltarme.

—¿Qué? —preguntó a media voz.

Sonreí.

—Nada.

Y entonces lo besé.

Lo agarré del cuello de su camiseta, como había hecho Jack para levantarlo del suelo, y lo atraje hacia mí para poder darle un rápido y desesperado beso. A James lo pilló por sorpresa y tardó en reaccionar, pero cuando lo hizo sus brazos no tardaron en rodear mi cintura para acercarme con ímpetu hacia él.

Lo hizo con tanta energía que me levantó del suelo y quedé atrapada entre la pared de la casa y James. Rodeé su cuello con mis brazos y clavé mis dedos en su nuca mientras nos besábamos apasionadamente.

Los mechones de mi cabello se mezclaron con el suyo. Rodeé su cintura con las piernas, cada vez más cerca de él, y cada vez más necesitada de él. Lo había echado demasiado de menos.

Alguien carraspeó a nuestro lado. Nos separamos lo suficiente para poder ver a Melanie, que nos observaba con fingida desaprobación. Volví a colocar los pies en el suelo con las mejillas ardiendo de vergüenza.

—Venga, parejita, mañana podréis seguir intercambiando toda la saliva que queráis.

Los brazos de James me apretaron más fuerte contra él y sus labios bajaron a mi mejilla con descaro, posándose suavemente sobre mi piel.

—Unos segundos más y es toda tuya. Ahora déjame tener una bonita reconciliación con mi novia, por favor.

El claxon del coche de Jack sonó y Melanie se giró hacia él alzando una mano en señal de espera. Volvió los ojos hacia nosotros y suspiró.

—Esto es porque me lo has pedido por favor y será una ocasión única en la vida.

—No te acostumbres —le gritó James mientras Mel regresaba de nuevo al coche con Jack, dispuesta a seguir enrollándose con él mientras nos esperaba.

Pero ella no era la única que buscaba eso. Rápidamente James volvió a besarme, envolviéndome en el mundo de abstracta felicidad que parecía embaucarme cada vez que estábamos juntos. Sofoqué un jadeo cuando sus dientes tiraron de mi labio inferior.

—Esto no significa que te haya perdonado —susurré mientras respiraba agitadamente—. Primero quiero verte haciéndome la pelota todos los días.

—¿Todos y cada uno de ellos? —preguntó con espanto, pero su sonrisa lo delató—. ¿Incluidos los fines de semana?

—¿Te molesta?

James sonrió y atrapó mis labios en otro largo beso.

—En absoluto.

Capítulo 23

—Decid… ¡hamburguesa de queso!

—¿Hamburguesa de queso? —repitió Alia, pero justo entonces el *flash* saltó disparándonos la vigesimotercera foto de la noche.

Jack sonrió mientras observaba el resultado en su cámara digital, apartando la imagen antes de que ninguno de nosotros pudiese verla. Había dicho que era mejor no perder el tiempo quejándonos de nuestras caras de besugos, pero todos sabíamos que lo hacía para burlarse de nosotros cuando fuese a imprimir las fotos.

—¿Podemos ir a bailar ya? —dijo Melanie, acercándose a su novio y tirando de la manga de su chaqueta oscura—. No siempre se puede presumir de salir con un famoso empresario, ¿sabes?

Jack se descolgó la cámara del cuello y miró a la chica con una sonrisa de suficiencia.

—Por fin admites que solo me quieres por el dinero, nena.

Me llevé una mano a la boca para silenciar mi risa cuando Mel le dio un fuerte golpe en el brazo. Su vaporoso vestido azul flotó en el aire en suaves ondas. Durante las últimas semanas Jack había seguido la iniciativa de su hermano menor y había empezado a llamar a Melanie «nena», sabiendo que eso le molestaría tanto como a mí. Era bastante divertido ver cómo mi amiga se enfadaba.

Comenzamos a caminar hacia el gimnasio del instituto. La sesión de fotos tuvo lugar en el aparcamiento, cerca del coche de Jack, mientras nuestro fotógrafo y conductor asignado nos martirizaba obligándonos a posar una y otra vez.

Alia se acercó a mí apretando una chaqueta oscura de hombre contra sus hombros. Desde el primer momento le dijimos que ese vestido corto y sin tirantes, por muy rosa que fuese, no sería una buena elección para la noche, pero no nos hizo ningún caso.

—¿Sabes si Mason finalmente vendrá?

James me apretó la mano derecha, prestando atención a la inocente pregunta de Alia. La verdad era que no tenía ni idea. Mason pareció alegrarse de que volviera con James, pero de alguna forma lo notaba distante. Continuaba llevándome en coche al instituto, bromeando conmigo y quedándose a cenar *pizza* fría o hamburguesas en casa, pero nunca habíamos vuelto a hablar del baile.

Además, estaba enfadada con él. No me esperaba escuchar la universidad que nombró el director en la ceremonia de la tarde. Mason no me había dicho nada. Solo James fue consciente de la ansiedad que encerraba mi mirada cuando eso ocurrió.

—Imagino que se dejará caer —dije alcanzando las puertas del gimnasio y dejando que el enorme gentío y la música nos envolviera.

Mi teléfono móvil vibró. Era un mensaje de mi padre, felicitándome por la graduación y pidiéndome que fuera responsable esa noche. Ya me lo había dicho en persona durante la ceremonia, pero una charla nunca parece ser suficiente.

—¿Me devuelves mi chaqueta, por favor? —dijo amablemente Eric a Alia, extendiendo la mano como si fuese un mayordomo y haciéndola reír.

Querían acercarse a por algo de beber, pero James rápidamente me tomó de la mano para llevarme al centro de la pista de baile. Jane Tyler, que estaba en las gradas con sus amigas, nos miró, embutida en un vestido del mismo color que el de su hermana, pero mucho más estrecho. También vimos a Derek hablando con su novio cerca de la pista, pero sin animarse a bailar.

El gimnasio estaba decorado para la ocasión, lleno de guirnaldas y espumillón por las paredes, con globos de colores que se despegaban del techo y acababan en el suelo, pisoteados por los estudiantes.

Habían improvisado un escenario al fondo de la sala para que un grupo de música formado por compañeros del instituto amenizara la fiesta con canciones lentas entremezcladas con los últimos éxitos pop del momento. Eso fastidiaría bastante a James, pero no dijo nada al respecto. Se limitó a abrazarme y moverse al son de la música, adaptándose al ritmo de la canción.

—Esta vez no estamos bailando descalzos, ¿te das cuenta? —comentó después de un largo rato, cuando empezó a sonar una balada.

Me reí recordando aquella vez en la fiesta de Jack, cuando quería bailar, pero los zapatos de tacón no me dejaban.

Parecía que había pasado tanto tiempo… Esta vez había sido más previsora: había escondido todos los zapatos altos que había en casa y me había comprado unas bailarinas negras que hacían juego con mi vestido. De aquella forma resultaba rematadamente más baja que el resto de mis compañeras, pero al menos iba cómoda.

—Nunca terminé de explicarte por qué decía que eras una chica chicle, ¿verdad?

El recuerdo de la primera vez que me llamó así golpeó mi mente. Me había dejado confusa, pero nunca terminó de explicármelo. Negué esperando una respuesta.

Acercó sus labios a mi oído.

—Eres como un chicle de fresa: dulce, deseable, y una vez que te adhieres, eres incapaz de despegarte. Quiero decir que una vez que te conocí no pude apartarte de mi cabeza, en ningún momento.

Lo miré sin saber muy bien si sentirme halagada o no.

—En ese caso tú eres un chico caramelo.

—¿Dulce y delicioso? —aventuró a preguntar con chulería.

Reí mientras le daba un golpecito en el hombro y asomaba una mueca de asco en mi rostro, pero dejando que volviese a atraerme hacia él.

—No, más bien resbaladizo y pegajoso, como cuando chupas uno.

James comenzó a reír diciendo que eso no tenía sentido, cuando de pronto dejó de moverse y soltó sus brazos de mi cintura. Lo observé preocupada, pero él tenía los ojos clavados en algo detrás de mí.

O más bien alguien.

—Mason —dije por encima de la música—. Has venido.

Mason me sonrió tímidamente a un metro de distancia. Estaba en medio de la pista de baile, importunando a algunas parejas que no dudaban en darle codazos para obligarlo. a moverse, pero él seguía allí. Llevaba la misma ropa que en la graduación, a excepción de la túnica. Unos pantalones vaqueros claros y una camisa blanca, sin corbata. Él nunca había sido de vestir con traje.

James carraspeó detrás de mí.

—Yo… Iré a buscar algo de beber.

Como siempre, mi novio tenía un gran radar para saber cuándo necesitaba dejar espacio a alguien. Se alejó de nosotros y desapareció entre los bailarines, justo al tiempo que Mason ocupaba su lugar y tomaba mi mano, acercándome a él.

Comenzamos a bailar en silencio, sin saber bien cómo empezar la conversación.

En un estribillo me hizo girar, logrando que mis elaborados rizos volasen por encima de mis hombros. Cuando volví a quedar frente a él, estaba sonriendo, mirando mi vestido oscuro con curiosidad. Sus ojos volvieron a concentrarse en los míos.

—Hermosa, como siempre —susurró, agarrándome de la cintura y acercándome a él.

Puse mi barbilla en su cuello, dejándome llevar por la música, apoyando mi pecho contra el suyo, con mi otra mano en su brazo.

—¿Por qué no me dijiste nada? —pregunté débilmente.

—Nunca vi el momento —respondió con voz endeble.

Apreté fuerte su brazo con mis dedos, tratando de frenar el escozor de las lágrimas en mis ojos. No iba a llorar.

—Te vas a estudiar a España, Mason. Y no me dijiste nada. Mi voz se rompió a mitad de la frase y la humedad escapó en pequeñas gotas de mis ojos. No estaba haciendo un gran trabajo si lo que pretendía era no llorar.

No sabía por qué me estaba sentando tan mal. Ambos sabíamos que no acabaríamos en la misma universidad. Él quería estudiar enfermería y yo no sabía exactamente qué dirección tomar. Incluso James iba a ir a otra universidad, pero una cosa era estar en estados diferentes y otra, en continentes separados por kilómetros de océano.

Mi pecho empezó a convulsionarse en silenciosos sollozos que no pude controlar. Mason me alejó de él buscando mi mirada. Todas las facciones de su rostro expresaban preocupación.

—Kenzie… —susurró, soltando mi mano y llevándola debajo de mis ojos para borrar el maquillaje corrido.

Hipé torpemente ante su contacto. Mason se iría. Una vez que acabase el verano se subiría a un avión y se iría muy lejos. Era imposible que no me doliera.

—Me dijiste que siempre estarías conmigo —musité con voz ahogada.

La mano de Mason me acarició la mejilla. En sus ojos también había tristeza.

—Y lo estaré, Kenz —intentó animarme en vano, o tal vez también se estuviese consolando a sí mismo—. Son solo cuatro años.

El temor que había guardado dentro de mí desde que había sabido a qué universidad iba a ir empezaba a aparecer, derramándose crudamente desde mi interior.

—Además, existe internet, el teléfono, las videocámaras…

Negué con la cabeza y aparté la mirada de él, incapaz de mantenerla sin llorar.

—Las relaciones a distancia nunca funcionan.

—No somos pareja, Kenzie.

El silencio nos envolvió después de aquella frase. A pesar de sus esfuerzos por ocultarlo, pude escuchar claramente cómo el dolor teñía su voz. Me acerqué de nuevo a él, esta vez rodeando su cuello con mis brazos y dejando descansar mi cabeza de nuevo sobre su hombro. Sus manos se enredaron en mi espalda, jugando con las puntas de mis bucles.

—Venga, deja de llorar o terminarás por hacerme llorar a mí.

Una pequeña mezcla de risa y sollozo salió de mi boca. Lo abracé con más fuerza, porque eso era lo que estábamos haciendo. Abrazarnos.

—Es solo… —comencé a decir sin saber muy bien qué palabras emplear—. Me cuesta mucho imaginarme una vida sin ti.

Su mano subió por mi espalda, entrelazándose con los rizos.

—Lo sé, a mí también me cuesta, pero es lo mejor. Al menos, creo que es lo mejor.

Más silencio. Entendía lo que quería decir. Ambos lo entendíamos. Mason seguía enamorado de mí después de todo y necesitaba algo de distancia. De hecho, tal vez yo también lo estuviera un poco de él.

No me juzguéis, amaba a James y él lo sabía. Los dos lo sabían. Pero Mason siempre había sido mi mejor amigo, siempre había estado allí desde el primer momento. Y había sido mi primer amor. Nunca dejaría de ser alguien importante en mi vida, pasara el tiempo que pasase, nos separara la distancia que nos separase.

Las lágrimas dejaron de brotar cuando la canción se acabó y otra más moderna y roquera comenzó a sonar. La reconocí instantáneamente, y sabía que en cualquier momento James regresaría para bailar conmigo.

Me aparté de Mason y me limpié las lágrimas de los ojos. Él me dejó ir. Una constante sonrisa brillaba en su rostro, pero era más forzada que real.

—Son solo unos cuantos kilómetros de distancia, Kenz —dijo por encima de la música—. Eso no es nada para SuperKenzie y BatMason.

Hice lo que pude para devolverle la sonrisa.

—Unos cuantos miles de kilómetros, más bien.

Alguien tocó mi hombro para que me diera la vuelta. Allí estaba James, esperando para bailar conmigo, tal como presentía.

—Es nuestra canción, ¿lo recuerdas?

Ese grupo de adolescentes estaba destrozando a The Killers, pero, al fin y al cabo, James tenía razón, seguía siendo nuestra canción.

Mason pasó a nuestro lado, me dio un beso en la mejilla y me dijo algo sobre probar el ponche antes de que lo inundaran de alcohol. A su paso le dio una palmada a James en el hombro.

—Ya sabes, Smith, hazla llorar alguna vez y volveré desde Europa solo para aplastar tu flamante vehículo. Contigo dentro.

James alzó las cejas con escepticismo.

—¿Tú y cuántos más?

Le lancé una mirada, pero sabía que únicamente estaban bromeando.

Cuando Mason abandonó la pista, James me atrajo hacia él con vehemencia, tomando mi rostro entre sus manos con preocupación.

—Oye, ¿estás bien?

Asentí, aunque no fuese así.

No, no lo estaba. Mi mejor amigo se iba a ir a estudiar lejos y probablemente me pasaría años sin verlo. No lo estaba en aquel momento, pero sabía que con el tiempo todo estaría bien.

Todas esas cosas, alejarse de los amigos, de la familia, aventurarse en el mundo... Todo formaba parte de la vida, del proceso de maduración. Probablemente cuanto mayores nos hiciésemos, más gente conoceríamos y más gente perderíamos. ¿Seguiría con James cuando empezásemos la universidad, cada uno en una ciudad distinta? No lo sabía, pero eso no significaba que no fuese a poner todo mi empeño en lograrlo.

—Estoy haciendo una nueva lista, ¿sabes? —le comenté una vez que sus manos abandonaron mi rostro para colocarse en mi cadera.

James apretó los labios conteniéndose, como si aquello le hiciese gracia.

—Sorpréndeme.

—Mis planes para estas vacaciones: plan A, divertirme con mis amigos; plan B, aprender a conducir; plan C, averiguar a qué *horrigeme* besó mi hermana; plan D, disfrutar mucho de mi genial, *sexy* e idiota novio.

Las cejas rojizas de James se alzaron hacia arriba con fingido recelo.

—¿Siempre tu plan D, nena? Pensaba haberte dicho que me convertiría en tu plan A.

Me puse de puntillas sobre mis zapatos para poder besarlo. Sonaba el estribillo.

—Y aun así, sigues siendo mi mejor plan.

Descubrir qué nos depararía el futuro, a todos nosotros, sería una gran aventura.

Capítulo extra

—Sigo sin estar del todo segura de esto.

James se rio y agarró con fuerza mi mano. Sospechaba que conocía mis intenciones. Quería darme la vuelta y echar a correr. Si tengo que ser sincera, no sabía cómo no lo había hecho ya. Aquello era una locura. Un suicidio. ¿Por qué había aceptado? James me había pillado en un momento de entusiasmo, con el estómago lleno y haciendo planes para un día libre. Por eso dije que sí.

Me arrepentía enormemente de mi decisión.

—Sabes que es por tu bien, nena —trató de animarme, sin dejar de caminar hacia aquel horrible lugar—. Te prometo que estarás segura en todo momento.

De hecho, entendía perfectamente por qué estaría segura. No dudaba de los hechos racionales. Dudaba de la imagen que tenía en mi cerebro: montones de perros rodeándome por todos lados. Y algunos probablemente estarían sueltos.

—Jess es la caña con los animales —me repitió por tercera vez en lo que llevábamos de mañana—. Y los perros no son monstruos que solo piensan en morderte.

No era solo que pudieran morderme. Podían clavarme las uñas de sus patas, tirarme al suelo, ladrarme… Todo valía.

—Mira, ahí está Jess —apuntó señalando al frente.

En un lado del parque una joven que sostenía cuatro correas nos estaba saludando.

—Esto no estaba planeado —dije, pero aun así dejaba que James me arrastrara de la mano hacia Jess—. ¿Por qué me dejé convencer? ¡Eres un embaucador!

—Tú eres de planificar las cosas, de hacer listas —dijo, con su sonrisa de diversión maléfica adornándole el rostro—. A mí me gusta pasar a la acción.

Y aunque no quisiera, aunque mi corazón seguía acelerado como quien ve al león al acecho, preparada para echar a correr en cualquier momento, no lo hice. No me resistí, al menos no más de lo que mi cuerpo involuntariamente quiso, ni siquiera cuando uno de los perros, el que parecía más joven y juguetón, estuvo lo suficiente cerca como para subirse sobre mis rodillas. Y lo hizo.

—Adelante —me animó Jess, con una gran sonrisa—. Tócalo.

James me apretó la mano con fuerza, dándome ánimos. Tomé aire sin poder creerme lo que estaba a punto de hacer. Estiré los dedos hacia la cabeza del cachorro y acaricié su pelaje.

—Hoy me has sorprendido —confesó de pronto, con la mirada perdida en sus pantalones vaqueros—. Por un momento pensé que echarías a correr y me dejarías allí plantado con Jess.

Por fin era la noche del Cuatro de Julio. Estábamos sentados sobre una manta en la cima de una montaña, con vistas a la ciudad y preparados para ver los fuegos. Me gustaba el lugar porque era íntimo. Estaba oscuro y resguardado por matorrales y arbustos. La mayoría de la gente prefería ver los fuegos desde los lugares habilitados en las ferias, por lo que no me sorprendía que fuésemos los únicos en la montaña. Además, aún no terminaba de creerme que esa mañana hubiese conseguido tocar no solo uno, sino varios perros. La adrenalina todavía recorría mi cuerpo, como si nunca fuese a extinguirse.

—¿Y arriesgarme a que miles de perros me persiguieran enfurecidos? —bromeé, recordando que siempre me decían que no corriera delante de los perros—. Ni loca me arriesgaba.

James me miró y me acarició por debajo de la manta.

—Has cambiado, señorita Frígida.

En otras circunstancias podría haberme tomado aquella frase a mal, pero James había utilizado un tono no solo melancólico, sino también dulce.

—A mejor —añadió, y su mano subió hacia mi rostro, dándome un ligero toque bajo mi barbilla—. Ahora eres más fuerte.

Sentí cómo subía la temperatura en mi interior. El calor del verano también era más intenso.

—Tú también has cambiado, Mr. Salido —puntualicé.

Una ceja pelirroja se alzó divertida.

—¿Cómo? —preguntó.

—Abriéndote al mundo —contesté—. A mejor.

En realidad, James nunca había sido como todos pensábamos. La imagen que teníamos de él era la que quería mostrarnos: un chico divertido, rebelde, despreocupado e incluso un poco infantil. Pero era todo lo contrario: paciente, estable y maduro. Aunque todavía mantenía ese toque chulesco que lo caracterizaba, ahora empezaba a abrir su verdadera personalidad a los demás.

—Somos un par de melosos —rio, apartando tan solo un segundo su mirada de la mía mientras sus dedos acariciaban mi mejilla—, pero creo que me gusta así.

Asentí. Estaba completamente de acuerdo.

Me gustaba cómo habían cambiado las cosas, no solo entre nosotros, sino en nuestro mundo. Me gustaba cómo me había enseñado a quererme a mí misma, a valorarme como algo más que la chica torpe de las listas. Me gustaban nuestras conversaciones picajosas y las tomaduras de pelo continuas. Me gustaba que me obligara a superar mis límites, como aquella mañana con los perros.

—Te quiero, bobo —susurré cuando sus labios se acercaron a los míos.

Me quedé esperando el beso que no acababa de llegar. Inconscientemente, ya había cerrado los ojos, pero los abrí cuando dejó de acariciarme. James me estaba mirando indignado.

—¿Bobo? ¿Ese va a ser mi nuevo mote?

Oculté la risa como pude.

—¿No te gusta?

—No va conmigo.

Durante unos segundos, fingí que estaba pensando, levantando la vista al cielo oscuro y rascándome la barbilla. Cuando me volví hacia él, acerqué los brazos a su cuello y lo atraje hacia mí, sonriendo con aire de suficiencia.

—En ese caso… —Dejé que nuestros labios se rozaran unos segundos antes de terminar mi frase—. Te quiero, tigre.

Esta vez no se apartó; me devolvió el beso con tal énfasis que parecía que los fuegos estallaban sobre nuestras cabezas.

De hecho, así era. Me separé unos centímetros de él para mirar hacia el cielo iluminado por montones de luces parpadeantes. Mis ojos se llenaron de luz, y al volverme para mirar a James, vi cómo resplandecía esa luz también en ellos.

—Te quiero, tigre —dije de nuevo por encima del ruido de los fuegos, riéndome.

James dejó de mirarlos para volverse hacia mí con una sonrisa dibujada en sus labios.

—Te quiero, Mackenzie.

Y volvió a besarme. Y los cohetes seguían estallando sobre nuestras cabezas, sobre los tejados de la ciudad al pie de la montaña, sobre las caricias de James y sobre el ardor que desprendíamos juntos.

No era nada consciente de cómo pasaba el tiempo. La oscuridad nos envolvía, las explosiones me aislaban del mundo y el contacto del cuerpo de James contra el mío hacía que todo lo demás dejara de tener importancia. A veces pensaba que todo lo que estábamos viviendo, nuestro verano mágico antes de la universidad, se acabaría y despertaría de un sueño maravilloso del que con el tiempo vas olvidándote. Pero ese no era el momento, porque era nuestro momento, el de estar juntos, el de vivir al máximo.

Mi pelo cayó sobre el césped, enredándose entre la hierba, las flores blancas y la tierra. El peso de James cayó sobre mí, presionando cada centímetro de nuestra piel, como si todo lo demás sobrara, porque así era.

—Quiero estar contigo —susurró en mi oído, antes de apartarse para besar mi cuello.

Acaricié apasionadamente su pelo y mis párpados se cerraron.

Con toda la claridad que pude, me las apañé para llevar las manos a sus hombros. Lo separé lo suficiente para que nuestras miradas se encontraran y luego pasé a la cara acariciándole las mejillas de la misma forma que él hacia conmigo.

Sonreí.

—Yo también quiero estar contigo.

Y dado el ardor del momento, la oscuridad que bañaba nuestros ojos y la rápida agitación de nuestras respiraciones, ambos comprendimos el doble significado de mi respuesta.

Y como todas las historias que llegan a su fin para dar paso a otras nuevas, nuestra relación comenzó su siguiente etapa. Esa noche, bajo la luz de los fuegos artificiales, terminé de abrir mi corazón completamente a James Smith. Y esa noche, resguardándose en la oscuridad de un caluroso Cuatro de Julio, James Smith terminó de abrirme su corazón para siempre.

Epílogo

—… y así fue cómo casi me como a la chica que salía del baño justo cuando yo entraba.

No pude evitar soltar una carcajada al imaginarme a Kenzie chocando contra una pobre e indefensa estudiante de su universidad. Tampoco visualizar en mi cabeza su cara de enfado arrugada al escuchar mi risa, de esa forma tan tierna que te dan ganas de acariciarle la cabeza como si fuera un gatito. Un gatito con uñas afiladas y dientes.

—James, ¡no te rías! —se quejó desde el otro lado de la línea telefónica—. ¡No te lo he contado para que te burles de mí!

Pero lo hizo. En el fondo, le gustaba que yo me riera de su torpeza.

—Vale, perdón, lo siento —contesté al cabo de un rato, sin poder borrar la sonrisa de mi rostro—. Así que… ¿ningún altercado peligroso más del que deba enterarme?

—Ja, ja. Muy gracioso.

—Sí, pero no has contestado a mi pregunta.

Realmente me encantaba tomarle el pelo, aunque fuese a través del teléfono.

—Eres un idiota —refunfuñó en un gruñido.

No pude desaprovechar la oportunidad.

—Y tú eres preciosa.

Instantáneamente la imaginé delante de mí, con las mejillas sonrosadas e intentando cubrirse el rostro con el cabello suelto. Pero tuve que conformarme con escuchar un suspiro telefónico.

—Ojalá pudiese estar ahora contigo. Sobre todo porque…, bueno, es San Valentín.

Una sonrisa tristona apareció en mi rostro, pero ella no pudo verlo.

—Eres una romanticona —me burlé.

—¿Esta es la parte en la que yo te llamo «precioso»? —dijo, haciendo alusión al último minuto de nuestra conversación—. Porque tengo otros adjetivos mejores, como payaso, Mr. Salido, potente…

—¿Potente? —la interrumpí, divertido.

Su risa intensa hinchó mi ego. Daría lo que fuera por escucharla de primera mano y no a través del teléfono.

—Porque estás potente —admitió finalmente—. Potente, guapo, caliente…

Arrugué la nariz, cerré los ojos y sonreí.

—¡Oh, calla! Acabarás por sacarme los colores.

Ahora fue ella quien se burló.

—Lo dudo. —Se escuchó un ruido de fondo y una voz femenina gritó su nombre frenéticamente—. Lo siento, tengo que colgar o llegaré tarde a clase.

Abrí los ojos y clavé mi mirada en la ventanilla, observando mi propio reflejo.

—Está bien, pero no estudies demasiado o te convertirás en una pequeña *nerd*.

—Yo también te quiero, James —contestó socarrona, pero con ternura.

—Te llamaré más tarde —asentí, resignándome a la despedida—. Yo también te quiero, Kenzie.

Colgué. Apreté los dientes algo furioso. Odiaba que estuviésemos tan lejos, separados por estúpidos kilómetros y estúpidas universidades. Sabía que era ley de vida, pero me molestaba notar que cada vez estábamos más alejados el uno del otro.

—¿Era tu novia, nene?

Me volví hacia la señora mayor que estaba sentada a mi lado en el autobús. Me miraba con ojos soñadores. Estaba claro que había escuchado toda la conversación.

Asentí.

—¿Me equivoco o estás aquí para darle una sorpresa?

Me mordí la punta de la lengua, pero asentí mientras ella sonreía complacida. Al salir de la autopista, el autobús empezó a disminuir la velocidad.

—Espero que le guste verme —susurré.

La señora me agarró de la muñeca. Las profundas arrugas alrededor de sus ojos demostraban su edad, aunque su mirada era enérgica.

—¡Oh, con un muchacho tan guapo como tú, no dudes de que se alegrará!

No podía contar los segundos para ver a Kenzie de nuevo.

—Es sábado por la noche, es San Valentín, tienes dieciocho años... ¿Y prefieres quedarte en casa que ir a divertirte con tus amigas solteronas?

Observé a Poppy fijamente y luego asentí. Su labio inferior se soltó en un puchero de cachorrillo.

—He quedado con James en que nos llamaríamos —le recordé, girando en la silla del escritorio y encendiendo el portátil.

Poppy suspiró, apartándose su larga melena rubia del hombro mientras recogía su bolso. Finalmente parecía haberse dado por vencida.

—Te odio cuando te pones en modo romántica —sentenció, ajustándose la correa—. Al menos si te quedas aquí no tendrás que soportar a Henry. Sara me dijo que le preguntó a Jean si sabía si tú irías a la fiesta.

Arrugué la nariz. Henry era un chico simpático. Nos habíamos conocido en la biblioteca, cuando por accidente tiré una balda de libros entera y él la sujetó antes de que la madera me golpease. Por alguna extraña razón, no se había apartado de mi lado desde entonces.

—No seas mala con él si lo ves —le dije, leyendo sus intenciones en su mirada.

Poppy me guiñó un ojo antes de salir por la puerta.

—Ven a rescatarme a la cárcel si ocurre algún imprevisto.

Refunfuñé procesando sus palabras. No se trataba de una broma. La última vez había tenido que llamar a sus padres para que fueran a buscarla porque intentó sobornar de forma inadecuada a un policía para que no le hiciera el test de alcoholemia.

Mi teléfono móvil vibró. Un mensaje de texto.

JAMES: *Estoy esperando...*

Sonreí como una idiota y contesté antes de encender el ordenador. Pasaron los segundos hasta que pude iniciar una videollamada con James. Me gustó ver su rostro pecoso saludándome desde la pantalla, aunque no pude evitar sentir la opresión en mi corazón. Deseaba que estuviera conmigo. La distancia se estaba convirtiendo en un enorme problema que me costaba admitir.

—¿Eso que llevas es un nido de pájaros?

Mi novio era tan elocuente con sus primeras palabras...

—Buenas noches, James. Tú también te ves bien. ¿Dices que el color de mi camiseta favorece a mis ojos? Vaya, qué agradable eres.

Estalló en carcajadas a mitad de la frase. Con el tiempo, había aprendido a tratar con su forma de ser, un payaso sin remedio, y había acabado contagiándome.

—Yo jamás diría eso —murmuró finalmente, recostándose contra la pared—. Suena tan gay...

Resoplé burlándome y entonces me di cuenta de una cosa.

—Oye, ¿estás usando la aplicación del teléfono? Pensé que estarías con el ordenador.

James se encogió de hombros y las puntas de su cabello rozaron la camiseta. Se lo había dejado crecer durante el verano y por mucho que le hubiese estado suplicando que se lo cortara no me hizo caso. Si seguía así, en poco tiempo podría hacerse trencitas o recogérselo con una goma.

—Te lo he dicho, estoy esperando.

Fruncí el ceño sin comprender.

—¿Esperando a qué? ¿Se te ha estropeado el ordenador?

Una sonrisa brilló en mi pantalla.

—No, esperándote a ti.

—Bueno, pues aquí estoy —bromeé, recostándome en la silla—. Al otro lado de la pantalla.

Su sonrisa se ensanchó, burlona.

—Sigo esperando.

Había llegado un momento en el que estaba totalmente confundida. ¿Había bebido? ¿Había fumado algo?

—James, ya he encendido el ordenador... Obviamente.

Él negó con la cabeza, sin abandonar su sonrisa.

—No me estás entendiendo...

Entonces se movió, girando la cámara junto con él y enfocando un desierto pasillo. Un pasillo demasiado familiar.

Mi corazón dio un vuelco. Me quedé perpleja, no podía creer lo que estaba viendo. Claramente tenía que consultar a un oculista.

—Te estoy esperando, Kenzie...

Y entonces alguien golpeó tres veces en mi puerta, justo al mismo tiempo que el brazo de James se movía fuera de la pantalla del ordenador.

Antes de que pudiese procesar lo que pasaba, fui hacia la puerta a velocidad cósmica, tropezando por el camino y sujetándome al pomo para no caerme. Giré el pomo, abrí y...

—James.

Su nombre sonó más como un jadeo suave que el grito intenso que llenó mi cabeza, embotando mi cerebro mientras mi interior saltaba de felicidad. Estaba allí, delante de mí, con su rostro pecoso y su cabello rojo revuelto, con su sonrisa de dientes torcidos, con sus ojos verdes clavados en los míos.

Acercándose a mí, James dio un paso y me rodeó con sus brazos apretándome tanto que no podía respirar. Su olor invadió todo el aire que me rodeaba y escondí mi rostro en su pecho mientras mis brazos contestaban a su abrazo de mamá osa.

—Dios, te he echado tanto de menos…

Sus labios rozaron el lóbulo de mi oreja. Sentí un cosquilleo en la boca del estómago, que luego se extendió al resto de mi cuerpo a medida que era consciente de lo real de la situación, de que él verdaderamente estaba allí, conmigo, a mi lado.

Cuando me di cuenta de que estaba llorando era demasiado tarde.

—No puedo creerme que estés aquí —sollocé, apartándome lo suficiente como para ver su cara—. Yo…

Acercando sus labios a los míos, hizo que me callara. Me besó como solamente él sabía hacerlo. Gemí involuntariamente por la suavidad de su boca sobre la mía, incapaz de recordar la última vez que eso había pasado.

Me tambaleé hacia atrás separándome de él y James pasó el dorso de su mano por mis mejillas, secándome las lágrimas. Me sentía estúpida por estar llorando, pero no podía contener la emoción y la felicidad que me embargaban.

—Te amo, Mackenzie Sullivan —susurró sin separarse de mis labios, con su frente pegada la mía—. Te amo jodidamente.

Medio hipé, medio reí. De nuevo nuestras bocas se unieron en un beso y tiré de él para que entrara en la habitación.

—Yo también te amo, James Smith.

Agradecimientos

Cuando comencé a escribir *Mi Plan D* en Wattpad ni siquiera soñaba con poder ver el libro publicado. De hecho, lo llevaba como un secreto. Por eso, la motivación y las ganas de continuar escribiendo cada capítulo vino de todas aquellas personas anónimas que iban leyendo desde Wattpad y me animaban a seguir. Debo agradecerles a ellas sus comentarios y palabras de aliento, que hicieron posible esta historia.

También a Lata (sí, pone Lata con te) y a Ángel, por ser las primeras personas en leer las desdichadas aventuras de Kenzie, incluso antes de Wattpad. Aún recuerdo esos *emails* en los que os adjuntaba los capítulos y lo mucho que me importaba vuestra opinión antes de seguir. Con vosotros comenzó la guerra team Mason vs. team James.

A Chime, mi amiga a larga distancia. Nos entendíamos como escritoras, en la frustración y en la emoción que acompañaban cada capítulo. Te he adelantado información que nadie conoce y has guardado futuros secretos. Nuestras conversaciones por WhatsApp a altas horas de la noche nunca acabarán.

A Plataforma Neo, por darme esta primera oportunidad profesional que espero aprovechar al máximo. Miriam y Anna, gracias por el asesoramiento, la ayuda y la paciencia que habéis tenido conmigo. Espero no defraudaros.

Laura, sé que si tu nombre no aparece aquí vas a recordármelo siempre, como buena hermana menor. Cuando seas mayor, estoy segura de que leerás este libro, y aunque tú no seas exactamente igual que Leslie, fuiste mi inspiración para crear una hermana pequeña (realmente irritante).

En definitiva, a todas las personas que por el camino me han motivado a escribir, aunque no aparezcan aquí mencionadas para no alargarme hasta el infinito.

Gracias.

Tu opinión es importante.

Por favor, haznos llegar tus comentarios a través
de nuestra web y nuestras redes sociales:

www.plataformaneo.com
www.facebook.com/plataformaneo
@plataformaneo

Plataforma Editorial planta un árbol
por cada título publicado.